中国现代文学馆青年批评家丛书

中国现代文学馆　编

——

中国小说的
文与脉

周明全 / 著

北京大学出版社

PEKING UNIVERSITY PRESS

图书在版编目（CIP）数据

中国小说的文与脉 / 周明全著 . — 北京：北京大学出版社，2019.5
（中国现代文学馆青年批评家丛书）
ISBN 978–7–301–30191–3

Ⅰ . ①中… Ⅱ . ①周… Ⅲ . ①小说史 – 研究 – 中国 Ⅳ . ① I207.409

中国版本图书馆 CIP 数据核字 (2019) 第 001157 号

书　　　名	中国小说的文与脉
	ZHONGGUO XIAOSHUO DE WEN YU MAI
著作责任者	周明全 著
责 任 编 辑	于铁红　黄敏劼
标 准 书 号	ISBN 978–7–301–30191–3
出 版 发 行	北京大学出版社
地　　　址	北京市海淀区成府路205号　100871
网　　　址	http://www.pup.cn　　新浪微博：@北京大学出版社
电 子 信 箱	zpup@pup.cn
电　　　话	邮购部 010–62752015　发行部 010–62750672　编辑部 010–62750112
印 刷 者	三河市国新印装有限公司
经 销 者	新华书店
	660毫米×960毫米　16开本　28印张　295千字
	2019年5月第1版　2019年5月第1次印刷
定　　　价	66.00元

丛书总序

中国现代文学馆是在巴金先生倡议和一大批著名作家的响应下，于1985年正式成立的国家级文学馆，也是目前世界上规模最大的文学博物馆。中国现代文学馆的主要任务是收集、保管、整理、研究中国现当代文学书籍、期刊以及中国现当代作家的著作、手稿、译本、书信、日记、录音、录像、照片、文物等文学档案资料，为文化的薪传和文学史的建构与研究提供服务。建馆三十多年以来，经过一代代文学馆人的共同努力，中国现代文学馆的事业不断发展壮大，现已成为集文学展览馆、文学图书馆、文学档案馆以及文学理论研究、文学交流功能于一身的综合性文学博物馆，并正朝着建成具有国际影响的中国现当代文学资料中心、展览中心、交流中心和研究中心的目标迈进。

为了加快中国现代文学馆学术中心建设的步伐，中国作家协会党组决定从2011年起在中国现代文学馆设立客座研究员制度，并希望把客座研究员制度与对青年批评家的培养结合起来。因为，青年批评家的成长问题不仅是批评界内部的问题，而且是一个对于整个青年作家队伍乃至整个文学的未来都具有方向性的问题。青年批评家成长滞后，特别是代际层面上"70后""80后"批评家成长的滞后，曾经引起了文学界乃至全社会的普遍担忧甚至焦虑。因此，客座研究员的招聘主要面向"70后""80后"批评家，我们希望通过中国现代文学馆这个学术平台为青年批评家的成长创造条件。经过自主申报、专家推荐和中国现代文学馆学术委员会的严格评审，中国现代文学馆已经招聘了4期共41名青年批评家作为客座研究员。第五批客座研究员的招聘工作也已经完成。

7年多来的实践表明，客座研究员制度行之有效，令人满意。中国作家协会党组书记钱小芊在第四届客座研究员离馆会议讲话中，充分肯定了设立客座研究员制度的重要意义，同时对他们未来的学术研究提出了希望。首先是要认真学习马克思主义文艺思想，特别是认真学习习近平总书记在文艺工作座谈会上的重要讲话，切实加强文学批评的有效性。其次是要真切关注文学现场。作为批评家，埋头写作是必然的要求，但也非常需要去到作家中间、同道人中间，感受真实、生动、热闹的"文学生活"，获得有温度、有呼吸的感受与认识。因此，客座研究员要积极关注当下中国的现实和文学的现场，与作家们一起面对这个时代，相互砥砺，共同成长。

作为"70后""80后"批评家的代表，他们的"集体亮相"，改变了中国当代文学批评的格局和结构，带动了一批同代际优秀青年批评家的成长，标志着"70后""80后"青年批评家群体的崛起，也预示着"90后"批评家将有一个健康的发展空间。为了充分展示客座研究员这一青年批评家群体的成就与风采，中国作家协会和中国现代文学馆决定推出"中国现代文学馆青年批评家丛书"，为每一位客座研究员推出一本代表其风格与水平的评论集。我们希望这套书既能成为中国当代文学批评的重要收获，又能够成为青年批评家们个人成长道路的见证。丛书第 1 辑 8 本、第 2 辑 12 本、第 3 辑 11 本，已分别在 2013 年 6 月、2014 年 7 月、2016 年 11 月由北京大学出版社推出，在学术界引起较大反响。现在第 4 辑 10 本也即将付梓，相信文学界、学术界对这些著作会有积极的评价。

是为序。

中国现代文学馆

2018 年秋

做有心的批评

禅宗有个著名的公案，说是昔日江南某地的大庙里，老和尚遇到人们向他请教，皆竖起一根手指。于是乎很多人都因此而立刻开悟，被人们赞誉为一指禅。一天老和尚不在，小和尚当班，遇到请教开悟的人，小和尚也学老和尚的样子，竖起一根手指，大家也都纷纷夸赞小和尚聪明，一指禅的功夫如何了得。老和尚得知后，将一把刀藏在身后，一天看到小和尚又向请教的人竖起一根指头，上去一刀将小和尚的指头削掉了。小和尚"一指"是假，"指"在场"心"不在场，指被削的小和尚当即开悟，知道了自心。

当下文学批评遭遇空前的尴尬，批评文章很多如鹅毛飘过，不留任何印迹，我以为背后隐含的问题，其实和这小和尚一样，只知道见样学样而丧失了自心的感悟。批评家首先是有着自心的独立的个人，然其主体意识，常常自觉不自觉地被自我阉割掉，蜷伏在一大堆现成的理论里，巴赫金说、别林斯基说、福柯说，唯独没有批评家自己说，没有批评家自己对作品的判断和理解——没有自己的真、内心的真，善和美皆无所依。批评家不动心思去研究，不主动去发现有独立人格和独立精神指向的作家和作品，这样的批评能新鲜生动吗? 唯有斩断那些虚假的"指"，返回心灵现场，艺术现场，为美好欢喜，为丑恶愤怒，方能接近艺术的本源。自心在场，心宽阔了、充沛了，文字才可化为枪和玫瑰，才能叫作真正的批评。

当下批评的关键问题，我想不是有没有深度的问题，而是有没有常识的问题。我们把西方的文学理论照搬过来，不管符合不符合中国文学现状，一上来就开始盲目地动刀，在空洞的深度上挖，空洞的深度对文学是没有任何意义的。大家都在做安全乏味、急功近利、被各种理论武装到牙的批评，而不是耐人寻味、心灵探索式的、回归文学常识的批评。

这让我想起一件事。一次在中国人民大学"联合文学课堂"老村《骚土》的讨论会，一位女博士说，"黑女被庞二臭奸污以后的激烈反抗和全家人的悲愤令我有些意外"，青年批评家傅逸尘接过话茬说："因为黑女是个处女，她所承载的是她的家族、她的父母改变自身命运的一种希望。这对于一个乡村少女来说是极其宝贵的一种资源，这种资源在没有被交换的情况下被凭空糟蹋了，她的反抗当然会极其激烈。"这就是生活、文学的常识，并非冷冰冰的女权主义等西方理论能阐释清的。傅逸尘的回应完全是站在中国这块土地上，深刻理解了农民的诚恳之言。这样的阐释和这块土地上的人民贴得那样近——我以为，这样的批评，才是好的批评。

我年轻时曾一度追求一种快意洒脱的生活，后来搞文学批评，方才觉得读书写作才是人生最大的快乐。阅读打开了我的心境，评论让自己的心智得到开发并丰满了起来。这让我明白，很多事一定是自己要走到了才知道，走不到就是不知道；而这个"道"是"道可道"的"道"，是我从事批评追求的"道"，也是我过去说的，要做"人的批评"之义。

说直接点就是，我以为好的批评就是那种能深入到文本内部、深入到作者的精神世界中，与其共同经受语言和心灵的体验，用自心的在场进行阐释和批评，从而让文本在解读和观照中焕发出独具特色、交相辉映的美。这是我文学批评前进之方向。

目录

第二辑　文本细读

第三辑　青年书写

第一辑

中国小说

什么是好的中国小说？无论对于作家还是读者，是不容回避的问题。

当然无论对于中国文学还是世界文学，同样是一个不容回避的问题。

对于作家，不知道什么是好的中国小说，则缺乏写作的理想和目标。

对于读者，不知道什么是好的中国小说，则不晓得小说欣赏的标准。

——《什么是好的中国小说？》

什么是好的中国小说？

——以《骚土》为例

什么是好的中国小说？无论对于作家还是读者，是不容回避的问题。当然无论对于中国文学还是世界文学，同样是一个不容回避的问题。

对于作家，不知道什么是好的中国小说，则缺乏写作的理想和目标。

对于读者，不知道什么是好的中国小说，则不晓得小说欣赏的标准。

记得2012年的春上，在京郊，作家老村先生书斋里，与他聊到中国小说。老村坦承，事实上，我们中国文学在一百年前就攀登到了人类叙事技术的最高顶峰了，那就是我们的《红楼梦》。这一点，西方人时至今日，仍未能真正承认，不过，迟早他们会承认的。老村说，这种认识不是我的发现，前辈文人中一些优秀的大文人、大学者都有这种认识。譬如陈寅恪、钱锺书等，尽管只有片言只语，但意思都是明确的。近当代中国，在近百年的文学写作里，在林林总总的作家中，知道或了解中国小说是什么的，不足百分之十，能掌握或者使用中国小说高超独特的叙述技术写作的，不到万分之一。这便是一个世纪以来我们的文学现状。在这样的情形下，我们就不要奢谈什么高度和成就了。老村说，这些作家不了解、不使用的原因，不是这种叙述技术落后了，赶不上时代需要了，而是，首先从最基础的方面——作为最为纯正的中国小说，除了写作者自己超凡的胸襟和深广的阅历之外，还需要一些很坚实的硬件，诸如关于中国人自己的清晰的历史观、文学史知识、文字和文化的修养以及对民俗文化的体验了解等等；而这些最基础的硬件，在过去的世纪里，绝大多数恰恰被我们视为"四旧"，是残渣余孽，不好的东西。当然更重要的，也是时代的原因，譬如数百年西学东渐的影响，即所谓大势所趋，导致我们对自己的文化以至于文学，发生了错误的判断，使得我们在很长的时期里，背离，动摇，怀疑，以至于不再自信它们依然是人类最为高级的文化和文学，依然是世界文化和文学中的主流。我们的文化从没被边缘过，边缘只是目光短浅的我们，面对世界文化大势怯懦时的一种假想。

　　带着老村先生的问题，回到云南。开始思考这么几个问题：其一，我倒要追问，老村先生所说的"中国小说"，到底存不存在？——这是一个真实的概念还是一个虚设的想法？其二，如果有，那么什么是中国小说？它是面对文学史的判断还是基于现实写作的考虑？在此期间，我再次阅读《骚土》。随着对《骚土》阅读的深入，渐渐地，我发现自己逐渐地形成了一些比较坚实和清晰的理论想法和认识模型。是的，我们中国人在地球的东半部，以我们自己的践行，发展和成长起来我们自己的文字和文化。每一个普通的中国人，一生下来都是通过这些文字和文化，来认识和践行自己所生存的世界的。我们有独有的表达方式、描述方式、记录方式、思考方式……这些反映到文学特别是小说上，便是其发展、长成中的一门独特的文学形式，面貌有别于世界所有其他民族。

　　那么，接着的问题是，什么是好的中国小说呢？目前，打着各种旗号的小说年度选本层出不穷，各种小说评奖也名目繁多，但除了圈子内的争吵和打口水仗外，圈外又表现得很淡定，似乎这永远和他自己无关一般。什么是好的中国小说呢？这么多年来，虽然也有不少似是而非或者较为接近的论述，但似乎从未引起作家、批评家们的关注热情。虽然也有少许的作家和研究者通过自己的摸索，发出过积极的声音，但显得孤独而冷清。他们孤兀的身影和微弱的声音无法引起喧闹的外界，特别是评论界的注意。以我浅见，之所以是这样的情形，不是因为别的，而是由于几近百年，我们不再有好的中国小说，是我们和其陌生已久。

对什么是好的小说，论述已经汗牛充栋。著名文学评论家陈思和在《"何谓好小说"的几个标准》一文中，提出了三个标准。"标准之一：看小说作品在表达当下人们向世纪末行走过程中的精神向度上是否提供新的因素。标准之二：是看作家对小说艺术构建当代人心灵世界有没有新的探索。标准之三：是看文学艺术在抗衡日益庸俗肉麻，并缺乏想象力的现实环境的努力中体现出新的批判力度。"[1] 这三条标准虽然是在世纪末的1998年，为《逼近世纪末小说选》（卷五·1997）所作的序中提出，但它具有普遍性。当然，标准也绝非这三条，在文末，陈思和自己也坦承："其实标准远不止三条，譬如关于小说文体的探索，关于短篇小说的形式追求等等。"[2]

陈歆耕引用旅美华裔作家哈金在《期待"伟大的中国小说"出现》一文中，借鉴美国学者对"伟大的美国小说"的定义，提出了"伟大的中国小说"的定义："一部关于中国人经验的长篇小说，其中对人物和

---

[1]　陈思和：《"何谓好小说"的几个标准——〈逼近世纪末小说选（卷五，1997）〉序二》，收入《不可一世论文学》，人民文学出版社，2003年，第246—260页。

[2]　同上书，第260页。

生活的描述如此深刻、丰富、真确并富有同情心，使得每一个有感情、有文化的中国人都能在故事中找到认同感。"[1] 这些论述，似乎已接近了我与老村先生聊天中关于中国小说的思考，但遗憾的是，它仍未能真正将其放置于中国历史，特别是中国文学史这样的特殊环境中来进行考量。我本人完全赞同陈思和与陈歆耕对好小说或经典小说的定义，但这些标准，似乎又是放之四海而皆准的标准。这个标准，几乎可以定义任何国度的好小说，当然也包括中国的小说。但对贴上"中国"标签的小说，我觉得这些标准尚不足，它还应该包含地道的中国小说里的"中国"的元素。

我非文坛中人，和当下的文学批评也相隔十万八千里，但即便作为一个普通读者，我仍想以自己的谫陋，对什么是好的中国小说，略谈一点自己的看法。我感觉着，好的中国小说，必须具备三个最基本的品质或者说是面貌：一是中国精神、中国气派；二是中国故事、中国意境；三是中国风格、中国语言。简而言之，一部好的中国小说，必须以中国文化的基本元素去构建，以中国文学的标准和体系去衡量。

这是一家之言，当不得真。但我想，在文化自觉、文化自信以及文化自强意识正如笼中之火一般熊熊燃烧的当下中国，我的一家之言，但愿不是空谷足音。

---

[1]   陈歆耕：《什么是"伟大的中国小说"》，载《中华读书报》2011 年 9 月 26 日。

一、中国小说——问题的缘起

曹文轩在《小说门》开篇，就直言不讳地说："对于小说这样一种人类的精神形式，我们过于夸张西方小说的影响与作用了。我们已心悦诚服地接受了一个全球性的结论：小说的近代形式特别是现代形式，来自或得力于西方的小说创作——各国小说之所以能够进入近代状态与现代形态，是受西方小说之启发，甚至是对西方小说进行直接模仿的一个结果。日本的、中国的乃至拉美的小说家们自己似乎也是这样认为的。他们在谈论自己的创作时，总要找到他们的西方鼻祖：笛福、菲尔丁、塞万提斯、福楼拜……"[1] 曹文轩认为，其实，"每个民族实际上都有自己的小说史"[2]。

1840 年以后，中国历史面临"三千年从未有过之大变局"，中国自此开始沦为半封建半殖民地社会。曾经不可一世的天朝大国，变得积贫积弱，任西方列强宰割。不甘挨打的中国知识分子和仁人志士，在西方的坚船利炮下猛然觉醒，他们认为，中国落后挨打，乃是自己"百事不如人"（胡适语）。在这样的时代大背景下，中国的仁人志士开始睁眼看世界，向西方学习，广泛引进西学，逐渐形成了"西学东渐"的浪潮。尤其是 1894 年中日甲午战争惨败之后，被引进的西学从自然科学逐渐扩散到各个领域。西方小说的大量翻译引进，最终形成了"五四"时期——即所谓的新文化运动"小说界革命"。新小说的出现，改变了中国传统文学以诗歌为中心的格局，并顺势将西方小说的样式作为自己

---

[1]　曹文轩：《小说门》，作家出版社，2002 年，第 17—18 页。

[2]　同上书，第 18 页。

写作的模板。

1902 年，梁启超发表了《论小说与群治的关系》一文。梁启超将小说划分为"理想派"和"写实派"，认为"小说为文学之最上乘也"，主张"故今日欲改良群治，必自小说界革命起；欲新一国之民，不可不先新一国之小说"。[1] 自此，"新一国小说"是将小说看成是开启民智的工具。"百事不如人"理所当然地包含了"文学不如人"，不如人就学人，所以，中国现代小说，一开始就建立在模仿、学习西方小说的基础之上。

"西方中心主义的确立，使得经济、军事、政治以及与这一切相关的社会文明程度处于落后地位的国家，将西方作为论述一切问题的前提，将西方作为衡量一切价值体系的尺度，将西方作为我们进行一切话语活动的中轴，使这些国家的各门学科的学者们都养成了一个背对自己的历史而眺望远方的姿态，一个背对自己的历史而眺望西方的姿态。在这种情形之下，有些本国实际上已经有的——甚至是早已经有的东西，也不再被看到——看到的只是西方的、比本国所具有的并不怎么高明的东西。"[2] 其实，只要我们耐心地对中国传统小说做些梳理，就不难发现，中国的传统小说并非糟粕，相反，它的精华，或许还是西方现代小说无法比拟的。

"小说"一词，最早见于《庄子·外物》："饰小说以干县令，其于大达亦远矣。"这里所说的"小说"，是指那些琐屑的言谈、无关经邦治国的小道理。与后来所谓的小说相去甚远，但"小说"一词则被人

---

[1]　梁启超：《论小说与群治的关系》，收入《饮冰室合集》（卷二），中华书局，1941 年，第 58 页。
[2]　曹文轩：《小说门》，第 18 页。

们沿用至今。

中国最早的小说起源，是上古时代的神话传说。始祖就是神话集《山海经》。而比较合乎现代"小说"面貌的，应从唐宋以来出现的用文言或白话写成的传奇、话本算起。在六朝志怪小说的基础上，"传奇"体的短篇小说兴盛之后，到了盛唐，传奇小说由"鬼事"而转入"人事"，作者开始关注当下社会。宋元时期，为适应市民阶层阅读的需要，产生了话本小说。话本小说继承了唐传奇的传统，立足于社会底层及芸芸众生，着重反映市民阶层的生活。宋元话本在小说发展史上具有重大影响：一是话本使用浅近的民间语言，开创白话文学的先河；二是话本的体裁形式，直接导致白话长篇章回体小说的产生。白话小说则在宋元话本的基础上，发展成为小说主流，出现了白话小说创作的繁荣局面。从《金瓶梅》到《红楼梦》，中国小说终于完成了从市井到殿堂的过渡，成为全人类的骄傲。

然而遗憾的是，中国近现代以来的小说，并没有继承中国古典小说传统，而是一直跟随西方文学身后，唯西方文学的马首是瞻。"在20世纪初年，急于谋求民族振兴、国家富强的文化精英和政治精英对中国文化已经忍无可忍，完全没有耐心从中国古代小说传统中寻找文学的生机。他们按照自己理解的西方小说模式，大声呼吁一种能够帮助国人启蒙祛昧、济世救国的类似文体，以求一扫古老中国的沉疴。梁启超、陈独秀、鲁迅、周作人、胡适等人不但是积极的呼吁者、提倡者，有的还是身体力行的实践者。周氏兄弟早在留学日本期间就已经认真研习和翻译西方小说，企图借小说讽喻世事，激发国人觉醒与自救。"[1]

老村先生在他的散文集《闲人野士》里，同样也表达过这样的意思。他认为，反传统最初的用意是超越传统，超越传统最初的目的是为了寻找更高级更本真的传统。但由于反传统者的低能，却将其真正的目标，拽到了庸俗的社会学的泥潭。在"洋为中用"的汹涌澎湃的声浪下，很多民族的优秀的文化传统和积淀被当作"四旧"或落后的东西革除遗弃。尤其是中国小说的叙述方式和语言特点，本应更彻底和精细的民间和个人化，但是由于特殊时代的原因以及新文化思潮的挟裹，这条道路，并没有被后来的中国小说叙述者——特别是长篇小说的叙述者，坚持下来。

也正如李敬泽面对当代文学现状感慨系之的一番表述："20世纪是中国现代小说的世纪，我们学会了在全球背景下思想、体验和叙述，我们欢乐或痛苦地付出了代价：斩断我们的根，废弃我们的传统，让千百年回荡不息的声音归于沉默。"[2] 李敬泽的感慨不是没有道理。作为当下文坛一位重要的文学评论家，以他的文学眼光，看到20世纪以来中国现代小说，缺乏宏大构思，没有经典面貌等等缺陷，发生或呈现在当下的文学人的作品里，确乎是不争的事实。当然他这番感慨的目的，是为了介绍作家莫言。莫言尽管近期获得诺贝尔文学奖，但他的小说从精神面貌和语言品质上，与纯正的好的中国小说的标准，尚有不小的距离。在我看来，比较贴合的，也许是老村的《骚土》、金宇澄的《繁花》等为数不多的几部小说。

---

[1] 摩罗：《中国现代小说的基因缺陷与当下困境》，载《探索与争鸣》2007年第4期。

[2] 李敬泽：《莫言与中国精神》，载《小说评论》2003年第1期。

一个世纪前的"小说界革命"，使传统中国小说丧失了存在的社会文化土壤。今天我们郑重提出"中国小说"这一概念，不是复古，而是在经历了以西方为蓝本近百年的小说创作实践后，重新以自信的眼光和更加博大的胸怀，回看自己历经千年的小说传统，从中拾拣起对当下小说创作依旧有借鉴意义的养分，使今天的小说能直接扎根我们的传统，然后不断壮大起来。我想，这不仅是文学的需要，同时也是民族文化的需要，更是中华民族面对世界，在未来时代的一种精神姿态。

二、好的中国小说的标准

讨论什么是好的中国小说，犹如男人们之间谈论什么是好妻子好女人一样，是一个看似简单实际上非常复杂的问题。说它简单，是因为我们几乎可以以《红楼梦》为标杆，直接以它为标准，来比较、衡量就是了；说它复杂，是因为文学是发展和变化的生命体，各个不同时期的文学，除了它一成不变的 DNA 之外又呈现着各自不同的面貌。譬如《骚土》，便是目下最为清晰的一个例证。以下，我将以《骚土》为例，研究探讨它们共同的 DNA，即它们所呈现的共性，或者说它们所呈现的规律的特征。

（一）中国精神，中国气派

中国精神，是指生发于中华文明传统、积蕴于现代中华民族复兴历程中，特别是近些年中国高速发展所迸发出来的具有很强的民族集聚、动员与感召效应的精神及其气象，是中国文化软实力的重要显示。文学尤能代表一个民族、一个国家的精神风貌和品质，也最能彰显一个民族的精神。所谓中国气派，则是其深刻和内在的精神内涵。表现在文学上，是作家作品在精神层面上的综合特征，是一种源于中国人内心的文化大气或者说是精神表征。所谓中国气派的文学作品，就建立在这样的基础之上。作为中国作家，只有根植于中国文化和精神生活的土壤里，才会产生出中国气派的作品。

没有一种真正的艺术可以脱离开自己生活的土地，没有一个民族的文化可以失却自己赖以立足的精神高地。关于这点，坦率说过去一个世纪的作家们也不是没有思考。老作家马识途在《文学回忆与思考》中说，一个时期他也曾试图追求中国作风、中国气概的写作，他也曾试想以民间无名作家作为良师益友，将古典小说和传奇故事看成是主要的学习榜样。他将自己的想法做了如下具体的归纳："白描淡写，流利晓畅的语言；委婉有致，引人入胜的情节；鲜明突出，跃然纸上的形象；乐观开朗，朝气蓬勃的性格；曲折而不隐晦，神奇而不古怪，幽默而不庸俗，讽刺而不谩骂，通俗而不鄙陋。"与之同时的老作家欧阳山在他的《文学生活五十五年》中也这样忏悔自己："我自己的文学风格，仍然也按照自己的爱好，保持着那种欧化的语言、欧化的结构、欧化的描写手法。对于民族的风格和群众的语言都吸收得很少，使我的文学作品和广大的人民群众长期处在脱离的状态之中。"两位作家的不同经验感受，却都表明了他们曾经有过的走中国小说写作正路的文学梦想。[1] 但是时代的使然，把文学确定为为时代政治和工农兵服务的工具之后，文学，特别是小说的写作，不可逆转地走上了失去个性

---

[1]　戴恩允.《试论文艺的中国作风和中国气派》，载《延安大学学报（社会科学版）》1982年第1期。

的粗鄙化的歧途。在这个问题上，最具代表性的是赵树理的写作。这种错误倾向一直延续到 20 世纪 80 年代初期，是改革开放，才使得这种文学倾向有所收敛和纠正。老作家马识途和欧阳山正是那个时代的文学受害群体里的典型个人。

老村的写作始自 20 世纪 80 年代，正好避开了前一时代的错误干扰，当然也包括后来的对西方文学的简单模仿的干扰。事实上，这些模仿无论在名利还是所谓的"成就"方面都使其时的文学宠儿们一时间获"益"良多。坦率地说老村当时不可避免地也受到了影响。譬如在他早年的小说《父亲》《狼崽》等作品中，可以看到这种影响的痕迹。不过他很快就掉头了，回到了传统里。这一过程在他很短暂。他之所以能够很快掉头，我想，还在于他文学观念的纯正，和远在文学利益场之外。摩罗曾说过，看老村作品，特别是《狼崽》，写得特有灵气。光凭这一篇就可以站到中国一流作家的阵营里。但在文学名利场外的他没有能够。老村所幸如此，他应感激这点。如不是这样，我是不大相信凭老村其时尚且稚嫩的心地，能使他回归到今天看来是比较正确的坚守上。人就是人，是人就有他天生的弱点和局限。正是这种回归与坚守，他写出文笔老到的小说《夜窥》（即《寻找烟锅》）。这个中篇，今天看仍是一个十分超前的作品，也标志着他面对当代中国小说的写作训练已基本成熟。老村终于挣脱了个人感觉的藩篱而步入了更广阔的黄土地，进入了现代人人生窘迫的内在实质，语言表达也到了成熟自然、周旋四顾的境界。

老村说："我注意着世界文学的走向，并努力接受他们最先进的东西。不过这仍是技术层面上的问题，我以为，它们能使你的作品精美而富有穿透力，但却不是你的根，你的根在黄土地。""是土地教会了我怎样写作。教会了我怎样爱和怎样恨。教会我如何拥有并怎样超越。我的感觉，许多年来，在我们的文学意识上，土地的意识和生活的信念越来越淡薄。许多作家已忘记好的语言或者说优秀的文学出产在哪里。作家们大都靠一些空洞的现代理念支撑，而没有脚踏实地地从生活的大地上去寻找属于自己的文学之源。而我的观点是，无论到什么时候，唯有苦难挣扎的生命和粘血带泪的生活，才是发生文学的第一源头。因为文学最终的目的，是教会人们怎样找到尊严，以及怎样去爱。传统不是老农身上的棉袄，而是维系社会人群的田埂与马路。没有传统就没有秩序。没有秩序，人类所有的社会判断都将失范。……"[1]

老村的《骚土》，正是这样一本立足于传统，在传统中吸取养分，借鉴明清笔记，特别是《金瓶梅》《红楼梦》的叙述技术，从而写作成功的中国小说。它最显著的特点，是以貌似松散式的叙述结构，类似中国画的多点透视，即每个人都是主角，都会生成焦点，但是拉开距离纵观全篇，又浑厚茫然，一派天机，灿烂辉煌。

写成《骚土》的老村，在续篇《嫽人》自序中似乎更是张扬自信。他这样说："世纪之初，在列强的枪炮下，我们曾经迷茫。世纪之末，我们有了枪炮，不再迷茫。尽管我们仍然需吸取西方艺术与科学的精华，但我们不能忘坚守自己严正而飘逸的风骨。有人比喻我们的文明，犹如我们吃饭用的筷子，是人类心脑和手的简洁而美妙的结合。"[2] 严正而飘逸，简洁而美妙，多么漂亮的一组总结! 这才是中国精神，这才是

---

[1]   老村:《吾命如此》，中国工人山版社，2005 年，第 13 页。

[2]   老村:《嫽人》，作家出版社，1998 年，第 2 页。

中国气派！一个作家，假若长期在这种传统的熏染下，何愁创造不出辉煌且具中国味道的文学？可以说，无论从哪个层面讲，回归传统仍是当下文学，甚至其他艺术所必须面对的大课题。我想，老村以及小说，之所以长期以来未被这个时代认真关注过，我的感觉，还是他太超前的缘故。在别的作家以西方的某某流派自称，或以自己能成为西方某某的影子而得意忘形时，老村却一个人以单打独斗的姿态，坚守着传统，畅游在中国小说写作的海洋里，故而成为当代文学的一个另类。

（二）中国故事，中国意境

中国小说起源于故事，鲁迅先生在谈论小说起源时说："至于小说，我以为倒是起于休息的。人在劳动时，既用歌吟以自娱，借它忘却劳苦了，则到休息时，亦必要寻一种事情以消遣闲暇。这种事情，就是彼此谈论故事，而这谈论故事，正是小说的起源。"[1] 可以说，中国小说自诞生之初，就有一个强大的故事传统。虽然唐前的志怪、志人、杂传小说大多还只是一个故事梗概，缺乏丰满的血肉，但到了"有意为小说"的唐代，作家们开始将故事讲得有声有色、奇幻多彩。这以后，故事开始丰满，人物形象也逐渐饱满、鲜活。宋以后的白话小说，主要是"俗讲""说话"演变而来，面对的是听众；为了吸引听众，故事自然是跌宕起伏、精彩绝伦。故事的浓厚，人物形象的生动，几乎成了宋以后白话小说最重要的特征。或者可以说，直到20世纪80年代前，讲好故事，塑造好人物，还是小说家们在老老实实做的事。而80

---

[1] 鲁迅：《中国小说史略·汉文学史纲要》，收入《鲁迅全集》（第九卷），人民文学出版社，1981年，第302—303页。

年代后，"形式革命所带来的一个直接后果是，作家开始不再信任故事"。然而，著名批评家谢有顺发现，"博尔赫斯可以不断地被模仿，但托尔斯泰和陀思妥耶夫斯基却永远无法被模仿"。这使谢有顺明白了一个道理："一个渴望标新立异的人，可以成功地扮演形式先锋，但面对故事这个古老的形式时，他往往会露出马脚。"[1] 对作家而言，"人类虚构的能力，讲故事的能力，在任何时代都是要珍视的"。[2]

中国故事一定是以中国自己的故事为主题的。要写好中国故事，在青年作家石一枫看来，有两点是必须坚持的：一是"故事讲述的是中国，而它的讲述对象也应该是中国读者，尤其是今天的中国读者"；二是"故事应该是'国家故事'和'个人故事'的自然结合"。[3] 我很赞同石一枫的观点。按这个观点，那么老村讲述的，就是中国人自己的故事，而且是中国历史无法绕开的关于那个特殊时期的故事——它有历史、现实的意义和价值。

从意境来说，中国古典小说，从一开始就分为写实和写意两大类，形成两大流派。寥寥数语，言有尽而意无穷，就是意境。对写意的小说来讲，形象只是它借助的手段，背后的意象才是真正的目的所在。

"意境是中华民族古典艺术的审美理想。中华民族对艺术审美的独特见解成熟于此，凝结于此。它是中国古典美学史上最为核心的范畴，是理解中国古典美学、艺术的民族特征的关键，是中国古典美学的逻辑终点。"[4] 然而，小说研究者一直很少注意意境，但中国传统绘画

---

[1]　谢有顺：《一个好作家可以不讲故事，但他必须会讲故事》，"谢有顺说小说"微信公众号。

[2]　李敬泽：《人类讲故事的能力在任何时代都要珍视》，中国新闻网，2016 年 1 月 17 日。

[3]　石一枫：《关于中国股市的"概念"与"真实"》，载《长江文艺》2016 年第 9 期。

[4]　薛富兴：《意境：中国古典艺术的审美理想》，载《文艺研究》1998 年第 1 期。

上，意境的营造就很重要。在微信上看到一篇讲绘画中意境营造的文章——宋徽宗创办了世界上最早的画院——宣和画院。一次他给考生命题"深山藏古寺"，而最后得到宋徽宗赏识的那位画家，根本就没画寺庙，只画了深山阴谷中一条小路，尽头有两个和尚在挑水。这就是意境，将真正要表达的东西藏了起来。小说也一样，想面面俱到，反而会顾此失彼，降低小说的品质。可以说，中国当代小说家们，大多是不注意意境的营造的。但在《骚土》中，遍布着这种意境。从我的阅读经历看，老村可能是当代作家中第一个通过意境的构造和写作，将"文革"那个浑噩时代，个人崇拜登峰造极，整个社会的病态，生动而深刻地表现出来的作家。白烨先生曾经谈到，对农村"文革"故事的描写上，《骚土》似乎是一本无可取代的作品。譬如，作品结尾主人公大害之死。"大害面朝着黄土老梁，面朝着生他养他的鄢崮村的方向，软软地倒下去。"一声清脆枪响，结束的不单是郭大害的性命，而是一个荒谬的时代。正如老村自己所言，"郭大害是我们古老的中国农业社会遗留下来的最后一条值得我们缅怀的好汉"，但这"一声清脆枪响"，在结束了一条性命的同时，或许结束的还有古老的农业文明——它自己的使命。

（三）中国风格，中国语言

每个作家都有自己的风格。余华对暴力的痴迷，可以贴上余华标签的小说风格；莫言的魔幻现实主义就是他一贯的风格展现；王朔的风格则是对现实、对权威的调侃与无情嘲弄……然而，风格又是和语言有着密切关系的。可以说，一个作家风格的最终定型，和语言使用与表述，有着最直接的关系。

　　语言是文学的建筑材料。建筑材料的优劣，直接关系到建筑物的质量和美感。作家的语言品质，直接关系到他作品的分量和个人的文学成就。"在现代沈从文、朱自清就是因为语言上的贡献取得独特地位。有些单篇如《荷花淀》《受戒》《白色鸟》均是因语言的成功而确定为名篇。因为文本的综合因素和因为语言的现象是并存的。……我们以鲁迅、老舍、郁达夫为例，假定把他们小说语言换成一种模式的标准普通话，或者是混乱而毫无特色的语言系统，他们的小说也就不复存在了。"[1]

　　我以为，《骚土》风格优美的特征之一，除了它的语言彻底中国化了的古拙别致，还有它无处不在的自然、原始生活的韵味；也包括它熟练而巧妙地使用了中国文学传统里的诗词曲赋、地方戏曲、民间小调、快板书、民谣、谶谣、俚语等尽可能有的"建筑材料"的缘故。整本《骚土》，似乎就是一个民族叙述技术形式各展其技的大舞台，可以说是集中国文学之所有密码，构成它生动老辣、玄奥苍凉的艺术气象。老村《骚土》的写作，正可谓是站在黄土地上，最为本真的一次写作。当代作家群体中，路遥、贾平凹、陈忠实都是西部乡土小说的代表作家，他们的作品也都程度不一地运用着方言土语。但诚如老村所说："目前还没有哪个作家，能像我这样，做得这么彻底"。[2] 以《骚土》文本仔细比较，此言不虚。在小说叙述语言上，无论是它的典雅还是通俗，老村看样子都下过更多功夫，因而更具特色。运用方言土语进行叙事，实是《骚土》的一大魅力。

---

[1]　刘恪·《现代小说技巧讲堂》，百花文艺出版社，2006 年，第 244 页。

[2]　梁知、老村：《追随中国小说的背影》，载《文学界》2006 年 5 月 27 日。

在小说中掺入诗词曲赋，是我国古典小说传统的叙述风格之一。比如《红楼梦》里的诗词曲赋，就是全书的有机组成部分。它既是曹雪芹原书中的章法规律，也是他哲学和美学观念的有机呈现。而这些，在当代的小说里已基本绝迹了。老村以他扎实的古文功底，要让这种看似古老的文学形式再度出现在现代的小说里，让它们天衣无缝地镶嵌在《骚土》每一处需要它的地方。自然得就像长在人脸上的鼻子一样。它的每一句，都该是小说里的状态。这也是通过长久的胸中蕴暖、感知琢磨，最终就像灌饱了汁液的浆果，就那么生动诱人地悬挂在那里。这里可以《骚土》里的一处秦腔唱段为例：

夫哇，你就这样狠心撇下妻儿们去了——

你舍得了你面前这二女一男，又女儿随寡妻苦熬饥冷；

你舍得了你面前这黄土高天，将犁杖与耧耙撂在埝边；

你舍得了你面前这庄廓一院，风扫树树扫风凄凄惨惨；

你舍得了你面前这油灯一盏，挨黑了妻与谁灯下绷闲；

你舍得了你面前这糊饭一碗，食盘边不见你喜眉笑颜；

牛哞哞羊咩咩驴儿嘶唤，乡亲们看着你眼雨涟涟；

儿哭爸女哭爸妻哭老汉，白没咋你怎就命归黄泉；

春天里妻随你奔走渠沿，采得那杨槐叶搓成菜团；

夏天里妻随你劳作不断，顶日头背月亮挣扎田间；

秋天里妻随你拾禾磨面，食一顿好吃货满心喜欢；

冬天里妻随你扶犁东岸，忍得饿忍得冻为得来年；

你随妻且算是一十六年，十六年你为妻忍辱求全；

不是妻不晓你心头作难，苦啊苦，苦日子叫苍天苍天无言；

天皇皇地皇皇何不睁眼，为何让我的夫如此落怜；

夫哇夫，我的好不惜惶可怜的夫呐——

这是一段结构十分完美的秦腔唱段，即便是那些终日厮混剧场的老戏痴，也会对它击掌称道。富堂老汉死了，他年轻的妻子针针拖着儿女，跪在他的尸首前哭泣。一段秦腔，字字血声声泪，将针针内心既悔恨又悲伤的复杂感情，很通透地表达了出来。庞二臭死后，鬼魂夜访了生前的老相好栓娃妈。栓娃妈在贫病之中，奄奄一息，等待着阎王派来的小鬼将她带走。这时候她想起她的老情人，感慨万千。

往日里你咋恁能调善逗，惹得那一朵朵花蕊儿乱凑；满世间情话儿由你胡诌，让俺的心魂儿如梦似酥；羞也么哥哥，恼也么哥哥！

谁料想人世风狂雨骤，打得那小鸳鸯巢窠儿不就；何处是葬俺的世外香丘，守着那雪月儿与你方休；哭也么哥哥，苦也么哥哥！

这是一段类似于元曲的写作，形象生动地表达了这种缠绵不舍、生死相依的情感。在雪一样的月光下面，与心爱的人，两个冥间的幽灵，厮守一起。这是何等凄美而又让人落泪的场景啊，读起来的感觉口齿留香、韵味无穷。

我国古代的重要典籍，大多是用文言文写成的，其中许多不朽的作品，历来以简约和精练著称。旅美女作家严歌苓曾说："中国传统的文言文其实存在很多文字上的鲜活用法，我们可以把名词用作动词，动词用作形容词，这会使语言显得非常鲜活生动；可惜我们后来的白话文丧失了这样的功能，而现代白话文丧失了古文言的灵活用法，让文字的活力不复存在。"有评论说："老村努力将俗的方言土语和雅的诗词曲赋融为一体，显示出自觉而积极的文体追求，获得了独具一格的修辞效果。老村写出了我们曾经的历史，那个让所有人都失去了尊严的历史。同时，老村用自己的实际行动在拯救日渐衰落的方言土语，在现代白话文本中有目的地疗救着已从小说叙述中失散的诗词曲赋，并将躲藏了将近一个世纪的文言文叙述，成功地带进现代小说里。"[1]

三、结语

这里要强调的是，我无意诋毁其他样式的写作，尽管它们同样有可能是好的写作，甚至是极其优秀的写作。中国小说，不仅基于它是一个现实的存在，而是确确实实有它极其独特的大面貌，有它的大构成、大模型和无所不包的叙述方法。依我当下的理解，中国精神、中国气派、中国故事、中国意境、中国风格、中国语言，只有在这上面下足了功夫，中国小说才能独树于世界小说之林，真正找到自己的衡量标准和精神坐标。中国小说，它已不再是一个简单的文学概念。好的中国小说，来源于我们中国人自己的生活，是我们精神生活的有机组成部分，因而也是描述我们自己精神与现实生活的一种极其高级的写作范式。一个有勇气、才情兼具的中国作家，难道不应该向往甚或是使用这种更高、更好的写作标准来要求自己的作品吗？

简而言之，一百年前由小说引起的革命，今天由我们接续。但我

---

[1]　郭震海：《撩人的"骚"成就了老村》，http://blog.sina.com.cn/s/blog_5a6db8ba0100ac2n.html。

们接续的是那一代人真正想要的文化复兴的梦想，即由中国小说的再次举发而发生的文学崛起。

2013 年 1 月 29 日深夜于丰宁小区家中

2018 年 4 月 4 日修订

中国好小说的八个层级

　　近年，马原推出了《牛鬼蛇神》，余华推出了《第七天》，阎连科推出了《炸裂志》等等，这些作品，甫一面世，就遭到了毁誉参半的评价。褒者认为，这些作品是批判现实主义之力作，是当代非常优秀的小说。贬者则说，这些作品晦涩难读，了无新意，虽然打着现实主义的旗号，但在表现现实时却显得苍白无力、隔靴搔痒。于我理解，这些作品有极强的现实性，但问题是，这些作品和现实贴得太近，作家们在悲天悯人的文学面具遮掩下，恨不得以新闻体来直接呈现现实（比如余华的《第七天》），但最终，他们的写作，却都背离了文学本身。现实性当然是文学的一个重要指标，但当文学性丧失之后，现实感再强烈，对文学本身又有何意义？面对这个题目，心里出现一个影像：一只木桶漏水，正如当今的作品一样，皆由文学性那块短板所致。现实主义只是文学的表现形式，是一种手段。无论现实主义也好，浪漫主义也罢，都可以是木桶上的板子。

　　文学创作的目的，是使作品具有文学性。但现在，不少作家，运用着这样的主义，那样的想象，就是罔顾文学性这块最需要老老实实对待的真正指标。"手段"当成了目的，本末倒置，作品当然要出问题。文学性是文学的最重要的指标，文学性达不到，其他一切指标再强大，再离奇，都只是怪胎。所以我觉得，当下的文学创作，尤其是小说创作，最根本的问题是回到常识上来，重构作品的文学性这一真正的指标。

文学性是小说最重要的标准

文学既源于生活又高于生活；文学既是反映生活的产物，又是超越生活的创造。文学创作将现实生活的原材料作为基石，通过艺术加工，生发出既来源于现实生活又别于现实生活的具有超越性的"建筑品"。这个超然于现实之上的"建筑品"，才是文学和艺术所要达到的目的。如没有超越，简单地白描、记录现实，那还要文学作品干什么。18 世纪欧洲批判现实主义的代表作家巴尔扎克，阐明了文学高于生活的两层含义：其一，文学对生活的反映超越了现象摹写的层面，而寻找和揭示隐藏在生活现象背后的各种动因，对生活做出艺术概括；其二，文学不仅是生活的反映，也是作家人生感悟和理想追求的表现。作家在反映生活的同时，都会或鲜明或隐蔽地表现自己对人生意义的思索，并以此给读者以精神上的启迪和审美上的享受。巴尔扎克此两点，将文学与现实的关系做了精辟的论述。巴尔扎克文学与现实阐释的最终旨意是，文学应在现实之上。以巴尔扎克的《高老头》为例，想想，它描写一个浪荡公子始乱终弃的故事，是如此的简单和司空见惯。但是，由于它极为生动、真实，甚而美妙的文学性的缘故，最终成为常看常新的经典。

文学创作要贴近现实，要接地气。比如，王跃文的《国画》，它是当代比较成功的一部官场小说，市场好、社会反响也大，原因就是它既贴近了现实又较好地尊重了小说的文学指标。此后，市面上出版了不少官场小说，但几乎都没达到《国画》的水准。最主要的原因是，虽同样描写官场，但在艺术驾驭上，无论故事、人物、语言、结构，都没能做到像王跃文那样，老老实实地遵循以文学性为核心指标的这个规律。尊重了规律，又贴近了现实，所以《国画》不成功都难。

　　我认为，文学必须是对生活严肃审慎的思考，同时又能飘逸轻盈地抽身于现实之外，而不是对生活自然主义地再现。前一段人们总爱讲，态度决定一切。所以在我看来，当今的文学问题，首先是态度问题。我们绝大部分作家都很浮躁，不愿意老老实实地坐下来，真实地面对文学这个老老实实的问题，只想着出奇制胜。

　　文学不能是现实本身，而是现实的影子。比如，现实是黑暗的，但是你用墨汁去泼，就什么都看不清了。一位作家，若"现实"到把黑暗原封不动地搬出来，那大家就瞎了，以盲致盲，什么都看不见了。大家本来就在现实里，若作家的职责只是"搬"，那读者就没有必要看小说了，看小说就是为了寻找与生活和现实有区别的东西。作家的职责是把文字从黑暗里挖出来，带到光亮下面，让大家都看见，而不是把现实端上来，让大家表态，让大家恶心。所以，唯有贴着灵魂的写作，才能写出伟大的现实主义作品。好的作家，要给影子赋予灵魂，就是让影子有灵气，让文学升华为现实的最终的影子，有灵气有温暖的影子。说穿了，就是作家自己的影子。这个影子的心是怎样的，作品就是怎样的。一颗伟大而温暖的心，是不会表达出混乱冷漠让人捉摸不透的东西的。所以作家的个人修养，是当今文学的最大问题。作家不在这个根本上下功夫，单在技术上和题材选取上互相攀比，争奇斗艳，那将永远徘徊在文学的门外。

再者，由于语言的有限性，故事的歧义性，作家要想办法，要努力让读者看清楚，你所要表达的是什么；而不是让读者一头雾水，更加糊涂，似乎不糊涂显示不出你的写作水平。要想表达明晰，首先你自己心里要有光亮，眼里要有光亮；透过黑暗，不受遮蔽。作家要给思考的结晶镀上光，让现实从黑暗里分离出来，走到读者面前。作家的写作，不是说越复杂就越好。比如萧红，她 1911 年生于黑龙江省哈尔滨市呼兰区。她的出生、成长正值中国最混乱的时期，民不聊生，唯剩黑暗。但是她的文字，却是思考黑暗的果实，黑暗的结晶体，闪着亮光，写得老实地道。她的代表作《生死场》，描写了"九一八"事变前后，哈尔滨近郊的一个偏僻村庄发生的恩恩怨怨，字里行间描摹着中国人一生的坚强与死的挣扎。《呼兰河传》来源于作者童年生活的回忆，描写北方小城人民愚昧不幸的生活。这两部小说，成了那个时代很重要的现实主义力作，过去了那么多年，没被人们遗忘不说，反而越来越受到读者的关注。

文学性是俄国形式主义批评家、结构主义语言学家罗曼·雅柯布森在 20 世纪 20 年代提出的术语，意指文学的本质特征。雅柯布森认为："文学研究的对象并非文学而是'文学性'，即那种使特定作品成为文学作品的东西。"文学性指的是文学文本有别于其他文本的独特性。在雅柯布森看来，如果文学批评仅仅关注文学作品的道德内容和社会意义，那是舍本求末。文学形式所显示出的与众不同的特点才是文学理论应该讨论的对象。[1] 简而言之，文学性是文学内部研究的基本问

---

[1] 转自周小仪《文学性》，载《文艺学新周刊》2006 年 13 期。

题，它研究文学的元素及其构成方式。

以小说为例，文学性主要指的是小说的故事、语言、人物、结构等基本要素。2013 年，我曾写过《什么是好的中国小说？——以老村经验为例》。在文中，我以《骚土》为例，提出了"中国好小说"必须具备品质和面貌。我提出"中国小说"这一概念，"我想不仅是文学的需要，同时也是民族文化的需要。中华民族面对世界以及我们所处的时代，单就文学写作说，不弄明白什么是我们自己的小说，人家就不知道你是怎样的一种精神姿态。而想创造出真正的'中国小说'，就必须逐渐摆脱对西方经验的被动依赖，主动而自觉地返回到中国人自己的文学经验的'原乡'。好的中国小说，来源于我们中国人自己的生活，是我们精神的有机组成部分，因而也是描述我们自己精神生活与现实生活的一种极其高级的写作范式"[1]。

上述观点，是 2013 年我对中国好小说的最初认识。但从文学性上讲，最近通过思考，我还是觉得一部好的中国小说，它应该具备八个方面的要素。

好小说应该具备的八个要素

第一是故事好。应该说，中国小说，特别是几部古典名著，故事个个都是非常精彩的。生动的人物和好的故事，几乎是中国小说最最重要的特征。从某种意义上说，也是我们民族文学的最重要的品质之一。《红楼梦》《水浒传》《西游记》《聊斋志异》等，它们其中的故事

---

[1]　周明全：《什么是好的中国小说？——以老村经验为例》，载《当代文坛》2013 年第 5 期。

和人物不仅养育了我们的戏曲、评书、民族通俗文化，还潜移默化地影响着我们每一个人的个人气质乃至精神生活。作家曹文轩就认为："故事与小说的关系是无法解除的，是一种生死之恋。"[1] 但遗憾的是，改革开放以后，争先恐后地追赶潮流的中国作家们一时学习西方模仿西方，把西方文学技巧几乎全部演练了一遍。什么无故事无主人公，甚至无主题的写作，也成为一时的时尚。金庸就曾直言不讳地指出了中国小说家不重视故事的问题。他说："中国近代新文学的小说，其实是和中国的文学传统相当脱节的，很难说是中国小说，无论是巴、茅或鲁迅，其实都是用中文写的外国小说……那传统意义的中国小说是什么样的呢？我觉得首先应该是好的故事，细致入微，曲折动人，一章一回，环环相扣。作者要先踏踏实实把故事讲好，别急着抒情、议论，更别先想着什么'文字的张力'、'意象的感人'之类，就是所谓的以辞害意。"[2] 可是，近年来，作家们急切地抛弃了故事，玩弄技巧，有意忽视，甚至看不见故事。可以说，故事讲不好，是小说失去读者的一个主要因素。

故事是什么？福斯特说，故事虽是最低下和最简陋的文学机体，却是小说这种非常复杂的机体中最高的要素。同时，福斯特也一再强调，小说是故事，故事是小说的基本面，没有故事就没有小说。[3]

莫言的《丰乳肥臀》讲述的是母亲苦难的一生；贾平凹的新作《带灯》，通过最基层、最日常的琐事，讲述了带灯这个女乡村干部的故事。他们故事讲得好，自然吸引了大量的读者；只有读者愿意读，写作的价

---

[1]   曹文轩：《小说门》，第31页。

[2]   金庸、徐德高：《写小说先得会讲好故事》，载《法制晚报》2007年5月2日。

[3]   [英]福斯特：《小说面面观》，冯涛泽，花城出版社，1981年，第22页。

值才得以彰显。那些鄙视故事的作家，其实骨子里是鄙视读者的，写作自然成了自说自话、自娱自乐的文字游戏。从读者对小说的接受度上看，"长期以来，人们对小说的兴趣在很大程度上来自故事。古往今来的人们对故事的传播和接受表明了爱听故事乃是人类的一种本性" [1]。

马原的《牛鬼蛇神》出版后，遭受不少质疑。但他在接受采访时辩解道："一场大病会让任何人成为哲学家。面对生死，我会想能不能继续活着，在被迫成为哲学家的过程中，有了《牛鬼蛇神》这部小说。" [2] 我自己买了本《牛鬼蛇神》，痛下决心多次，依旧没读完。我个人觉得，这是马原为宣传新书的说辞，小说就是小说，不是哲学，也不是宗教，若一个读者想了解哲学，可以直接去读哲学书籍，干吗来读你的《牛鬼蛇神》？

"为小说争得巨大荣誉的，也只有故事。一名小说家的成功之道就在于如何讲好一个故事。舍此别无他途。" [3] 作家老村在总结自己的写作时说："小说家的第一可贵之处，是应有一种职业的诚实。他呈现给读者的，首先应是故事，一个接一个的故事。读者从他那里得到的，是不懈的阅读快感和刺激。"中国小说尤其有这一传统。老村在写作《骚土》的过程中，就是循着这一传统，将自己看作一个旧时代游走江湖卖艺为生的艺人，为了谋生与谋生的技巧，忠实地为读者、为诸位"看官"说唱。

第二是人物典型，个性突出。小说中的人物，可以说是读者打开

---

[1]　徐岱：《小说形态学》，杭州大学出版社，1992 年，第 108 页。

[2]　《作家马原新作〈牛鬼蛇神〉引发评论界关注》，转引自新华网，http://news.xinhuanet.com/book/2012–11/30/c_124026103.htm。

[3]　徐岱：《小说形态学》，第 372 页。

小说之门的一把钥匙。比如，余华的《活着》中的主人公富贵，就是我们理解整部小说的关键。"如果把一篇小说比做一件衣裳，那么人物就是这件衣裳的衣领，衣领具有统摄全局的重要作用。没有衣领的衣裳只能是奇装异服，没有人物的小说也只可能是偶尔为之的探索性新潮小说，常规意义上的小说都应该有人物，而且，还应该将塑造人物形象作为小说创作的核心任务。"[1]

古往今来，每个时代的作家，都为我们塑造了不少性格突出的典型人物，多少年过去了，可能读者已然忘记了作品的名称，忘记了作者，但那些典型人物，还是被我们铭记在心。比如，阿Q这一形象，别说识文断字之人，就连乡村妇女，嘴边都时常挂着"阿Q"，阿Q显然已经超越了小说，成为一个专有名词。"一部小说读过一段时间后，书中的人物仍能活生生地留在我们心中，人们不仅记得他们，而且推断得出他们对日常生活中发生的事情会做出什么样的反应，这就是好小说。"[2]

作家在塑造人物时，最初往往是通过人物的外貌、姿态、行动等外部特征的刻画，来反映人物内在的思想、情感和性格。鲁迅在刻画阿Q时，就是通过阿Q的言谈、姿态，甚至他戴的帽子这样的细节，来展现他的性格。再比如老村的《骚土》，在开篇，写主人公季工作组进村，第一层次，通过读者的眼睛看，"这人瘦高身架，披一件旧黄大氅，看相是残废军人，一颠一跛，走得十分气势"。第二层次，通过作品里的旁观者庞二臭的眼睛看，"说来二臭也是眼观六路耳听八方之人，来人的这种走首和排场，单是没有见过。待那人走近，二臭看仔

---

[1]　纳张元：《写活人物是小说创作的重心》，载《文艺报》2014年2月28日。

[2]　[西班牙]德利维斯：《小说技法探究》，收入《"冰山理论"：对话与潜对话》（下册），崔道怡、朱伟、王青凤、王勇军编，工人出版社，1987年，第872页。

细了，竟不怎么熟悉。且不说冬瓜般的头形，几绺萝卜缨子的头发下面，盖着的一张二指宽的脸面，生得也着实稀罕"。第三层次，作者用民间俚语，对季工作组外形的特殊性再一次进行描画。这些文学性的描写，一层一层的，看似简单，实际上是真功夫，是来自生活提炼得很厉害的技巧，让季工作组的这一形象，瞬间"圆"了起来，甚至让人感觉写到了人物深层，有一种意象的美。我翻阅了马原等作家出版的新作，首先在人物描写上，看不到这样扎实的功夫。

文学的真正动力是生、死、人性、人生、灵魂、爱。塑造人物，最终还是需要往这些终极命题上靠。比如，莫言在《丰乳肥臀》中对司马库的塑造，通过他火烧村头石桥以及破坏日军铁路桥梁的两次战斗，将其英雄本色、有勇有谋，最重要的是人性，给写活了，让人过目难忘。

当下，每年出版近 4000 部长篇小说，中短篇更是不计其数，但真正让读者记忆犹新的人物又有几位？若读者读完一部小说，连主人公什么样子都记不住，那么，这个小说绝对是失败的。

第三是语言优美有力。童庆炳认为："语言是文学的第一要素，它往往比题材等更能显示作家的个性。"[1] 但在当下，不少作家的创作已然没有了难度，几个月搞一部数十万字长篇的小说家比比皆是；但这些小说，语言粗糙得惊人，语言的真实性、语言的气质、语言的状态全部被忽略。整部小说，"只见语言的奔跑，看不清语言所指的世界本身"[2]。

---

[1]　童庆炳：《文体与文体的创造》，云南人民出版社，1994 年，第 162 页。

[2]　郜元宝：《眺望语言》，收入《在语言的地图上》，文汇出版社，1999 年，第 97 页。

　　"五四"前后，虽然很多作家反传统，主张全盘西化，但他们的语言是浸润在中国传统文化中的，他们的成长是在浓厚的中华文化土壤中，这就犹如一瓶酒，你在里面放菜，或者放别的，但酒本身的味道并没有变。就如林语堂、沈从文、鲁迅等人，西方汉学家很认可他们，原因之一，就是他们的汉语底子很厚实。直到 80 年代末至 90 年代初期，作家们基本上还是尊重语言的。比如当时莫言的《红高粱》、阿城的《棋王》、贾平凹的"商州系列"等，对语言的重视度还是很高的，他们的写作，基本尊重了语言的内在价值。像余华写《活着》时，他把汉语的体味带进了小说里，《活着》自然成了中国当代文学史上的经典作品。但是到了《兄弟》《第七天》时，余华的语言也开始粗糙起来，这或许是余华被不少读者批评的一个原因吧。

　　近几十年来，尤其是网络文学大行其道后，消解了语言的严肃性，从这时开始，小说也就跟着衰落了。用郜元宝的话说，那就是"语言过剩"了。"开放的社会最不缺的东西，或许就是语言了。我们可以想象，一个作家写作时必定有许多纷至沓来的语汇和语法诱惑着他，有许多语言的碎片在他周围漫天飞舞。但是，在这种语言氛围中，并没有他最亲近的语言。他奋力谋求个人语言的某种整体性效果，留给读者的却往往是极易解散的语言堆积物。语言太多了，好语言太少了。"[1]

　　海德格尔在《语言就是语言》中说："语言就是语言这句为逻辑学家所不齿的'同义反复'，昭示我们以全新的思考，回到语言本身，这便是回到此在同存在的融合。"[2] 然而，当下不少作家，完全混淆了语言

[1]　郜元宝：《眺望语言》，收入《在语言的地图上》，第 96 页。

[2]　海德格尔《语言就是语言》，转引自陈原《书和人和我》，生活·读书·新知三联书店，1995 年，第 77 页。

本身所具有的状态，言不及物，言不由衷。语言的纯正性尽失。

再好的大师，面对真正要写的一部小说时，如同女人生孩子——你无法掌控你生的孩子是否如你想象的完美，连是否健康都无法掌控，这就是小说的魅力。大师同样也有很多败笔，甚至失败的小说，因为创造一部小说如同创造一个人。人是有血肉、灵魂、思想的，你无法控制的就是这些。一部小说是否写得生动，作家真的非常难控制，这就要求作家的语言要有激情，要有力量感，而且感性。语言就是鲜花的外表，语言必须像一朵花一样美。古人言，妙笔生花，就是此理。

在近年的阅读方面，我觉得真正尊重语言，给语言以尊严感的作家，真的很少，但上海的金宇澄是其中的例外。金宇澄的《繁花》用上海话来写，还夹杂着口语，极大地挖掘了语言的纵深感。另外小说追求"话本体"，这和传统中国小说接轨了，是部难得的中国人自己的好小说。

我一再提及语言的重要性，就是想提醒写作者，真真正正地把态度端正过来，老老实实地做语言的功夫。另外，最近有关作家如何书写现实的讨论，我觉得，应该首先把对语言的尊重，以及给我们民族语言以尊严感这个大题目，提到议事日程上来。

第四是历史感。优秀的小说，是应该具有比较强大的历史感。所谓历史感，我以为相当于我们所说的生物的 DNA，你看不见它，但它却构造了你，这是文学作品千古不变的一条主线，古往今来，一直在影响我们，尽管我们在变，它没有变。近年，小说，尤其是长篇小说，少有那种震撼人心的作品，主要的还是历史感的缺乏，DNA 是乱的。

当然，小说的历史感不等同于历史小说，这是两个完全不同的概念。历史小说是小说的一种形式，它以历史人物和事件为题材，反映一定历史时期的生活面貌、历史发展的趋势等。这类作品所描写的主要人物和事件都有历史根据，但情节可适当虚构。那什么是小说的历史感？"批评家张艳梅曾经有过很好的解说：'历史感到底是什么？写历史，不一定有历史感；写现实，也不一定没有历史感。历史感是看取生活的角度，是思考生活的人文立场，是细碎的生活表象背后的本质探求。'一句话，要想使自己的长篇小说显得雄浑博大，拥有突出的'历史感'，就不能仅仅停留在事物的表象层次进行浮光掠影浅尝辄止的扫描，就必须以足够犀利尖锐的思想能力穿越表象，径直刺进现实和历史的纵深处方可。"[1]

刘震云的《温故1942》，张浩文的《绝秦书》，都是极有历史厚重感的好小说。前者展现了河南大饥荒，后者再现了陕西民国十八年的饥馑，都是通过历史的遮蔽，试图还原历史真实，有历史的厚重感。有历史感的小说不轻佻，不像当下不少作家，热衷于描写男欢女爱，完全呈现出一副历史虚无主义、文化虚无主义样貌。

小说的历史感，并不在于说一定要写历史。比如，张怡微的中篇小说《试验》，写的是当下的上海最平常的家庭和人，但她笔触深处是写计划生育推行数十年后，各种因意外或不愿意结婚的独生子女们，尝试用各种方式相互取暖的"试验"。小说虽写现实，但却有历史的纵深感。

如何才能使小说具有历史感，程光炜给出了答案。他说，要使小说有历史感，应和传统接轨。"我们都知道艾略特有《传统与个人才

---

[1]　王春林：《2013年长篇小说：70后作家克服历史感不足之局限》，载《山西日报》2013年12月25日。

能》这篇杰出的文章。他的主要意思是，优秀的作家只能在'伟大传统'的轨道上实现自己的才华，没有一个人是能够脱离本国传统文化而取得艺术成就的。"[1] 雷恩海也表达了同样的意思。他说："在中国文学发展史上，前代文学往往是后来文学的滋养，或者作为进一步创造的'材料'，如《三国演义》《水浒传》是在话本、讲史的基础上发展而成；《红楼梦》与《金瓶梅》有着密切的演进关系；《聊斋志异》说鬼怪、刺人世，入木三分，与前代志怪小说、唐人传奇，一脉相承；其文学语言的典雅、简洁，兼有骈文和古文的优长。"[2] 要使小说具有历史感，深耕文化传统，在传统中汲取资源，乃是最佳之道。

所谓的从传统里找资源，且时变时新，是寻找好的历史感的一个很好的方法。当然，历史感，我以为还应该体现在你当下作品中的人物谱系里。比如，老村的《撒谎》中的阿盛和鲁迅笔下的阿Q，就是在不同的两个历史空间里，遥相呼应的同质异构的形象。

第五是经典性。所谓经典，就是放在任何时代，它依旧能掀起大风暴。如莎士比亚之于英国和英国文学，普希金之于俄罗斯与俄罗斯文学，鲁迅之于中国文学，他们的经典都远远超越了个人意义，上升成为一个民族，甚至是全人类的共同经典。所谓小说的经典，那应该是，它暗合了时代的基本面，反映了时代最本质的社会、人等各个方面的特性，能代表一个时代，并为后世了解此前的社会提供必要的文学范本。比如卡夫卡的《变形记》，它是那样深邃而明晰地反映了他所处的时代人与社会、人与人的关系，当然，重要的还是它再现了那个时代

---

[1]　程光炜：《当代小说应如何面对文化传统》，载《文艺报》2014年4月30日。

[2]　雷恩海：《中国古代文学经典对当代文学的价值》，载《文艺报》2014年5月28日。

最本质的社会景象。

贾平凹的《废都》出版后，一度引起巨大的争议。但却是中国 20 世纪 90 年代知识分子最普遍的颓废的再现。作者对经典性的自觉，从而构成《废都》不可忽视的重要原因。《废都》通过大量对性的描写，将以庄之蝶为代表的知识分子的虚无、颓废等世纪末的精神废墟景象很好地表现出来了。"小说所写到的备受争议的性苦恼，其实也是精神危机的一个写照，因为现代人精神空虚之后往往会用性的放纵来填补。"谢有顺认为，"但多年之后，我们必须承认，这是本重要的小说，它生动地写出了那一时期中国社会的价值迷茫和知识分子的精神危机"。[1]

博尔赫斯在《论经典》一文中说，所谓经典著作，指的是一个国家，或几个国家，或一段很长的时间决定阅读的一本书，仿佛在这本书的书页之中，一切都是深思熟虑的、天定的，并且是深刻的，简直就如宇宙那样博大，并且一起都可引出无止境的解释。[2] 一本小说，只有具有经典性，才可能成为博尔赫斯所说的经典著作。按博尔赫斯所说，贾平凹的《废都》就是一本当代难得的经典著作。

真正有生命力的经典，是能经得住反复解读的。具体地说，小说经典应该在以下方面有出色的表现："（1）小说经典是以'故事'为最高要素的；（2）小说经典是浸渍于人性之中的；（3）小说经典是包含哲学意蕴的；（4）小说经典是富于独特的语言魅力的；（5）小说经典是超越时空的。"[3]

---

[1] 李培：《专家：〈废都〉是知识分子的镜子 丰富大于"性"》，载《南方日报》2009 年 8 月 11 日。

[2] [阿根廷] 豪·路·博尔赫斯：《作家们的作家》，倪华迪 译，云南人民出版社，1995 年，第 21 页。

[3] 胡德才：《当代文学经典应有的特征》，载《文艺报》2014 年 3 月 7 日。

从胡德才对经典的概括看，他几乎包括了我在上述已经论及的故事、人物、语言等诸多方面。小说能在这几个面上做好，已属不易。但要达到最好的状态，我以为，还差点火候，这是为什么我将经典性仅仅作为好小说中的一个指标的原因。因为，除了在技术层面老老实实做好之外，真正好的中国小说，在文本中，还应该隐隐呈现思想层面的思辨，以及哲学层面的思考。我以为，在好小说的层次中，还有比经典性更为高级的因素，比如，诗性美、拙朴美和浑然美。而此三点，就已经超越了小说的技术层面，直接进入了哲学层面。

第六是诗性美。文学是想象的艺术，如果太满，回味的空间不大，会使得小说的艺术感下降。当然，很多事也是只可意会不可言传的。不着一字，尽得风流，也许就是这个意思吧。

在小说的表现中，诗性和意境相通。意境是我国传统美学和艺术理论的概念，主要用于诗论和画论中。在中国文学史上，第一个提出"意境"说的是盛唐诗人王昌龄。近代学者王国维借鉴西方文艺理论，对传统观念加以阐发，提出了许多独到的见解，被认为是意境理论的集大成者。他在《人间词话》开篇就提出"词以境界为最上。有境界则自成高格，自有名句"。他把"境界"即意境，看作创作的审美的最高标准。他说，何以谓之有意境？曰：写情则沁人心脾，写景则使人耳目清新，述事则如脱口而出是也。指出了意境所应具备的鲜明生动性和艺术感染力。作家曹文轩这样总结说："作为文学之一种的小说，就是这样一种特殊的精神形式，它的特色就是采用隐蔽的方式去呈现现实，而它的魅力也正在于它的隐蔽——就是因为使用了隐蔽的手法，才生成了一种叫'小说'的精神形式。……只要是一种被称为'小说'的精神形式，就肯定要使用这一手法——这一手法是它的必备手法——它

甚至就不是一种手法，而就是小说本身。" [1]

在诗意的提炼上，老村的《骚土》同样值得赞许。比如他对乡绅邓连山上吊的描写。"告密者的确是邓连山。这事后来为人知晓。邓连山做好人不成，于公元一千九百六十九年冬某日，在村东高崖上的柿树自缢身亡。首先看见的是早起上学的碎娃。红彤彤的太阳将高崖上的柿树和悬挂尸首陪衬得十分美丽，像是一幅精致的剪纸……"这一意象，作为那个时代的悲剧典型，可以说当代中国小说中很少见到。对邓连山的塑造，老村完成了对古典的超越，对所处时代文学描写中乡绅这一典型形象的超越。邓连山在《骚土》里，是一很有意思的人物，从他命运的变迁上，可以看出中国式乡绅的悲情色彩。在《蛙》中，蝌蚪给杉谷义人的第一封信里，有这样几句话："正月二十五那天，我家院里那株树形奇特而被您喻为'才华横溢'的老梅，绽放了红色的花朵。好多人都到我家去赏梅，我姑姑也去了。我父亲说那天下着毛茸茸的大雪，梅花的香气弥漫在雪花中，嗅之令人头脑清醒。"这亦是莫言以老梅开花来暗指宽容，对姑姑的宽容、对历史的宽容。老梅开花这一意象，让莫言的创作带来震撼，亦是《蛙》的魅力所在。

那小说创作，要如何才能具有诗性。我想，这首先需要作家自身的修为，修炼到了，自然成佛，修养不到，硬搞，只能是走火入魔。另外，在具体的写作中，要懂得恰当地留白，给人以想象的空间。只有这样，小说的张力才能出来。

第七是拙朴美。"拙朴"的本义是指敦厚和朴实。"拙"指不灵巧，不灵活。"朴"本义指的是没有细加工的木料，比喻不加修饰，有朴素、

---

[1]　曹文轩：《小说门》，第204—205页。

质朴的含义。"拙朴"指的是事物敦厚古朴的质地。[1]这是古典诗学概念。拙朴强调的是诗歌的朴素美、本色美，语言真率自然，不事雕琢，同时又是内心自然流露的艺术表现。

中国早期文学故事，譬如，《山海经》里的精卫填海，譬如源自民间传说的牛郎织女等等，这些故事，你初听，既朴又拙，但是它具备一种穿透时空的特质。中国现当代小说，深受西方之影响，大家攀比着炫耀技法，什么无主题写作、零度叙述、魔幻现实主义、暴力美学等等，充斥在当代作家的创作中，可以说当代作家大多是些聪明的作家，完全无"拙朴感"，更少有天真之趣。一个个将小说写得老谋深算，除了技法的奇技淫巧，什么都没有。

其实，小说写"笨"一点何尝不好，少些对技巧的追逐，多一些踏实的努力。外形上的"笨"，说不定反而能显示出更高层面的"内美"。"内美"这一概念，似乎是画家黄宾虹提出来，并身体力行地予以艺术实践的。近期在书画界，黄宾虹的名气越来越大，这其中缘故，不是别的，是我们书画家和理论家，关于笔墨的认识，到了今天这个时代，才终于统一了起来。大家终于认识到黄宾虹的画，看似又黑又拙，却是超越一般形式绘画之上的更高级的绘画。中国文化讲究"内美"，是重质的文化，即所谓"文质彬彬，然后君子"，以及人们常说的"粗头乱服，不掩国色"，也就是我所说的拙朴美。拙朴美的发现，竟也是我们老祖宗在审美意识上了不起的地方。总之，中国画和中国小说里的拙朴美，时至今日，西方人似乎还不大了解，不过可以让他们慢慢了解。但是其中蕴含的审美意识和美学思想，在我们老祖宗那里，显然

---

[1]　参见高阳《水墨画风格与拙朴论》，载《文艺争鸣》2011年第4期。

已经走到世界的前端。

第八是浑然美。浑然美是艺术的最高境界。刘熙载认为，文得气便厚。文学的浑厚依赖于作者气养的浑厚，这种浑厚之所以名曰浑厚，因为作者的情思不是在个人感受范围内兜圈子，而是与社会、国家、个人，乃至自然宇宙的浑然归一。

李利民在《论盛唐气象的浑然美》中，从盛唐诗歌着手，论述了盛唐诗歌的浑然美。李利民认为，盛唐诗歌之所以具有浑然美，乃是因其境界浑灏、气势浑雄、风神浑逸、意境浑融、气格浑雅、语言浑成。浑然美，是盛唐诗人气养达到浑然境界后，在诗歌领域表现出来的总体特征。李利民分析认为，这主要是三方面原因所致："一是元气的混沌状态是对人精神修养的范本；二是儒家和道家的浑然境界，是对人精神理想修养的两个主要目标；三是盛唐时代的浑然气象，反映的是人类理想通往现实过渡的桥梁。"[1]

从李利民的分析中不难看出，当下中国小说家为何难以创作出具有浑然美的小说。从作家的层面看，首先，浑然美是一种大的社会气象，乃至于成为某些作家最终的精神构成，当下即便有几个真正有追求、脊梁骨硬的作家，但蔚然成为气象的现象，显然还有相当的距离。相反，这个时代在物质主义的压榨下，软骨症、精神侏儒症遍地皆是，在这样的状态下，想出现那种诗意的浑然美来，是很难的。再从修养看，不单单作家，整个社会都呈现出缺乏信仰的虚无状态，先前儒家和道家的浑然境界，在当下社会里几乎丧失殆尽，也很少看得见历史残剩的丁点儿辉光，很显然，我们已经没有写出具有浑然美的作品的精神空间。人

---

[1]　李利民：《论盛唐气象的浑然美》，载《江汉论坛》2010 年第 11 期。

不聚气，修养达不到，自然无法创作出具有浑然美的小说来。

中外文学里，马尔克斯的《百年孤独》真正做到了浑然美，它几乎是小说中的最高状态。中国古代诗歌，那种具有浑然美的气象，在当代作家的创作中几乎完全寻不到踪影。

小说的出路在于文学性的增加

上述八点，我以为是好的写作者、好的作品应该具备的文学状态。具备前三者，一般来说已相当不错了；能从第三跳到四和五，可以称其为优秀小说；能达到六、七的层面，已然是当代最优秀的小说了。而后三个层面，我以为，正是我们人类首先从美学意识上建立起通往自然、与自然和谐共存的桥梁。在当今日益严酷的自然环境面前，这后三者无论达到达不到，我想都应该成为一个优秀作家、文学家的精神自觉。先不要讲这个主义那个主义，无论如何，文学应该向着这八个维度迈进，使小说的文学性增加，这比什么都更实实在在。只有这样，中国的小说，才有根本的出路。

2014 年 2 月 16 日

2014 年 6 月 4 日修订

2014 年 6 月 11 日夜再改

"中国小说"在世界文学中的独特地位

当人类文明已进入"地球村"的今天，作为中国文学的黄钟大吕——中国小说，是否还会独立存在？或者说，作为"中国小说"，其所显现的意义，是否曾经有过？我想，这是当今中国文学极为重要的一个问题，也是一直被我们有意无意回避着的问题。

"中国小说"始于神话传说，开端是《山海经》和《汲冢琐语》，之后是汉魏两晋南北朝的志怪杂传，到唐传奇、宋元话本，一直到明清较为成熟的白话小说的涌现，可以说"中国小说"的发展，是有一条完整的脉络可寻的。但到了现当代，大量的中国小说，已不再是在继承"中国小说"传统的基础上写成的，而是学习西方、模仿西方的产物。当今我们许多人谈论的中国小说，其实是个很宽泛的观念，主要是指近现代以来的小说。而我这里想探讨的，是有着较为明确的指标，或者说有着深刻的文化遗传 DNA 的，是属于中国的"中国小说"。

"中国小说"来自历代文人的叙述实践，自成体系，不对"中国小说"进行研究，就无法真正评介当代中国小说的地位；同时，认识不到"中国小说"之于世界文学的独特性，也会让中国小说的写作者在膜拜西方的道路上迷失自我。这也将导致我们常挂在嘴边的文化自信变得空洞、虚无。尤其当下，中国文学呈现出某种乏善可陈，到了所谓的"有高原没有高峰"的低迷状态。这个时候，似乎更应该回过头来，认真反思自"五四"以来与传统的决裂所造成的文化断裂，对文学尤其是对小说写作的伤害。

我曾提出"中国好小说"必备的三个基本品质和面貌：一是中国精神、中国气派；二是中国故事、中国意境；三是中国风格、中国语言。这或许容易让人误解凡事必扯"中国"，是"中国本位文化主义"作祟。其实不然，之所以冠之以"中国"，是想提醒我们的研究者不能模糊对"中国小说"的认识。我认为，之所以不能抛开"中国"二字，是因为在我们民族的文学以及哲学和审美的深处，有它与别的小说截然不同的特征。我曾专门著文，将其从八个维度，即故事、人物、语言、诗性、历史感、经典性、拙朴、浑然美，来阐释过这个问题。这八个向度，或许还不够完备，但我以为却是好的写作者、好的中国小说，所应该具备的文学常识。

我认为，一部好的中国小说，必须以中国文化的基本元素去构建和创造，以中国文学自己的标准和体系去衡量，它的特征首先应该是"中国或东方""民族或地域"的。重提"中国小说"不仅是文学的需要，同时也是民族文化的需要，更是中华民族面对世界，在未来时代的一种精神姿态。而想创造出真正的"中国小说"，我想，或许有必要告诉我们的作家，要逐渐摆脱对西方经验的被动依赖，返回到中国经验的"原乡"。好的中国小说，来源于我们中国人自己的生活，是我们精神的有机组成部分，因而也是描述我们自己精神生活与现实生活的一种写作范式。

一、中国小说的独特性

小说作为独领风骚的一个文类，无论在哪个国家，都有它的共同之处，但因为各个国家、地区的文化差异，在具体的写作中，又呈现出千姿百态的风貌。

韩少功将中西小说做了一个比较——"小说其实是有不同的传统、不同的定义和不同的理解，中国的小说传统和欧洲的小说传统就是不一样的。欧洲古代发达的是戏剧，如古希腊歌剧。到罗马，到雅典你去看一下，那儿有很多的剧场，他们的小说大多是从戏剧脱胎而来的，戏剧化的痕迹特别重，讲究情节设置、故事安排和人物塑造。西方现当代文学和小说也基本上是依托这样一种写作传统。中国的小说却有点不太一样。由于纸张发明很早，以前考古说是东汉发明纸张，现在根据最新出土文物，可以断定西汉就有纸张的广泛使用了。有了纸张，中国人就大量地写，所以汉代的作家产量之高令人吃惊，动不动就是几十万字。像司马迁、班固这些人，了不得，产量奇高，哲学、历史、诗词歌赋都写，就其体裁而言，基本上是一种大散文的状态。我们的小说是从这个传统过来的。《四库全书》里面有一个'说部'，有一点接近我们小说的概念。这个'说部'里收集的作品，你去看目录就知道，大概 95% 以上是散文。所以说，中国的小说与散文在古代基本上是分不开的。中国的四大古典名著，按照胡适先生的意见，没有一部像小说。《红楼梦》好像接近欧洲标准一点。但《三国演义》《水浒传》都像信天游，说到哪儿算哪儿，人物有时候是有前无后，或者有后无前，是一种散点聚焦，没有一个欧洲小说的那种核心聚焦，是一种流动体，拼接体，甚至有一点芜杂，里面诗也有，理论也有，以及不必要的历史背景罗列，就是这种状况。"[1] 韩少功所言，正是中国古典小说的独特之处。

中国小说的发展脉络，是由神逐渐到人的过渡，若按照此一发展延伸下去，接续而来的应是更加彻底和精细的民间和市井化。而且它的叙述艺术和技术可开发的空间还很巨大，尤其是韩少功讲到的"散点聚焦"，与西方小说的"核心聚焦"完全不同，与欧美意识流小说和复调小说迥然不同。中国小说在叙述上是一种"流动体"，是日常生活的艺术再现，是生活流，这样的叙述和日常生活，和人的生活状态是紧紧贴合在一起的，是一种生命的叙述模式。这也是韩少功所言的"一点芜杂，里面诗也有，理论也有，以及不必要的历史背景罗列"。殊不知，这才是生活本身在小说叙述中的完美显现。我们现在讲到一些小说时，会说这是一部百科全书式的作品。其实，纵观世界文学，真正体现了百科全书式的小说，恰恰是在中国的四大名著以及像《金瓶梅》那样的作品里。

中国小说叙述的独特之处还在于，它的叙述内部是滚动式地向前发展，A 带出了 B，B 带出了 C，C 带出了 D，最后将 A 和 C 和 D 有相交，继续滚动向前发展。这和目前所看到的生命的 DNA 结构是基本相似的，是螺旋上升的，这样的叙述具有其他单线、复线小说叙述所不具备的稳定性和叙述美感。

在胡兰成看来，"好的文章从哪一段看起来都可以，因为它豁脱了旋律，又仿佛没有一个中心事件做主题，然而处处都相见"。[2] 中国小

[1]　郝庆军：《九问韩少功》，载《传记文学》2012 年第 1 期。

[2]　胡兰成：《中国文学的作者》，收入《中国文学史话》，中国长安出版社，2013 年，第 52 页。

说在叙述上，或者故事结构上，正好体现了随便翻开哪章都可以看的特征，比如《目睹二十年之怪现状》《聊斋》等，各个故事看似是独立的，但整体却天衣无缝地集中在一个主题之下。

中国的现当代小说，没有厚重感的一个很重要的因素是，它几乎没有很好地继承自己传统小说的叙述技术。割断中国小说的传统，虽然在叙述技巧上学得了不少西方的技术，但整体观之，则显得单薄、苍白。

从大的文化传统看，中国是一个诗的国度，"即使唐传奇、宋话本、元杂剧以至明清小说兴起之后，也没有真正改变诗歌二千年的正宗地位。而在这诗的国度的诗的历史上，绝大部分名篇都是抒情诗歌，叙事诗的比例和成就相形之下实在太小。这种异常强大的'诗骚'传统，不能不影响到其他文学形式的发展。任何一种文学形式，只要想挤入文学结构的中心，就不能不借鉴'诗骚'的抒情特征，否则难以得到读者的承认和赞赏。另外，在一个以诗文取士的国度里，小说家没有不能诗善赋的，以此才情转化为小说时，有意无意之间总会显露其'诗才'"。[1]

在形式上，"中国小说"，无论是四大名著还是其他小说，里面都大量地夹杂着诗词曲赋。据统计，《红楼梦》中穿插了124首诗、35首曲和8首词；《水浒传》引诗556首、词54首；《三国演义》引诗157首、词2首；《花月痕》引诗212首、词11首；《游仙窟》引诗77首。[2]

中国小说的诗性美，和中文本身的美是高度贴合的。虽然《康熙

---

[1]   陈平原，《中国小说叙事模式的转变》，北京大学出版社，2014年，第198页。

[2]   同上。

字典》有四万多枚字，但我们都知道，对一般的中文写作者，能掌握四五千字，就能很好地进行创作。一个中文字，代表了不同的意思，它们组合在一起产生的意境，很多时候我们只能借用这样的一句话来形容——"只可意会，不能言传"。比如杜甫有一句诗："微风燕子斜"，这个"斜"字，它直译的意思应该是"斜着身子飞"，一方面它很精到地描绘出了燕子飞翔时灵动自如的轻盈姿态，而再跟这句诗的上一句对仗句"细雨鱼儿出"联系在一起来品味的话，你甚至能品出一种难以言传的意境——"细雨鱼儿出"暗含"水落石出"的味道，"微风燕子斜"则含着微风徐徐吹得飞翔的燕子都斜了起来的意思。综合起来，这两句诗事实上是想用有生命的"鱼"和"燕子"来衬托出"细雨"和"微风"的灵性——这蕴含的味道，直译是很难尽道妙处的。

　　翻译中国古典小说的外国汉学家们，为何大都采取过滤掉原小说中的诗词，而仅仅体现故事情节呢？或者，这些诗词难以用直译的方式体现意境即是一个主要原因。中国古典小说中的诗性美，很大程度上正是由这些烘托背景的诗词来承载的。西方小说更重视讲故事，而中国古典小说则一直暗含有一个中国文人情结——"文以载道"，而《西游记》也罢，《红楼梦》也罢，其中很多抽掉后也不影响小说故事情节推进的诗词，事实上正是作者本人对某一情节或人物的评论。《红楼梦》中每一回的篇末，均用两句诗来进行总结或者说是评论，比如"刘姥姥一进荣国府"中篇末的两句诗是"得意浓时易接济，受恩深处胜亲朋"。我们可以想象，如果今天有作者写小说，写一段评论一段，读者能接受得了？正是古典小说中诗句的精练，才能把作者的"道理"巧妙地嵌在故事情节中，这也是中国古典小说的独特之处。

　　从大的文化来看，西方文化崇尚上帝，中国文化崇尚自然，万物有灵。西方小说创作的诗性在上帝那儿，中国文学中的诗性大多在自然之中。胡兰成在《礼乐文章》中的开篇就写道："中国文学是人世的，西洋文学是社会的。人世是社会的升华，社会唯是'有'，要知'无'知'有'才是人世。知'无'知'有'的才是文明。大自然是'有''无'相生，西洋的社会唯是物质的'有'，不能对应它，中国文明的人世则可对应它。文明是能对应大自然而创造。"[1]胡兰成由此认为中国文学优于西洋文学。

中国古人真是很了不起。一方面他们能制造出浪漫的诗意美，表现出写作的大智慧；同时，亦能表现出拙的一面。拙朴，亦是中国小说的一大特色。美学专家朱良志认为："大巧若拙是中国美学的一大问题。"他说："'大巧若拙'由老子提出。人之生必然追求巧，巧，即技巧、技能。老子所说的大巧，却不是一般的巧，一般的巧是凭借人工可以达到的，而大巧作为最高的巧，是对一般的巧的超越，它是绝对的巧，完美的巧。大巧就是不巧，故老子用'拙'来表达。"[2]对中国古典小说来说，其大巧若拙的美学也始终贯穿在文人的叙述中。

中国早期文学故事，譬如《山海经》里的古代神话精卫填海，譬如源自民间传说的牛郎织女等等，你初听，既朴又拙，但是它具备一种穿透时空的特质。而当代作家大多是些聪明的作家，却完全没有"拙朴感"，更少有天真之趣，一个个将小说写得老谋深算，除了奇技淫巧，别的什么都没有。

作家老村讲到自己第一次逛故宫的体验，当他看到一块汉砖上以

---

[1]　胡兰成：《礼乐文章》，收入《中国文学史话》，第2页。

[2]　朱良志：《中国美学十五讲》，北京大学出版社，2006年，第244页。

极其简练甚而有些粗糙的线条刻画的一匹飞腾之马时，像遭了雷击，感到非常吃惊。这让老村明白："朴质而原始的力量，才是超然物外和穿透历史的大美。人类最有生命力的痕迹，一定是以这种线条画出来的。唯有它才有更为久远的品质。小说当然这样写。"[1] 借鉴山水画技法的大量留白、闲笔等，都是中国古典小说的独特之处，虽然不能一概而论地说它们都比西方的小说叙述方式要好，但至少，它们是中国古典小说所独有的。

另外"中国小说"所蕴含的中国式哲学、宗教、伦理价值观，比如劝人行善、因果报应等，都值得我们当下的研究者、写作者重新审视。这些价值观，自"五四"以来是被轻视嘲笑的，但在当下的中国，也许可以重新加以认识。诚然，西方现代小说里的叛逆、怀疑、批判精神，为今天的人类文明、精神养成贡献多多，但是太多的苦难、太多的残暴，过多地描写血腥、暴戾，确实不利于民族精神的养成。对此，中国小说中的一些价值观，恰恰是一种有益的矫正。在西方现代小说习惯渎神的传统里，中国小说价值观则在告诉人们如何学会敬畏。

总之，"中国小说"有许多西方小说，或者是当下当代小说所不具备的优秀养分，我们没有必要自暴自弃，而是应该在传统中寻找适合当下小说创作的成分，将之发扬光大。

二、对中国小说的认识不能模糊

在晚清以前，诗文、辞赋才是中国文化的主流，而小说地位一直

---

[1]　老村：《吾命如此》，第129页。

较低，这从小说的命名或各个时期对小说的归类便可以看出来。班固是最早试图给小说圈定范围的人，他在《汉书·艺文志》中说："小说家者流，盖出于稗官，街谈巷语，道听途说者之所造也。"在赵毅衡看来，"班固虽列小说为一家，却说它'无足观'，就是说，不具有文化意义。于是，无法定义成为小说的定义，小说似乎是主流文化结构之外的'杂类'文本。'诸子十家，其可观者九家而已。'""在中国文化类阶梯等级上，白话小说的生产和消费，几乎与'娼优'等最低贱文化活动与巫术等异端文化活动相比。"据赵毅衡梳理，14世纪明朝建立之后，曾发生了一场消灭亚文化的运动。朝廷颁布的一系列禁令，把小说、演剧与方术、巫灵、娼妓并列。[1] 清朝的文字狱更甚，康熙四十八年，康熙下令："淫词小说等书，均应永行严禁。"胡应麟甚至认为，小说家虚构过甚可以处死刑，晚清以前对小说的压制是相当严厉的。这也导致了中国古典小说研究的匮乏、缺失。虽然有金圣叹、张竹坡、毛宗岗、叶昼等一批知识分子重新评价白话小说，并身体力行地做几大名著的点评，但这仍然属于感悟式的、碎片化的评价，从整体上，并未建立起中国古典小说的美学价值体系。

新文化运动后，鲁迅撰写了《中国小说史略》，打破了中国小说无史之迷局，成为第一部系统研究中国古典小说的专著，也为中国古典小说的研究奠定了基础。此后，胡适、郑振铎、孙楷第、赵景深到后来的周振甫、李剑国等著名学者，倾心研究传统小说，对后人了解、研究中国古典小说提供了必要的研究成果。但可惜的是，中国小说的美学传统，在晚清至新文化运动知识分子反传统的过程中被决绝地抛

---

[1]　赵毅衡：《苦恼的叙述者》，四川文艺出版社，2013年，第175页。

弃掉了。自新文化运动以来至今，我们的小说写作，一直跟在西方的屁股后面亦步亦趋，虽然客观上取得了一些成绩，西方文学也为中国文学提供了技术上的学习标本以及拓宽了中国书写者的视角，但是我们是捡了芝麻丢了西瓜，基本上将中国几千年的书写叙述传统丢弃殆尽。

1985 年后，当代小说创作几乎向着西方现代派文学一边倒，中国几千年的小说叙述传统，此后几乎完全断裂了。"没有一个人是能够脱离本国传统文化而取得艺术成就的。"[1] 这也可以理解为，为何中国当代难出伟大的作家，因为，依靠模仿，依靠学习西方，并在学习中踟蹰不前、沾沾自喜，是很难建立起中国当代自己的书写传统，很难和西方文学并驾齐驱的。莫言获奖后，很多人欢喜，以为我们已然赶超了西方；其实，事实也许没有中国人自己想象的那么乐观。这可以从近年西方翻译、引进中国小说的数量上看出端倪。

著名学者、批评家程光炜说："经过这么多年的观察，我们几乎可以说，如何面对传统文化，已经成为检验作家是否是一个成熟作家的重要的标准。虽然不能一概而论，但是可以认为的是，站在一线的小说家，背后都有一个自己的'传统'。"在程光炜看来，贾平凹背后的传统是明清小说，王安忆背后的传统是海派文学，余华背后的传统是鲁迅，苏童背后的传统是传统写实小说，莫言背后有《聊斋》作为后盾。程光炜认为"这真是一个巨大的进步"。程光炜说："很多已是小说大家的人，都意识到光是一味谈西方现代派文学，显示的只是自己的短视，是小家子气的行为。以前所有唯西方现代文学是举的激昂言

---

[1]　程光炜：《当代小说应如何面对文化传统》，载《文艺报》2014 年 4 月 30 日。

行，即使别人不指出来，也已经差不多变成了一种笑柄。"[1] 程光炜指出的这几位作家背后的传统之于这些作家，更多时候，或者只是表面的，我们并没有在他们的文本中，发现多少和传统对接的东西；相反，在底层或边缘，一些默默无闻的书写者，却在努力地以自己的书写实践，向伟大的中国小说书写传统致敬。比如李洱的《花腔》，有着中国话本小说讲述的印迹，且在叙述上，有着中国传统文化的影子，整个叙述，像中国人打太极一样，看似无力，却招招隐藏着巨大的力量。包括近来被热炒的金宇澄的《繁花》，都是向传统靠近的最好实证。只要我们的作家能真正向传统回归，哪怕只是逐渐靠近，其作品都会呈现出强大的生命力。《繁花》被热捧，或许可以作为一个极端的事例。

　　但遗憾的是，我们当下的批评家，甚至研究者，更热衷于各种新小说的介绍和宣传，对中国传统小说的研究，对传统小说与当下书写的关系的梳理、研究显得很不够。或者从根子上说，我们对自己小说理论的研究，严重滞后于小说创作。一百多年后的今天，这样的状况依旧未得到有效的改善。

　　晚清至 20 世纪 30 年代，小说理论是先行的，无论梁启超的"小说界革命"、周作人的"人的文学"，还是陈独秀在《新青年》上提倡的"三大主义"，等等，都是先有了理论指导，才有后来的创作跟进，也才有三十年小说创作的繁盛。真正繁荣的文学生态，我想应该是理论前置。这个理论前置不是说有现成的理论去指导创作，而是说，有理论准备的人才会有发现的自觉，才能培养一个新的文学现象，才能使得文学创作顺利、健康发展。

---

[1]　程光炜：《当代小说应如何面对文化传统》，载《文艺报》2014 年 4 月 30 日。

　　对于传统的中国小说，"五四"时的态度是彻底抛弃的，五六十年代虽有零星的研究，但都是为政治服务的。"二十世纪五十年代的《红楼梦》评论、七十年代初期全民性的评《水浒》批宋江之举，都是古典小说研究实用化、政治化的极端表现。"[1] 新时期，我们又奔跑在学习西方的道路上不知回头，中国古典小说的研究虽取得了不错的成就，但都成了书斋里的自我繁殖，并没有在作家们现实的创作中得到具体的体现和实践。

　　这两年，"中国故事"被广泛地提及，不少批评家撰文讨论过，在此不一一转述。我的理解是，"中国故事"或许是当下的中国面对世界的一种姿态，它蕴含更多的是政治话语。我们一批批评家跟进、阐释"中国故事"的文学意味，这并非不可，但是我觉得，这个概念较为宽泛。新闻报道算不算故事？是的，是有故事，但它不是纯正意义上的文学。作为批评家和作家，我们更应该做的是，如何研究和写好"中国小说"，不能用其他概念来挤压"中国小说"，模糊视听。

　　毕生精力都花在研究中国古典小说的叶朗先生，在《中国小说美学》的导论里，疾呼要重视对中国古典小说的研究。他说："中国小说美学，是古代美学思想家对于中国古典小说的艺术成就、艺术经验的理论概括。它既反映了中国古典小说的艺术高度和艺术独创性，也反映了中国古典美学的理论深度和理论独创性。因此，研究中国小说美学，就是有助于提高我们的民族自尊心和自信心，增强我们的民族自豪感。……一个民族，不论是大民族还是小民族，也不论在什么时代，如果丧失民族自尊心和自信心，那么想生存和发展恐怕是不可能的。

---

[1]　张蕊青：《缘于中国古典小说研究状况的思考》，载《山东社会科学》2002 年第 5 期。

一个民族，如果不注意保持自己民族在文化上的独立性，如果不注意保持和发扬自己民族的独特的民族文化传统，如果在文化上搞'全盘西化'，那么在任何时候都是危险的。"在叶朗看来，研究中国小说美学，至少可以从一个方面，有助于提高我们的民族自尊心和自信心，增强我们的民族自豪感。[1]

三、中国的小说创作必须回到正脉上来

依靠模仿的文学，是很难有所超越的。早在 20 世纪 80 年代，韩少功就认识到："只有找到异己的参照系，吸收和消化异己的因素，才能认清和充实自己。但有一点似应指出，我们读外国文学，多是读翻译作品，而被译的多是外国的经典作品、流行作品或获奖作品，即已入规范的东西。从人家的规范中来寻找自己的规范，模仿翻译作品来建立一个中国的'外国文学流派'，想必前景黯淡。"在他看来，"文学有'根'，文学之'根'应深植于民族传统文化的土壤里，根不深，则叶难茂"[2]。若我们的文学，丢弃了传统，丢弃了"根"，没"根"的文学，很难长成参天大树。

我这样说，并非是文化保守主义，而是说，西方好的东西，我们要吸收、接纳，比如它的结构与形式的技巧，对人物与事件的超现实的把握等等。这些优势，为我们突破原来陈旧的文学是有帮助的，我们要在他者中反观自己。

---

[1]   叶朗：《中国小说美学》，北京大学出版社，1982 年，第 20 页。

[2]   韩少功：《文学的根》，收入《世界》，湖南文艺出版社，1996 年。

　　学习、模仿西方小说，尤其是西方现代派小说，以历史的眼光来看，还是应该重视这批作家当年对中国小说令人耳目一新的贡献。当然，我们的现代小说启蒙一个更重要的来源，那就是大量的西方翻译小说。对于中国当代小说写作，这样的启蒙极为重要，甚至至关紧要。因为这涉及小说写作的"现代性意识"。这是全球化时代，小说写作也不例外，离开对世界小说的了解、学习，甚至模仿，怎么可能具有小说写作的世界性意义呢？所以，当下的中国小说写作，学习西方现代派小说，尤其是了解当今世界活跃的一流小说家的写作，依然是必要的事情，这与回归"中国小说"的传统并不矛盾。

　　小说创作的首要因素，在于小说家本人的精神气质，也就是他有什么样的思想文化准备。如果一位中国小说家，满脑子都是美国、欧洲的价值观，并且自负地以为那就是普世价值，而且思维、语言方式也是那样，那他从精神上，就不是一位纯正的中国小说家，也就谈不上中国小说的写作。一位中国小说家，须有中国式的精神气质，思想资源，文学准备等等。如此，这样带着作者个性气质的中国式思想文化要素，对世界文学的读者，才可能具有真正的意义。这样的小说，也才可能让世界读者看到中国小说中的中国气派，领略到其中的中国故事。其次是中国小说的美学气质。如《西游记》《红楼梦》《水浒传》的开头，那是大时空、大视野、循环往复、绵绵不绝式的开头，多大的气魄，一下子就把小说的故事放在一个无比深广的维度里。这样的开篇，在西方长篇小说里，直到《百年孤独》才有，岂可忽视！短篇小说也如此。《世说新语》、《酉阳杂俎》、唐传奇、《东坡志林》、《阅微草堂笔记》、"三言二拍"、《聊斋》里，有太多中国式精彩小说，许多小说，随意拈出一个，就可展开，变成一个精彩的中篇。比如，《聂隐娘》

只一千多字，但里面空间极大，惊心动魄。只是，这样的故事需要重新讲，以现代性的方式重新讲述。最近看到云南作家雷杰龙的一个中篇《斗鸡》，就是在唐人小说《东城老父传》基础上展开的，原小说两千字，雷杰龙用了其中一千字的框架，发挥成近三万字的中篇。唐代小说家陈鸿，一千字的故事就打动了 21 世纪的小说作者，使其感到后面那巨大的空间，真是了得。

当然，中国当代小说写作者，大约都有从膜拜西方翻译小说而鄙视中国传统小说，之后又重新审视中国传统小说，发现其中优秀价值的心路历程。著名作家格非就认为，"当代写作迫切需要走出西方文化的视野，进入真正'中国化'的写作"，指出"中国古典小说的高明与伟大之处是值得我们终生体味的，这些传统才应该成为我们当代小说创作的真正出发点"。[1]

我觉得，中国作家最终还是得回到自己的传统里，从那里拜师学艺，把中国传统里优秀的东西发扬光大，因为那才是一个写作者骨子里的东西，有血肉的、有生命的东西。忽视传统，唯西方马首是瞻，是舍本求末的。拿来主义，短期对中国文学的促进我们不能否认，但若永远只知道"拿来"，就有把路径当目的的不正当性。

"模仿或许可以讨一时之乖巧，但终难面对苍茫的永恒。"作家老村认为，"文学是一个复杂的现象，一时很难说谁对谁不对，总之都是一个过程。唯一能够区分的是将来，到那时方能看到，到底谁更真实更艺术地描述了属于自己的历史和生命的故事，忠实并发展了你所处的时代的语言。文学是文字的学问，是给文字以活的灵魂的工作。

---

[1]   格非：《当代小说面面观》，http://www.xici.net/b167447/d55718341.htm。

只有通过历史的筛选，才能摆脱一切外在影响和评价，回到它的最终本位。不朽将从那里出生"。[1]

韩少功的话，也极为有道理。他说，中国在世界上没有多少话语权，文艺理论上恐怕更是如此。但是中国小说的传统，不能因为人家不承认，我们就一定得扔了。不一定啊。事实上，《马桥词典》出版以后，外文译本（在我的作品中）是最多的，有十个以上。也许外国人觉得这样也好玩儿，也能接受，只是相关的文学理论，有待于慢慢地讨论。他们可能不容易接受中国古人的文学观念，但这不要紧，慢慢来么。[2]

当初掀起"小说界革命"的梁启超曾认为，"在以科学的方法整理中国文化、借西方文化补益中国文化而形成新文化系统的基础上，用中国文化去补益西方文化乃是'中国人对于世界闻名之大责任'"。[3] 好好做好"中国小说"研究，也许能如梁启超所希望的那样，为世界文学的发展、再造提供崭新的元素。

---

[1]　老村：《吾命如此》，第 129 页。

[2]　韩少功：《文学的根》，收入《世界》。

[3]　许苏民：《比较文化研究史》，云南人民出版社，1992 年，第 10—11 页。

中国小说的审美

　　审美的能力决定了一部作品的高度，甚至会构成和影响一个时代文学／艺术的高度。

　　中国当代似乎没有产生较多的影响久远的、对人类有交代的作品，这似乎是由于审美能力的欠缺造成的。一个作家或艺术家，如果不是一个自觉的审美者，就不是一个自觉的写作者或艺术家，所以成就不高。这也导致了近三四十年来，整个中国文坛，一直围绕着20世纪成长起来的数十位作家转圈子，或者说，当代文学审美眼光整体不高，审美上不去，在审美上没有太大突破。这主要是由审美的功利性和审美的单一性造成的。

　　审美是一个伴随着生命成长的过程。是在与美有关的生活中熏染出来的，不是靠简单阅读几本美学理论著作就能解决的。一个不懂得审美的生命，基本上来说就是苍白的、乏力的。他的作品，自然也是单薄的和有缺憾的。

　　审美既是一种生命的浪漫，也是生命对自身的一次提升。

　　我想，文学，尤其是小说创作要在这个时代有新的突破，那么，重建我们的审美观，或许是一条不得不走的路子。

一、中国文学审美的两条路径

中国文学的审美，始终有两条主线：一条是以孔子为代表的儒家的路径，强调文学的社会、教育等功能，强调文学要为现实政治服务，可称之为审美的功利性；另一条是以老庄为代表的路径，强调审美超越实用的非功利性。在《论语·阳货》中，孔子说："《诗》可以兴，可以观，可以群，可以怨。迩之事父，远之事君，多识于鸟兽草木之名。"[1] 孔子看到了诗歌的"用"，着意强调了诗歌的功利性。《论语·子路》中，孔子进一步阐释了诗歌的社会功效——"诵诗三百，授之以政，不达；使于四方，不能专对；虽多，亦奚以为？"也就是说，在孔子看来，《诗》是为政治服务的，常被用来作为施政的依据、外交辞令等。后世，《诗经》成为儒家经典，一直作为权威和规范而存在。由此可见，在儒家的传统中，一直突出的是文学的功利性。

从孔子一路下来，荀子、王充都在强调文学的"用"；到了曹丕，更是直接强调文学的功利性——"文章者，经国之大业，不朽之盛事。"无限抬高文学的地位，无限给文学"加持"太多目的，对文学的审美是有伤害的。刘勰在《文心雕龙》"序志"里说，"唯文章之用，实经典枝条。"[2] 意思是儒家经典犹如树木，而文章则是从树干上生发出去的枝条。文章是经典的附属和补充——依旧将文学的"用"放在第一位。到了唐朝，韩愈、柳宗元倡导古文运动，将"文"与"道"进一步牢固地捆绑在一起。到了宋代，理学兴起，"崇道鄙文"更严重。周敦

---

[1]　李泽厚:《论语今读》，生活·读书·新知三联书店，2005 年，第 477 页。以下引用《论语今读》皆出自此版本，不再一一注释。

[2]　周勋初:《文心雕龙解析》(下)，凤凰出版社，2015 年，第 804 页。

颐在《通书·文辞》中说："文所以载道也，轮辕饰而人弗庸，徒饰也，况虚车乎？文辞，艺也；道德，实也。笃其实而艺者书之；美则爱，爱则传焉，贤者得以学而至之，是为教。"[1] 在周敦颐看来，文只是道的装饰，如果文装饰不了道，那只是艺了。而"艺"在他看来是等而下之的。可见，在理学家眼中，文学没有独立的审美价值，只能作为"道"的附庸而存在。一直到明末的顾炎武，仍然强调"文学之用"——"文之不可绝于天地间者，曰明道也，纪政事也，察民隐也，乐道人之善也。若此者，有益于天下，有益于将来，多一篇，多一篇之益矣。"[2] 顾炎武明确指出，文学是为"明道"、为政治服务的。

在漫长的时间长河中，强调文学为现实服务的声音一直很强烈，到了晚清，在亡国亡种的民族危机中，文学的工具性、功利性再次被强化，如梁启超在《论小说与群治之关系》中，简直把文学当成了万能药，包治百病。在他的眼中，文学的审美是被忽视的，他只看到了文学的"用"。只看到文学的"实用"，势必和时代贴得紧。和时代贴身肉搏，如何去讲究审美？很多人讲文学的"献身精神"，但你把身体都献了，还做什么文学？

因此郑振铎对中国传统的审美重功用的问题总结说："中国文学所以不能充分发达，便是吃了传袭的文学观念的亏。大部分的人，都中了儒学的毒，以'文'为载道之具，薄词赋之类为'雕虫小技'而不为。其他一部分的人，则自甘于做艳词美句，以文学为一种忧时散闷、闲

---

[1]　周敦颐：《通书·文辞》，张声怡、刘九洲编：《中国古代写作理论》，华中工学院出版社，1985年，第6页。

[2]　王忠善主编：《历代文人论文学》，文化艺术出版社，1985年，第3页。

时消遣的东西。一直到现在，这两种观念还未完全消灭。"[1] 郑振铎近百年前所感慨的问题，至今依旧存在。不少作家，还是把文学作为谋求个人功名，甚至是欺世盗名的行骗工具，这是我开篇说的当代文学无法取得更大成绩的一个根本吧。

在儒家的功利主义文学观、审美观之外，另一条审美之路，就是以老庄为代表的强调审美非功利性的一路。而这一非功利的审美，恰恰对中国文学，尤其是小说的创作产生了重要的影响。可以说，中国小说的审美，从源头上，就是跨越时间、空间、阶级的最高端的审美，一开始就追求人类本源的、最具高度的东西。中国小说的这一审美精神从先秦就开始确立，一直影响中国文学数千年之久。

老庄的美学包罗万象，对后世影响很大。本文只针对庄子的"无用之用"谈点陋见。在我看来，庄子的"无用之用"直接影响了中国文学，尤其是中国小说的创作，为中国小说开创出了一条独特的审美之路。

在《人间世》中，庄子提出了"无用之用"；他说，山木受到砍伐，膏火受到煎熬都是因自身造成的。桂子因为可以吃，才被砍伐，漆因为有用，遂遭刀割。世人都知道有用的用处，而不知道无用的用处。[2] 能保全自身，不为物用，当是大用。

在《人间世》，庄子借匠石和徒弟对栎树的不同态度，阐释了这一重要的美学观点。匠石和徒弟在曲辕，见到栎树，匠石对"其大蔽

---

[1]　西谛：《整理中国文学的提议》，载《文学旬刊》1922 年 10-01（51）。

[2]　"山木自寇也，膏火自煎也。桂可食，故伐之，漆可用，故割之。人皆知有用之用，而莫知无用之用也。"陈鼓应：《庄子今注今译》，中华书局，2016 年，第 148 页。以下引用《庄子今注今译》皆出自此版本，不再一一注释。

数千牛，絜之百围，其高临山，十仞而后有枝，其可以为舟者旁十数"的栎树"不顾"。在匠石看来，栎树完全是"无用的"，是"不材之木也"——"以为舟则沈，以为棺椁则速腐，以为器则速毁，以为门户则液樠，以为柱则蠹。"匠石是从世俗、功利的角度看待栎树的，所以，在匠石眼中，不能为社会所用的栎树，就是毫无用处的。徒弟和师傅正好相反，他看到的是栎树的美——"自吾执斧斤以随夫子，未尝见材如此其美也。"徒弟对待栎树的态度，是非功利的，是审美的。

后来，栎托梦给匠石，阐明了自己对"用"与"无用"的看法。栎树自己也不求"有用"——"夫祖梨橘柚，果蓏之属，实熟则剥，剥则辱；大枝折，小枝泄。"一切世俗的所谓有用的东西，最后都被物用了，都失去了真正存在的价值。在栎树看来——"且予求无所可用久矣，几死，乃今得之，为予大用。"因为栎树明白了一旦"有用"，会遭受刀斧之祸，而"无用"，才能养其天年。

庄子提出"无用"，"即不被当道者所役用。不沦为工具价值，乃可保全自己，进而发展自己"[1]。什么是无用？其实它是最高级、最彻底的，对人类最有用的。为了保护"大用"，而去"无用"。对一个写作者来说，世俗的"无用"，是不愿意去伤害自己的元气。时代的杂音，会影响一个真正的创造者的元气——饱满的元气。"无用"的目的是为了实现一个创造者的"大用"。后者是关于审美的自由状态的最高级的东西。

在《逍遥游》中，庄子和惠子关于"有用"和"无用"的对话，也进一步解释了庄子"无用之用"的意义。惠子种了一棵大葫芦，结出了五石之大的果实，惠子用它来盛水，它经受不住水的压力；剖开做瓢，

---

[1]   陈鼓应：《庄子今注今译》，第 114 页。

则瓢大得无处可容。葫芦大得让惠子觉得没有任何用处，就打碎了。庄子听说后，觉得惠子不善于用大的东西，就举宋人善于制造防治手龟裂的药物，却只将其用于漂洗丝絮，后来卖给了别人，别人用于吴越的战争中，大胜后获得了吴王的封赏的故事，说明使用方法不同结果完全不一样。庄子感慨："今子有五石之瓠，何不虑以为大樽，而浮乎江湖？而忧其瓠落无所容？则夫子犹有蓬之心也夫！"任何东西都有它的用处，我们不能执迷于一端，忽视它更大的用。以小用、实用、当下的用，忽视大用，忽视它超越当下的价值和意义，是对"用"的亵渎。

庄子对"无用之用"的界定和阐释，在美学上，具有重大的理论意义。可以说，中国小说，正是在庄子这一美学观照下，才取得了重大的发展。中国古典小说似乎天然地与老庄的"无用之用"思想有着更多契合，因为它从开始即被视为"小道"。而只有当文学不再执着于"有用"，才能达到高度的自由和美。

在儒家的功利主义文学审美几乎占统治地位的背景下，庄子非功利性审美的追求，给文学艺术，特别是小说的发展迎来了自由发展的机会。如果没有庄子的美学，中国文学便只有作为经籍枝叶的诗文存在，始终只强调其明道、载道之用，哪里会发展出想象奇谲、描写深刻、人物鲜活的小说来？

二、从中国小说概念的演变看小说的审美特征

从小说的概念可看出，中国小说从源头就被框定在"小道"之列。最早使用"小说"这个词的是庄子。他说："饰小说以干县令，其大达

亦远矣。"在这里，"小说"在文义上和后来的小说没有任何关系，但庄子所谓"小说"指的小道理，却被后世所借用。稍后桓谭在《新论》中说："小说家合丛残小语，近取譬论，以作短书，治身理家，有可观之辞。"[1] 也是在说小说是"丛残小语"，是"短书"。最能反映古代小说概念的是各个时期的"艺文志"和"经籍志"。《汉书·艺文志》是最早对小说进行论述的书目，对后期各个时代的小说观影响深远。班固说："小说家者流，盖出于稗官，街谈巷语，道听途说者之所造也。孔子曰：'虽小道，必有可观者焉，致远恐泥，是以君子弗为也。'然亦弗灭也。闾里小知者之所及。亦使缀而不忘。如或一言可采。此亦刍荛狂夫之议也。"[2] 小说本来是稗官（一种低级的收集民风的史官），摇铃振铎所收集来的街谈巷语、道听途说。班固论说了小说的来源——"街谈巷语，道听途说者之所造也"——生产场地低俗，也指出了小说的作者——"出于稗官"——作者卑微，无论是对小说作者还是来源的论说，本质上都有对小说的轻视。

之后的各个时期基本延续班固关于小说的论说，虽然表述有所变化，但对小说地位的认识却几乎没变——小说被目为"小道"，是与经史相对立的写作。在我看来，这也恰恰是小说从一开始就赢得独立空间的一个天赐之机。因为是"小道"，所谓圣贤是很不屑的。对小说的歧视，虽然在一定程度上限制了小说的发展，但是，却为小说创造了自己独立的审美意识和审美空间。其实，无论经史学家，目录学如何划归和定义小说，它对小说自身的发展并没有产生太深的影响。文学的

---

[1]   班固：《汉书》，中华书局，1962 年，第 1774 页。

[2]   同上书，第 1775 页。

历史是独立的，它和时代，和其他诸如政治、宗教等有千丝万缕的联系，但这个关系不是左右、统摄古典小说发展的主要因素。我们现在一讲文学，就讲文学与历史、政治、宗教、文化等的关系，这其实是忽视了文学的本体。

李剑国在谈唐传奇兴盛时认为："唐小说繁荣的根本原因应当从小说本身去寻找，从小说传统中去寻找。"在他看来，从外部找原因是没有价值的。"社会一定的因并不必然地要结出一定的文学之果。"[1]这话颇有见地。它提示我们，做文学研究，要更多地从文学的内部去观察，而不是一味从文学外部去谈论。我们要去研究文学的历史，而不是研究历史的文学。

若我们从文学的内部看，古典小说在战国一路到魏晋南北朝至唐的几百年间，属发轫期，但不论是"弘教"的志怪，还是志人，虽不是有意做的小说，但它亦是独立的。至唐小说成为蔚为可观的门类，在文体、审美上更加独立。传奇，讲故事也；也就是口说惊听之事。因此唐传奇往往叙写的是理想主义的英雄豪杰、奇异灵怪（《虬髯客传》《古镜记》等）。对比来看，明代小说集"三言""二拍"中很多故事来自唐传奇，但重写之下却更为生动。其间发生了三方面的转变：第一，明代的小说大多数更关注琐屑的人情世故，而不是英雄奇异；第二，由略到详，增添了许多细节，写情状物，曲折详尽；第三，成功塑造了一众小说人物形象，如杜十娘、花魁娘子等等，不一而足。

类似的情况发生在宋代笔记体历史小说和明清章回小说之间。宋代的《大宋宣和遗事》《五代史平话》等书，是后世《水浒传》等长篇

---

[1]　李剑国：《唐五代志怪传奇叙录》，中华书局，2017年，第15、12—13页。

章回小说的始祖。从《大宋宣和遗事》到《水浒传》，仍在于增添了许多生动丰富的细节，结构精巧，成功刻画了人物形象这几个方面——但这却是中国小说的大进步。

从唐传奇到宋代的说话、话本，再到明代的拟话本、清的长篇章回小说，中国小说从简单走向了丰富复杂，至《红楼梦》，中国古典小说终于迎来了自己的辉煌。正是在这一发展过程中，中国小说逐渐确立了其审美特征：其中好的小说描写广大的生活世界（从神到人的转化），展现琐碎丰富的细节（写实的传统），注重人物的塑造（除了通过生动的对话，到了《红楼梦》，小说开始审视"发生于内心的东西"，展示情感的隐秘世界），使读者受到深切的感染。而这一切的美学特征，莫不与小说最早的来源、其"小道"的本质密切相关。

三、中国小说审美的变迁

中国小说在"五四"之前数千年的发展中，审美经历了几次大的跃变。第一阶段是从《山海经》《琐语》到魏晋南北朝这一漫长的时期。这一阶段，小说处于幼年期、发轫期。现在学界普遍将其看成"小说的胚胎"。这一时期，小说的创作还处于不自觉的状态，这种不自觉的创作和审美，虽然用今天的审美眼光看还很幼稚，但整体上，它依旧是独立的。孔子不言"怪力乱神"，司马迁不敢语怪，这都表明，从源头，小说和经史就是泾渭分明的。

这个阶段的小说，有很多是"自神其教"的，如颜之推的《冤魂志》《集灵记》、刘义庆的《宣验记》、侯白的《旌异记》、荀氏的《灵鬼志》、王琰的《冥祥记》等，这些作者大多是佛教徒、道教徒，他们是抱着弘扬神道的思想，真诚告诫人们信教可以消灾得福，反之则会倒霉遭殃——"大抵记经像之显效，明应验之实有，以震耸世俗，使生敬信之心。"[1] 这类作品虽然是志怪的一个大宗，目的是弘教，但是，有论者认为："志怪小说实际上反映的是文学与宗教共同构造一个非现实形象，它的出发点也许是宗教，最后的归宿却是艺术。"[2] 如《冤魂志》中的"陈秀远"，写的是陈秀远笃信佛教，从而看到了自己的前世和再前世，文字特别优美，如梦似幻；《宣验记》中的"鹦鹉"条，通过鹦鹉的言行，宣扬了佛教普度众生的理念，但它表现的众生平等的观念又是中国文学永恒的主题；《冥祥记》中的"赵泰"，虽是辅教之书的重要代表作品，但通过对地狱的详尽描写，给读者带来了巨大的感染力，而且想象力丰富，其幻想形式对后来的小说写作产生了很深远的影响。这些作品，虽然有"自神其教"的功利性追求夹杂其间，但我们不能因此就完全忽视它的审美，或者武断地说它就是功利性的。

尽管有不少学者认为，这一时期的小说家缺乏主体意识，比如鲁迅认为，这时期的小说多是释道教徒的创作，固然是"自神其教"的，出于文人的创作亦非自觉，不是有意创作一个充满想象力的世界，不过是"纪实"；其实，尽管是"纪实"，六朝志怪小说仍创造出了充满想象和虚构的、光怪陆离的小说世界，已然具有相当程度的审美价值。早的如《燕子丹》《穆天子传》、"汉武帝系列故事"，后面的如陈寔《异闻记》中的"张光定女"，曹丕《列异传》中的"鲁少千""定伯卖鬼"，干宝《搜神记》中的"左慈""弦超""胡母班""三王墓"，荀氏《灵鬼

---

[1]　鲁迅：《中国小说史略·汉文学史纲要》，《鲁迅全集》（第九卷），第 54 页。

[2]　刘勇强：《幻想的魅力》，上海文艺出版社，1992 年，第 96 页。

志》中的"道人幻术"，陶渊明《搜神后记》中的"白水素女""桃花源记"，刘义庆《幽明录》中的"刘晨阮肇"，等等，都是故事情节很完整，想象力很丰沛、奇特的，都是有着颇高审美价值的小说。这个时期的小说往往在开篇强调时间、地点、人物，给人一种千真万确之感。这个"实录"及对"真实性"的强调，也许只是那一时期书写的惯性。小说是以非现实的因素构造着世界，它对人物、现实世界是一个建构的过程，并非史书的实事求是的"实录"。史书强调的是真实性，而小说追求的是真实感。这是两个完全不同的概念。可以说"这些小说，经以人情，纬以神秘，乃是志怪幻想的精髓所在。一种隐秘之情郁结于中，以怪诞不经的幻想若烟若梦地表现出来，自能拓出一个幽邃而空幻的审美境界" [1]。

相对志怪小说，鲁迅先生更看重《世说新语》这类语体小说。在鲁迅先生看来，语体小说是"为赏心而作""远实用而近娱乐" [2]。鲁迅先生看到了语体小说的非功利性。在鲁迅先生看来，汉末魏初是一个很重要的时代，"曹丕的一个时代可以说是'文学'的自觉时代，或如近代所说是为艺术而艺术的一派" [3]。魏晋南北朝也是一个人的解放的时代，为现实政治服务的士大夫心理逐渐减弱甚至是遭受鄙视。文学也从经史中独立出来，从助人伦成教化的功利主义中解放出来。这也是我所强调的这个时期的小说是独立的，审美也是非功利性的一个大的时代背景。经过魏晋时期人的解放，以及自战国、秦汉、魏晋南北朝以来长时间的自我积累、完善，客观上为唐传奇的兴盛奠定了文体基础。

---

[1]　杨义：《中国古典小说史论》，中国社会科学出版社，1995 年，第 116 页。

[2]　鲁迅：《中国小说史略·汉文学史纲要》，收入《鲁迅全集》(第九卷)，第 311 页。

[3]　鲁迅：《而已集》，收入《鲁迅全集》(第三卷)，人民文学出版社，1981 年，第 504 页。

　　唐朝是"有意识地作小说"的时期，这与之前小说主要是收集、辑录别人和古书、民间的故事不同，唐传奇多是作家个人的创作。作家的主体意识很强，同时，这也是中国小说进入更加自觉的审美的时期。

　　陈文新教授分析说："唐传奇的基本审美特征至少有三：一是有意虚构（与人物形象、故事情节相配合的虚构）；二是传、记的词章化；三是面向'无关大体'的浪漫。"[1] 这是从小说本身的角度对其审美的量化。

　　建构更加自觉的审美，这影响到了小说的状态。唐传奇，用今天的眼光看，都是非常现代的。首先，唐朝的小说几乎都是个人的创作；其次，现实题材占比很大。但唐传奇并非如当下不少所谓的现实主义作品，呈现出伪现实主义的特征，在唐传奇里，现实只是它的素材；与魏晋南北朝志人小说的"客观实录"不同，唐代传奇小说是自觉的艺术虚构，是具有极高审美价值的艺术作品。

　　从某种意义上来说，唐传奇又是一种文人的"沙龙"文学，主要目的是娱乐。如沈既济在《任氏传》的篇末写道：

　　　　建中二年，既济自左拾遗于金吴。将军裴冀，京兆少尹孙成，户部郎中崔需，右拾遗陆淳皆适居东南，自秦徂吴，水陆同道。时前拾遗朱放因旅游而随焉。浮颖涉淮，方舟沿流，昼宴夜话，各征其异说。众君子闻任氏之事，共深叹骇，因请既济传之，以志异云。[2]

[1]　陈文新：《文言小说审美发展史》，武汉大学出版社，2002 年，第 25 页。

[2]　沈即济：《任氏传》，收入《唐人小说》，汪辟疆校录，北京联合出版公司，2016 年，第 54 页。

　　从《任氏传》篇末以及其他记载可以看出，唐传奇就是士人的一种高雅消遣，它就是为了娱乐，并没有什么实际的目的，它追求的是审美的愉悦。因此既要动人听闻，又要想象与文采兼备。"娱心"成为唐传奇的发展动力。

　　若说《任氏传》还有很多幻想的成分，那么，唐代的非常现实主义的小说，也是很具娱乐味的。比如，韩琬的《御史台记》是部特别有趣的小说集。如他在《百官本草》中，将药材和官位对应，御史被他写成"太热，有毒……服之长精神，减姿媚，久服令人冷峭"[1]。贾言忠在《监察本草》中，将监察写成"服之心忧，多惊悸，生白发"，等等，总能令人捧腹。

　　总之，唐传奇的精神面貌发生了根本的改变。除了较为曲折细腻的描写，《枕中记》《南柯太守传》对人生如烟的感慨，《东城老父传》《长恨歌传》对帝王的批评，饱含着作者的情感，并非史传文体的冷峻。

　　唐传奇所表现出的审美精神是非功利的，有论者认为这是由于唐代审美心理受到道家影响较大的缘故。"从文学的直接表现来看，它是非功利的，即无论是作者还是读者，在创作或欣赏的过程中都不是为了寻求直接的实际利益满足，而是为了精神的愉悦和满足，即为了审美。""唐人的审美心理受道家思想的影响较大，因而提倡'贵在虚静'和'心虚理明'，强调的是审美主体要舍弃直接的功利目的而以淡薄、宁静之心去对待审美对象。"[2]唐传奇的作者队伍，有一大堆是进士出身，如张鷟、李公佐、元稹、白行简、许尧佐、房千里、沈亚之、张

---

[1]　韩琬：《御史台记》，收入《全唐五代笔记》，陶敏主编，三秦出版社，2012年，第97页。

[2]　蔡梅娟：《中国小说审美与人的生存理想》，新时代出版社，2007年，第81页。

说、韦瓘、牛僧孺等等。这样的作者队伍，且身居高位，没有必要依靠写儒家轻视的小说得到什么。现在很多人注意到"行卷"是促进传奇小说发展的一个动力，也许分析得有道理，但即便是"行卷"，它依然属于文人圈子的交往，本质上还是娱心。

然而，到了晚唐时期，唐传奇开始蜕变，题材范围开始变窄，参与传奇写作的作者也开始减少。至宋，"多教训""忌讳渐多"，"所以文人便设法回避，去讲古事。加以宋时理学极盛一时，因之把小说也学理化了，以为小说非含有教训，便不足为道。但文艺之所以为文艺，并不贵在教训，若把小说变成修身教科书，还说什么文艺。宋人虽然还做传奇，而我说传奇是绝了，也就是这个意思"[1]。鲁迅对文言小说到宋时就衰落总结得特别到位。然而，从宋肇始，白话小说兴起了，中国小说开启了另外一条发展之路。

白话小说作为俗文学，它的重要特征就是以娱乐为主。鲁迅在谈敦煌变文时说："俗文之兴，当由二端，一为娱心，一为劝善，而尤以劝善为大宗。"[2] 也就是娱乐加上道德的教化。这是因为知识分子退出了小说创作，小说创作主体变成了普通民众，"从文化意义上看，它不仅不再是'发明神道之不诬'的工具，而且从主要是一部分士子们显扬才学，以相娱玩的狭小圈子里解放出来，真正成了大众娱乐的方式"[3]。

白话小说表现的是大众的文学趣味，而这趣味，本质上是非功用主义的。"娱心"为主，"劝善"是其表面。所谓"娱心"而不讲"娱乐"，可能意指小说还承担着感动人心的审美功能。明代的拟话本，如

---

[1]　鲁迅：《中国小说史略·汉文学史纲要》，收入《鲁迅全集》（第九卷），第319页。

[2]　同上书，第70页。

[3]　董乃斌：《中国古典小说的文体独立》，中国社会科学出版社，1994年，第117页。

"三言"，多半叙写男女情感之事，作者不忘时时以诗词提醒读者，女色的可怕或亲情友谊等伦常的重要；其实宋以后的小说，开头结尾都有规劝，但正如劝诱大于讽喻的汉赋，小说一旦展开，便进入了变幻旖旎的创造世界，惩劝似乎变得无关紧要了。最典型的例子是《金瓶梅》。作者一方面对色欲的世界极尽描写，另一方面又进行道德的劝诫和评说，显得十分反讽，这使得后者不但没有说服力，而且成为了一种妨碍。到了崇祯年间，道德劝诫色彩浓厚的"词话本"中劝惩的诗词、散套被大量地删除，减少了道德劝诫、增加了人生喟叹的《绣像本金瓶梅》更获风行，并在清代最终取代了词话本。

　　从小说作者这个层面看，我们会发现，宋以前的小说，小说家都是署名的；但从宋开始，小说家就不愿意署名了。包括四大名著在内的作者，都是民国时学者考证出来的，至今仍然存在着巨大的争议。和唐传奇相比，白话小说的作者差不多都来自底层，或者是落魄的文人，常常是对科举及第失望了，才开始白话小说写作，这是一种从主流文化"自我放逐"的行为。当然，并不是说，白话小说的作者是底层或是失意文人，他们就不重审美；恰恰相反，因为出于亚文化层，没有受到太多压制，他们写作的第一追求就是审美。

　　但是，白话小说因为通俗易懂，也在一定程度上被利用。王阳明就主张为"愚夫愚妇"立教，而小说、戏曲是老百姓能接受的且喜欢的，这虽为参与小说写作的人提供了沿亚文化阶梯而上的机会，使白话小说呈现出一个逐渐雅化的过程，但也使得白话小说有意无意地附带了"劝善"的功利性追求。当然，这些并非小说的主流，任何时代，都不可能所有作品整齐划一地遵循一种创作原则，或者只存在一种小说观。宋以后的白话小说，虽然经历了多个阶段的发展，但整体上，是朝着更加独立、更加注重审美的方向发展了。

我觉得张文江先生在讲《西游记》时，将古典小说，尤其是白话小说的独立性说得很透彻。他说："好的作品是用'息'堆出来的，《西游记》吸收了好几代人的'息'。最初由一个取经的故事，过一段时间编一点上去，过一段时间编一点上去，加一点减一点，这样积累下来，气息就渐渐丰厚了。有人喜欢这个故事，那么就再写一遍。什么时候遇到天才，一下子就出来了，这个概率非常之高。好的小说体现了民族文化的想象力，因为读者有这个期待，愿意听这个想象。好东西其实都是无名的，都是从奇奇怪怪的地方出来的。小说也这样，本来也没想好要写的，不知道怎样得到一股力量，写着写着有了一大段，多一些时间又是一段。"[1] 包括《三国演义》《水浒传》都是这样滚雪球式地"息"出来的，到了《金瓶梅》《红楼梦》就完全是作者个人的独创。它的审美追求达到了高度自觉状态。如果说白话小说也难脱"用"，即很多小说表现的因果报应，它已经完全超越了宗教层面的报应观，而是文学对人的"怡情悦性"，是润物细无声的，是大用。

《红楼梦》以后，清末民初的小说开始过度关注现实，出现了《官场现形记》《二十年目睹之怪现状》《老残游记》等以"用"为主的小说，如吴趼人就宣称写作是为了"急图恢复我固有之道德"[2]。至此，中国古典小说的辉煌落下帷幕。梁启超等发起小说界革命，明是抬高了小说的地位，但却使得小说再也无法摆脱被"用"的命运。它实际上是取消了小说的独立性，完全忽视了小说的审美。阿城一针见血地说："以前

---

[1]　张文江：《〈西游记〉讲记》，收入《古典学术讲要》，上海古籍出版社，2010 年，第 252 页。

[2]　吴趼人：《上海游骖录》，载《月月小说》1907 年 4 月第八号。

说'文以载道'，这个'道'是由'文章'来载，小说不载。小说若载道，何至于在古代叫人目为闲书？古典小说里至多有个'劝'，劝过了，该讲什么讲什么。"但是，"梁启超将小说当成文，此例一开，'道'就一路载下来，小说一直被压得半蹲着，蹲久了竟然也就习惯了"。[1] 小说虽然在稍后的五四新文化运动迎来了一个新时代，但却背离了数千年的发展轨道，小说传统在稍后一百年中，几乎全失落了。

四、重建我们的审美

通过对中国小说的梳理，我们不难发现，中国小说的审美中始终包含着"注重社会教化功能"和"非功利的娱心、追求文学艺术自身价值"两个维度。这两个维度此消彼长，但中国小说最终还是走向了"非功利的娱心、追求文学艺术自身价值"的一路。

"小说"起源于劳动时的休息中[2]，发轫于魏晋南北朝时期的志怪志人。一方面最早的小说不是有意为之的，有很浓的宗教宣传的意味；另一方面这是个文学自觉的时代，文学开始独立于经史，小说开始具有独立的审美价值。

到了唐传奇，小说已经建立起丰富、虚构的文学世界。唐传奇一方面是个人的创作，供士大夫交游消遣之用，完全注重小说的审美性

---

[1] 阿城：《闲话闲说——中国世俗与中国小说》，江苏凤凰文艺出版社，2016 年，第 141 页。

[2] 从小说起源看，鲁迅先生认为："至于小说，我以为倒是起于休息的。人在劳动时，即用歌吟以自娱，借它忘却劳苦了，则到休息时，亦必要寻一种事情以消遣闲暇。这种事情，就是彼此谈比故事，而这谈论故事，正就是小说的起源。"（鲁迅：《中国小说的历史变迁》，《鲁迅全集》（第九卷），第 302—303 页。）

质；另一方面，在市井间，已经出现了"说话"，也称之为"小说"。据记载："予太和末，因弟生日观杂戏，有市人小说……"[1] 后者主要是娱乐，杂以惩劝、因果之说。

小说到了宋代，得以进一步发扬光大，不论是北宋孟元老的《东京梦华录》，还是南宋吴自牧的《梦粱录》、周密的《武林旧事》、灌园耐得翁的《都城纪胜》，我们都可以看到"说话"的盛行。小说真正走出了经史枝叶、"自神其教"的工具、士人扬才显学的小圈子，成为大众娱乐的方式。

南宋亡后，说话遂不复风行，然"话本"仍有存者，后人模拟作书。"三言""二拍"是其典型，其中不少故事取自唐传奇。这几本集子中短篇故事，仍杂以惩劝、因果的说教，但主在娱心，即娱乐之外，还具有兴发感动的审美功能。

到了明清的小说，审美追求已成为高度自觉的状态。特别是《金瓶梅》和《红楼梦》这两部杰作。《金瓶梅》本是从《水浒传》中的一段故事脱化而来，却截然不同地摆脱了讲史和传奇的影响，似乎有意要改写中国小说延续已久的历史／英雄的传统，而表现人的日常生活，探索这一片当时还不为人知的土壤。《金瓶梅》从"词话本"到"绣像本"之间的转变尤其能体现中国古典小说的审美是如何在"道德教化"与"娱心"这两端犹疑的。《红楼梦》则继承了《金瓶梅》从"日常生活"中揭示人的具体存在的传统。

自汉代以来，儒家确立了其正统的地位，儒家传统深深影响了中国人的行为和思维模式。儒家传统提倡审美的社会教化等功利性，这

---

[1]　段成式：《酉阳杂俎校笺》，许逸民校笺，中华书局，2015 年，第 1725 页。

一点影响了中国小说的审美。因此，哪怕像《金瓶梅》里那样"劝诱大于讽喻"，中国的大多数小说长久以来也要表现对于人生的教育意义，强调其"有用"。直到清末民初，"补正史之失"、道德教化的观念仍旧主宰着中国的小说家们[1]。也许我们可以解释为，越是在一个过渡的、社会剧变的时代，文人越是遭遇边缘化和无根感，越会主动认同根深蒂固的、长久以来的权威和传统。因此在中国历史上不少文化受到冲击的时代，甚至像晚清民初趋新求变的时代，人们反而选择回归或主动服膺儒家正统的文学观念。这一观念直到晚近仍以"文学为政治服务"的面目表现出来。

但是，自初始，中国古代小说就具有审美的独立性。这和两个因素有关：一个是"小说"始终被目为小道，与经史相对，因此反而赢得了独立发展的空间；另一个是老庄哲学、美学的影响。因为小说始终被视作"小道"，天然地与老子的"无为"、庄子的"无用之用"思想相契合。《红楼梦》是老庄思想影响下中国古典小说创作的巅峰。小说开头，神话世界中的叙述者"石头"，正是"无用"的代表——它是女娲补天用剩的一块石头，众石俱得补天，独它不堪用；"石头"在人世间的对应，是小说的主人公贾宝玉。小说里写他是老庄思想的信奉者，最讨厌"仕途经济学问"，他和黛玉都喜欢《南华经》（即《庄子》），二人甚至借此求证感情。最后贾宝玉在完成儒家文化对一个人的期许后（读书致仕、结婚生子），翩然而去，不知所终。大观园之外的世界

---

[1]　林纾夸赞《孽海花》，称"《孽海花》非小说也，乃三十年之历史也"。曾朴却不领情，说"但是'非小说也'一语，意在极力推许，可惜倒暴露了林先生只囿在中国古文家的脑壳里，不曾晓得小说在世界文学里的价值和地位"。（见《〈孽海花〉资料》，上海古籍出版社，1982年，第130页。）

是经世致用的世界，大观园内的世界是诗歌、青春的审美的世界。这部小说不仅是中国小说的高峰，同时也是中国古典小说的寓言和象征：小说是"无用"的，只有祛除了"经世致用"的咒语，审美的光辉才能照亮小说的世界。

纵观中国近百年的文学，先是梁启超为拯救世道人心无限抬高小说的地位和作用，之后中国又长期处于内忧外患之中，希望作家以写作来唤醒民众的压力一直长期存在，直到当下，依然有很多作家为了这样那样的目的写作，完全忽视小说的伊甸园本质和审美独立性。所以，当下写作者，应该首先放下现实的功利，甚至审美的功利，将小说的非功利审美追求放在第一位，这是写好小说的基础。

郁达夫先生的话，也许对当下写作者具有启示意义："小说在艺术上的价值，可言以真和美两条件来决定。若一本小说写得真，写得美，那这小说的目的就达到了。至于社会的价值，及伦理的价值，作者在创作的时候，尽可以不管。"[1]

2018 年 6 月 20 日于昆明家中

---

[1]　郁达夫：《小说论》，收入《过去集》，开明书店，1927 年，第 78 页。

中国小说的民间属性

　　当今的文学圈，许多一线作家的长篇出版后，批评家们都从各个角度去解读，其中使用频率最多的两个词就是"现代性"和"民间性"。上知网输入关键词"民间性"，排名最靠前的就是对于莫言、贾平凹作品民间性的解读。然而，细读评论文章后发现，只是因为作家写作的故事背景在中国乡村，并且使用了一些神话、传说、乡间民俗、方言等，就被批评家们生拉硬扯地贴上"民间性"的标签——当然，这些都是民间性的重要特征，但仅凭此就拔高作家的写作，以为贴上"民间"二字，就可以人挡杀人，佛挡杀佛了，那就有点混淆视听，甚至牛头不对马嘴了。而作家在写作时，以为刻意加上以上元素，就使自己的小说具有了民间性，那也只是一种对"民间"的误读和认识上的浅薄。

　　中国小说最初起源于民间，这道理自在不论。在后来的发展中，从民间吸收养分，并同朴素的民间文学保持着血肉关系，即使文人自觉意识、创作主体意识强大的唐传奇，也并没有完全甩开民间养分。宋元的小说正是在"话本"的基础上创造的，本身是民众喜闻乐见的结果。即便如《三国演义》《西游记》《水浒传》这样的经典，虽有历史本事为依据，但成书更多依靠的却是民间的增饰，和在口耳相传中的丰满。

文学的种种因子，在经历民间自我成长、发展后，开始有文人参与，以文人的审美眼光对之前相对原始、朴素、笨拙且有力的小说进行改造，在语言、叙述、结构上使之更具有文学性和审美性。这样的改造，使得原先的作品品质得到进一步提升，这毋庸置疑。但是随着文人参与的深入，一方面使得土生土长的小说得到了提升、飞跃，但另一方面，也使得具有民间潜质的小说开始脱离民间，开始朝精致化、技术化，甚至是流水线式的生产发展，而小说一旦过度地走向技术，写得"太像小说"，失去了活泼的野性，那势必削弱它本身的力量和内涵，这个时候，小说基本上就变成了"死小说"。拯救的方式，自然是再次回到民间寻找力量，以民间朴质的力量对过度技术化的小说进行逆向改造——明代冯梦龙收集整理山歌，包括"五四"时期对民歌的收集整理，以及20世纪90年代的寻根文学，都是试图依靠从民间寻找力量，来改造已经没落的文学的一种尝试。这是一条前进、迂回，再前进、再迂回的非常有意思的路径。

民间性是中国小说挥之不去的宿命，从小说的出身和发展看，民间性一直是中国小说的主要身份特征；即便是当下的网络文学，似乎也可以看出它的民间特征。这一判断来自对小说的创作、文本及阅读的考察。本文试从中国小说的民间身份、"民间"特点、"民间"色彩和"民间"精神四个维度谈谈自己对其民间属性的认识。

一、小说的民间身份

"民间"最早出自《墨子·非命上》："执有命者以杂于民间者

众。"民"指的是平民，是相对于统治者或贵族群落而言的。而"民间"就是指相对于庙堂的"民"的生活空间。《诗经》最初有"天生烝民"之句，后来有了分化——"有命自天，命此文王"，能获得天降天命的王，将承担起管理天下公共事务的责任。自此，获得天命的成为"王"，处于已经获得教化的社会之中，而"民"由于没有获得天命，则始终滞留在大自然之中。"民"与"王"由此分化，这就是"文王之化"。之后，平民和贵族、统治者二元的社会格局已然形成。这是文学形成官家文学和民间书写的政治空间基础。

西方人类学家则将文化区分为大传统和小传统。大传统是代表国家意识、意志的上层文化或精英文化，"它的背景是国家权力意识形态方面的控制力"，是凭借权力呈现自己，并通过教育和出版机构来推行自己的价值体系。小传统的背景"往往是国家权力不可能完全控制，或者控制力相对薄弱的边缘地带"。它主要表现为操持自己的审美和伦理道德判断，是"具有原始的自在的文化形式"。[1]

从中国文化发展来看，大传统和小传统并非截然分开，它呈现出一种流动性，即大传统不断地向小传统渗透，尤其是"礼下庶人"后，这种润物细无声式的渗透几乎变成了直接的侵占。而小传统也一直盯着大传统，通过对大传统的学习、模仿来改造自己，以期获得大传统的认可和接纳；甚至在很长一段时期内，小传统就是大传统的小号版。虽然两者是流动、变化的，甚至一度趋于合流，但并不代表民间的消亡，恰恰相反，我以为，在这种流动变化中，民间才更显得弥足珍贵。

---

[1]　陈思和，《民间的浮沉：从抗战到"文革"文学史的一个解释》，收入《新文学整体观》，广东人民出版社，2018 年，第 264-265 页。

处于民间状态的小说，较之诗文，才具有特别的美学价值。

从最早的小说开始，无论是文本，还是创作者本身，都具有民间显著的特征，或者说具有民间属性的小说一直存在，且是中国古代小说的主流。但作为文学或美学概念，"民间"一词出自明代小说家冯梦龙的《叙山歌》。冯梦龙明确地提出了"民间"说："书契以来，代有歌谣，太史所陈，并称风雅，尚矣。自楚骚唐律，争妍竞畅，而民间性情之响，遂不得列于诗坛，于是别之曰山歌。"[1] 张清华教授认为，冯梦龙的《叙山歌》，"民间"作为一个文学空间、一种艺术风尚、一种美学风范与格调的概念，已经十分清晰。它是文学最早的范本，是一切文人写作的源头。[2] 近些年"民间"作为一个文学史概念，源自陈思和教授20世纪90年代在《民间的浮沉》《民间的还原》两篇论文中对"民间"概念的界定，对其存在形态、价值和意义的阐释。

"民间"作为文学或美学概念，虽然提出得较晚，但其实在概念提出之前，小说一直是民间性的存在。从官方的"艺文志"中，也可看出端倪。历代"艺文志"中，中国古代小说都堪称身份低贱、卑微，不折不扣地源自世俗社会，并倾情于世俗社会，作用于世俗社会。林岗先生认为，战国秦汉间小说之"说"，可训为"说中之小者"，无论是庄子的"饰小说以干县令，其于大达也远矣"，还是荀子的"知者论道而已矣，小家珍说之所愿皆衰矣"，都是"说"字之初义，是相对于儒、墨、法、道、阴阳等"大达"而言的。既然将小说称为"说"，又冠于"小"字去定义，本身就意味着小说的不入流。以"小"状其"说"，就

---

[1]　冯梦龙：《叙山歌》，转引自日本汉学家大木康《冯梦龙〈山歌〉研究》，复旦大学出版社，2017年，第220页。

[2]　张清华：《民间理念的流变与当代文学的三种民间美学形态》，载《文艺研究》2002年第2期。

是形容其"说"的卑微。[1]

班固在《汉书·艺文志》中说小说"出于稗官",是"街谈巷语,道听途说",是"闾里小知者"的"刍荛狂夫之议"。班固敏锐地发现了小说的源头在民间。"这不仅表明了小说的内容有别于经典、正统、高雅的性质,客观上也意味着小说是一种民间文化权力的体现。"[2]而对于"稗官",无论后来如何去考证[3],都无法回避一个事实——"稗官"都是身处底层,沉在民间的,而小说,无论是写作它的,还是听说它的人,都从属于民间。"小说出于'官',但造者是老百姓。"[4]唐之前的文言小说,很多是文人作家辑录的民间故事,而自宋开始,士人退出小说创作,小说真正成了世俗之人写的世俗之物了。

东汉时期的桓谭说:"若小说家,合丛残小语,近取譬论,以作短书,治身理家,有可观之辞。"这与班固对小说的定义如出一辙。若班固代表的是官方,桓谭代表的是非官方,那么,可以说,在汉代,对小说的认识,已经形成了一种集体意识。其核心就是认为小说是不重要的,是民间的。小说观念自《汉书·艺文志》至历代,几乎没有发生本质的改变。比如,自宋元开始,小说真正找到了属于自己的土壤——民间,但官修志书却从未收录过白话小说。拿《明史·艺文志》来看,伟大作品如《三国演义》《水浒传》《西游记》《金瓶梅》、"三言两拍",

---

[1]　参见林岗:《口述与案头》,北京大学出版社,2011年,第168–171页。

[2]　刘勇强:《中国古代小说史叙论》,北京大学出版社,2007年,第23页。

[3]　余嘉锡在《小说出于稗官说》中考证认为,稗官是介于官和民之间的未入流的士,主要负责记录民间传说的街谈巷议(《余嘉锡论学杂著》,中华书局,1963年,第265–279页)。袁行霈在《〈汉书·艺文志〉小说家考辨》中认为,稗官是"闾里间的乡长、里长之类父老"(《文史》第七辑,中华书局,1979年12月)。浦江清在《论小说》中,也认为稗官是"乡长里长之类"(《浦江清文选》,北京大学出版社,2010年,第134页)。

[4]　金克木:《小说的分类和评点》,收入《燕口拾泥》,浙江文艺出版社,1988年,第5页。

都被全部排斥在外。虽然官修志书不认可白话小说，但白话小说正是在明代晚期得到了飞速发展，也由此奠定了白话小说的江湖地位。虽然不能简单粗暴地以是否为官修来鉴别小说的官方或民间身份，但至少从一个方面说明了小说在中国数千年的发展中，民间一直是它赖以生存的土壤和养分的主要来源地。

从几个主要的史学家对小说的分类，亦可以看出其间的民间意味。刘知几是唐代著名的史学家，他认为："'小说'得之于行路，传之于众口，街谈巷议，道听途说，真伪混杂，泾渭不辨。"对小说的轻视藏都藏不住地显露出来，在他眼中，小说只能是"正史的参数和补充"。[1]这一看法影响久远，直到五四新文学革命，仍然难以破除。胡应麟对小说的看法比之前的史学家有所进步，他虽然也看到了小说的不入流，但也发现"古今著述，小说家特盛，而古今书籍，小说家独传"，是因为"怪、力、乱、神，俗流喜道"。俗流喜道，正是小说民间性的一个重要特征。在他看来，小说除了是"骚人墨客游戏笔端"外，还是"奇士洽人搜罗宇外，纪述见闻无所回忌"[2]的。清代纪晓岚在编纂《四库全书总目》时，走的是复古之路，连文言小说的巅峰之作《聊斋志异》和白话小说中最优秀的《红楼梦》，他都视而不见，回跨小说千年的发展，对小说的看法再次回到了《汉书·艺文志》对小说的定义上去了。

从小说的作者和他们的创作上，亦能见出它显著的民间属性。最早的小说者为巫师、方士，这些人，在当时是地位低下的知识掌握者。魏晋南北朝这一漫长的时期内，小说作家主体是史官，如干宝。他们

---

[1]　石昌渝：《中国小说源流论》（修订版），生活·读书·新知三联书店，2015年，第3—4页。

[2]　（明）胡应麟：《少室山房笔丛》，上海书店出版社，2009年，第283、133页。

虽然是以史家之心态去收集整理小说，但从他们现有的文本中亦可发现，有大量的民间故事夹杂其间，以及为"自神其教"而创作的大量志怪；而这些"自神其教"的故事，大多又直接来自民间。唐传奇的作者，均为当时的文人士大夫，传奇甚至被称为"进士文学"。但这个时期，在不少文人身上还是具有相当明显的民间的意识，也可以说，唐代出现了中国小说史上第一个"底层作家"句道兴，他笔下呈现的，全是底层、民间的喜怒哀乐、因果报应，这从《董永》《张嵩》《田昆仑》等名篇中可以看出。如《张嵩》中，张嵩的母亲死了，张嵩自造棺椁，葬母亲也是"身自负上母棺，已（以）力擎于车上推之，遣妻牵挽而向墓所"。只有沉在底层，生活在民间的作家，才能将这种底层的艰辛和不易写得如此感人。2000 年前后，理论界提出了"底层写作"的概念，若这个写作实践成立，那么它的源头应该是在句道兴这里。另外，现在有不少研究表明，庙堂传奇受"说话"影响也很大，《李娃传》就源于"说话"艺术《一枝花》。宋开始，士大夫退出了小说创作，小说作者都是些名不见经传的下层文人，小说真正回到了班固所说的"刍荛狂夫之议"了。

1938 年，赛珍珠在瑞典文学院诺贝尔奖授奖仪式上发表了《中国小说》的演讲。在谈到中国小说家时，她说："中国小说不像在西方那样受一些伟大作家左右。在中国，小说本身一向比作者重要。中国没有笛福、菲尔丁、斯摩莱特这样的作家，也没有自己的奥斯汀、勃朗特、狄更斯、萨克雷、梅瑞狄斯或哈代，同样也没有巴尔扎克或福楼拜。但是中国有可以和世界上任何一个国家相媲美的伟大的小说，有可以和任何伟大作家所能写出的作品相媲美的伟大作品。"[1] 就是因为中国自宋以来，中国的小说家都是来自民间的下层文人。

鲁迅先生认为，到了宋代，在小说创作上，"士大夫实在并没有什么贡献"，自宋开始，兴起了"平民底小说"，并"代之而兴了"。[2] 宋元的话本小说直接来源于民间，虽然此后有文人的参与和改写，但它本质上是民间的。可以说，《清平山堂话本》、"三言两拍"、《聊斋志异》它的素材均来自民间。宋元以后典型的如《聊斋志异》，其中有出处、来自民间的故事就有 130 多篇。

明朝的三大说部《三国演义》《水浒传》《西游记》无不是民间艺人改造历史故事，在民间以"说话"、戏曲等形式流传数百年，后经过文人改写、汇聚成为经典之作的。同时，"《三国演义》和《水浒传》中的江湖义气就来自民间，是这两部小说的精神命脉。《西游记》中的三教合一固然是唐以来社会思潮大趋势的影响，但也反映了民间的圆融混杂的观念"[3]。由此可以看出，三大说部无论是里面的无数情节和人物，还有它的内核，都是来自民间的。

《三国演义》的成书，主要受民间故事影响较大。从民间故事来看，《搜神记》中就有关于华佗、孙权、左慈等三国中人物的记载。《世说新语》中也记载了曹操、诸葛亮、袁绍等人的民间传说，这些传说，不少被《三国演义》直接吸纳。在唐代，三国故事已经家喻户晓，李商隐有诗句"或谑张飞胡，或笑邓艾吃"，这是李商隐五岁的儿子拿张飞的黝黑和面部特征以及邓艾的口吃来作取笑客人的材料，由此可见

---

[1] 赛珍珠：《中国小说》，收入《赛珍珠研究》，刘龙主编，云南人民出版社，1992 年，第 72–73 页。

[2] 鲁迅：《中国小说史略·汉文学史纲要》，收入《鲁迅全集》（第九卷），第 319 页。

[3] 刘勇强：《中国古代小说史叙论》，第 23 页。

三国人物在孩童中都是被熟知的。到了宋代，"说话"盛行，"说三国"
更是成为民间热门的娱乐项目。高承在《事物纪原》卷九中写道："仁
宗时，市人有谈三国事者，或采其说加缘饰，作影人，始为魏、蜀、吴
三分战争之象。"苏轼也在《东坡志林》中记载了"说三分"是听者的
爱憎，"途巷中小儿薄劣，其家所厌苦，辄与钱，令聚坐听说古话。至
说三国事，闻刘玄德败，颦蹙有出涕者；闻曹操败，即喜唱快。以是
知君子小人之泽，百世不斩"。《醉翁谈录》中也有"说三国"的记载：
"三国志诸葛亮雄才，收西夏，说狄青大略。"等等。另外，金院本、
元杂剧中，也有不少关于三国人物故事的剧本，有名的如《赤壁鏖战》
《骂吕布》《关大王独赴单刀会》等。这些历史记载，都说明了《三国演
义》在成书前，已经在民间广为流传，且被老百姓所喜爱。

　　《西游记》的成书，同样受民间故事的深刻影响。《西游记》的历
史本事是唐僧取经的故事，是确有其事的，但西游故事却在民间流传
中不断丰富、发展，离历史本事越来越远。我曾在河西走廊考察，在
甘肃省张掖市民乐县童子寺、榆林窟、张掖大佛寺都看到了西游记的
壁画（童子寺壁画考证为清代所绘），在瓜州新建的玄奘取经博物馆看
到了后期复制但更为清晰的西游记壁画。

　　榆林窟第29窟的西夏壁画《玄奘取经图》中，最早呈现了玄奘弟
子孙悟空——石磐陀的猴像造型，比吴承恩的小说《西游记》早300
余年。玄奘在瓜州一寺庙讲经说法一个多月，其间胡人石磐陀受其感
化，拜其为师，并赠识西途老赤马，助其夜渡葫芦河，西出玉门关。
石磐陀是胡人，脸上布满了浓密须发，头上戴着类似于现在女孩子的
发箍一样的东西，这可能是孙悟空紧箍咒的原型。壁画中的石磐陀颇
似猴像，这是《西游记》中"猴王"的原型。所以，我觉得胡适认为

孙悟空的原型是印度神猴哈奴曼，理由是不充分的。张掖大佛寺的"西游记"壁画，也比《西游记》成书早 200 年到 400 年。应该说，吴承恩并非虚构了孙悟空、猪八戒和沙僧的形象，而是借用了民间形成的唐僧传说演绎成书。

《水浒传》和《三国演义》《西游记》一样，也经历了历史本事、民间故事和文人改写的过程。在成书前，南宋的"说话"中已经广为流传着《青面兽》《石头孙立》《花和尚》《武行者》等"说话"。《醉翁谈录》记载，言石头孙立、戴嗣宗，此乃谓之公案。青面兽，此乃为朴刀局段。言花和尚、武行者，此为杆棒之序头。这里所说的公案、朴刀、杆棒中的水浒人物，就是民间说书人在书场讲的故事。元代的杂剧中，有近三十种的水浒戏，有关李逵、宋江、鲁智深、武松、燕青、杨雄、张顺、王矮虎等的戏曲情节很多。由宋入元的画家龚开曾为宋江等三十六人画像，还写了《宋江三十六人赞》，在自序中，他说："宋江事见于街谈巷语，不足采著，虽有高人如李嵩传写，士大夫亦不见黜。"[1] 宋元间的《大宋宣和遗事》是根据南宋时说话人的底本加工而成的，其中已有不少完整的故事，是《水浒传》成书的重要依据。元杂剧中也有不少水浒的剧目。可以说，《水浒传》就是长期在民间流传和底层艺人加工的基础上，由文人施耐庵最后写定的文学经典。

民间对小说的认同、阅读，同样构成了小说民间性的一个基础。文言小说，因为受教育的情况，它主要的阅读圈子是在文人士大夫之间，作者和阅读者处于同一美学趣味层面。到了宋元以后，白话小说的受众面开始扩大，上至皇帝，下至平民，都争相阅读，"仁寿清暇，

---

[1] 转引自周先慎《明清小说》（第二版），北京大学出版社，2013 年，第 52 页。

喜阅话本，命内珰日进一帙，当意，则以金钱厚酬。于是内珰辈广求先代奇迹及闾里新闻，倩人敷演进御，以怡天颜"。[1] 胡应麟就说道："古今著述，小说家特盛；而古今书籍，小说家独传，何以故哉？……夫好者弥多，传者弥众，传者日众则作者日繁。"[2] 胡适在《白话文学史》的"引子"里高呼："这几百年来，中国社会销行最广、势力最大的书籍，不是"四书""五经"，也不是程、朱语录，也不是韩、柳文章，乃是'言之不文，行之最远'的白话小说！"他还说，能代表一个时代的，不是那些"肖子"文学，恰恰是那些通俗的"不肖子"文学。[3] 周作人也声言，最能代表中国文学精神的是道教和通俗文学。这些都从一个侧面反映出民间对小说的追捧和认同，而这个认同，是小说发展的动力源泉。有资料显示，洪迈写《夷坚志》时，写了一卷就不想写了，是读者太喜欢，追着洪迈，他才写了后面的两卷。

按照胡适的说法，"一切新文学的来源都在民间。民间的小儿女，村夫农妇，痴男怨女，歌童舞妓，弹唱的，说书的，都是文学上的新形式与新风格的创造者。这是文学史的通例，古今中外都逃不出这个通例"[4]。而中国古代的小说，尤其如此。

---

[1]　（明）绿天馆主人：《古今小说序》，收入《中国历代小说论著选》（上），江西人民出版社，2000年，第225页。

[2]　（明）胡应麟：《少室山房笔丛》（卷二儿），上海书店出版社，2001年，第282页。

[3]　胡适：《白话文学史》，北京大学出版社，2014年，第2页。

[4]　同上。

二、小说的民间特点

"民间"之于文学有很多特点，如它的天生的野性、质朴性、原创性等。关于中国小说的民间特点，很多方面均有人做过论述，本文着重从"真实性、自由创作与想象力"以及"口传性"，这两个方面加以论述。

陈思和教授认为，民间是一个多维度、多层次的概念，它具备三个主要的特点。一是它是在国家权力控制相对薄弱的领域产生的，保持了相对自由活泼的形式，能够比较真实的表达出民间社会生活的面貌和下层人民的情绪世界；虽然在政治权力面前民间总是以弱势的形态出现，但总是在一定程度内被接纳，并与国家权力相互渗透，它毕竟属于被统治的范畴，有着自己的独立历史和传统。二是自由自在是它最基本的审美风格。民间的传统意味着人类原始的生命力紧紧拥抱生活本身的过程，由此迸发出对生活的爱憎，对人类欲望的追求，这是任何道德说教都无法规范、任何政治律条都无法约束，甚至连文明、进步、美这样一些抽象概念都无法涵盖的自由自在。在一个生命力普遍受到压抑的文明社会，这种境界的最高表现形态只能是审美的。所以，它往往是文学艺术产生的源泉。三是它既然拥有民间宗教、哲学、文学艺术的传统背景，用政治术语说，民主性的精华与封建性的糟粕交杂在一起，构成了藏污纳垢的独特形态，因而要对之做简单的价值判断是困难的。[1]

---

[1]　参见陈思和：《民间的沉浮：从抗战到"文革"文学史的一个解释》，收入《新文学整体观》，第 271 页。

这决定了民间文艺不会太多受主流意识形态的干预，能自由表达自己的真实情感。从中国小说演进的过程中，总能看到这一点。"三言"里的白话短篇小说，尽管受到"说话"的很大影响，有明显的因果报应、劝惩色彩，但仍然关注现实、注目人物情感的真实。这在说书人/小说家那里表现为一种矛盾：一方面毫不迟疑地站在礼教的一边，另一方面又对自然复杂的人性表示同情和理解。《蒋兴哥重会珍珠衫》《卖油郎独占花魁》《杜十娘怒沉百宝箱》等等最优秀的短篇小说里无不体现这一点。而《三国演义》则继承了史官的传统——只是以较为浅近的文言叙述正史，是正史的普及；它首先声明了历史的真实性，恪守历史框架的真实是其首要原则。但作为小说的真实，它以无数细节，为历史增添了真实生动的注脚。夏志清说《三国演义》等历史小说的作者，"他们比说书人更尊重事实，所以他们虽缺乏说书人叙事时活灵活现的本领，却能不为严格的道德所缚，去表现显示生活的复杂性"[1]。表现人物和故事的真实感与复杂性，正是《三国演义》作为历史小说与历史经传所不同之处。《西游记》也是建立在民间口传文学基础上的小说，它是一部喜剧性的神魔幻想小说，但它同样指涉现实世界，并且给予我们真实感。而《金瓶梅》已经开始摆脱讲史和传奇的影响，开始注视日常生活的土壤，现代学者普遍把《金瓶梅》看作第一部真正的中国小说、一部深邃的自然主义的杰作。它的伟大之处不仅在于真实地向我们展示了明代山东清河县一个富户的生活，靠生药铺和当铺致富，又通过娶了两位有钱的寡妇，开了绒线铺和绸缎庄，并且通过行贿等手段结交权贵，权势壮大……的社会现实，更在于写出了以

---

[1]　夏志清：《中国古典小说》，何欣等译，刘绍铭校注，香港中文大学出版社，2016 年，第 10 页。

潘金莲为代表的女性的情感世界，她们的爱、等待、情欲，最后陷入欲海毫无自省，直至死亡来临。潘金莲仿佛正是民间的代表，她出身卑微，言语爽利，聪明伶俐，美艳泼辣，之前没有任何一位小说家，给予这样一位为社会和礼教所不容的女性——她的身世、命运，她的情感世界——如此多的注视和悲悯。夏志清质疑《金瓶梅》的真实感，他说，"在叙述的主要部分中，作者力图保持其实实在在的现实主义作风"[1]，但是作者对讽刺的特别喜好破坏了小说的真实性。比如，第三十六回西门庆结识蔡状元，并送给他很多贵重礼物，蔡状元做了巡盐大人，西门庆又花去"千两金银"准备筵席；而当西门庆死后蔡状元前来吊丧，只送了四条干鱼等作礼物。这种讽刺和夸张也许并不真实，尽管如此，却未破坏这部杰作的真实感。

而到了《红楼梦》，作者对历史经传的怀疑已十分自觉。小说开篇，作者即宣称他笔下所记乃"真事隐去""假语村言"——真假是这部小说的重点，"假作真时真亦假"，表达了对正统文化、历史叙事的怀疑。小说中男主角贾宝玉毫不掩饰对"武死战、文死谏"的历史叙事的厌恶。小说第七十八回，宝玉被父亲贾政要求作诗文歌颂"忠义慷慨"的林四娘——林四娘是恒王姬妾，恒王被乱军杀死，城内文武官员准备投降，林四娘反而率领"女将"偷袭乱军，终被杀戮。在这个历史故事中，显然以林四娘为首的众姬妾不过是恒王玩物，以美色而习武事，是为满足他"好武又好色"的特殊趣味，林四娘却受礼教荼毒太深，恒王死后，率众姬殉身报恩，"舍生取义""杀身成仁"；反讽的是，恒王"开宴连日，令众美女习战斗攻拔之事"，不过以此取乐，

---

[1]　夏志清：《中国古典小说》，何欣等译，刘绍铭校注，第 131–132 页。

林四娘等竟然当真，冲陷敌营。林四娘不是死于敌手，而是死于礼教。而在贾政眼中，这竟是又"风流"又"忠义"、令人羡慕的"千古佳谈"。贾宝玉一面被督促着作了一篇歌颂林四娘的"姽婳词"（谐音"鬼话"），一面独自泣涕，祭奠屈死的晴雯，为之作很长的一首"芙蓉诔"，其中称晴雯"其为质则金玉不足喻其贵，其为性则冰雪不足喻其洁，其为神则星日不足喻其精，其为貌则花月不足喻其色"。因此《红楼梦》中七十八回"老学士闲征姽婳词 痴公子杜撰芙蓉诔"恰似诗文和小说的隐喻：历史／诗文中展现的，是忠孝节义的儒家正统观念；而不入庙堂、流播民间的小说中，贵公子宝玉才会为一名婢女洒下同情之泪，赞美她高贵的品质，与历史／诗文中展现的儒家的人格典范相比，小说表现不为正统的儒家作品所关注、所容纳的情感世界和心灵真实。与其说《红楼梦》多次被禁是因为其"言情"，不如说正是因为"言情"，挑战和反抗了儒家文化的正统地位。综上所述，《红楼梦》自《金瓶梅》后继承了长久以来为历史／传奇所忽略的日常生活的真实书写，更前所未有地发展了心灵的真实。

比起诗文典籍，小说是自由自在的创作，体现出无拘无束的想象力。所以我们只有回到小说的源头，民间口传的故事，似乎才能更清楚地看到这一点。

民间口传故事一般是官方经典文本所不载的，但也有例外。而这例外中我们可以窥见史书典籍与源自民间的小说的不同。比如《列异传》中有一个"东海孝妇"的故事。东海孝妇是汉代有名的冤案，"最早记载此事的是刘向《说苑》中的《贵德篇》和班固《汉书》中的《于定国传》。《搜神记》中所记，于本事有所精简，但增加了具有神怪色彩的民间传说部分"。[1] 史书记载此事，在于记录和介绍，是为彰显太守执法公正；但作为小说，"东海孝妇"的侧重点却是对人物的描写。对照史书发现，"长老传云：孝妇名周青。青将死，车载十丈竹竿，以悬五幡。立誓于众曰：'青若有罪，愿杀，血当顺下；青若枉死，血当逆流。'既行刑已，其血青黄，缘幡竹而上标，又缘幡而下云"一段，史书并未记载，这应该是采自民间传说。后来的《窦娥冤》也改写自此故事。《燕子丹》中燕太子丹复仇，荆轲刺秦王的历史，在《战国策·燕策》《史记·刺客列传》中均有记载，但正如司马迁所说："世言荆轲，其称太子丹之命，'天雨粟，马生角'也，太过。"[2] "天雨粟，马生角"这样诡异的书写，作为史学家的司马迁肯定是不信的，但这正是小说家所乐道的，这也是历史和小说分道扬镳之处。在《燕子丹》中，更具小说家笔法的是小说的结尾，荆轲左手抓住秦王的衣袖，右手拿匕首顶在秦王胸上，历数秦王对燕国的欺凌，并要挟秦王"从吾计则生，不从则亡"，狡猾的秦王在生死关头提出"乞听琴声而死"，得到琴声暗示的秦王最后反而砍断了荆轲的双手。无论是对话，还是对人物的刻画，都是小说家笔法，精彩绝伦。

　　从两篇小说中可看出，史书注重历史的真实性，而小说着意表达的是真实感。真实性和真实感是两个完全不同的概念。"小说"显然比"历史"更具有奇谲的想象力，同时表达了民间的反抗精神。

　　"东海孝妇"的例子可见，小说的想象力源自老百姓内心愿望的自由表达。类似的例子又如陶渊明在《搜神后记》中所记"白水素女"的

[1]　干宝：《东海孝妇》，范民声解读，收入《古代志怪小说鉴赏辞典》，上海辞书出版社编，上海辞书出版社，2014年，第57页。

[2]　司马迁：《史记》，中华书局，1982年，第2538页。

故事。这是一则特别典型的素材来自民间口传的小说。这个传说最早的源头是《初学记》卷八所引西晋束皙所撰《发蒙记》中故事,任昉在《述异记》中也有简单记载。同时,福建的福州、浙江的永嘉等地,亦有不少情节类似的传说。这种故事模式,在民间故事中颇为流传,只是忽然进入男主人公生活的女性要么是仙、要么是鬼,或是其他神怪罢了。"白水素女"中的主人公谢瑞少年丧母,邻居把他养大,他不舍昼夜地劳作,后来在田里拾得一个大螺,谢瑞外出耕作时,螺中的少女从瓮中走出,为谢瑞做饭。好奇的谢瑞甚觉怪异,后偷看,天机泄露,白水素女离去,但留下的壳"以贮米谷,常可不乏"。后来,富足的谢瑞"乡人以女妻之"。这表达了普通人对婚姻问题不能解决的梦幻式幻想,所以,郑振铎先生说:"其故事本身都必定是一个民间口头传说写来的。"[1] 同一类型较有名的还有牛郎织女的故事。

从小说形成的源头看,中国小说在民间传播的最大特点是其口传性。

古代小说的早期经历了一个漫长的口头形式这点,很早研究者就已注意到。郑振铎先生说中国小说有自己的特点,与别国是不同的,这第一点不同就是"是口头的传说写下来的。它一开始就不是由几个有才能的文人创作出来的,而是从民间来的,是口头流传的"[2]。李剑国认为,古小说一般要经历两个过程,"前一个过程是口头形式的故事,后一个过程是文字形式的小说"[3]。林岗先生也持此观点,他说:"《山海经》的编撰者和屈原都不可能无中生有编造出如此怪异的故事。中国

[1]　郑振铎:《中国文学研究》(下),作家出版社,1957年,第1121页。

[2]　郑振铎:《中国古典文学中的小说传统》,收入《郑振铎古典文学论文集》(上),上海古籍出版社,2009年,第288、337页。

[3]　李剑国:《唐五代志怪传奇叙录》,第18-19页。

上古诸神一定是自出世之后，由此口到彼耳，由亲代到子代，跨越世代流传，直到文字成熟写定为文本。"[1] 可以说，小说民间性最重要的特点首先是其口头性。

而这一特点所决定的中国小说的美学特征，所构成的文化积淀，至今仍影响着中国小说的创作和接受。考察中国小说中的典范之作不难发现，"民间"口传的特性也许使得中国小说更在意叙事的流畅完整——不是说小说只能有单一的线性时间结构，而是说中国的读者可能更期待一个有始有终的完整的故事。

因为中国小说在民间口传时，很注重图像的作用，甚至在早期，图像的作用远远大于文字。学界至今仍依据陶渊明《读山海经》中"泛览周王传，流观山海图"之句，断定是先有"山海图"，而《山海经》是根据"山海图"创作的。李剑国在讲干宝的作品时曾讲到："东汉武梁祠画像石亦有董永图像，永父坐独轮车上，手持鸠杖，车上放置一陶罐，董永站立父前，身朝脚下竹笥，回首望父。董永上空有一仙女，肩生双翼，附身朝下。图中有题曰：'董永，千乘人也。'"[2] 按现在学界的考证，小说配插图是隋唐开始的事，那么，这幅画和小说之间的关系就颇有研究的趣味。

唐代流行讲唱文学，所谓"俗讲"，意为不同于面向僧人讲经的"僧讲"，是面对世俗大众讲唱故事。在唐代京城长安，已经有职业说书人，而职业说书人的兴起，"刺激了'传奇'小说的生长"[3]。美国学者梅维恒在《绘画与表演》一书中，向我们展现了《清明上河图》中街头

[1]　林岗：《口述与案头》，第74页。

[2]　李剑国：《唐前志怪小说史》，人民文学出版社，2011年，第372页。

[3]　夏志清：《中国古典小说》，何欣等译，刘绍铭校订，第7页。

讲场的场景——一面举着一个立轴式的挂图，一面说话。日本学者辛嶋静志则根据佛经的梵、汉、藏文版本，考证出小说来源之一的"变文"之"变"，正是图像，而变文，就是对图像的说明文字。也就是说，小说在发展早期，是口传＋图像的，在后期案头化过程中，图像变成了插图。赵宪章教授关于小说图像和文字的研究深具启发意义，他借用胡塞尔现象学的"象晕"之说[1]，论述插图或小说文字的阅读是这样的过程：小说的叙事文字，蒸腾为"象晕"而被楔入记忆的深处，而插图的作用正是将记忆中的象晕唤醒。这对我们今天的小说创作很有启发，文字能否真实地转化为图像印刻在读者头脑和记忆中，或许是小说作者所要努力的方向，可能也是判断小说好坏的一个标准。

由于中国古代小说的重要源头是民间的讲唱文学，在其案头化过程中，仍保留了讲唱、口传的美学特征。民间的口传讲唱不仅有文字，更有活灵活现的语气、动作、表情等，而往往正是这些附着物，"受众藉此才能将其（故事）楔入记忆的深处"[2]。同时日本学者关敬吾注意到，在讲唱故事的过程中，相似的方言、风俗习惯、信仰、价值取向，使讲唱艺人和听众、听众和听众之间发生微妙的联系和共鸣，形成一种"精神集体"。关敬吾得出结论："阅读过的故事往往只记住些支离破碎的梗概，而听别人讲述的东西却可以记住比较完整的内容。"[3] 这一点也得到西方论者的支持："东方语言一旦写下来就会丧失生气和热情：语词只能传达意义的一半，一切效果都表现在音调上，根据著作

---

[1]　赵宪章：《小说插图与图像叙事》，《文艺理论研究》2018 年第 1 期。

[2]　同上。

[3]　[日] 关敬吾：《日本民间故事选·致读者》，中国民间文艺出版社，1982 年，第 2 页。

判断东方人的才能就像根据他的尸体给他画像。"[1]

这给我们今天的小说创作和评论的启发是：人物语言要能表现说话人的神情口气，使人物活灵活现、跃然纸上；同时，"说书人"的叙事方法，虽然从清末民初即遭到挑战和颠覆，但仍不失为中国小说叙事手法的基础。

就第一点来说，今天我们评价一部小说是否成功，其中一个重要标准仍然是人物语言是否有表现力，能否使读者"但闻其声，如见其人"。金圣叹评《水浒传》的好处，说"《水浒》所叙，叙一百八人，人有其性情，人有其气质，人有其形状，人有其声口……施耐庵以一心所运，而一百八人各自入妙……"[2]《红楼梦》之所以伟大，也是因为它用极富个性化的人物语言，使得小说中人人面目清晰，跃然纸上。胡适赞美《海上花列传》这部晚清追步《红楼梦》的吴语杰作，说"《海上花》的长处在于语言的传神，描写的细致，同每一故事的自然地发展；读时耐人仔细玩味，读过之后令人感觉深刻的印象与悠然不尽的余韵"[3]。总之，和西方文学擅长表现人物心理世界不同，中国小说由于其口传的传统，始终把人物语言是否形象生动、富有表现力，能否刻画人物、使之如在目前当作评价小说的重要标准。

"说书人"的叙事，本是口传讲唱中的，小说案头化后，仍保留了说书人的叙事口吻和方法。前者如"欲知后事，且听下回分解"，后者如"花开两朵，各表一枝""一波未平，一波又起"等等。说书人的叙事口吻和方法在清末民初的翻译大潮中受到挑战。首先是去除了叙事

---

[1]　[法]德里达：《论文字学》，汪堂家译，上海译文出版社，1999年，第329页

[2]　金圣叹：《金圣叹全集》（修订版）第三卷，凤凰出版社，2016年，第20页。

[3]　胡适：《海上花列传·序》，收入《中国旧小说考证》，商务印书馆，2014年，第527页。

口吻的标志，其次是取法域外小说，挑战说书人的叙事方法，而代之以书信体、日记体，灵活处理叙事时间（倒装、回忆等），打破中国小说以情节为中心的传统叙事方法、"表现平淡无奇的生活片段"等种种尝试，成为"五四"文学革命的先锋。而对西方叙事手法的实验和模仿，到 80 年代先锋小说再次掀起高潮。先锋文学以降的后现代叙事，尽管某种程度上拆解、松动了国族的宏大叙事，却离"讲故事"越来越远，甚至只剩叙事行为本身成为小说的主题。借鉴域外小说、探索小说可能的边界当然有必要，但当我们重新呼唤一个完整的故事时，"说书人"的叙事方法或许是值得我们重新思考和发现的传统。

三、小说的民间色彩

阿城在《闲话闲说——中国世俗与中国小说》中，重点讲述了小说的世俗精神，"小说价值的高涨，是'五四'开始的。这之前，小说在中国没有地位，是'闲书'，名正言顺的世俗之物"[1]。因为是"世俗之物"，它便不受高堂教化、儒家伦理过多的限制，它便是粗狂的、充满民间色彩的。中国古代小说的民间色彩，我觉得主要体现在关注民间生活，或描写小人物发迹变泰的故事，或写闾里男女的情爱传奇；杂以因果报应之说，"大团圆"式的结局以及小说人物方言口语的使用。

唐前的志怪小说，很大一部分是幻想成仙成圣，期望超越俗世生活的，但这一时期的小说，也与现实生活有着密切联系。《搜神记》中，有很大一部分是"采访近世之事"的，《幽冥录》也多采现实传闻为主。

---

[1]   阿城：《闲话闲说——中国世俗与中国小说》，第 78 页。

到了唐传奇，已是很关注现实了。但相对于唐传奇的华艳之美和浪漫气息，宋元以来的白话小说则"多采间巷新事"，展示的是小人物发迹变泰的故事，或闾里男女的情爱传奇。话本小说，写的几乎都是俗人俗事，是纯民间的生活，主要人物也是小人物。"比起唐人之注重上流社会，宋人明显倾向于寻常百姓。以小人物的悲欢离合作为叙事的中心，而且叙述中充满理解与同情，这无疑是宋元话本小说最为感人之处。"[1]

"发迹变泰"是"小说"中的一家，主要描写小人物由贫变富或由贱变贵的事。这完全是民间的奋斗理想和生活目标。当代作家路遥《平凡的世界》的创作，似乎也可以视为这种写作的历史的回光。《史弘肇龙虎君臣会》《赵伯升茶肆遇仁宗》都是小人物发迹变泰的典型故事。而情爱、婚姻更是民间最为关切和感兴趣的。所以，学界普遍认为："宋人话本属于民间庶众，以反映大众日常生活里卑微的哀乐、切身的冤情，或夸张的人性欲望，基本上完全以庶民的趣味为依归，因此在取材方面自然以民间生活为对象，以宣说他们拙朴现实的苦乐悲欢。"[2]到了明清，中国古代短篇小说的集大成之作"三言"、长篇章回小说《金瓶梅》等，写的同样是民间生活和小人物的故事。其中有商人不得已别离妻子的苦恼，有妓女从良、婚姻变故的悲喜剧，有鸠占鹊巢的情色传奇；《金瓶梅》更是详细记录了西门庆家庭的生活情形，他的交往宴筵、生意与金钱往来、生日节庆、闺房之乐，以及如上文所述的女性的情感世界。《红楼梦》描写的对象虽然是贵族家庭，但同样关注日

[1]　陈平原：《中国散文小说史》，北京大学出版社，2010年，第273页。
[2]　吴璧雍：《从民俗趣味到文人意识的参与》，收入《中国文学的巅峰之境》，蔡英俊主编，黄山书社，2012年，第282页。

常生活与世情，故也体现了民间色彩。

中国古代小说的民间色彩特别体现在因果报应和"大团圆"的结局。"如果说书人的故事和深度能够直接打动听众，那么他们一定同是恪守因果报应观念来解释历史和传说的世俗传道人。"因果报应，是伴随着佛教进入中土的，最终成为除了"极少数儒家理性主义者外"[1]全体中国人遵奉的信条。中国早期的小说，虽然也写鬼神，比如干宝信鬼，写《搜神记》也是为证明"神道之不诬"，但那时还未受到佛教的影响。到了南朝的《幽明录》，佛教开始深刻地影响了小说的创作。到了《太平广记》，果报思想就更浓厚了，如《吴唐》中，庐陵人吴唐年少时喜欢猎射，春天时，携子出猎，射杀了麏母子。后来又遇到一麏，"张弩之间，箭忽自发，激中其子"，吴唐射杀了自己的儿子，悲痛欲绝的吴唐抱子而哭时，空中却传来呼号"'吴唐，麏之爱子，与汝何异！'惊视左右，虎从旁出，遥前，搏折其臂，还家一宿而卒"。这是中国小说中最早出现的因果报应。

自六朝开始，"佛教大行，因果轮回之说，震骇人心"，在果报思想的震骇下，"善有善报，恶有恶报"已经成为中国人根深蒂固的信仰了。可以说，佛教对中国文学思想观念影响最深的，就是佛教的果报思想。茅盾说："中国的现实主义文学一向强调'善有善报、恶有恶报'，而且也或浓或较隐蔽地表现了生活的辩证关系（即所谓'福兮祸所伏，祸兮福所倚'的观念），这些'报应''祸福循环'的描写，虽然有时带着迷信和命定论的色彩，可是实在反映了人民对于真理正义必

---

[1]   夏志清：《中国古典小说》，何欣等译，刘绍铭校注，第 21 页。

然最后胜利的坚定信心。"[1] 表现在文本上，不管是明末《蒋兴哥重会珍珠衫》中蒋兴哥最终娶了陈商的妻子，还是清初《醒世姻缘传》里狄希陈在恶姻缘中受尽折磨，都是归旨为因果报应的故事（前世晁源射死一只仙狐，剥其皮；今生晁源托生为狄希陈，死狐托生为其妻薛素姐，素姐残暴凶悍，日夜虐待狄希陈。这个长篇故事只为说明"引起"中一条可怕的通则："大怨大仇，势不能报，今世皆配为夫妻"）。"善有善报、恶有恶报"是民间愿望在小说中的表达——老百姓赴诉无门、无力反抗不公和暴力，只能在小说中寄希望于天理昭彰。而"大团圆"则是"善有善报"的结局，中国古代小说中真正的悲剧十分罕见，就连《红楼梦》最终也以"兰桂齐芳"的结局流传，充分体现了我们这个民族民间的文化心理。

但"一位小说家离传统越远就不可能认真地鼓吹因果报应"[2]。《儒林外史》《红楼梦》就已经超越了果报套路，当下的小说，更是超越了简单的果报思想。夏志清先生认为："好的小说绝不以一个想象的赏罚法则去满足读者，为了增强小说本身的冲突容量，他们实际上更关注另外两种对不公不义的反应：主角可以不顾成败地倾力于不公及动乱搏斗，也可以弃世离群选择超凡入圣的道路。但是不论他采取什么途径，他始终是一位具有道德勇气、不以世俗的幸福或羁縻的情况为意的人。"[3]

中国古代小说的民间色彩还体现在方言口语的使用上。文言过于追求语言的外在美感，书面化也造成了与现实生活和老百姓的隔离，忽视倡导白话文，就是发现了言文分离造成的问题。其实在早起的文

[1]　茅盾：《茅盾评论文集》（下），人民文学出版社，1978 年，第 36 页。

[2]　夏志清：《中国古典小说》，何欣等译，刘绍铭校注，第 22–23 页。

[3]　同上书，第 23 页。

言小说中，已有少量的白话、方言的使用，到了唐代的敦煌变文，白话作品已经很普遍。宋元以后的白话小说，已经广泛地使用了白话，在明末的小说"三言"中，各色人物就操各种个性化的、非常形象生动的口语。试看以下一段：

> 朱世远的浑家柳氏，闻知女婿得个恁般的病症，在家里哭哭啼啼，抱怨丈夫道："我女儿又不腌臭起来，为甚忙忙的九岁上就许了人家？如今却怎么好？索性那癞蛤蟆死了，也出脱了我女儿，如今死不死，活不活，女孩儿年纪看看长成，嫁又嫁他不得，赖又赖他不得，终不然看着那癞子守活孤孀不成！这都是王三那老乌龟，一力撺掇，害了我女儿终身。"

像《陈多寿生死夫妻》中这一段活灵活现的白话口语，在"三言"一百二十篇小说中不胜枚举。这样活泼生动的口语在《三国演义》《水浒传》《西游记》《儒林外史》等明清长篇小说中也各有异曲同工之妙。而《金瓶梅》《醒世姻缘传》《红楼梦》《海上花列传》这几部作品，尤其以人物的方言口语见长。学界甚至根据小说中人物所说的方言考证《金瓶梅》与《醒世姻缘传》的真实作者。《红楼梦》中的人物皆操京白。而《海上花列传》这部吴语文学的开山之作，是中国古代小说使用方言的集大成者，小说人物皆操地道苏白。胡适特别推崇这部"方言文学的杰作"，认为"方言的文学所以可贵，正因为方言最能表现人的神理"，"古文里的人物是死人；通俗官话里的人物是做作不自然的活人；方言土话里的人物是自然流露的活人"。他特别举第二十三回卫霞仙对姚奶奶说的一段话为例："耐个家主公末，该应到耐府浪去寻哚。

耐啥辰光交代拨倪，故歇到该搭来寻耐家主公？倪堂子里倒勿曾到耐府浪来请客人，耐倒先到倪堂子里来寻耐家主公，阿要笑话！……"赞叹"这种轻松痛快的口齿，无论翻成哪一种方言，都不能不失掉原来的神气。这真是方言文学独有的长处"。[1]

　　正如文章开头所说，当下不少作家的小说作品中，也会加入奇风异俗、地方语言以增强小说的"民间性"。如果方言的使用是为了表现人物说话的神理，是为了刻画语言自然流露的活灵活现的个人，那么这样的方言是有益的，便是"活"的语言，可以为中国文学提供新鲜的语言、新鲜的材料、新鲜的生命；如若不是，那不过是迎合了一种猎奇心理，造成阅读的阻隔罢了。当我们说中国现代文学中的民间色彩时，说的往往是"地方色彩"。"地方色彩"一词原是19世纪后期美国文学中的专用词汇，"地方色彩"的文学是前工业文明的、怀乡的，"地方色彩"表现了想象的社区，在建构美国统一的民族性过程中发挥了作用。在这种小说中，故事发生的背景往往是自然、遥远、不可企及之地，背景成为故事不可或缺的一部分，有时甚至本身就是小说角色。小说的主题又常常表现新旧生活方式、价值观念的冲突。小说主人公总会被安排为一个说着方言的旧式人物。不难发现，中国现代文学受西方影响甚深，其经典作品中的民间色彩也往往表现于自然、遥远、神秘之境，和古代小说中寻常巷陌的"民间"大异其趣。比如萧红笔下的呼兰边陲小城、沈从文笔下川湘交界的边城（小说开头花了很大篇幅叙述其地域和文化上的双重边缘性）、阿城笔下的西双版纳、莫言笔下的高密，莫不如此。一方面，现代作家笔下的"民间"往往处于

---

[1]　胡适：《海上花列传·序》，收入《中国旧小说考证》，第520–524页。

地域或文化的边缘，是主流文化相对薄弱的地带；另一方面，往往和大自然密不可分。这也和"民间"的本意不谋而合，正如本文开头所提到的，"民"由于没有获得天命，始终滞留在大自然之中。

辨析现代作家笔下的民间色彩，会发现其内涵各不相同。

在《生死场》《呼兰河传》中，萧红所书写的"民间"，是遥远的呼兰小城闭塞落后、"卑琐平凡"的生活和人们精神上的愚昧无知。"民间"一方面是她启蒙、"国民性"批判的对象，并寄托了她对女性价值与命运的思考；另一方面，却是她孤寂之中的乡愁。二者纠结缠绕，构成了《呼兰河传》的复调。"民间"在萧红那里是矛盾的：一方面是她所批判的，她的自我认同建立在对笔下所描绘的民间色彩的疏离之上；另一方面却又不自觉地怀乡，民间同时成为情感归属之地。这种矛盾，在五四新文学作家那里时常发生。

在沈从文那里，民间色彩同样来自对遥远、自然未开化的边城的描写——边城和呼兰河一样，既是小说的背景，又是小说的主角。但沈从文的民间色彩和萧红笔下的不一样的是，它主要不是落后愚昧的象征，也不是启蒙和国民性批判的对象；他的民间与虚伪病态的都市病相对照。沈从文的民间色彩是美的，人美、景美、情感美……作家借这一切的美表现了健康优美自然的人性。总之，沈从文的民间色彩是淳朴自然之美和健康优美自然的人性的结合，他笔下未经沾染都市病的"民间"成为重建民族品德和人格的源泉，正如《边城》里那个在雷雨之夜倒掉又重新修建起来的白塔。同时，沈从文的民间色彩更有其深刻复杂之处，他没有一味把民间写成单一的美的代表，在民间一切美的色彩之外，也写出了人性的真实和沉重，正所谓"不悖乎人性"。

　　汪曾祺的写作受老师沈从文的影响，如《大淖记事》可以看出很明显的痕迹。但汪曾祺笔下的民间色彩具有和萧红、沈从文不一样的指向与意义。汪曾祺的小说中强调民间色彩的世俗性。以他最重要的两篇小说《大淖记事》《受戒》为例。大淖西边外来的锡匠、东头当地人"世代相传，都是挑夫"；《受戒》里明海当了和尚，可和尚没有一丝宗教的神圣意味，和劁猪的、织席子的、箍桶的、弹棉花的，甚至和妓女一样，只是一份工作。小说中直接写道："当和尚有很多好处。一是可以吃现成饭。……二是可以攒钱。"这种民间色彩的世俗性，包括世代相传的生活与风俗，几百年来没有大的改变；生活在这里的人们仿佛不知有汉、无论魏晋，世俗性的书写直接消解了一切高蹈的、宏大的历史或叙事。这两篇汪曾祺最重要的小说，分别发表于1981年和1980年，其时"文革"结束，"伤痕""反思"文学登上历史舞台，这时他发表这两篇作品有着特殊的意义，因为不管是重新评价发生不久的政治历史（"伤痕"），还是质疑思索历史或民族文化（反思文学），绝大多数作品依然致力于一种宏大框架下的叙事与对话。而在汪曾祺的笔下，民间的世俗性成功地对抗了长久以来（十七年文学甚至更早的）意识形态、官方历史对文学的绑架。

　　除了民间世俗性的描写，汪曾祺还写到当地特殊的人情。《大淖记事》里他写道："这里的人也不一样。他们的生活，他们的风俗，他们的是非标准、伦理道德观念和街里的穿长衣念过'子曰'的人完全不同。"汪曾祺本意是描写民间野性质朴自然的人情人性，与正统的文化形成对比；但在1980年，他笔下的人情和人性颠覆了主流意识形态的宏大叙事或反叙事，大淖的一片烟水之地仿佛隔开了外界的火红岁月。

　　这里不能不附带提一下，产生于20世纪90年代、作家老村的

《骚土》，它所呈现的最显著特点，也就是其对民间的真实性、口传性的执着。一眼看去，就知道它不是作家在书斋里构思的产物，这也是和莫言、贾平凹的区别之处。这本小说，整体是在叙述底层深重的苦难，故事里的人物似乎人人都有着现实生活中真实人物的影子，个个都带着现实生活中似乎可以让你调侃的人性缺陷，活得愚昧，然却生动，粘血带泪，这反倒接近了真实，呈现出朴实有趣的底层温度，和一种更为彻底的民间角度。十几年来，至今仍不失为一本可以给人以验证历史和产生阅读快感的作品。

综上所述，我们看到民间色彩在不同时代成为不同的叙事策略，在不同语境中拥有各自丰富的内涵。民间色彩所建构的一个个文学原乡，承载了不一样的主题——启蒙、改造国民性，重建民族的道德与人格，挑战了主流的宏大叙事话语，等等。同时，民间／地方色彩常常是作者强化或构建的产物，是作家所刻意营造的一个文学空间、一个小说的世界。沈从文就曾谈到，他在写作《边城》时知道那里并非他笔下的桃花源。因此，在中国现代小说中，民间色彩所构筑的文学原乡，或愚昧落后野蛮，或淳朴优美自然，或充满世俗性，不管是呼兰河，还是边城、大淖，与其说是地理上的实有之地，不如说是小说中想象的故乡。

四、小说的民间精神

我们说，中国小说的主流来自民间，尽管有文人参与、改写、创作，但底子确有挥之不去的民间血脉在。因是"世俗之物"，在民间流传，它便不受高堂教化、儒家伦理过多的限制，而充满了民间精神。

"五四"以后，尽管中国小说发生了很大的转变，但民间精神血脉依然流淌和体现。小说这一来源于民间、流播于民间的艺术形式，受道德礼教、正统观念控制较为薄弱，中国古代小说中的民间精神，最显著的便表现为"情真"。

明末的冯梦龙在《叙山歌》中说："书契以来，代有歌谣。太史所陈，并称风雅，尚矣。自楚骚唐律，争妍竞畅，而民间性情之响，遂不得列于诗坛，于是别之曰山歌……惟诗坛不列，荐绅学士不道，而歌之权愈轻，歌者之心亦愈浅。"冯梦龙论述了山歌的起源和发展状况，指出了山歌是"民间性情"及其"情真"的特色，并说明编辑《山歌》的目的，就是为了"藉以存真"，"借男女之真情，发名教之伪药"。冯梦龙作为文人，正是看到了山歌"情真而不可废也"和"但有假诗文，无假山歌"的民间力量，确立了自己"民间"的美学立场。日本汉学家大木康认为，"真"是冯梦龙文学的一个极为重要的准则。冯梦龙编纂《山歌》的意图和目的，就是攻击、对抗当时流行的失去活力、失去性情之响的"假诗文"，他想借助《山歌》，为穷途末路的"假诗文"注入一线生机。[1] 正是在这样的创作理念下，冯梦龙才编纂了"三言"。可以说，尽管杂以果报劝惩，"民间性情"及"情真"的精神，始终贯穿在"三言"这部中国短篇小说的集大成之作中。而"情真"可以说是中国小说民间精神最重要的体现。

在此背景下，我们再来看"三言"中的名篇《杜十娘怒沉百宝箱》，便会对小说及其中所蕴含的民间精神有更深的理解。李甲因孙富的一席话，就要在万般痛苦中割舍杜十娘；不少论者分析，这是由于李甲

---

[1]　冯梦龙：《叙山歌》，转引自日本汉学家大木康《冯梦龙〈山歌〉研究》，第220–222 页。

的懦弱无能。细读孙富的话，便可发现"资斧困竭""丽人独居江南"，皆不能使李甲动心；而当孙富最后搬出"父子之伦"时，李甲才真正动摇害怕了："若为妾而触父，因妓而弃家，海内必以兄为浮浪不经之人。异日妻不以为夫，弟不以为兄，同袍不以为友，兄何以立于天地之间？"孙富所言正是儒家的伦理道德，如若触犯或与之决裂，将无所立足，进而将被整个社会放逐（五四时期鲁迅的《狂人日记》《伤逝》等小说仍在表现这一主题）。因此，与其说李甲懦弱，不如说儒家的伦理道德规范太过强大。小说尽管具有报应劝惩的色彩，仍写出了"理"和"情"之间的两难与犹疑，并最终颂扬了"情真"。小说借李甲之友柳遇春之口说"既系真情，不可相负"，"十娘钟情所欢，不以贫窭易心，此乃女中豪杰"。在伦理和情真的拉锯中，李甲最终被孙富推向了"伦理"的一端。周质平教授分析"杜十娘挟百宝箱投河的那一幕是'妾死情，不死节'的具体表现。为节而死，只是受逼于礼教；为情而死，则是彻底的失望和幻灭，其震撼人心的程度，千百倍于为节而死"。[1]而旁观之人的唾骂和"咬牙切齿、争欲拳殴"，从中可窥见晚明以降"人欲即天理"的思想与呼声。

　　"情真"之情，并不限于男女之情。上面提到《红楼梦》中第七十八回"老学士闲征姽婳词 痴公子杜撰芙蓉诔"，便是写宝玉对丫鬟晴雯的真情。周质平指出："'痴'是晚明文人相当重视的一种品格。"[2]张潮在《幽梦影》中说，"情必近于痴而始真"，"痴"是"情真"的最高境界。所以"痴公子"极状宝玉之"情真"。"俏丫鬟抱屈夭风流"一

---

[1]　周质平：《现代人物与文化反思》，九州出版社，2013年，第338页。

[2]　同上。

回，晴雯于病重遭污蔑之中被王夫人赶出大观园，宝玉想办法前去探望的一节，写得可谓情真之至。

"情真"作为民间精神，对抗了正统的道德观念或国家意识形态的控制，最典型的例子还包括明代的《金瓶梅》和发表于 1980 年的汪曾祺的《受戒》。前者是"理学"严密笼罩着社会和人心之下，《金瓶梅》中满纸云霞的情色描写成为其反抗；后者是对 1949 年以后小说意识形态化的挑战。二者的共同之处在于表现了"具有原始的自在的文化形式"。前者反抗"存天理灭人欲"所造成的枯朽残酷的社会风气，后者挑战把人性阶级化、意识形态化的权威，小说家们不约而同地转向发乎自然的男女之爱。"借男女之真情，发名教之伪药"的手段在历史的不同阶段以不同面目出现。而"情真"作为民间精神的表现，不是以真实的感情消解刻板不宽容的"天理"，就是以自身的人情道德反抗宏大的意识形态。

如果说"情真"体现了人的自然爱欲以及真情在主流意识形态的弛禁之地——小说中的自然流露，那么中国古代小说中集中表现的另一民间精神则是"反抗"。这里的反抗，主要是指反抗不公、暴政、压迫、命运等等。"小说生于民间，天然具有扶弱抑强的意识。"[1] 被誉为四部古典名著之一的《水浒传》，就是一部典型的讲述民间反抗的文本。老村《骚土》的内核承继的也是这种民间反抗的精神，演绎了一场荒诞的所谓农民暴动。

在中国古典文学中，每一种文体，都有其各自的表达传统及表现领域。一般来说，诗、文、词、曲等皆须较严格地恪守其文体的功能

---

[1]　刘勇强：《中国古代小说史叙论》，第 23 页。

及美学风格，即所谓"诗庄词媚曲谐"，甚至各自表现的主题都是相对固定的。例如诗歌一般表达贤人君子的人格襟抱，尽管诗中不乏批判现实的作品，如杜甫的"诗史"写麦秀黍离、民生疾苦，但仍可归为前一范畴。而词体要眇宜修，本身包含托寓、幽隐的特点，于春愁闺怨、芳心花梦之中，表达绸缪婉姿之情。苏东坡以个人志意入词，便被讥为"句读不葺之诗"。而民间的反抗精神，反抗不公、暴政、压迫、命运的主题，更多在曲、小说这样通俗性更强的文体之中得以表达。

魏曹丕的《列异传》和东晋干宝的《搜神记》都记载有"干将和莫邪"的故事。这个故事，在东汉赵晔《吴越春秋》中也有记载。直到鲁迅，还依此创作了《铸剑》。《列异传》中说，干将为夫，莫邪为妻，"干将、莫邪为楚王作剑，三年而成。剑有雌雄，天下名器也。乃以雌剑献君，留其雄者。谓其妻曰：'吾藏剑在南山之阴，北山之阳，松生石上，剑在其中矣。君若觉，杀我。尔生男，以告之。'及至，君觉，杀干将。妻后生男，名赤鼻，具以告之。"（《列异传·三王冢》）《列异传》中没有明说干将为何藏剑，或许是因为怕他再去给别人炼剑，或许是素知君王的残暴。而到了东晋的《搜神记》，干将藏剑的动机有了更明确的说明："楚干将、莫邪为楚王作剑，三年乃成。剑有雄雌，其妻重身当产，夫语妻曰：'吾为王作剑，三年乃成。王怒，往必杀我。汝若生子是男，大，告之曰：出户望南山，松生石上，剑在其背。'于是即将雌剑，往见楚王。王大怒，使相之：'剑有二，一雄一雌。雌来，雄不来。'王怒，即杀之。"（《搜神记·三王墓》）因为铸剑时间太长，"王怒，往必杀我"，充分体现王的暴虐。干将知道行之将死，因而藏剑，乃做好反抗复仇的计划。同时使得王"即杀之"。

鲁迅的小说《铸剑》，不再是梗概式样的故事，不但描写丰富生动，而且渲染反抗者的形象与性格。《铸剑》中明写大王的残暴："大王是向来善于猜疑，又极残忍的。这回我给他炼成了世间无二的剑，他一定要杀掉我，免得我再去给别人炼剑，来和他匹敌，或者超过他。"同时干将已经认识到，作为天下第一的铸剑高手，用自己的血来饲自己铸成之剑是自己的命运。他知道"献剑的一天，也就是我命尽的日子"。因此在鲁迅笔下，铸剑者反抗的不但是暴虐的楚王，而且还有自己的命运——"'你不要悲哀。这是无法逃避的。眼泪决不能洗掉运命。我可是早已有准备在这里了！'他的眼里忽然发出电火似的光芒，将一个剑匣放在我膝上。"（《故事新编·铸剑》）

"三王墓"的故事震撼人心之处在于赤（干将、莫邪之子，又因眉距广尺得名眉间尺）本无力复仇，只因侠客口称相助，有一线希望，便立刻自刎，奉上头和剑——反抗之决绝和激烈可见一斑。

　　　遇客，欲为之报；乃刎首，将以奉楚王。客令镬煮之，头三日三夜跳不烂。王往观之，客以雄剑倚拟王，王头堕镬中；客又自刎。三头悉烂，不可分别，分葬之，名曰三王冢。（《列异传·三王冢》）

　　　客持头往见楚王，王大喜。客曰："此乃勇士头也，当于汤镬煮之。"王如其言。煮头三日三夕不烂。头踔出汤中，踬目大怒。客曰："此儿头不烂，愿王自往临视之，是必烂也。"王即临之。客以剑拟王，王头随坠汤中，客亦自拟己头，头复坠汤中。三首俱烂，不可识辨。乃分其汤肉葬之，故通名三王墓。（《搜神记·三王墓》）

干宝的叙述比曹丕更丰满一些。其中有"头踔出汤中，踬目大怒"

的细节，显现出反抗的凌厉。鲁迅小说中则增加了"为什么给我去报仇"的问答、眉间尺的头和王头在沸水中的恶战、黑衣人自刎头落水助战的细节，直到"知道了王头确已断气，便四目相视，微微一笑，随即合上眼睛，仰面向天，沉到水底去了"。体现了鲁迅所推崇的"毫不宽恕"和"韧性的战斗"的反抗精神。

除了《列异传》《搜神记》《铸剑》，"干将莫邪""三王墓"的故事还有不同的辑录与改写，如金代王朋寿编的《增广分门类林杂说》有"楚王夫人尝于夏取凉，而抱铁柱，心有所感，遂怀孕，后产一铁"一节，《铸剑》受此影响。同时，从后来各地有关"三王墓"的研究附会上看，今天江苏的溧阳、河南商丘、山西临汾等地都说墓地在他们那，这虽多是附会之说，但也反映出这个故事在民间的流传是相当广泛的，它携带着民间独特的文化因子，表达了人们对专制、暴君的反抗愿望。

除了《三王墓》，干宝的《搜神记》还有很多篇什体现出中国小说中民间的反抗精神，如名篇《韩凭妻》。宋康王欲夺属下韩凭之妻，结果致夫妻双双自杀。韩凭之妻在自杀前，希望宋康王将自己和丈夫合葬，宋康王怒而不肯，让他们的坟墓遥遥相望，结果"宿昔之间，便有大梓木生于二冢之端，旬日而大盈抱。屈体相就，根交于下，枝错于上。又有鸳鸯雌雄各一，恒栖树上，晨夕不去，交颈悲鸣，音声感人"。人民的愿望托于神话，成为一个经典的爱情故事。除了颂扬韩凭妻的忠贞之外，韩凭夫妻双双自杀，对暴君的残暴作了无奈激烈的反抗，死后化为梓木，根交于地下，枝错于上的"相思树"，更体现出反抗的毫不屈服与彻底。

作家老村说，自己在对古典小说的阅读中发现了一个秘密——在中国的文学史里，在它封锁严密的文化背景中，几乎所有伟大的作品，不管是《金瓶梅》还是《红楼梦》，背后其实都隐藏着作者的一个巨大心思。他们的写作，无不发端于对黑暗专制的巨大仇恨。他们像是修炼了多年的刺客，将作品当作浸渍了毒汁的利剑，藏于心舍，一直小心翼翼地打造它、调养它，抛头露面时，都无一例外地要瞄准当时社会的最大罪恶魔头。

可以说，在中国小说其后的演进过程中，始终不缺少民间的反抗精神。《西游记》中大闹天宫的美猴王，《水浒传》中被"逼上梁山"、走上反抗之路的众好汉，《红楼梦》中拒绝给贾赦当小老婆、当众剪发明志的鸳鸯和抄检大观园时"豁一声将箱子掀开，两手捉着底子，朝天往地上尽情一倒"的晴雯，甚至怒打"王善保家的"一掌的探春……在这些个性鲜明、熠熠生辉的人物身上，无不体现出民间对不公、暴政、压迫、命运等等的反抗精神。

陈思和的民间理论里谈到民间是一个"藏污纳垢"的世界，认为民间"它有一种能力，把一切污秽的东西转换为一种生命的力量"[1]，是非常有见地的论述。换句话说，民间具有一种包容的精神。

和官方，庙堂，正统的意识形态、伦理道德相比，民间的道德观念、是非标准常常是模糊的——小说中的民间世界往往有着自己的审美和伦理道德判断，体现出包容的精神。

周质平谈到晚明小说时，发现其中蕴含了中国人的宽容精神。他说："我们应该对蒋兴哥这样的人致以崇敬。他能够宽容妻子的不贞。"他还总结道："妓女从良是晚明小说中常用的一个主题，作者往往用一

---

[1]　陈思和：《中国现当代文学名篇十五讲》，北京大学出版社，2013 年，第 208 页。

个以淫为生的妓女来体现一种坚强果敢的毅力，进而说明一种'淫后之贞'。这种贞不来自礼教，而是源自爱情。妓女从良的故事，除了在情色和贞淫的问题上，有一种更近于人情的解释以外，对女主角不幸的遭遇，多是怀着既往不咎的宽容和悲悯，不以过去之淫而伤今日之贞。这样的宽容和悲悯，即使在今天也是难能可贵的。"我们在"三言"的很多小说中都可以读到对人性的同情理解——如《乔太守乱点鸳鸯谱》——读到在此基础上的民间的包容精神。

正是因为对人性的同情理解与包容，小说往往成为道德判断悬置的场所。在中国古代小说中，作者哪怕例行公事地进行几句道德劝诫，也常常会在描写过程中给予人物充分的理解，对人物的真实处境表示同情。这样，小说中的个人便不再是道德劝诫的符号，而是活生生的复杂的生命。《金瓶梅》中的主人公潘金莲，作者写她的曲折身世，写她的美艳跋扈、聪明伶俐、争强好胜，写她的爱欲及爱欲不得的痛苦，又写她在欲海沉浮中丧失良知而毫不自省……当潘金莲在欲望的驱策下吓死官哥儿、从西门庆身上抽取最后的快乐时，作者笔下的这个人物，其人性构成的张力已经大到无以复加、行将破裂。可是作者冷静的巨笔带着同情悲悯和包容，一直写到她"三尺坟堆，一堆黄土、数缕青蒿"的坟墓。我们似乎可以说，一部小说，它可以在多大程度上正视、包容人性的张力，它就能在多大程度上成就其杰出和伟大。

在中国现代小说中，沈从文的湘西世界是包容的，汪曾祺的大淖也是包容的。

在沈从文最著名的《边城》里，在青山绿水，美的人、风景、人情之外，故事开始之前，作者写到翠翠母亲的悲剧。她和一个屯防军人好上，并且有了孩子。她不愿意离开父亲老船夫一同逃去，军人又不能毁去做军人的荣誉，结果军人服毒自杀，她生下孩子后到溪边吃冷水死去了。老船夫在军人自杀后，"却不加上一个有分量的字眼儿，只作为并不听到过这事情一样，仍然把日子很平静地过下去"。翠翠出生后，老船夫又在平静中抚养她长大。《萧萧》中，民间的包容精神简直成了小说的主题：十二岁的萧萧嫁给不到三岁的刚断奶的丈夫，她抱着他，等着十年后成亲；一年多后，萧萧被二十三岁的帮工花狗大"把心窍子唱开，变成了一个妇人"。大肚子做证，萧萧必须嫁到别处。"但是丈夫并不愿意萧萧去，萧萧自己也不愿意去，大家全莫名其妙，只是照规矩像要这样做，不得不做。"在等主顾来看人的期间，萧萧生下了一个健壮的儿子，"大家把母子二人照料得好好的，照规矩吃蒸鸡同江米酒补血，烧纸谢神。一家人都欢喜那儿子"。萧萧不用嫁别处了，等她和小丈夫拜堂圆房时，儿子已经十岁，"平时喊萧萧丈夫做大叔，大叔也答应，从不生气"。在沈从文的这几篇小说中，我们可以很清楚地看到民间的包容性，具体体现为民间世界道德观念的模糊。在沈从文笔下，包容的"民间"与虚伪病态庸俗的"都市"形成对比。

民间的包容精神同样清晰地体现在汪曾祺的小说中。《大淖记事》里，在大淖，"这里的女人和男人好，还是恼，只有一个标准：情愿"。巧云家的门被刘号长拨开……事情发生后，"邻居们知道了，姑娘、媳妇并未多议论"，巧云"没有淌眼泪，更没有想到跳到淖里淹死"。巧云冷落刘号长，只钟情小锡匠十一子，十一子被刘号长痛打，巧云把十一子抬回家，承担起生活的重担。小说写她失贞后依然美丽，而且真正成熟了：敢于追求自己所爱，并承担起责任，她"眼神显得更深沉，更坚定了。她从一个姑娘变成了一个很能干的小媳妇"。在汪曾祺笔下，民间世界的包容、讲人情，挑战了政治与意识形态的严酷与漠视人性。

五、结语

中国小说源自民间，描写了民间，并作用于民间。这就决定了小说这一文体天生具有民间性。中国古典小说的优秀之作，常常是文人根据口传文学改造的结果。也就是说，文人创作向民间的源头去汲取素材和营养，是中国小说成长发展的通例；而且，历代小说创作的风尚，往往在"注重通俗"和"强调精英"之间回环往复。文学史上这样的例子比比皆是，最明显的比如，五四新文学家们的创作，颇强调启蒙的"精英主义"，表现为向西方借鉴陌生的小说样式和叙事技巧，主题上不是强调启蒙、挑战庸常的经验，就是表现知识分子幽微深邃的精神世界，而五四新小说正是对"鸳鸯蝴蝶派"小说注重通俗和娱乐的反动。到了三四十年代，在五四新文学的传统影响下，又出现另一重的反动，不少作家有意无意地轻微嘲讽"五四"的精英主义，而向民间性致敬，其中的典型是老舍、沈从文、张爱玲、汪曾祺等已经在民间化上开拓得很深的作家。

二十年前，陈思和先生主编《上海文学》时，将眼光放在了辽阔的大西北，推出了一批西部作家；近年也有学者反复说，在文学日益同质化的今天，也许依旧古朴的西部的民间，将是文学重新赢得自己尊严的一个所在。

说到底，我们现在谈论民间，其实就是在谈我们当下的小说创作，不是高冷炫技，从上层文化、精英文化的角度去俯视民间，而是能不能以民间的视角去书写民间。对于当下过于精英化的文坛来说，我们真的需要再次呼吁——"回到民间"。

2018 年 10 月 16 日初稿

2018 年 10 月 21 日修订

回到想象力的源头

近期由于调任《大家》杂志，能够较多接触各个层次作者的小说，使我越来越明确地感受到，当下小说创作中一个较为严重的问题，即许许多多的写作者，他们的小说，从表述方式、题材，甚至具体的描写，都大同小异。这让我深感沮丧。翻阅国内别的一些刊物，也似乎同样存在这个问题。这让近年一直沉浸在宋以前古典小说中的我，每每被这些小说家质朴、简洁，然却充满无限想象力的作品击中时，突然意识到，对照这些古典小说，可能我们现代的写作者——他们的想象力出了问题。作家失去了个人生命的独特体验，失去了想象力，所以无法表达出与众不同的认识和感悟。我以为，一个作家是否优秀，其最为明显的辨别特征，就是他的想象力是否出类拔萃。即他的作品，一定会呈现出一种新鲜的、生动的、独特的特质。一定会在故事的表述和构造方面，与众不同。

"文学要实现对世俗世界、世俗视角、现实时空的超越，即从有限时空进入无限时空，靠什么？不是靠人造卫星，不是靠太空船，而是靠'想象'这一心理机制。"[1] 那么，当下小说要有所突破，至少在文学想象力上，应有所改变。重构文学想象力，自然有很多路径，虽然回到源头只是一种方式，但我当下的意见却是要老老实实地回到传统里，回到文学想象力的源头，重新建构起我们民族的文学想象。

一、想象力的污染

想象力是什么？它为何对文学创作如此之重要和关键呢？

上海学者吴洪森认为，"没有想象，便没有艺术"[2]。想象力对于一个作家的重要性，不言而喻。美国作家福克纳说："做一个作家需要三个条件：经验、观察、想象。"[3] 刘再复先生认为，文学有三个基本要素：一是心灵；二是想象力；三是审美形式。何为基本要素，就是说，缺少了这些最基本的东西，文学就不是文学了。在刘再复看来，"离开了'想象'，就没有诗，也没有小说"[4]。或者正如阿城所言："想象力是做艺术的基本能力，就像男子跑百米，总要近十秒才有资格进入决赛，少一秒免谈。"[5] 没有想象力，"不近十秒"，写小说也只是"散散步"而已，进不了"决赛"。

18 世纪法国启蒙思想家德尼·狄德罗曾这样定义想象："想象，这

[1] 刘再复：《第八讲：文学的"想象力要素"》，收入《文学常识二十二讲》，东方出版社，2016 年，第 94 页。

[2] 吴洪森：《〈存在与想像〉后记》，载《当代作家评论》2000 年第 2 期。

[3] 威廉·福克纳：《创作源泉与作家的生命》，收入《"冰山"理论：对话与潜对话》（上册），崔道怡、朱伟、王青凤、王勇军编，第 100 页。

[4] 刘再复：《第八讲：文学的"想象力要素"》，收入《文学常识二十二讲》，第 94 页。

[5] 阿城：《闲话闲说——中国世俗与中国小说》，第 104 页。

是一种物质，没有它，人既不能成为诗人，也不能成为哲学家、有思想的人，一个有理性的生物，一个真正的人。"[1] 狄德罗此一定义，不仅道出了文学想象之于艺术的重要性，甚至"武断"地指出，想象先于理性，是人成为"一个真正的人"的前提，将想象提升到了对整个人类至关重要的地位。

我认为，想象力是人类自身如何观察并建立自我观念的大问题，也是一个作家不可或缺的基本才能。一个作家如何得以摆脱庸常现实世界，建构一个理想的文学世界，想象无疑是他思想的翅膀和法宝。想象力的作用，在于重构世界，而非表现现实、再现现实的手段或方式。想象力看似是文学的方式和手段，然最终的结果，恰恰又呈现为文学的主体。

然而，近百年来的中国现当代文学，却在一窝蜂地急于学习西方现代派文学大潮中，在急于批判现实的功利性追求中，忽略了文学想象力的重要性，使得现当代的中国文学，尤其是小说，陷入了批判和白描现实的泥潭中无法自拔。

正如张柠在《想象力考古》中所说："近代黄遵宪等人提倡'诗界革命'、'我手写我心'，就是对传统文学体制中'想象力'畸形过剩的批判；'上感国变，中伤种族，下哀生民'，强调的是文学的现实品格。梁启超的'小说革命'，重心是文学与政治的关系，呼吁文学担当启蒙的任务，也是对传统文学那种孤芳自赏、帮凶帮闲品行的拒绝。五四新文学运动的口号是'科学'（理性和逻辑的力量）和'民主'（政治公共领域的问题），跟想象力更没有关系。胡适'文学革命'的'八不主

---

[1]　段宝林编：《西方古典作家谈文艺创作》，春风文艺出版社，1980年，第106页。

义'，没有一条涉及想象力。"除此，张柠甚至认为鲁迅先生在文学想象方面，也有欠缺。"譬如在早期作品《摩罗诗力说》中，的确倡导天才论（想象力的另一种表述），标榜'想象力'。但在后来一生的创作实践中，他并不是以想象力著称，而是以批判力见长（充满想象力的《野草》，在他整个创作中占据比例较小，而且带有现代象征主义色彩）。《狂人日记》与其说是想象力的产物，不如说是文化和政治压抑下精神分裂的产物。"[1] 张柠原意是想强调文学的现实品质，但他的总结却透露出一个秘密，即中国现当代文学，在它发端之初，便和想象力这一伟大的文学动力，渐行渐远。

中国现当代，文学被视为启蒙的利器，既然将文学作为工具，自然忽视文学的审美。启蒙对中国文学，甚至国家、民族来说，自然有更为重要的意义和价值。但从文学的审美价值上看，却存在不少缺憾，其中之一，就是忽视想象力之于文学的重要性。正因如此，此后近一百年来，中国作家的想象力受到了极大的束缚，而近几十年来，新媒体对社会事件无孔不入的阐释和"山寨"，又使得作家的想象力进一步衰竭，或是受到了很严重的污染。

现在我们都特别关注环境污染，大家一提起大气污染、水环境污染、食品污染等，都忧心忡忡，却很少有人关注到我们文学语言的污染、文学想象力的污染问题。当下，污染已然成为一个整体性的、无法回避的事实和话题，不单单是空气、食品被污染了，我们的想象力、我们的语言、我们的文学，甚至包括我们的精神，都被严重污染了。当然，污染不是近些年才有，传统社会也有。儒家过于偏重现世，以及

---

[1]　张柠：《想象力考古》，载《文艺报》2003 年 9 月 23 日。

后来"文以载道"的观念，在一些偏颇的知识者心中俨然已经成为一种恒定的价值常态。这对文学的想象力，都是巨大的戕害，等于给文学戴上镣铐，给想象戴上枷锁。后来的文学启蒙，也强加给文学太多的功利目的，这些也都成为文学想象力被束缚的客观因素。客观地说，现实主义、写实、功利的文学追求并非罪魁祸首，但单一地强调、推崇这些才是问题产生的根源。

当然，现当代文学在发轫之初，还是有不少作家、理论家格外关注想象力问题的。如20世纪三四十年代，刘半农就特别关注到想象力的问题。他说，小说家最重要的本领有两个，而其中第一个就是，能"根据真理立言，自造一个理想世界"[1]。何以自造一个理想世界，作为小说家来说，就是凭借想象，超越俗世的牵绊，在心灵世界构筑一个完美的世界。想象力是再造一个世界唯一的通道，除此别无他法。当然，鲁迅也并非张柠所说的那样，只重批判而忽视想象力。《故事新编》就是鲁迅先生回到中国传统寻找力量的一个努力，也恰恰体现出鲁迅巨大的想象力。《铸剑》式的写作，即是一次巨大的文学想象的展演。

不过令人惋惜的是，虽然也有作家、理论家看到了当今作家们的想象力存在着严重问题，但这也只是个别的，微弱的，并没有在整体上达成共识。除了早年的刘半农们外，20世纪80年代后，也有无数论者指出想象力的重要性。先后有李国文、吴亮、洪治纲、莫言等重要的作家和理论家强调想象力的重要性，也先后有《长城》《文艺

---

[1] 刘半农：《诗与小说精神上之革新》，收入《刘半农研究资料》，鲍晶编，天津人民出版社，1985年，第132页。

报》[1]等杂志介入讨论。数十年来，想象力问题一直是备受关注的，但为何如此关注，我们当下的小说，还是在缺乏想象力的问题上翻跟头打滚呢！

刘再复认为，"也许是新文学发生不久后，作家就面临国家苦难和社会不公等问题，忧国忧民的情怀过于沉重。也许是'五四'之后，文学界均走向写实主义（现实主义）而无法从现实中超越"，导致作家想象力的衰退。[2]特殊的中国国情，决定了中国作家在特殊的历史时期，必须将拯救国家，唤醒黎民百姓作为写作最主要的目标，过分地强调现实主义书写，过多地强调现实的批判性。也许这只是问题表面，更深处的根源还在于，一个世纪以来，唯物主义统治了中国方方面面，深入了每一个人的骨髓。在文学创作上，也表现为唯现实主义马首是瞻，唯现实主义为文学正统，排斥现实主义之外的文学方式，或是轻视现实主义之外的任何写作。美国理论家韦恩·布斯在《小说修辞学》中直接强调："真正的小说一定是现实主义的。"[3]但是，我们的现实主义，却违背了现实主义的本质，变成了白描现实主义或者是揭黑现实主义。不是现实主义不好，而是我们违背了现实主义的本质，或在文学上过度地抬高了现实主义。任何文学上的"主义"，一旦被尊为王者，都是有问题的。

改革开放以后，对西方现代文学思潮的借鉴和学习，虽然在一定

---

[1]　1998 年《长城》从当年第 2 期开始，设立了一个新栏目——"文学与想象力"。2004 年 11
　　月 1 日，《文艺报》与湖北理工大学联合召开"中国当代文学失去想象力了吗"的专题研讨会。

[2]　刘再复：《第八讲：文学的"想象力要素"》，收入《文学常识二十二讲》，第 102 页。

[3]　参见［美］韦恩·布斯《小说修辞学》第二章，华明、胡晓苏、周宪译，北京联合出版公司，
　　2017 年，第 21 页。

程度上缓解了对现实主义的依崇，但是并没有从根本上改变想象力的疲软和文学创新的匮乏，而仅仅变成了作家们自己演练自己"才华"的工具。

先是"伤痕文学"红极一时。"伤痕文学"的本质，是对已经过去的那段历史的控诉和反思。后来，"寻根文学"又大行其道。紧接着，新写实开始鸡零狗碎地发展起来。再接着，是先锋文学横扫中国文坛，生吞活剥地借鉴、模仿西方现代派文学的所谓先锋文学，横行一时。数十年的中国文学，大家都心无旁骛地东施效颦，都在争先恐后地追赶潮流。大多数作家被五光十色的文学现象模糊了双眼，更有甚者，将文学想象力让位给了市场，最终堕落到被大众的阅读口味彻底征服。

从时代大环境看，读图时代、网络时代的来临，扩大了大众接受知识的渠道，但同时也损害了作家的想象力。近年大众媒体，尤其是微信的蓬勃发展，对时代的一些肤浅阐释无孔不入。这种遍布每一个角落的强制的、浅薄的阐释和解读，一步步地取代了作家的个体思考。作家的想象力，逐渐被各种言说所遮蔽。这些肤浅阐释文化的泛滥，带来的直接后果，是想象力被极大地污染了、同化了、阉割了。文学展现的是人性，体现的是个性；没有超凡脱俗的个性，则没有出色想象力。我们现在经常在不同的作家的作品中读到了相同的东西，这便是想象力被扼杀后的可怕的同一性。

想象力贵在独特。保持想象力的关键，一不能依赖和重复已有的认知和知识，让它们代替个体真实独有的感知；二不能远离生活、游戏生命，否则你的想象也是轻浮易碎的；三不能无视自己的内心随波逐流，否则就没有能力走到文化的源头，去面对人类真正的疑问和荒芜，并对此放飞想象。当然我以为，想象力的缺失和污染，还有一个

　　更为重要的因素是，当下我们的作家背负的精神负担太重。20 世纪 80 年代的魔幻现实主义作品，不能说他们没有想象力，还有包括近几年莫言的《蛙》、阎连科的《炸裂志》、余华的《第七天》等，其实这几部作品还是有一定的想象力的。但是为何读下来，最终给人的感觉却是沉重的，想象力像是一只只被捆绑翅膀的飞鸟。那么，是什么捆绑了它们呢？我以为，主要还是他们心态的浮躁，急于批判现实，降低了文学的品质，因而在批判中抹杀或降低了文学的想象力。作家不是不能批判现实，但是作家的第一职责，是写出高质量的文学作品。批判只是作品的外延价值。

　　文学想象力的问题，说到底还是自由的问题。它来自可以自由地尝试各种创作方式，包括所写的内容、主题和形式。但是，我们当下的作家，绝大多数却没有自由的心灵。想象力的压抑和解脱，其实也是人类走向文明的一个必然过程，中西皆同。科学的发展，解释了之前太多无法解释的自然现象。祛魅，也导致神秘性尽失，使得作家的想象力受到理性的约束太多。理性太盛，对小说的创作未必是好事。有神，至少在作家心中有神，或许对创作来说，能打开一个全新的空间，放开作家想象的翅膀。古代，源头的想象力弘放，一大原因是信神鬼，人鬼未分、人神未分。今人看来虚构的因素，在古人的思维世界里，竟是他们所认为的"真实"。比如，魏晋时的志怪小说，鲁迅也分析过，说写这些故事的人是相信幽冥界的，那是他们真实的精神世界。

　　所以，今天的小说创作，尤其在体制内，似乎越来越被看成是一种近似匠作式的职业行为。随着全媒体时代的到来，人们在一夜之间发现，似乎人人都是小说家。昔日小说家神秘的光环，仿佛随之也祛魅了。作家们即使有部分的想象力，好像也都是在刻意虚构，缺乏那种突兀而来并浑然天成的气象和格局。

二、古代小说家想象力充沛

似乎在宋以前的古典小说中，有一种很干净的东西和气象，有一种单纯与天真的想象力，和没有被现实政治污染过的语言。同时，当时的理论家似乎也很重视想象力的重要性。中国历史上第一篇关于文艺创作的专论，陆机的《文赋》，就对文学想象的问题做过专门的阐释。他说，只有"观古今于须臾，抚四海于一瞬""恢万里而无阂，通亿载而为津"，才能创作出"收百世之阙文，采千载之遗韵"的好作品。紧跟着的刘勰，也在《文心雕龙·神思》中，开宗明义地指出："古人云：形在江海之上，心存魏阙之下。神思之谓也。"同时，刘勰还定义了什么是想象力："拙辞或孕于巧义，庸事或萌于新意，视布于麻，虽云未贵，杼轴献功，焕然乃珍。至于思表纤旨，文外曲致，言所不追，笔固知止。"

中国最早的小说起源于神话，也是我们的文学先贤充满想象的产物。《汲冢琐语》《山海经》是中国最古老的小说。《汲冢琐语》是一本主要谈梦验、祥妖、预言吉凶、卜筮占梦，多涉鬼神之书。《山海经》亦为巫祝方士之书，里面珍藏了中国最古老的神话故事，如"夸父逐日""精卫填海"等，都是充满了巨大想象力的作品。其中的山川、动物、人物、河流等，都是想象的产物。即便后来有好事者去考证《山海经》中山川、河流，有些确有，但那也是处于神话时空中山川、河流，和实有之山川、河流显然有别。可以说，这些充满想象力的神话小品，是我们中国小说的源头。

如《南山经》中对九尾狐的描述，"其状如狐而九尾，其音如婴儿，能食人，食者不蛊"。《西山经》中对西王母的描述，"又西北三百五十里，曰玉山，是西王母所居也。西王母其状如人，豹尾虎齿而善啸，蓬发戴胜，是司天之厉及五残"，这都是先民质朴的想象的产物，也是他们想象中的世界，是他们想象中的动物、人物。

其实，《山海经》里面所有重要人物，都是神化了的，多为人神同体、人与兽同体，或者人面鸟身、人面兽身、人面蛇身等等。比如西王母、精卫、夸父、女娲、少昊、共工、刑天、后羿、颛顼等；所有动物都是奇形怪状的，如"其状如羊，九尾四耳，其目在背"的猙鸱、"其状如羊，一角一目，目在耳后"的辣辣，等等。还有如国名，也充满了想象空间，如羽民国、丈夫国、女子国、无肠国、大人国、君子国、小人国、不死国、三身国、一目国、一臂国等等。《山海经》的想象力很充沛，连司马迁都感慨："余不敢言也。"

从《山海经》，我们不难明白这样的道理：在中国最初的文学传统里，没有哪个神话不是人类幻想的产物，没有哪个神话人物不是先民想象缔造的。文学自始至终都在想象和创造着世界，而非表现世界和再现现实。《山海经》对后世的写作，产生了很深远的影响。我想，影响更多的还是在想象力上——它为我们提供了一个重新建构这个世界的书写方式。

《汲冢琐语》多是记卜梦的故事，可以说也是想象的产物。因为对梦的描述，更自由，想象能得到充分的展现。或者说，梦本身就是一种想象。后来模仿《山海经》的《神异经》《海内十洲记》《汉武帝别国洞冥记》等，其想象力也是很充沛的。《海内十洲记》中对祖洲、瀛洲、玄洲、炎洲、长洲、元洲、流洲、生洲、凤麟洲、聚窟洲等十洲神神怪怪的描写，《汉武帝别国洞冥记》中所记载的"别国"，都是一片充满无限想象力的似神非人、似真非真的异域世界。

到了王嘉的《拾遗记》，想象力更是前所未有的。在《拾遗记》中，已经有了对太空飞行器、潜艇的想象了。如《唐尧》中对太空飞行器的想象：

> 尧登位三十年，有巨查浮于西海。查上有光，夜明昼灭。海人望其光，乍大乍小，若星月之出入矣。查常浮绕四海，十二年一周天，周而复始，名曰贯月查，亦谓挂星查，羽人栖息其上。群仙含露以漱，日月之光则如瞑亦。虞、夏之季，不复记其出没。游海之人，犹传其神伟也。

《秦始皇》中对有关潜水艇"沧波舟"的想象：

> 始皇好神仙之事，有宛渠之民，乘螺舟而至。舟形似螺，沉行海底，而水不浸入，一名"沧波舟"。

想象力的丰饶，也源自对外来文明的开放心态。唐传奇富于想象力，这是因为唐朝是一个文化包容、多元开放、众生平等的社会。按李国文的说法，从历史大框架看，中国历史也分为两截，一个自汉至唐，这个时间段，王朝都主张开放，是睁眼看世界的。这样的文化气度，是气象万千的。"中国文人的想象力，自然也无边无沿，无垠无限，显得大手笔，大文章的华彩万状。"自宋至清，各个时期的王朝都是闭关自守的，是"堵住双耳转身向内"。这样自闭，敌视自由，文人的想象力自然也跟着萎缩了。[1]

唐传奇的开端是由两个单篇开启的，一个是王度的《古镜记》，一个是佚名的《补江总白猿传》。两个故事都是情节曲折，想象力离奇绝妙。之后，初唐唐临的《冥报记》，虽受佛教影响较重，但是想象很是奇特，一路下来，无论是写梦境、狐怪，还是现实题材，都是充满想象的作品。比如，唐朝作家窦维鋈的《阿专师》中最富有想象力的是，阿专师在备受俗世嘲讽后，骑着那堵破墙飞走了的片段：

> 后正月十五日夜，触他长幼坐席，恶口聚骂，主人欲打死之，市道之徒，救解将去。其家兄弟明旦捕觅，正见阿专师骑一破墙上坐，嘻笑谓之曰："汝等此间何厌贱我，我舍汝去。"捕者奋杖欲掷，前人复遮约。阿专师复云："定厌贱我，我去。"以杖击墙，口唱"叱叱"，所骑之墙一堵，忽然升上，可数十仞。举手谢乡里曰："好住。"

后来中国作家膜拜卡夫卡，但窦维鋈的《阿专师》比卡夫卡的《骑桶人》想象力丰富多了，也更早；包括马尔克斯在《百年孤独》中写到的雷梅苔丝骑着床单飞上天的想象，被很多中国作家追崇，其实在我们宋前的古典小说中，这样的想象已经超出很多很多。比如，唐朝的李复言写的传奇集《续玄怪录》，其中《张逢》一文，写了人变成虎，而《薛伟》完全是一篇中国式的《变形记》。人身鱼心的荒诞搭配，比《变形记》更富有想象空间和深刻的人性意义。

---

[1]　李国文：《想象力到哪里去了？》，载《文学自由谈》2004 年第 1 期。

在古人的世界观里，他们相信人是可以变成虎、变成鱼的，所以，想象空间更大，而卡夫卡写《变形记》却是不可能相信人真的可以变成甲虫，他展示的就只是世界的荒诞，想象力自然无法和李复言并论。

再如牛僧孺的《玄怪录》，简直是想象力的大观园。其中的《古元之》一文，就是作者通过想象，建构的一个理想的"神国"。"神国"和陶渊明的"桃花源"一样，成为人们向往的仙境式的理想王国。这两个仙境，并非现实世界的再现，它们完全是作者想象出来的。

宋开始，"多教训""讳忌渐多"，加之"宋时理学极盛一时，因之把小说也学理化了"[1]。此后的中国小说，想象力受到了限制，但是，依然有天才作家和作品的出现。比如《西游记》《封神演义》《聊斋志异》等，为宋以后的中国小说保留了尊严。《西游记》可以说是一部穷极想象的中华民族的小说经典，这些想象包括金箍棒、七十二变、筋斗云、大闹天宫、孙悟空及猪八戒的出身，以及天气现象比如求雨等。嗣后的《封神演义》，描写的打将鞭、打神鞭，上天入地等等，都极有想象。更为重要的，无论是唐僧的西天取经还是讨伐商纣的历史，都不再是历史实有事实之简单重现，而是作者完全虚构、想象出来的，但这却比真实的历史更动人心魄。

《聊斋志异》中那些漂亮的女鬼，在林语堂先生看来，"是中国人想象力所创造出来最有特色的人物"[2]。林语堂先生当时可能没看到唐传奇吧，唐朝的戴孚在《广异记》中，展现出的奇诡的想象，远远超过了蒲松龄；戴孚不仅写了漂亮的女鬼，还写了妖娆的女狐精、可爱

[1]　鲁迅：《中国小说史略·汉文学史纲要》，收入《鲁迅全集》（第九卷），第 319 页。

[2]　林语堂：《中国人》，学林出版社，2000 年，第 106—107 页。

的男狐精，写尽了各类狐精。

从中国古典小说，或古今中外的那些经典作品中，我们不难发现这样的道理，那就是作者首先解决了想象力的问题之后，才产生出卓然传世的伟大作品。

三、回到源头寻找力量

要想重建我们的想象力，大抵应该到生命的本源——人类终极的精神世界里去寻找。在终极的精神世界里，以艺术的超然的理解，去解释和理解人与自然、人与人、人与社会、人与万物的关系，只有这样，才能从精神上得到开放自由的东西，一种属于文学的境域或境界。所以，首先必须解决的，不是你的思考方式和角度，而是你的想象是否有终极意义。其次才是你的想象方式，若旧的思考方式不变，所谓的想象力再大，也是没用的。比如现在网络上流行的大量穿越类、玄幻类小说，乍一看，似乎是想象力爆棚，但因为没有解决好作品的价值取向，没有给想象赋予一个超越俗世的精神空间，那么你给人的就是空想，一种虚假的感觉。当下不少小说家，尤其是年轻的小说家，首先在终极价值取向上就出了问题——不热爱生命、不尊重人，以戏说的方式写作，想象力走偏了，走偏了就离真理越来越远了。而在中国古代，虽然小说家们的想象力绚烂诡奇，可上天入地、变化万端，但小说家是自信的，没有矮化现实人的价值，如"精卫填海"等神话，是对人类意志超然的赞美和歌颂。难怪，刘再复先生说《山海经》是中华民族的原形文化。现在的小说家，也写人和世界的变幻无穷，但没有古人那样正大的气息，那样有尊严的价值判断充沛其间，很多稀奇古怪的东西，有些甚至是很丑恶的、阴暗的东西都出来了。忽视了想象力这一文学最重要的要素。

中国小说的源头，最重要的一支来自神话、寓言，而中国小说最早的作者是巫师方士，他们有着沟通天地、直达幽冥的本领。正如云南学者郎生所言："《琐语》和《山海经》，应为公元前四五世纪战国初中期的巫祝方术之书。绝地天通、政教合一之后，巫师方士们逐渐转化成为史家、医家、阴阳家、礼乐家和看天象的天家，巫祝的形象话语也演变成了文士的理论话语，巫方之术则理性化为哲学、史学、历算，以及博物学和自然志等。但巫方之士的直系后裔和继承者，先秦两汉的小说家们，仍然没有放弃直达幽冥、沟通天地的能力，继续着他们与鬼神和人性的对话，把握着不同的时空，这种能力逐渐演化成为一种文学天才。巫师方士们的行为，是认识宇宙和生命之崇高精神的方式，在先唐的中国小说中，这一点表现得尤为充分，实际上也是中国文言小说传统的精神。"[1]

后来的道教，"'拥道自重'，为了自神其教，将历史人物、神话人物、民间传说中的人物神仙化，以宣传道教的神仙信仰、宇宙观念、伦理思想，其间使用的虚构、想象夸张和人物形象清晰化、故事情节曲折化的手法，将神话传说史传寓言中萌发的和各种叙事状物记人的手法，慢慢转化为小说技巧，小说的发展与道教的盛行相互渗透，相互支持，小说观念的成熟与道教成熟具有一体性。"[2]道教不仅在小说技巧上对小说产生了深远影响，它还打开了仙界、地府和人间几个空

---

[1] 郎生：《补白：中国文言小说的传统与辉煌》，待出版。

[2] 刘敏：《天道与人心：道教文化与中国小说传统》，中国社会科学出版社，2007年，第8页。

间维度，使得中国小说时空感一下就出来了，扩大了小说的边界。

同时，道家追求长生不老，也扩大了小说题材范围和想象空间。魏文帝曹丕所做的《列异传》，开启了人鬼恋的先河，如《谈生》这个具有原典型的故事。谈生发奋读《诗经》，感动了一名年仅十五六岁的"姿颜服饰，天下无双"的女子自愿来做其妻子。女子当初约定，"我与人不同，勿以火照我也。三年之后，方可照"。妻子已为谈生生了一儿，已两岁。但好奇心害死人，谈生最终没忍住，"夜伺其寝后，盗照视之"，发现妻子腰下的枯骨。违背了约定，妻子不得不弃他而去。而干宝在《搜神记》中的人仙之恋，也是具有开启意义的。如《董永》以及《弦超》两个人仙恋的故事，开创了人仙恋的先河。在《董永》中，董永的孝顺感动了天（帝），天使织女下凡，给董永为妻，偿还债务。

在《列异传》中，就有了对地府的描写。在《蔡支》《蒋济亡儿》中，已有了"泰山"（当时对地府的称呼）；因为道教的影响，《列异传》中也有了活人为鬼带书信（如《胡母班》）以及死而复生的描写等。干宝为鬼神立传，写了《搜神记》。刘向为神仙立传，写了《列仙传》，之后葛洪又写了《神仙传》。"两传"想象丰富，成为后世神仙题材故事的幻想源泉。王嘉的《拾遗记》写的历史，并非史书之历史，而是想象中的历史。到后来陶渊明的《桃花源》，亦是最为成熟和优秀的想象小说。

佛教的传入，又为中国小说打开了更加广阔的想象空间。佛教和"佛教文学的传入，带进来了印度人丰富的幻想，华丽铺陈的故事架构以及其委曲婉转葡萄藤式的写作手法。这些刺激了中国人的想象力，大大影响了中国小说写作的方式和方向，开拓了中国小说的新领域，也因此在中国小说史上开出璀璨的花朵 [1]"。胡适先生在《白话文学史》中，认为中国固有之文学是没有幻想的，是印度人的幻想文学的输入，才对中国固有之文学产生了解放力。虽然胡适先生否定中国固有之文学没有幻想力是想积极鼓吹他的白话文运动，但对佛教对中国文学的影响，还是认识很清醒的。

可以说，佛教也是建立在想象之上的，从天上到地下有多少层，人有多少个轮回，都是想象的产物。"因果报应轮回，是佛教带入中国的创造性思想。" [2] 或者可以说，佛教提升了中国小说的想象空间，给中国人提供了一个可以辨识人生善恶的精神世界。在这个层面上，它比本土的道教更进了一步。或许还因佛教是印度来的，有外来文明的神秘感，能给小说写作者带来新的思维方式的冲击。比如有名的《阳羡鹅笼》的故事，就是受到了印度文化的影响。还有如《梵志吐壶》《外国道人》，都是印度佛教故事影响下的产物。再如《枕中记》，淳于棼梦游的三大特点："一是进入一种动物——蚂蚁——的王国；二是蚂蚁甚小，所以得想象淳于棼的身体也变成那样小，如现在某些西方'梦游奇境'发展而来的'科学神话'中缩小身体步入小型动植物世界一般；三是蚂蚁在淳于棼梦中幻化成人类。这种新奇的想象，大抵来自翻译的佛经，非中国固有。" [3]

再如《幽冥录》中的《赵泰》，详细地描写了地府，比干宝《搜神记》中的描写丰富、恐怖多了。在《赵泰》中，佛教化的、比早先道教更详尽的关于地府，以及死后的审判、受刑、转世等等的想象更为丰

---

[1]　永祥：《佛教文学对中国小说的影响》，东方出版社，2010 年，第 101 页。

[2]　白化文：《二生石上旧精魂——中国古代小说与宗教》，北京出版社，2012 年，第 72 页。

[3]　同上书，第 109 页。

富，也打开了小说更为广阔的想象空间和书写疆域。李复言在《续玄怪录》的《杜子春》一文中，对佛教化地狱景象的描写，阴森恐怖，令人望而生畏。

佛教讲的是因果报应。所以在小说中，这种逻辑也反复出现。刘义庆的《宣验记》，就是关于因果报应、善有善报、恶有恶报的故事集。当然，佛教的众生平等观念，也深深影响着小说家。比如《宣验记》中的《鹦鹉》，就是佛教众生平等观念的宣讲。包括王琰的《冥祥记》、刘义庆的《宣验记》、颜之推的《冤魂志》《集灵记》等，也是讲因果报应的。佛教影响下的小说，大多是劝人奉善信教的故事，看多了是一个套路。佛教的冲击，印度式的思维，于我们很陌生，陌生化产生想象力。很多想象力的资源，也有源于对外来文明的开放心态。

胡适先生也说："佛教的文学最富于想象力，虽然不免不近情理的幻想与'瞎嚼蛆'的滥调，然而对于那最缺乏想象力的中国古文学却有很大的解放作用。我们差不多可以说，中国浪漫主义的文学是印度文学影响的产儿。"[1]

想象力的问题解决了，往往推动小说向前发展。可以说中国小说起初就是受惠于巫师方士、道家、佛教的想象力，才创造了有别于白描现实的小说时空。那么，我们是否应该以此为镜鉴和参照，返回这个传统上去，重新构建我们自己的想象力？

"20世纪的当代小说尤其重想象，因为经过几百年的开掘发展，生活中的小说题材确实有几近枯竭，表现形式几乎掘尽的危险。如果小说创作再仅仅抱住原原本本的生活不放，就很难再吸引、打动读

---

[1]　胡适：《白话文学史》，第135页。

者，因为新科技时代的各种信息传递、通信工具，诸如电影电视，摄影摄像，所表达的真实都远远胜过任何一部描写得再真切细致的作品。所以，只有通过想象，通过生活中可见的现实，去展现那些看不见，或者是为绝大多数人忽视的现实。与此同时，给读者留下一片广阔的、可以任意联想的自由天地，而这正是小说强于那些单向的（读者无从做出反馈的）传媒手段，且最终得以不为它们所取代的魅力之所在。"[1]

这个论述，又进一步印证了我在文章开头提到的想象力问题。要抵抗当下时代无所不在的"声音"，对我们想象的干扰和污染，唯一依靠的武器，就是想象力。但要找回我们的想象力，尽管有诸多的方式方法，但其中可以选择一条道路，就是回归传统。著名批评家李敬泽在最近一个访谈中说："谈中国的文章之道，无论批评史还是文学史，大家觉得山穷水尽的时候，都是回到先秦，回到孔孟，回到老庄、《左传》《战国策》，再往下就是回到司马迁。为什么？因为他们确实有着巨大的原创性。同时，他们的力量在于混沌未开，像一片汪洋，后来的文章只能从里面取一勺。"[2]李敬泽不仅如此倡导，也身体力行地在践行自己的意愿，他最近出版的《青鸟故事集》《咏而归》，就是用想象还原历史的书写。

我极为赞同李敬泽这一说法。当下的小说创作，要写出有气象的大作品，得回归原初，回到我们先民那种恣意汪洋的想象力上。第一步，我甚至觉得，应该是作家从对西方作家的膜拜和模仿中折身回来，

---

[1] 罗晓芳：《当代小说中的想象与现实》，收入《我们看拉美文学》，赵德明主编，云南人民出版社，2000 年，第 270 页。

[2] 舒晋瑜：《李敬泽：回到传统中寻找力量》，载《中华读书报》2017 年 3 月 24 日。

先做一个小学生，认真地从我们民族自己的《山海经》《汲冢琐语》《海内十洲记》《搜神记》《搜神后记》以及后来的唐宋传奇上一路下来，领略先人们是怎样理解生活和认识世界，怎样建立超然的想象力，然后再重新审视自己怎样写作。

2017 年 11 月 13 日于昆明

中国小说的精神空间

在《回到文学的源头》一文中我主谈了想象力问题。然此刻我又觉得，单有想象力还不够。想象力只是作家的基本功夫。要成为优秀的写作者，想象力只是手段，是创造性思维的基本能力，除具备这项基本功之外，还应为自己的想象构筑一个超然的精神空间，一个形而上的精神背景。

精神空间的发现和开拓，古往今来，一直是中国小说一个奇特的传承，也是创造性想象思维中的一种最高级的艺术工作。正如王富仁教授所说："所有的艺术创作，开拓的都是一个艺术空间的问题，而艺术的空间说到底则是一个想象的空间。"[1] 进一步深究，真正有意义的想象空间应该是一个精神性的空间，它有着明确的精神指向，并能在更高意义上安放人的灵魂。

但我们今天的小说，却很少再看到富有深度精神背景品质的作品。当下小说，说缺乏想象力，根子之一，我想还是在于作者自己没有开拓

[1] 王富仁：《现头空间·想象空间·梦幻空间——小议中国现代异域小说》，载《汕头大学学报》（人文社会科学）2005 年第 21 卷，第 6 期。

出新的精神空间。譬如余华的小说《第七天》，几乎完全是一味恶意式的描写，它既没有对人的精神向上的引导，也没有对未来向往有一丝谦和的暗示，更不可能让读者产生出美和善的欣赏与启发。还有，譬如莫言等作家的作品，受拉美魔幻现实主义的影响，作品虽富有想象力，洋洋洒洒，一泻千里，但是终归没有文明的指向的精神空间，读来感觉还是缺憾多多。

我们在评价一部小说是否优秀时，除了对语言、人物、叙述等基本要素进行辨析外，最后的落脚点一定是在小说的思想性上。而这思想性，更多的是体现在小说为我们开拓了什么样的精神空间——作家面对世界时，发现了什么，说出了什么，作品最终的精神指向，是不是揭示出了人类生存的困境和希望。

《桃花源》：中国读书人的精神家园

说到中国读书人，不免会想到先秦诸子。孔圣奔走列国，孟轲游说诸侯，墨子更是激愤呐喊为万民之利；相形之下，漆吏庄周的人生经历，虽过于平淡，然大半人生溪泽行吟或放浪旷野的他，给人类留下的哲思玄想和幽远宏博的精神体验，又是独特而深刻的，似乎更接近艺术及精神创造的指向。

《庄子》创造了大量瑰丽多姿的艺术形象，皆得益于庄周构筑的超拔齐伟的精神空间。庄子说："瞻彼阕者，虚室生白，吉祥止止"（《人间世》）。在喧扰琐屑的凡尘生活中，由于人事俗务的挤压，原本人们心中光亮的太阳被沉入心底。庄子是在提示众人：所有的吉祥福善，来自一颗虚空澄净的心灵。呼吁人们放下羁绊灵魂自由的物欲，超越晦暗自闭的物象形质，从而唤醒沉睡已久的精神快乐。如何做到"独与天地精神往来"，庄子提出"且夫乘物以游心，托不得已以养中，至也"（《人间世》）；"不知耳目之所宜，而游心乎德之和"（《德充符》），其间伏涵着摆脱物象系累与固化，从而至于逍遥的玄机。故而，庄子追求和宣扬的逍遥游，说到底是心灵之游。这就为人类对世界的探索，打开了一个更加深阔的前景，由突破自然的局限和困窘，转向超越自我的自由自在。为人类的精神世界，拓展出了更为辽远的空间。

魏晋政局多变，名士沉溺清谈，所谓"口吐三玄"，基础重在老庄。六朝人于《庄子》中发现了一个辉煌宏大的别样乾坤。静心遨游的精神空间，让处身险恶的达官寒士应时而行、心形悦畅。王羲之适意于"仰观宇宙之大，俯察品类之盛"（《兰亭序》），陶渊明"俯仰终宇宙，不知乐何如"（《读山海经》），正是对庄子"游心"的呼应。

从时代大环境来看，陶渊明生活在东晋末期，是一个"真风告逝，大伪斯兴"（《感士不遇赋》）的黑暗时代，也曾有"精卫衔微木，将以填沧海。刑天舞干戚，猛志固常在"（《读山海经》其十）的入世豪情，他有六次当官的际遇（其中一次未赴任），但发现"先师有遗训，忧道不忧贫。瞻望邈难逮，转欲志长勤"（《癸卯岁始春怀古田舍》）。意思是说，孔子曾说过："君子谋道不谋食。耕也，馁在其中矣；学也，禄在其中矣。君子忧道不忧贫。"（《论语·卫灵公》）按先师古训，作为一个士大人，应以追求"道"为终极目标，而不应为贫穷而担忧。但是在陶渊明生活的时代，他追求的"道"是行不通的，加上他发现自己"性刚才拙"，最后只能"归去来兮"，隐身乡野。然而躬耕自食的陶渊明家贫而"耕植不足以自给"（《归去来兮辞·并序》），常感"生生所资，未见其术"（《归去来兮辞·并序》）。

我想，陶渊明创作《桃花源记》，可能就是在内外皆困之下，梦想着愉悦自足的生活；当然，也是对庄子"游心"的更高级的呼应，它系统地对理想社会进行了想象性的构建。陶渊明描绘了一个理想的乌托邦，那里生活富裕、安宁，没有税收和等级，每个人都自由快乐地生活着——"土地平旷，屋舍俨然，有良田美池桑竹之属。阡陌交通，鸡犬相闻。其中往来种作，男女衣着，悉如外人。黄发垂髫，并怡然自乐。"

同时，《桃花源记》也是最讲空间关系的一篇小说。从一个武陵人，划着船转来绕去，无意中发现一个别有洞天的所在。"黄发垂髫，并怡然自乐"，与俗世隔绝，和尘网疏远的去处，人们却欢然惬意。正是在与功利欲望保持了一定的"审美距离"之后，作家通过文学审美形式，表现出一种消融现实的意识。不为物拘，委运任化。如此，将生活境界转化为了审美境界和艺术境界。

这篇看似简短的小说，却也让我陡然意识到了，一个伟大的写作者，单有艺术上的想象力远远不够，最终还是要解决一个精神空间的问题。即要给自己的艺术想象，赋予一个超越俗世的精神空间。在"桃花源"中，人已经跳出时间和历史的囚禁——这正是中国文人向往自然、向往永恒的生命状态，即中国文人的精神家园。在一个自足丰盈的背景中获得身心的悦畅。这也是中国文人独有的精神关照，一个关于永恒的意识。

"从某种意义上来说，绝对的物理空间对于人类来说几乎没有意义，空间实质上是人的创造，或者说空间是被生产出来的，是文化的。"[1] 在《桃花源记》中，陶渊明为我们建构了一个理想社会。这是

---

[1]　吴冶平：《空间理论与文学的再现》，甘肃人民出版社，2008 年，第 15 页。

陶渊明的精神追求，这是他构建的理想的精神空间。陶渊明建构的精神家园，在这里进一步延伸，成了几千年来中国读书人的精神家园和安身立命之所。在过去的文学写作里，这篇貌似更像散文的短篇小说，给中国文人理想的精神空间一次出色和浪漫的想象，并且影响久远。正如田晓菲女士所言："桃花源的故事为无数后代作家带来灵感，本身开创了一个小型的文学传统。"[1]

李剑国认为，晋宋间关于洞窟的传说极多，陶潜根据武溪石穴的传说创作《桃花源记》，具体融合了四种思想：一是神仙家或在神仙之说影响创作出来的荒幻无稽的神山仙窟传说；二是有一定现实根据的洞窟传说，或可能是古时隐者羽客之流居住留下的遗迹，或是古时什么场所的遗址，后人发现之后加以神秘化，此类传说往往说洞中有室舍用具书籍等；三是和现实生活更为接近的关于避乱之地和隐居之地的传说；四是《老子》小国寡民社会及魏晋阮籍、鲍敬言等人关于无君无臣社会的空想。根据李剑国判断，陶渊明构织的桃花源主要是第三类传说，特别是《荆州记》所记，连地点也吻合。李剑国的证据是黄闵的《武陵记》，其中记载："武陵山中有秦避世人居之，寻水，号曰桃花源，故陶潜有《桃花源记》。"所以李剑国认为："渊明以武陵桃花源传说为主要依据，再融合神仙洞府一类幻想以增加神秘感，并渗透进去有关无君无臣的'鸿荒之世'的思想以及自己和群众的体验和愿望，这样创造出一个美好的桃花源世界。"[2]

李剑国根据史料的分析自有其说服力，但即便桃花源真如《荆州

---

[1]　田晓菲：《从东晋到初唐（317—640）》，收入《剑桥中国文学史》（上册），孙康宜、宇文所安主编，生活・读书・新知三联书店，2013年，第255页。

[2]　李剑国：《唐前志怪小说史》，第479—481页。

记》《武陵记》所及乃实有，陶渊明的创作，也是超越于现实的一次超然创造。"在这个想象中的世界，纵然有其历史的现实基础，但其精神旨趣显然本之于道家归返太初之世的思想。"[1] 云南作家朗生也认为，陶渊明通过桃花源中人物的行为所传达的思想，即为避暴政甘入绝境，对外界历史风转，虽有好奇，然仅限于听闻和叹惋，绝无复出的意愿。他表达的是自己的现实立场，所用的却完全是幻想、想象的小说笔法。

《红楼梦》：中国小说的极致时空之美

王富仁先生认为，想象有两种形式，一种是通过想象构造出的世界在表现形态上类似于现实的空间，另一种是通过想象构造出的是明显不同于现实的空间。第一种空间形态和现实空间有相似性，不会让人感到怪异，"我们常常将其作为现实空间本身来分析和理解"；第二种空间给人的感觉是陌生的，"带有明显的梦幻感觉"，使人产生奇幻或怪诞的美感。在王富仁先生看来，"一部《红楼梦》，就同时有这两种不同的想象形式，太虚幻境构筑的是一个梦幻空间，而对贾府人物及其生活环境的描写则是有类于现实空间的想象空间"[2]。

《红楼梦》以梦幻为结构，或者说梦幻即小说本身。"人生如梦"，一切皆如梦，一切皆空。全书梦境、幻想与现实交织，也是王富仁所说的两种空间的交织。连博尔赫斯也这样评价《红楼梦》，"梦境很多，

---

[1]　韩经太：《心灵现实的艺术透视——中国文人心态与古典诗歌艺术》，现代出版社，1990 年，第 158 页。

[2]　王富仁：《现实空间·想象空间·梦幻空间——小议中国现代异域小说》，载《汕头大学学报》（人文社会科学）2005 年第 21 卷，第 6 期。

更显精彩，因为作者没有告诉我们这是在做梦，而且直到做梦人醒来，我们都认为它们是现实"[1]。

《红楼梦》的开头，那是大时空、大视野、循环往复、绵绵不绝式的一种开头，那么大的气魄，一下子就把小说的故事放在一个空蒙鸿通的维度里。联想曹雪芹开篇的"自云"——"因曾经历过一番梦幻"，"借'通灵'之说，撰此《石头记》一书"。无论作者强调"假语村言""借通灵之说"，还是强调"梦"和"幻"，都是在着意塑造着一个有别于我们现实世界的精神空间。

这梦首先是女娲炼石补天的神话。小说在第一回写道："原来女娲氏炼石补天之时，于大荒山无稽崖炼成高经十二丈，方经二十四丈顽石三万六千五百零一块。娲皇氏用了三万六千五百块，只单单剩了一块未用，便弃在此山青埂峰下。谁知此石自经锻炼之后，灵性已通，因见众石俱得补天，独自己无材不堪入选，遂自怨自叹，日夜悲号惭愧。"[2]小说由"女娲补天"的神话开篇，把小说的时空一下推到了远古，"从而超越历史时空，返回到人类生命的源头"[3]。这个神话，一下荡开了《红楼梦》和现实的距离，具有了时空的超越性。

《红楼梦》建构了两个大空间结构，一个是"太虚幻境"的异次元，一个是凡尘俗世的现实空间。"太虚幻境"来自《庄子》，可以说，以老庄为代表的道家思想是《红楼梦》的思想基础。俞平伯在讨论《红楼梦》

---

[1] 博尔赫斯:《曹雪芹〈红楼梦〉》，收入《博尔赫斯全集》（散文卷下），王永年译，浙江文艺出版社，2006年，376页。

[2] 曹雪芹:《红楼梦》，人民文学出版社，2015年，第2页。

[3] 孙爱玲:《论〈红楼梦〉开篇神话的本真意蕴》，载《济南大学学报（社会科学版）》2009年第2期。

时也说：“《红楼梦》第一得力于《庄子》。”[1] 主人公贾宝玉多次参阅《庄子》，贾宝玉自己也说“最喜读《南华经》”。《南华经》与《庄子》两者实指道教，在贾宝玉出家前，他还在玩味《庄子·秋水篇》也是明证。

从现实空间来说，《红楼梦》最显著的是“大观园”这个带有悲剧性的纯情空间和大观园外的角利空间。余英时先生认为：“曹雪芹在《红楼梦》里创造了两个鲜明而对比的世界。这两个世界，我想分别叫它们作‘乌托邦的世界’和‘现实的世界’。这两个世界，落实到《红楼梦》这部书中，便是大观园的世界和大观园以外的世界。作者曾用各种不同的象征，告诉我们两个世界分别何在。譬如说，‘清’与‘浊’，‘情’与‘淫’，‘假’与‘真’，以及风月宝鉴的反面与正面。我们可以说，这两个世界是贯穿全书的一条最主要的线索。”[2]

曹雪芹令人叹服之处就在于，因为神瑛侍者、绛珠仙草和兼美可卿等一干人游走于神话与现实之间，便将“太虚幻境”联通了俗世人间，而让“太虚幻境”的异次元和凡尘俗世的现实空间勾连相合，弥漫在全书当中，借助梦境、异事时隐时现、循循相因，拓展出人神对话域度、层次、意义的惊人之处——红楼三神话（女娲石、木石前盟、太虚幻境）和整个中国历史与社会的对话。涵盖了三世与洪荒的纵横构建让小说精神和物质的双重时空为此达到了极致之美。

《红楼梦》在开篇借一僧一道说道：“那红尘中却有些乐事，但不能永远依恃，况又有‘美中不足，好事多魔’八个字紧相连属，瞬息间则又乐极悲生，人非物换，究竟是到头一梦，万境归空，倒不如不去

---

[1]　俞平伯：《红楼梦简论》，收入《俞平伯论红楼梦》，上海古籍出版社，1988 年，第 848 页。关于这一点，刘敏教授在《天道与人心：道教文化与中国小说传统》中亦做了充分论述。

[2]　余英时：《〈红楼梦〉的两个世界》，上海社会科学院出版社，2002 年，第 37 页。

的好。"在小说结尾，又呼应了开篇，"说到辛酸处，荒唐愈可悲。由来同一梦，休笑世人痴"。一切皆如梦、世事无常、"因果轮回"的佛教思想，表露无遗。最终，贾宝玉出家成佛，封为文妙真人，皈依在了佛门。

我们说，由于时代的缘故，诸如强大的传统文学观念的渗透，作家们很容易形成思维模式的固化，从而出现艺术上的诸多弊病。摆脱这些影响的焦虑，便不可避免地环绕在写作者的周遭。然而与此同时，一些伟大作家正是通过有效的文学探索，回答了这种焦虑，并展现出自我光芒的独特精神空间。诸如"因果报应"说，一直是中国古代白话小说中的惯用俗套，也是中国传统社会的善恶报应道德观念与佛教业报轮回思想融合的产物。古代中国作家，对此可谓浸润深厚。然直到清代，曹雪芹的出现，他的《红楼梦》看上去似乎仍然袭用因果报应的故事解释模式，也是"转世"因果构架，但"还泪之说"的新奇妙想，却又前所未见。一个是彩石幻形入世，历劫以悟色空；一个是神瑛侍者与绛珠仙子结下还泪前缘，下凡尘了凤愿。以此前缘因果，又为现世宝、黛爱情悲剧做出了诗意交代。开篇绛珠仙子已言："他是甘露之惠，我并无此水可还。他既下世为人，我也去下世为人，但把我一生所有的眼泪还他，也偿还不过他了。"于是便有了这"怀金悼玉"的《红楼梦》，写尽人间悲喜、俗世离合。可以想象，如果割舍了这样的框架结构，直奔大观园的伤春悲秋，那么，小说不仅缺少了瑰丽浪漫的神话色彩，也让深邃的哲学内涵和宗教情怀悄然隐退了。

可见，精神想象的空间，何其重要！

《骚土》：无善无恶的精神空间

庄子傲然独立于朝秦暮楚、逐名追利的战国，针对狭隘卑鄙的人心时弊，提出空明宏阔的逍遥游；陶渊明不染晋宋车马喧嚣之媚俗之气，恬淡心远于"桃花源"；曹雪芹身陷困厄，却演出一部太虚神境的绝剧来。何也？ 皆在他们并不将个体的精神囿于人世的苦难悲戚，而是让旷达空寂充溢自己的心灵，从蝇利腐鼠的窄逼井底走出来，抬头仰望天外，站在宇宙之顶，以融合万物的胸襟和清虚透明的心态来获得自我精神的大解放。这便是精神空间的大自由。

说当代小说缺乏精神空间，恐多与写作者自身哲学学养的不足有关。当然也有不少作家对精神空间的开拓，做过一些努力和尝试。沈从文的《边城》就是他为我们构建的诗性空间。在沈从文写作《边城》等系列作品时，正值民不聊生之际，然沈从文笔下的湘西却是粗犷而柔美的、宁静的。莫言《红高粱》等著作中的高密东北乡，亦是为我们构建的一个历史想象的空间。格非的《人面桃花》，是部深度介入 20 世纪第一个十年那些惊人事件的小说，作家在厘清历史与现实、梦想与个人命运关系的同时，还试图将从 80 年代末期以来，一直沉迷于私人经验的当代中国小说，推向一个阔拓的方面。格非以秀米父亲的桃花源梦想、张季元的"大同世界"和土匪们的"花家舍"实践以及秀米的普世学堂，试图构建一个更具精神性的文学空间；然而即便是作家竭力描绘的尘世纷扰的无奈，或天道人心的领悟，都无法遏制男女主人公内心的荒芜和坍塌。一切梦想都只有一个结果——失败。"他们的各自梦想都属于那些在天上飘动的云和烟，风一吹，就散了，不知所终。"因为，从扭曲狭隘的人性中是不可能展开一个恣纵开阔而又宁静谐悦的精神空间的。

应该说对精神空间的开拓，在当代作家中，老村无疑是很独到的。老村小说《骚土》，开篇写两个放羊娃在山坡上放羊，无意中发现一个山洞，进去一看，是《黄帝御女图》。一个看似荒诞然而却事关人类本相的精神世界出现了。这一山洞竟与汉、魏晋、唐传奇中的洞穴奇闻不谋而合，由此也开始了一次几乎是更新了的文学想象，并成为潜伏于整部小说之内的思想隐喻。即在专制皇权对民生民意的戕害之下，人们以本能的性爱欢愉，抵触着人生的阴冷和无常。然《骚土》对现实观照并没有像大多数作家那样到此为止——从批判到批判，而是将对原始农村的书写，指向回归到一种原始的、尘俗的、质朴的、混沌的状态，一种无善无恶的精神空间，即人类生命的苦难和悲凉、无端和凡常，亦深藏着超然的美感。老村写出了这种苦难中的美感，并将其提升到了美学的层面。这可以看作老村在小说美学上的开拓，有别于过去和当代其他小说，解决了当代文学一直以来缺乏精神深度的问题。从《骚土》开篇也可以看出老村写的土地，已经和陈忠实、贾平凹等作家们所描写的土地不一样了。他已经将自己的小说空间，建构在了一个超然物外的世界里了。

无善无恶，是佛教的精髓，也是人类精神最超然的一次解脱。它回答了千百年陶潜以及后代中国文人关于桃花源的苦闷和郁结，让人再次回到现实里，以宽阔的胸怀和大历史的意识，积极地去做推动历史的切实的工作，包括艺术和美的创造。简而言之，无善无恶不是不善不恶，而是面对善恶之后一种生命体悟的超然，是一种引导艺术人和作家们进入一种空灵忘我甚至是蛮荒大美的创造。对当代批评家来说，理解《骚土》的难点以及打开《骚土》的钥匙也在这里。实际上在老村之前，沈从文、汪曾祺的作品已经呈现出这种写作的端倪了，只不过是《骚土》后来居上，从文本的意义上做到了较为透彻和完整的呈现。

俗话说，生活里不是没有美，而是没有发现美的眼睛。审美是一种发现的过程。只有具有深刻的人生体悟，并切实拥有探寻精神的人才能找到。正如四川师范大学刘敏教授所言："审美是对一种绝对的感性的追求，以感性的沉醉、个体自足为特征，有强烈的此岸性，审美的最高境界是人精神的极大自由和放松，在现实感性的审美愉悦中达到自我确认和对世界的深层体验，从而进入一种生命与大化同流、物我互渗的混融境界。"[1]

我以为，新鲜的生活观、生动的审美感，来自生活，来自"物我互渗的混融境界"；一个人的审美与他的生活，他的人生经历和情感体验，他的知识学养和生命气象，一定是血肉相连的。

我们文学里从不缺聪明的作家，也不缺写生活智者、写聪明人的作家。尤其是 20 世纪 80 年代后期，西方现代派和先锋文学进入中国，其时以京沪为中心，露泽先承的聪明的写作者更是蜂拥而起，成为一时文学的时髦和风潮。2016 年我曾在一篇文章里提到"愚不可及"这个词，现在我想更明确地说，在审美上，"愚不可及"对于今天的写作者，其重要性绝不下于几乎所有美学观念给我们的启示。比如那些生活在尘埃里的老百姓，那些愚人们身上，他们司空见惯又常常被我们忽视的生活，反而隐藏着至真至纯的东西。老村《骚土》所揭示的，恰恰是这种沉潜在尘埃里的大美。老村是把文学落实到生活里，落实到我们传统智慧的深处，而不是为文学而文学，为显示某种机智机巧和聪明样式的

---

[1]　刘敏：《论宗教境界与审美境界》，收入《天道与人心：道教文化与中国小说传统》，第 27 页。

文学。

　　当然，老村小说所开拓出的精神空间，和陶渊明的田园精神，某种程度上还是有着一种精神血脉上的承续关系。如老村自己所言，"读陶渊明的《咏贫士》，许多日子，就像有一个历史老者的朗朗读声在我的心灵深处回响。这位历史老者，从我写作《骚土》开始，多少年来，他作为村中老朽的影子，一个历史的知情者，一个我《骚土》中的叙述人，一个穿透历史的幽灵，一直生存在我的脑海里。可以说从他的身上，我一直品味着生存在我们这样一个民族文化里的那一份伟大的悲剧精神。我一直追慕着他。我用'老村'这一笔名"，即出于这一原因。[1]

　　所以老村《骚土》的成功，在于他的"愚"，他的老实。他老老实实地立定于中国文学的这片土壤，开拓着中国文学今天的精神空间。他在"鄾崮村"这个与世隔绝的小山村中，开发出一个想象中的人物家园。他寻找到了属于自己的文学表达空间——"鄾崮村"的村舍、道路、照壁、树木、男人和女人、沟壑与河流、鸡犬与牛羊等等，在"鄾崮村"这个王国里艰难地、悲壮地——然而也是生动地存活。这里的人，日出而作、日落而息，春种秋收，他们和现实中纷乱的物质世界没有关系却相互映照，更像是一群穿越历史而来的古人。他们处于更加典型和戏剧化的世界——这个空间，即是老村的精神空间。小说写得真实也许是容易的，难在写得超然物外，让读者通过小说构建的空间，理解到更多滋味的东西，直至进入精神层面，进入一种更宏大的境界。老村构建的"鄾崮村"，就是一个这样的精神空间。

---

[1]　老村：《吾命如此》，第63页。

空间的自由转换

"在一定程度上，我们可以说，文学与空间的关系从来都是密切相关的，首先且不说文学作品中不可或缺的环境描写，在某种意义上也只是一种具体而微的空间的缩写，而空间的转换给人所带来的生存体验也将是全新的，而这一切都通过文学感性的再现出来。"[1] 在小说中，空间不是一成不变的，现实空间也可以马上转入到想象空间和精神空间里去。在《桃花源记》中，"晋太元中，武陵人捕鱼为业。缘溪行，忘路之远近"。这是一个现实的时空，到"忽逢桃花林，夹岸数百步，中无杂树，芳草鲜美，落英缤纷。渔人甚异之。复前行，欲穷其林"。从这里，小说进入了另一个时空——陶渊明想象的空间中——时间开始超越了。

"'晋太元中……'如何如何，这是一个无容改变的时间序列；但桃花源并不在这个时间序列中，他存在于'不知有汉，无论魏晋'的超乎时序的特殊状况里；最后武陵人引导太守重觅桃源的失败，也正说明时间意识一被引进，这存在于特殊状态里的桃源便立刻消逝；'后遂无问津者'也正好暗示世人再也不知或不愿去寻找进入这人间净土的法门。"[2] 或者说，"任何一种人化的空间形式，命定的意识形态；失去了意识形态，空间也就不再是'人化'的而是'自然化'的了"[3]。《桃花源记》是陶渊明"人化"的乐园，而这个乐园，就是陶渊明的意识形

---

[1]　吴冶平：《空间理论与文学的再现》，第 249 页。

[2]　吕兴昌：《人与自然》，收入《中国文学的情感世界》，蔡英俊主编，黄山书社，2012 年，第 96—97 页。

[3]　吴冶平：《空间理论与文学的再现》，第 15 页。

态，是他理想的家园。这也是后来，无法重新寻觅的根源所在。

明清时的小说，尤其是长篇白话小说，大都刻意地交代事件、朝代、地点，但《红楼梦》的时间设置恰恰虚化了朝代和时间，让《红楼梦》故事更显虚幻空灵。"《红楼梦》强调朝代年纪、舆地邦国失落无考，对文学实有大启发。超越朝代年纪等，有助于突破狭窄的时间观、生命观、存在观。"[1] 这和《桃花源记》"不知有汉，无论魏晋"是暗合的。

在《红楼梦》中，除了开篇将小说引进了一个神话的、梦幻的空间外，第五回《游幻境指迷十二钗 饮仙醪曲演红楼梦》，贾宝玉喝了酒犯困想睡，秦可卿带宝玉去自己的房间，"刚进房门，便有一股细细的甜香袭人而来。宝玉觉得眼饧骨软，连说'好香'"。秦可卿的屋子是什么样子的呢？"案上设着武则天当日镜室中设的宝镜，一边摆着飞燕立着舞过的金盘，盘内盛着安禄山掷过伤了太真乳的木爪。上面设着寿昌公主于含章殿下卧的榻，悬的是同昌公主制的联珠帐。"秦可卿对贾宝玉说："我这屋子大约神仙也可以住得了。"从"细细的甜香"、屋子的华丽摆设，一路为宝玉的性梦作铺垫。这一段的铺陈，是由实入虚，秦可卿的身体、甜香、画与对联都是写实，后面就进入虚境了。

第七十五回《开夜宴异兆发悲音 赏中秋新词得佳谶》中，中秋之夜，宁国府贾珍率着一家子欢度中秋，恍恍惚惚，兀地听到了夜空中传来一声匪夷所思的"长叹之声"，这便是贾府由盛转衰的一个节点，亦是转入悲剧性精神空间的一点楔子。

---

[1]　胡传吉：《关于文学的超越——〈红楼梦〉的审美之趣》，收入《红楼四论》，秀威资讯科技股份有限公司，2017 年，第 112 页。

　　大家正添衣饮茶，换盏更酌之际，忽听那边墙下有人长叹之声。大家明明听见，都悚然疑畏起来。贾珍忙厉声叱咤，问："谁在那里？"连问几声，没有人答应。尤氏道："必是墙外边家里人也未可知。"贾珍道："胡说。这墙四面皆无下人的房子，况且那边又紧靠着祠堂，焉得有人。"一语未了，只听得一阵风声，竟过墙去了。恍惚闻得祠堂内槅扇开阖之声。只觉得风气森森，比先更觉凉飒起来，月色惨淡，也不似先明朗。众人都觉毛发倒竖。贾珍酒已醒了一半，只比别人撑持得住些，心下也十分疑畏，便大没兴头起来。勉强又坐了一会子，就归房安歇去了。次日一早起来，乃是十五日，带领众子侄开祠堂行朔望之礼，细查祠内，都仍是照旧好好的，并无怪异之迹。贾珍自为醉后自怪，也不提此事。

　　这"一声叹息"使得"或能使彼跳出迷人圈子，然后入于正路"之希望完全破灭了，使得"如今我们家赫赫扬扬，已将百载，一日倘或乐极悲生，若应了那句'树倒猢狲散'的俗语，岂不虚称了一世的诗书旧族了"得到了应验。小说开始转入了一个悲剧性的空间，贾府的衰败自此开始了。

　　《骚土》中，"鄢崮村"时值寒冬，老村将"雪"在现实世界和精神世界的双重意象里不断作为互相转换的引子。

　　一日下午，外面下起了小雪。季工作组独自坐在窑里歪着脑袋发呆。正在这时，突然听到窑外有异常响动。回头一看，只见是一位白净面皮的妇女探头探脑。[1]

此刻的"雪"是让人孤寂的，冰冷的，暗示着性的欲望。顺而过渡到白——"白净面皮"，一场畸形的性爱由此发端。

> 吃着吃着，糊汤已经喝光。搁下碗，那哑哑便收拾了去洗。他下炕扒上鞋子，打开窑门一看，只见门前的草已被掩住，天地间一片雪白。他心头一亮喊道："嘿嘿，好家伙，一场大雪。"

主要人物郭大害一登场，就安排在一个被雪覆盖后的崭新天地里，并开始了它的故事。

> 大害说："那就好，我去买上坟的点心，给妈上坟去，你出去给咱把门锁上。"说着，指了指门锁。哑哑又是点头，一双眼睛，被雪光映得好亮好亮。

这里的"雪光"，是青春，是生命的光亮，至纯，至美。也是小说首写哑哑少女的美，用"雪"映衬亦是罕见的精妙和独到。

> 批斗大会，安排在第二日早晌。虽说是大雪铺盖，气候寒冷，但挡不住季工作组一班人马的革命热情。

---

[1]　老村：《骚土》，中国工人出版社，2014年，第28页。

从"大雪铺盖"的"冷"，到挡不住的"热"，进而烘托出一种让人感觉更浮躁和激进的情绪。

> 后来一天，村里头几个人遇上哑哑，都说大害要回来了。哑哑怒过之后是惊，惊过之后是喜。先不咋慢慢地信起来。村头眼巴巴地看了一天，炕头又捱捱地等了半夜，不想就在哑哑正恍惚之间，院子里咕咚响起了脚步声，紧接着嘎吱门开了，是大害回来了。大害披了一身雪花，冻得呼哧呼哧，进门要倒跤。……哑哑忙回头取了笤帚，一边抽泣一边与他扫雪。却不想那雪像凝结在他身上一般，死扫活扫扫不下来。哑哑急了，又要嚎。……大害说："甭了，这雪除非天上重升一个好日头，否则今辈子消解不了。"

大害被关押，哑哑梦到大害。大害"披了一身雪花"，到哑哑"扫不下来"，到大害在此刻说"雪"的话，无疑一声惊天霹雳，成为整部《骚土》的点题所在。

最后，老村以诗歌作为小说结尾：

> 青草苍苍虫切切，村南村北行人绝。
> 独自前门望野田，月明荞麦花如雪。

最后一字亦落在"雪"上。至此让人不得不佩服老村炼词造境的心机是多么的深邃！我们的写作者们经常说无技巧的技巧，崇尚看不到技巧，然实践起来却有多么艰难！老村的《骚土》，就是这么一部看似没有技巧却处处隐藏着技巧的小说。《骚土》中写雪，"雪"的谐音是"血"，暗示了严寒，冷酷，革命，流血……老村写那个特殊时期的残酷，以"雪"为引子，将现实空间拉到超越现实的精神空间，我还没看到当代作家中哪一位有这样深藏不露的表现。

作家必须有超越俗世的视角

无论是陶渊明，还是曹雪芹，或者是后来的沈从文、汪曾祺、老村等作家，他们在文学作品中营造、构建的精神空间，在一定程度上代表了作家或那个时代的精神理想，抑或是精神追求。但如果没有在精神空间上有所拓展和开拓，单纯靠所谓的想象力，尽管对文学至为重要，但还是会有所缺憾。比如唐代小说牛僧孺的《古远之》，虽然想象诡奇异常，甚至比陶渊明的《桃花源记》在想象力上有进一步发展，但由于精神空间的局限，还是遗憾地淹没在茫茫阅读史中。

对于今人来说，牛僧孺不能不说是一位幻想小说的大师。他收录在《玄怪录》中的《古远之》一文，虚构了一个"神国"。这个"神国"到处是珍果，而且在这个国度人不用劳作也能吃饱喝足，"人得足食，不假耕种"。这里的人皆生两男两女，可谓圆满，也没有剩男剩女，人健康长寿、无疾无痛。"人生二男二女，为邻则世世为婚姻。笄年而嫁，二十而娶。人寿百二十，中无夭折、疾病、瘖聋、跛躄之患。百岁以下，皆自记忆，百岁已外，皆不知其寿几何。至寿尽，则欻然失其所在，虽亲族子孙，皆忘其人，故常无忧感。"这里也没有压迫，可笑的是当官了还不知道自己当官了，连君主都不知道自己是君主。"其国千官皆足，而仕宦不自知身之在仕，杂于下人，以无职事操断也。虽有君主，而君不自知为君，杂于千官，以无职事升贬故也。"在"神国"，没有政治和历史，没有好恶、痛苦与困顿，仔细一看，这完全是牛僧孺想象的游戏而已，美，却并非令人向往。也没有构建起桃花源般令人神往的乐园，不具有精神的可依靠性。

王国维在《〈红楼梦〉评论》中把中国文学分为两大境界：一是"桃花扇境界"；一是"红楼梦境界"。刘再复认为，前者是"历史"的，后者是"宇宙"的。《桃花扇》虽精彩，但它只处于现实时空，即历史时空；而《红楼梦》则超越了现实时空，进入无限自由的时空。"既没有时间的边界，也没有空间的边界。"小说的高明之处是，所有人物、冲突都不是发生在"时代之维"，而是发生在"时间之维"。刘再复认为，曹雪芹"所以'伟大'，就因为他始终站在天地境界、宇宙境界、审美境界"[1]。

我是学绘画出身的。刚入门时，觉得一定要画得像，睁大眼睛仔细观察所绘对象，总想把对象一模一样地描摹出来。后来，随着学习的深入，才明白，画得像只是很初级的，是学习绘画的基本功而已。真正的艺术，并不是用"像"与"不像"来衡量的。《红楼梦》在第四十四回中，宝钗论画时说："你若照样儿往纸上一画，是必不可能讨好的。这要看纸的地步远近，该多该少，分主分宾，该添的添，该藏该减的要藏要减，该露的要露。"写作亦然。好的文学，一定对现实要有所超越，做到"入乎其内，出乎其外"，否则则陷于对现实的简单白描、书写，或者是简单的批判，对文学本身是没有太多价值的。我想，一个作家，既然做了文学，就要找到自己在这个时代恰当的存在

---

[1]　刘再复：《第五讲 超越：文学的第二天性》，收入《文学常识二十二讲》，第64—65页。

理由。文学要在这个被物化、异化了的世界依然具有温暖人心的力量，文学要在这个碎片化的时代建立起自己的完满，让困顿的身心得到安定，那么，为这个时代构建一个能安放我们灵魂的精神空间，显得尤为关键。

此外，小说的灵魂是自由的。而虚构性、梦幻性，是小说摆脱现实羁绊的主要手段。正是虚构创造了一个独立自足的艺术空间。这个空间，和历史的、现实的空间相互对峙。它有历史的、现实的影子和气味，但又与之迥然有别，有属于自己的血肉脉络和经纬。

归根到底，"文学的超越之境，离不开本心的修炼"[1]。

2017 年 12 月 4 日初稿于昆明

12 月 12 日改定

---

[1]　胡传吉：《关于文学的超越——〈红楼梦〉的审美之趣》，收入《红楼四论》，第 117 页。

中国小说的诡异之处

　　很小的时候，看到一本残缺不全的书，里面有个故事，讲某人被杀了，被剁成肉酱，拌在窑泥里面烧成瓦盆。一天夜里，一人在瓦盆里撒尿，那瓦盆说话了，说我是鬼魂，是怎么惨死的，听说包公要到这里来，你要替我申冤报仇啊。这个故事，给我的童年生活，留下很长一段惊恐的回响。

　　后来阅读到更多的中国古典小说，才知道在这些小说里，这样神神怪怪、让人惊悚的诡异之事很多。或者说诡异，在中国古典小说里，一直是不变的底色。无论是早期的志怪小说，还是和唐诗一样称雄的唐传奇，抑或是宋以后的白话小说，即便是后来的现实主义小说如《红楼梦》《水浒传》，都充满了神秘而诡异的文学描写。可以说，中国小说自娘胎里就带着诡异——这种神秘文化的精神胎记。神秘文化中诡异的部分，像血液一样，从开始便流淌在中国小说里，成为其重要的面貌特征。

　　那什么是中国小说的诡异呢? 诡异，本指很玄，很令人惊讶、奇怪的，让人感到迷惑的，不能解释的东西，人类对之充满疑问。在小说中，是指与现实生活不一样的，即很少发生的非现实、非逻辑的事物。

所以往高了说，诡异，是人类通过小说这一文学形式，试图回答哲学所不能回答的问题，是人类对精神世界探索的一个了不起的过程。这几乎和宗教一样，只要有小说在，这种探索就不会停止。这正是小说的价值和意义。文学正是借助诡异，制造出比现实更为新奇的事物，改变了小说的叙述节奏，增强了故事内在的发展动力，提高了小说的精神含量，达到更为完美的艺术效果。

一

　　"中国是一个神秘主义气息浓厚的典型性古老东方国度，具有文化上的'天人合一'式神秘，本体论上的'命相、道器合一'式神秘，认识论上的'非知'（对自然）、'先知'（后天学习上）式神秘，方法论上的'体悟'式神秘。"[1] 这是中国传统小说神秘化书写的文化土壤，是诡异书写一直不绝的根源。

　　中国小说在它的源头，诡异的、神秘的书写就渗透其间。虽然"当时以为幽冥虽殊途，而人鬼乃皆实有，故其叙述异事，与记载人间常事，自视故无诚妄之别矣"[2]。但在客观上，却带来惊悚的阅读效果，为后世小说书写神鬼、奇幻的世界，以及现实世界的诡异提供了参考和借鉴。

　　唐前小说的主流是志怪小说。"志怪"一词最早出自《庄子·逍遥游》，"齐谐者，志怪者也"。《释文》解释说："志怪：志，记也；怪，异也。"也就是说，志怪就是专门讲述、记载"非人之耳目所经见的非

---

[1]　周昌忠：《中国传统文学中的神秘主义》，载《探索与争鸣》1999 年第 10 期。

[2]　鲁迅：《中国小说史略·汉文学史纲要》，收入《鲁迅全集》（第九卷），第 43 页。

常之人、非常之物、非常之事"。[1] 通俗地讲，志怪所记并非现实，或者说并非现实中习以为常之事物。

所以在中国小说的源头，就形成了记怪异之事的特征。书写诡异，诡异的文学笔法，是小说家骨子里流淌的血液，源头往往影响后来者，这也是中国小说诡异书写的文化传统和内在惯性。

《汲冢琐语》《山海经》是中国小说的源头，两书展现的神奇瑰丽的想象力，对异人异物的书写，开创了志怪的先河，对后世的小说创作产生了久远的影响。

《汲冢琐语》被胡应麟称为"诸国卜梦妖怪相书"[2]。从现存的二十多条佚文来看，主要记载的是卜梦、梦验、祥瑞、灾异故事。李剑国先生认为："它不是后来的那种讲相法的相书和讲卜筮法的卜筮书，而是专记妖异故事，因此所谓'卜梦妖怪相书'，也就是记卜梦妖怪的志怪书。"[3]《师旷御晋平公》中，师旷从鼓瑟声中，预测并证实千里之外的齐侯因游戏伤臂。《刑史子臣》中，刑史子臣向齐景公预言自己的死、吴国亡以及齐景公的死都一一应验，充满诡异，甚至是恐怖。胡应麟在《少室山房笔丛》中称它为"古今纪异之祖"，明确提出它是志怪的开山之作和重要源头之一。

《山海经》在晋人郭璞看来，是"闳诞迂夸，多奇怪俶傥之言"[4]。无论是描写那些稀奇古怪的动物，还是描写如刑天、精卫、西王母等

---

[1]　李剑国：《唐前志怪小说史》，第 114 页。

[2]　（明）胡应麟：《少室山房笔丛》，上海书店出版社，2015 年，第 160 页。以下引用胡应麟语皆为此版本，不再一一注释。

[3]　李剑国：《唐前志怪小说史》，第 92 页。

[4]　侯忠义：《中国文言小说参考资料》，北京大学出版社，1985 年，第 50 页。

神话人物，以及那些光怪陆离的国家和奇形怪状的国民，都不是现实中实有的，乃是想象的产物，是写作者荒诞诡异的文学笔法。整体观之，"《山海经》是一部关于讲述相地，以辨吉凶妖祥的书"[1]，充斥着诡异的内容以及当下人神秘的预测。如"西南三百里，曰女床之山。其阳多赤铜，其阴多石涅，其兽多虎豹犀兕。有鸟焉，其状如翟而五采文，名曰鸾鸟，见则天下安宁"[2]，这是典型的物占。在《山海经》中，"关于物占的条目数量颇多，总计 50 余则"[3]，主要是预示各种灾害、祥瑞。同时《山海经》中对远国异民的想象，对长生不死的追求，等等，都充斥着神仙方术和谶纬思想。然而，这些今天看来怪异的事，在古人的意识中，却并非怪异的，早期小说中记载的大量相术、谶纬、占卜，在正史中亦有大量的记载。比如，《史记·秦始皇本纪》就有关于秦亡的预测："燕人卢生使入海还，以鬼神事。因奏录图书，曰'亡秦者，胡也'。"[4] 在台静农看来，"儒家虽然不谈怪力乱神，却与纬书多表现的荒诞思想相辅而行。于是五经为外学，七纬为内学，遂成一代风气"[5]。

到秦汉时，先有秦始皇好神仙，后有汉武帝迷恋长生不老，致使方士得以大行其道。鲁迅先生在讲六朝的志怪小说时说："中国本信巫，秦汉以来，神仙之说盛行，汉末又大畅巫风，而鬼道愈炽；会小乘佛教亦入中土，渐见流传，凡此，皆张皇鬼神，称道灵异，故自晋迄隋，

---

[1]　万晴川：《命相·占卜·谶应与中国古代小说研究》，中国文联出版社，2000 年，第 19 页。

[2]　方韬译注：《山海经》，中华书局，2015 年，第 37 页。

[3]　王守亮：《谶纬与汉魏六朝小说》，齐鲁出版社，2017 年，第 42 页。

[4]　司马迁：《史记》，第 26 页。

[5]　台静农：《中国文学史》，上海古籍出版社，2017 年，第 260 页。

特多见鬼神志怪之书。"[1] 鲁迅先生讲到的"大畅巫风"，应该包含具有预示作用，且很神秘的谶纬之术。谶纬是谶书和纬书的合称，是盛行于秦汉之际的重要社会思潮，是传统文化的重要组成部分。它包括谶谣、谶语、诗谶、梦谶、预言等等。虽然今人将谶纬斥为封建迷信，但刘勰却认为："若乃羲农轩皞之源，山渎钟律之要，白鱼赤乌之符，黄金紫玉之瑞，事丰奇伟，辞富膏腴，无益经典而有助文章。是以后来辞人，采摭英华。"[2] 刘勰虽然指出"事丰奇伟"的书写"无益经典"，但也看到了"有助文章"。小说家借谶纬之书，使小说具有了神秘性、诡异性，并增加了小说对读者的吸引力。

后世虽有争议的《燕丹子》中，质于秦的燕太子丹，"不得意，欲求归"，秦王却刁难——"令乌白头，马生角，乃可许耳"时，然奇迹出现了——"丹仰天叹，乌即白头，马生角。"[3] 这是一件非常诡异的事，它暗示了冥冥之中的神秘力量，对燕太子丹的眷顾。

《汉武故事》中，谶纬、巫术也夹杂其间。比如汉武帝出身，就是典型的"感生故事"——汉景帝皇后内太子宫，得幸，有娠，梦日入其怀。帝又梦高祖谓己曰："王夫人生子，可名为彘。"及生男，因名焉。是为武帝。[4] 里面也讲到著名的方术大师李少翁，用法术将武帝已故的爱妃李夫人的魂魄招来——"乃夜张帐，明烛，令上居他帐中，遥见李夫人；不得就视也。"以及栾大等方士的诡异之事。

---

[1]　鲁迅：《中国小说史略·汉文学史纲要》，收入《鲁迅全集》（第九卷），第43页。

[2]　周振甫：《文心雕龙注释》，人民文学出版社，1981年，第29页。

[3]　（清）孙星衍校：《燕子丹》，上海古籍出版社，收入《汉魏六朝笔记小说大观》，上海古籍出版社，2016年，第35页。

[4]　王根林校：《汉武故事》，上海古籍出版社，收入《汉魏六朝笔记小说大观》，第166页。

六朝时期，无论是后来被归列到志怪、志人还是杂传小说系列的小说，都是充满着神秘、诡异的书写的。这除了此一时期的帝王普遍信奉道家的"长生不老"以及与佛教的因果轮回观念传入有关，同时，唐前的小说家，几乎都是巫师以及巫师的继承者，或者是相信神秘力量的士大夫阶层，以及为"自神其教"的道教徒和佛教徒。"从作者来看，汉魏六朝志怪小说的作者大都明于谶纬。志怪小说的作者主要是儒生或方士，他们对阴阳、五行、卜筮与图纬方伎之书莫不毕览。……谶纬方面的知识与素养通常成了作家编撰志怪小说时的思想动机与精神动力。"[1]

印度佛教文化进入中原，也从侧面影响了诡异的书写，为中国小说拓展了想象力，为中国小说增添了全新的魔幻叙述方式，从文化层面，提供了部分的诡异书写的思维范式。影响甚大的《梵志吐壶》《外国道人》《鹅笼书生》，其故事也都是奇幻诡谲的。

若说唐前小说主要是受宗教的刺激而生，那么到了唐朝，"则为有意识的作小说"。正如胡应麟所说："变异之谈，盛于六朝，然多是传录舛讹，未必尽设幻语。至唐人乃作意好奇，假小说以寄笔端。"相应的，唐前的志怪小说是"为证明神道之不诬"或"自神其教"，唐朝的传奇则主要是为了娱乐和彰显才华。石昌渝先生分析说，从传奇小说的创作和流传情况来看，士大夫讲说和写作传奇小说是一种高雅的消遣。"唐传奇是贵族士大夫的'沙龙'文学。"[2] 正是因为唐传奇的这一特征，致使士大夫们争相讲述诡异故事。"神秘文化因素始终是唐代小

---

[1]   王守亮：《谶纬与汉魏六朝小说》，第21页。

[2]   石昌渝：《中国小说源流论》（修订本），第152页。

说的有机组成部分，只不过小说中的神仙、鬼魂、精怪、异梦及其他一切神秘隐秘之事，都是作为情节的推动或者出于表达作者的某种思想或愿望而出现，现实社会的人生情感才是小说表现的重点。"[1] 另外，有学者认为，唐传奇的繁荣和当时进士的"行卷"制度有关。鲁迅先生在《唐之传奇文》中分析说，唐前的人是看不上小说的，而到了唐代，科举很重视"行卷"。"行卷"就是举人到京后，把自己得意的诗作抄成卷，拿去拜谒名人，若得到首肯，及第就有希望。但到了"开元、天宝以后，渐渐对于诗，有些厌弃了，于是就有人把小说也放进行卷里去，而且竟也得名，所以从前不满意小说的，到此时也做起小说来，因之传奇小说，就盛极一时了"[2]。要拿自己的才华去博取功名，讲那些司空见惯的故事，谁会拿你当回事，这可能也是唐传奇多有鬼怪、诡异故事的一个原因吧。

比如，被很多研究者注意到的李公佐的《谢小娥传》中关于测字的部分。谢小娥的父亲和丈夫被强盗谋害，在梦里，她梦到了父亲对她说，"車中猴，門東草"，丈夫则在梦里告诉她害自己的凶手是"禾中走，一日夫"。在李公佐的帮助下，谢小娥知道了害死自己亲人的凶手为申蘭、申春两人。最终，谢小娥女扮男装到了申家做用人，杀死了申蘭，将申春拿下送官，报了仇。在这里，这个诡异描写，虽是谶纬中常见的一种方术，但是，李公佐意不在此，谶纬只是他为增加小说趣味性的一种方式，他主要是为写谢小娥的坚忍和勇敢。

从唐传奇对神秘文化、诡异笔法的使用，可以看出现实题材并不

---

[1]　朱占青：《神秘文化与中国古代小说》，郑州大学出版社，2015年，第216页。

[2]　鲁迅：《中国小说史略·汉文学史纲要》，收入《鲁迅全集》（第九卷），第314页。

排斥诡异的书写。恰恰相反，正是因为对诡异笔法的娴熟运用，使得唐传奇不仅具有强烈的现实性，而且由于其瑰丽奇谲的审美风格，成为和唐诗一样伟大的文体。

宋以后的白话小说，勾栏瓦肆的主要听众和娱乐对象，多是底层，故而讲述诡异、奇异的故事，成了说书人吸引听众的不二法门。谶纬作为一种叙述手段，尤其在长篇白话小说中，得到了更广泛的应用。自此以后的中国小说，以写实为主，以讲现实故事为主，然诡异一旦出现，必影响小说的全局，也往往改变小说的品质和面貌。

《水浒传》的开篇，便被诡异笼罩。写的是"张天师祈禳瘟疫，洪太尉误走妖魔"。仁宗嘉祐三年，瘟疫盛行，洪太尉奉皇帝命前往江西信州龙虎山，宣请嗣汉天师张真人来朝禳疫。洪太尉上山求见天师不成。回至方丈，不顾众道士劝阻，打开"伏魔之殿"，放出妖魔，遂致大祸。书中写道："石板底下，却是一个万丈深浅地穴。只见穴内刮刺刺一声响亮，那响非同小可。响亮过后，只见一道黑气从穴里滚将起来，掀塌了半个殿角。那道黑气直冲上半天里，空中散作百十道金光，望四面八方去了。"[1] 洪太尉打开"伏魔之殿"，"三十六员天罡星，七十二座地煞星，一共一百单八个魔君"诞生了。梁山众人来路不仅交代明白，连讲述人的语境心态，以及接下来遍布全书的对暴力美学的膜拜都已然清晰。

《水浒传》中有宋江两次见九天玄女，都特别诡异。第一次，写宋江上梁山后，回家看望老父亲，被官兵追得无路可逃，闯入玄女庙躲藏。正当宋江百般无计时，只见两个青衣童子径到厨边，三请宋江

---

[1]   施耐庵、罗贯中：《水浒传》（上册），金圣叹、李卓吾点评，中华书局，2016 年，第 6 页。

去见娘娘，等宋江从椅子底下钻将出来，两个青衣女童，侍立在此床边。宋江吃了一惊，却是两个泥神。金圣叹、李卓吾点评说："分明听得三番相请，却借两个泥神忽作一跌，写鬼神便有鬼神气，真是奇绝之笔。"[1] 宋江见了九天玄女，被赐了三杯仙酒、三枚仙枣后，九天玄女赐给了宋江三卷天书，让宋江"替天行道，为主全忠仗义，为臣辅国安民"。并告诫宋江："玉帝因为星主魔心未断，道行未完，暂罚下方，不久重登紫府，切不可分毫懈怠。若是他日罪下酆都，吾亦不能救汝。此三卷之书，可以善观熟视。只可与天机星同观，其他皆不可见。功成之后，便可焚之，勿留在世。"九天玄女得天书，不仅救宋江脱离险境，天书也成了宋江号令梁山、替天行道的上天圣旨。或者说，宋江上梁山，是"替天行道"。第二次，在宋江奉命征辽时，遇到辽国大将摆下混天象阵，损兵折将，无计可施之时，九天玄女再次降临，传授宋江破阵之法，并劝宋江保国安民，勿生退悔。

　　上天授书，早在《山海经》中就有类似的笔法，河图洛书便是其中一例。《大荒北经》记载："有人衣青衣，名曰黄帝女魃。蚩尤作兵伐黄帝，黄帝乃令应龙攻之冀州之野。应龙蓄水，蚩尤请风伯雨师，纵大风雨。黄帝乃下天女曰魃，雨止，遂杀蚩尤。"[2]《河图》讲到黄帝与蚩尤的战争，最后，"天遣玄女，授黄帝兵法符，制以服蚩尤"[3]。

　　《红楼梦》是谶诗、谶谣以及其他诡异之处描写最丰富的一部伟大的现实主义小说。开篇就用了"女娲补天""木石前盟"两个神话故事作为引子；第五回，宝玉梦游太虚幻境，写得极其诡异：太虚幻境

[1]　施耐庵、罗贯中：《水浒传》（上册），金圣叹、李卓吾点评，第 362 页。

[2]　方韬译注：《山海经》，第 334—335 页。

[3]　[日] 安居香山、中村璋八辑：《纬书集成》（下），河北人民出版社，1994 年，第 1220 页。

石牌坊上写着四个大字"太虚幻境"，两边的对联："假作真时真亦假，无为有处有还无。"这就点出了《红楼梦》一切皆空的宗教情怀命题。"千红一窟""万艳同杯"，窟同"哭"，杯同"悲"，点出了"十二金钗"以及整部书的悲情命运，使得诡异奇丽之气氛笼罩着整部小说。而对全书起到了转折性意义的诡异描写在第七十五回。写一天夜里，大观园内一干女流围着贾母说话，"……正添衣饮茶，换盏更酌之际，忽听那边墙下有人长叹之声。大家明明听见，都悚然疑畏起来。贾珍忙厉声叱咤，问：'谁在那里？'连问几声，没有人答应。尤氏道：'必是墙外边家里人也未可知。'贾珍道：'胡说。这墙四面皆无下人的房子，况且那边又紧靠着祠堂，焉得有人。'一语未了，只听得一阵风声，竟过墙去了。恍惚闻得祠堂内槅扇开阖之声。只觉得风气森森。比先更觉凉飒起来；月光惨淡，也不似先明朗"[1]。此异兆，阴郁可怖，给读者以惊觉和警示，更是隐藏了贾府从盛而衰的一个转折点。

"三言二拍"、《西游记》《三国演义》《儒林外史》《金瓶梅》等明清小说，也充斥了大量的诡异书写。比如，《三国演义》中预示董卓将被杀掉的谶谣："千里草，何青青。十日卜，不得生。"《金瓶梅》中，吴神仙为西门庆和他的女人相面，对每人给出四句判词，也是预示着他们各自的命运。可以说，古人使用诡异笔法，也到了炉火纯青的地步。

这可能与国人相信鬼神世界、"天人合一"的观点有关，也使得我们的古典小说虽然充斥着大量"自神其教"的作品，却并没有真正的宗教意识，所以小说创作大多只是在俗世层面开掘，这是我们民族的

---

[1]　曹雪芹、高鹗：《红楼梦》（下册），胭脂斋、王希廉点评，中华书局，2017年，第515页。

文化特点。这一特点使得作家在写作时，即便是写鬼神世界，也往往只是通过对诡异事件的描写，来增加作品的艺术性和娱乐性，而非从宗教层面探究存在的意义和对人原罪的忏悔。

我想，诡异事物的文学书写，首先，中国最早的小说作者是巫。巫是专职沟通神与人的中介，后来随着儒家地位的确立，巫师开始分化，但转化后演变为小说家的人在精神上却继承着巫沟通鬼神的能力，这实际上是一种文学才能。现在，学界都将《山海经》作为中国小说的缘起。《山海经》是"古之巫书"，有浓厚的巫术色彩。后来的研究证明，《山海经》非一时一人所为，乃是"战国中期至后期间先后有巫祝方士之流采撷流传的神话传说、地理博物志传说，撰集成几种《山海经》原本"[1]。所以说，中国最早的小说家，应为巫祝方士。

其次，应该和读者的阅读心态有关。王充说："世好奇怪，古今同情。"[2] 明代三台山人也说："窃思人生世间，与之庄言危论，则听者寥寥，与之谑浪诙谐，则欢声满座。"[3] 为什么会出现这样的情况呢？究其原因，就在于奇幻之事能够满足人们的猎奇愿望，能给人带来娱乐享受。那什么样的内容才是奇怪的呢？什么样的"奇"才是读者喜欢的呢？显然是那种充满神秘、怪诞且和现实不一样的神秘内容。再次，鲁迅先生在谈中国小说起源时认为，神话"实为文章之渊源。惟神话生文章"[4]。神话是一个民族在原始时期，带着急切的好奇和神秘的希望叩击文明之门的第一种光怪陆离的声响。若从小说的诡异书写来看，神

---

[1]　李剑国：《唐前志怪小说史》，第114页。

[2]　（汉）王充：《论衡》，收入《诸子集成》（第七册），中华书局，1978年，第34页。

[3]　丁锡根：《中国历代小说序跋集》，人民文学出版社，1996年，第641页。

[4]　鲁迅：《中国小说史略·汉文学史纲要》，收入《鲁迅全集》（第九卷），第17页。

话对志怪小说的影响是很大的，甚至可以说"没有神话根本就不会有后来的志怪小说"[1]。

二

诡异改变了我们观察现实的角度，提升了现实，丰富了现实，极大地增加了可阅读性。现当代小说，越写越乏味，我看如何使用诡异的文学书写，依然对作家是一种严重的挑战。因为，前人无数的文学经验显示，似乎除了诡异这一条蹊径，别无他途。或者说，真正伟大的作品，都和诡异的书写有关；古典小说自然不必多说，从现当代来看，贾平凹的《太白山记》《废都》、陈忠实的《白鹿原》、阿来的《尘埃落定》、范稳的"藏地三部曲"，国外的如马尔克斯的《百年孤独》等，都充满了神秘而诡异的书写。

中国小说原本有自己独特的发展脉络，然而一个世纪以来，中国历经了长久的内忧外患，苦难深重，中日甲午战争惨败后，中国传统小说发生了巨大的转变。一批受西方思潮影响的知识分子决意把小说当作启迪民智、推动社会革新的工具。中国现代小说基本上是在西潮推动下萌芽、生长起来的。因为特殊的国情，小说被负荷了太多的政治诉求，小说的地位虽然得到了空前的提高，但也损害了它的内在独立性。至"五四"后，除了鸳鸯蝴蝶派的作家还沿用传统的模式进行小说创作外，大多数作家几乎全面转向，走向了对西方现代派文学的接纳和模仿之路。

---

[1]   李剑国：《唐前志怪小说史（修订版）》，第47页。

西方小说理性分析占很大比重。正是重逻辑和科学的精神一度将西方小说引进了生物剖析般的小说创作泥淖。欧洲写实主义发展了数百年后，直到 20 世纪，才在南美洲突变出魔幻现实主义，开启了世界文学的新格局，拓展了故事讲述的别叙方式。这也可以看作是诡异这一文学因素取得成功的突出例证。《佩德罗·巴拉莫》《百年孤独》诡异且逼真，破碎又迷离，芜杂又齐整的写作技巧，被他们巧妙而不留痕迹地隐藏在智慧又诡异的事件和时间之下。同时，把神奇、荒诞的想象世界与现实世界完美地缝合在一起。

李欧梵先生早在上世纪 80 年代就提出："文学作品中，除了理智的成分——可以理解的现实——之外，必须包含一点'神秘'，是常人和常理所不可解的，甚至任何文学理论都无法分析它，这才算是'文学'，否则只不过是'文章'而已。一个伟大的文化中总包括许多神秘的成分。"[1]

这也说明，其实，"到了 20 世纪，神鬼的吸引力并没有减弱，只不过知识分子对于小说的定义改变了：梁启超提倡新小说，把小说和'群治'拉在一起，高呼'欲新一国之民，不可不先新一国之小说'，于是一个新的精英主义的潮流席卷文坛了。到了'五四'时期，神鬼之说被斥为迷信，这类小说几乎绝迹"[2]。主导当代中国文学创作的主流，依旧是现实主义。然而，当下大量作品的现实主义和生活零距离，几乎成了简单生活的临摹，没有艺术和精神上的超越。文学必须是对生活的严肃审慎的思考，同时又能飘逸轻盈地抽身于现实之外，而不是对

---

[1]　李欧梵：《世界文学的两个见证：南美和东欧文学对中国现代文学的启发》，载《外国文学研究》1985 年第 4 期。

[2]　李欧梵：《第五讲 魑魅魍魉——读蒲松龄〈聊斋志异〉"画皮""画壁"》，收入《中国文化传统的六个面向》，中华书局，2017 年，第 217 页。

生活自然主义的重现。

拉美魔幻现实主义在 20 世纪 80 年代风靡后，诡异的书写笔法"开始还魂，只是新魂比旧鬼差些想象力"[1]。比如，莫言的小说，从《透明的红萝卜》《天堂蒜薹之歌》到《蛙》《生死疲劳》《檀香刑》，貌似怪异的地方描写很多，但并非中国小说原初的新奇轻灵的诡异，而是西方小说现代派荒诞技法的变体。显然，中国当代很多作家在使用诡异这个技法时，大多是披着诡异的皮，灵和魂没进去，想象力笨重乏味，给人一种牵强别扭的感觉。

我想，小说内部的驱动力之一，恐怕正是诡异。这似乎也被无数的文学经典所证实。当代小说，渲染暴力、血腥，揭露社会的黑暗，无论多么具有道义性、责任感，但从小说来说，并不能完全发散文学的内在感染力和外向感召力。小说的任务，似乎首先还是引导人类，更深刻地认识自己。好奇心，是人类、文化进步的重要动力。人性深处藏着对好奇的向往。好奇心也是阅读的一个很重要的动力。什么是刺激好奇心的动力，我以为除了对理性和科学的探讨，与现实世界有反差的诡异世界，似乎是最重要——也是对人们产生更大影响的部分。而诡异这一文学因素，也似乎最贴近人性，是人性深处的东西。现实中诡异的事物，借着人们的好奇心，不断地出现在生活中，文学借用来吸引人的阅读，扩充了小说的精神内涵。忽视对人类自身的好奇，对生命的好奇，似乎是小说逐渐被一般读者抛弃的原因所在。真正高明的书写者，如何运用诡异的书写方式，推动人们不断深掘对世界和自身的探索，无论科学如何进步，似乎它仍旧是文学不变的原动力。

---

[1]   阿城：《闲话闲说——中国世俗与中国小说》，第 126 页。

三

当代中国文学，除了极少的作家外，大多作家被这样那样的主义、思潮追赶着往前冲，没有深入地对中国传统小说的优秀经验进行思考，导致这么多年小说写作出奇的乏味。我们现在都在提文学的创新，都在讲文学对现实的介入和书写，但"文学的创新不是从天而降，而是从既有的文化传统里面找寻新的资源，或者说把旧的资源用种种方式变成一种新的艺术形式"[1]。任何文化任何传统，其间肯定是鱼龙混杂的。故而，当下的写作者在面对传统写作资源时，应保持清醒的判断力，不被传统所蒙蔽。以现代人的思维，以现代文明的眼光，反观我们的传统，从中提炼出对当下小说写作有意义的支点，进行重新思考，再发现和再次进行有益的创新，最后变成我们时代写作的养分和优质的文学动力，诸如文学书写中的诡异现象，不能不引起我们高度的重视。

2018 年 3 月 27 日初稿

2018 年 4 月 4 日修订

---

[1] 李欧梵：《第六讲 魂兮归来——读鲁迅〈阿Q正传〉和〈野草〉》，收入《中国文化传统的六个面向》，第 243 页。

中国小说中的娱乐精神

今天，我们在谈论文学日渐衰微时，大多在文学的外部寻找原因，譬如现在真正读书的读者愈来愈少，而这一切，又都是人们的物质消费倾向愈来愈严重的结果。再者，写作者及文学受众，文化和意识的多元化、阅读模式的碎片化等等，也使得整个社会不再为文学提供专注的表达视角。如此等等，问题众多，把自己绕进去了，但似乎还是无法找到真正的解决之道。这里我想，也许我们似乎可以从文学内部找找原因——譬如，是否可以考虑从恢复文学的娱乐精神方面入手，扩大受众面，使文学走出日渐小众化的怪圈。

娱乐精神，在传统小说中其实是很发达的。我们这个民族，自古以来对文学的娱乐性从来就没有低看过。娱乐是文学、文化的一部分，是双胞胎或多胞胎中的一个，文学与娱乐从本质上一直有着血肉相连的关系。

我们现在一谈小说，不少人就显出一脸"正经"，以文学的文学性、崇高性、严肃性来否定文学的娱乐性，更有甚者，只偏执地看到文学的教化功能、"为人生"的目的，以为文学除此"目的"之外再也无其他存在的必要。我们似乎忘记了，其实从源头开始，中国小说就是为了娱乐。娱乐恰恰是小说最为重要的品质。

那么，什么是中国小说的娱乐精神呢？

我认为，小说的娱乐精神是指创作者在创作小说时，完全是在自由、愉悦中进行的，秉持非功利的文学审美。在这个非功利精神的观照下，作者始能自由地编织奇幻、诡异、美丽而动人的故事。这样才可以让读者在阅读小说的时候，放松身心，进入到浪漫甚至玄妙的精神世界中去，陶冶性情，提高精神和审美境界。它包括浅层次的感官满足、心理愉悦两个层面。也就是说，较广义的文学娱乐功能，包括生理上的快适和精神上的愉悦满足（即审美性）两个层面。总之，小说的娱乐精神，就是指作者在创作小说时，为了自娱或娱人，读者阅读小说，第一寻找的也是快乐。

一、中国小说娱乐精神的传统

文学和娱乐是相伴相生的。中国文化的源头就是快乐的。

学者吴洪森在一次网络讲座中，将《圣经》《论语》和佛教的开头做了对比。《圣经》开头讲的是上帝创世造人，人偷吃禁果被罚到地上。从此人生而有罪，戴罪之身所生活的地方，是赎罪的暂留之地。佛教开头讲创始人释迦牟尼出家前是个王子，父母百般宠爱，无意中看见了人的衰老、病残和死亡，由此悟到了现实生活，再荣华富贵也是过眼云烟、昙花一现，最终都逃脱不了生老病死——人生的根本是悲苦。《论语》开头却讲的是快乐——"学而时习之，不亦说乎？有朋自远方来，不亦乐乎？人不知而不愠，不亦与君子乎？"开宗明义地探讨了做人的快乐。李泽厚先生也认为，《论语》首章突出了"悦""乐"二字。它与西方的"罪感文化"、日本的"耻感文化"不同，以儒家为骨干的中国文化的精神是"乐感文化"。"'乐感文化''实用理性'乃华夏传统的精神核心。"[1]

孔子哲学的出发点和核心思想就是快乐地做人，在现世快乐地活着。孔子问弟子子路、冉有、公孙赤和曾点各自的理想，子路想治军、冉有想治国、公孙赤想做司仪，而曾点却说："暮春者，春服即成，冠者五六人，童子六七人，浴乎沂，风乎舞雩，咏而归。"孔子听后，表示"吾与点也"——表明了孔子对曾点的认同。正是这样的"乐感文化"，成为中国传统小说娱乐精神的文化土壤。古人一直重视好玩，富有游戏精神。无论是高堂教化里，还是儒家经典里，讲的都是快乐。一直到后来的明清章回小说，《三国演义》《水浒传》《西游记》都是很好玩的书，可见古人对娱乐精神的重视。

鲁迅先生认为，小说起源于劳动的空闲谈论故事的消遣。人们在劳动时，用歌吟以自娱，借它忘却劳苦，"到休息时，亦必要寻一种事情以消遣闲暇。这种事情，就是彼此谈论故事，而这谈论故事，正就是小说的起源"[2]。从起源上看，小说就是为了消遣，天生带有很强的娱乐性。郑振铎也承袭了鲁迅的观点，认为中国小说"最早是群众文娱活动的一种"[3]。

从小说最早的概念看，班固认为小说是"街谈巷议，道听途说"的，他还引孔子的话说小说"致远恐泥"。林岗认为，这才是对的。在林岗看来，班固的批评中实在是包含了对小说本性极好的说明："小说

---

[1] 李泽厚：《论语今读》，第25页。

[2] 鲁迅：《中国小说史略·汉文学史纲要》，《鲁迅全集》（第九卷），第302—303页。

[3] 郑振铎：《郑振铎古典文学论文集》，上海古籍出版社，1984年，第288页。

不是用来'致远'的，而是用来娱情遣兴的。"[1]

从小说的艺术发展可以看出，小说最初主要是为了娱乐，"小说的记奇目异，对受众来讲，看重的是其娱乐性，满足的是人们的好奇心——讲大道理的文章自有诸子百家、儒家经典、史学文献，小说所述肯定含有一定的规谏、劝导、警示或惩戒的思想，但这些在小说出现之初，并不是作家写作小说的出发点"[2]。而正是小说家对小说娱乐精神的追求，使得小说得以逐渐疏离主流文化对小说的束缚，从而使小说具有了独立而自觉的审美意识。

就从字源而论，小说之"说"，《说文解字》解释曰："说，说释也。"段玉裁注曰："说释，即悦怿；说悦，释怿，皆古今字，许书无悦怿二字。说释者，开解之意，故为喜悦。"[3]清末胡怀琛也从字源和文体上对小说做过阐释。他说："'小'就是不重要的意思。'说'字，在那时候和'悦'字是不分的，所以有时候'说'字就等于'悦'字。用在此处，'说'字至少涵有'悦'字的意思。'小说'就是要讲一些无关紧要的话，或是讲些笑话，供给听者的娱乐，给听者消遣无聊的光阴，或者讨听者的欢喜。这就叫作小说。""凡是一切不重要，不庄重，供人娱乐，给人消遣的话称为小说。这虽以故事为多，但不一定限于故事，非故事也可叫小说。"[4]胡怀琛对小说传统中所蕴含的娱乐精神的分析，尤其他指出供人娱乐的小说的娱乐性"以故事为多"这点，可以

---

[1]　林岗：《口述与案头》，第175页。

[2]　朱占青：《神秘文化与中国古代小说》，第55页。

[3]　许慎：《说文解字》，上海古籍出版社，1981年，第93页。

[4]　胡怀琛：《中国小说概论》，收入《中国文学八论》，刘麟生主编，中州古籍出版社，1991年，第3、4页。

说道出了小说的娱乐精神这一事实。即在传统小说中，其娱乐性主要是由"讲故事"来承载和完成的。

杨义则继承了前人的这一说法，他认为："小"字有双重意义：一种属于文化的品位，它所蕴含的是"小道"；一种属于文体形式，它的表现形态是"丛残小语"。杨义还从三个层面上来阐释"说"字的语义："首先是文体形态层面，有说故事或叙事之义。其次的语义属于表现形态，'说'有解说而趋于浅白通俗之义。其三的语义属于功能形态，'说'与'悦'相通，有喜悦或娱乐之义。"他以此认为，小说的基本特征就是"故事性、通俗性和娱乐性"[1]。

所以，无论从小说的起源，还是从字源、艺术发展史看，小说自诞生之日起，就天生地带有娱乐或游戏的精神品质。《说文解字》对娱乐的解释是"娱，乐也"[2]。娱乐者，顾名思义，为游戏、嬉乐的意思。而小说所构建的，正是一个让人可以暂时忘却俗世苦恼的虚幻的精神空间，使创作者、阅读者均能享受到乐趣。

林岗也认为，笔记小说作者都是"自娱然后娱人"，"自娱，或抒发忧愤，或玩赏闲雅，然后才无意中给他人带来喷饭之乐"。原因在"笔记小说的作者和读者，在美学趣味上具有高度的一致认同。写给自己玩味，便同时也就给他人玩味"[3]。

宋以后，城市文化逐渐繁荣，市民文化兴起，各大城市涌现大量的瓦舍、勾栏、歌馆，涌现出专以"说话"逗乐为职业的艺人，而受众绝大多数是没有文化，或者文化层次较低的大众人，听故事、娱乐消

---

[1] 杨义：《中国古典小说史论》，第3—4页。

[2] 许慎：《说文解字》，第620页。

[3] 林岗：《口述与案头》，第205、208页。

遣，这一小说的主要功能再次得以强调，而所谓的劝善，也是附庸于隐藏在娱乐之下的次要功能。

二、宋以前文言小说中的娱乐精神

作为中国小说的源头，《琐语》和《山海经》，娱乐精神或趣味叙述已隐约可见。如《琐语》中的《师旷御晋平公》，师旷从鼓瑟声中，预测并证实千里之外的齐侯因游戏伤臂。虽然诡异，但叙述却充满乐趣。而对于怪异的《山海经》，司马迁说："至《禹王纪》《山海经》所有怪物，余不敢言也。"[1] 这也说明了经史和小说之别。包括后来模仿《山海经》的一些地理传说，都是凭借丰沛的想象力，对远国异民、神奇怪异的动物的描写，把读者带入一个神奇、荒渺的幻想空间，"以取得惊心诧骨的愉悦效果"[2]。

到了东汉的《神异经》《十洲记》，便可更清楚地看到小说中的娱乐游戏精神。例如《神异经》中的《东荒经》中，东王公与仙女的投壶比赛，不仅是小说中最早写到游戏的，整则小说读下来也让人忍俊不禁。

> 东荒山中有大石室，东王公居焉。长一丈，头发皓白，人形鸟面而虎尾。载一黑熊，左右顾望，恒与一玉女投壶。每投千二百矫，设有入不出者，天为之噫嘘。矫出而脱误不接者，天为之笑。

---

[1]　王利器：《史记注释》，三秦出版社，1980 年，第 478 页。

[2]　李剑国：《唐前志怪小说史》，第 83 页。

这完全是趣味叙述，带有很强的娱乐性。另外，小说还以游戏的手法为西王母再造出一个老公——东王公，身为神仙，还玩着人间的游戏——投壶。东王公的投壶游戏，让上天都觉得有趣，"为之笑"，何况人乎？

韩进康根据当时各家记载，认为汉时的小说，虽属"小道"，但"匪惟好玩"，这就是说，当时的小说写作动机是让人觉得"好玩"，也即娱乐性。[1] 石昌渝也认为："小说同其他文学样式一样有一个从初级发展到高级的演进过程，就题旨而论，小说在它的初级阶段主要是娱悦。小说所追求的是娱悦效果，故事情节新奇有趣，只要能消遣解闷就行，并不刻意通过故事表达一种道德的或政治的观念。"[2]

《列异传》是魏晋第一部出色的志怪小说集，其中不少故事也充满着笑点。典型的如读者熟知的《宋定伯》。鬼本是狡黠刁滑的，但自作聪明，嫌步行慢，提出与定伯"共迭相担"，定伯以自己是新鬼不懂为由，诓骗鬼说出"鬼唯独不喜欢被人吐口水"的秘密，最后到了集市，定伯将背在背上的鬼紧紧夹住，不让它逃遁，鬼害怕被人看见原形，只能变成了一只羊，定伯马上朝鬼吐了几口口水，让鬼不能再变化，然后将羊卖掉，得钱一千五百文。定伯机智地诓骗了鬼，还收获利润，实在是一个让人过目难忘的故事。

到了三国时期，出现了诙谐、幽默的笑话专书《笑林》。鲁迅认为邯郸淳《笑林》的结集，首开"谐谑小说"一体，成为"俳谐文字之权舆"。有论者认为，志人小说正是从笑话创作的基础上发展起来

---

[1]   韩进康：《中国小说美学史》，河北大学出版社，2004 年，第 27 页。

[2]   石昌渝：《中国小说源流论》（修订版），第 92 页。

的。所记都是俳谐的故事，也是充分体现娱乐精神的小说。如《楚人隐形》讲的是一楚国穷人读了《淮南子》："得螳螂伺蝉自障叶，可以隐形"后，便扫取数斗叶子回家，一一以叶障目求证妻子。妻子"经日，乃厌倦不堪"，打发他说看不见了。此人兴奋地拿着树叶跑到街市当众行窃，被人抓住送到县衙。县官听完了他的供述，"官大笑，放而不治"。《截竿入城》讲的是一个鲁国人手执竿子入城，竖着、横着都进不了城门，毫无办法。可笑的是来出主意的老头，"吾非圣人，但见事多矣。何不以锯中截而入"。让人喷饭的是鲁国人居然听从了老头的馊主意等等。

到了东晋干宝辑录、编纂《搜神记》时，很明确地提出了小说要"游心寓目"——让读者得到阅读快感，也明确指出小说是给"好事之士"看的。刘惔戏称干宝为"鬼之董狐"，这本身就是一句玩笑话，同时也间接指出了《搜神记》的娱乐性质。

《搜神记》中的很多小说都是充满娱乐精神的。如《倪彦思家狸怪》说的是倪彦思家来了一个鬼魅。鬼魅和人说话，像人一样吃喝，就是看不到形。搞笑的是鬼魅不仅告密婢女私下骂倪彦思，还去追求倪彦思的小老婆，倪彦思请道士来收拾鬼魅，鬼魅却戏弄道士，在摆好的酒席上撒上从厕所取来的草粪；道士猛烈击鼓请求各路神仙来帮忙，鬼魅就拿了个便壶，在神座上吹出号角声。还恶作剧地把便壶藏在了道士背上，把道士搞得狼狈不堪。倪彦思晚上和老婆躺在床上说鬼魅，鬼魅就在房梁上要挟说，你们还敢说我，我把你家房梁锯了，立刻房梁就发出隆隆声，吓得全家跑到外面，点灯进去一看，房子还好好的。地方官典农听说了这件事，认为鬼魅是狐狸。鬼魅就跑去吓唬典农说，你贪污了官府的几百斛稻谷，我知道藏在什么地方，你再敢议论我，我就去官府告发你，吓得典农再也不敢吱声。整个小说充满了鬼魅戏弄人的滑稽感。应该说，《搜神记》里有很多这样令人捧腹的小说，皆展现了干宝"游心寓目"的宗旨。

"游心寓目"的小说观，对后世小说创作影响深远，在一定程度上可以算作中国小说创作的原典。它对后世的文学产生了很大的影响，随后的不少小说创作，甚至宋元的话本、明清的戏曲，不少故事都取自于《搜神记》。如鲁迅依照《三王墓》，创作了《铸剑》；关汉卿根据《东海孝妇》创作了《窦娥冤》；到了蒲松龄写《聊斋志异》时，还讲到了自己是吸收了干宝的经验——"才非干宝，雅爱搜神。"

六朝小说家对小说的娱乐功能已做了深刻的思考和阐释。如"建安七子"中的徐幹将小说的娱乐和音乐、绘画、技艺放在一起比较，认为小说和它们一样是娱乐人的——"观之足以尽人之心，学之足以动人之志。"[1]

《世说新语》是志人的代表，书中专设"排调"一科，将魏晋时期名士的幽默好玩尽数展示，客观上具有很强的娱乐性。鲁迅先生在评价《世说新语》时也看到了它的娱乐性——"虽不免追随俗尚，或供揣摩，然要为远实用而近娱乐矣。"[2]

《幽冥录》是志怪的代表性作品，同样充满了娱乐精神。比如《衣冠族姓》中说到，晋元帝时，有一个衣冠族姓甲者，暴病而亡却因阳寿未尽死而复生，却"尤脚痛，不能行，无缘得归"，被司命调换成了"丛毛连结，且胡臭"的胡人之脚，甲者"虽获更活，每惆怅，殆欲如

---

[1]　徐幹：《中论·务本篇》，转引自朱占青《神秘文化与中国古代小说》，第59页。

[2]　鲁迅：《中国小说史略·汉文学史纲要》，《鲁迅全集》(第九卷)，第60页。

死"。滑稽的是，"胡儿并有至性，每节朔，儿并悲思，驰往抱甲脚号
咷。忽行路相逢，便攀缘啼哭。为此每出入时，恒令人守门，以防胡子。
终身憎秽，未尝误视，虽三伏盛暑，必复重衣，无暂露也"。《新死鬼》
中，瘦弱的新死鬼被死及二十年、肥健的老鬼欺骗，帮信佛教、信道
教的人家去推磨、舂谷，累得半死，"不得一瓯饮食"，十分幽默风趣，
充满娱乐精神。

　　魏晋时期的小说作者的主体是方士和文人，如鲁迅所言，当时的
人认为"人鬼乃实有"，将"叙述异事"与"记载人间常事"当作一回
事，但从阅读的角度看，"叙述异事"本身含有娱乐的成分。"搜奇猎
异，是文人作家追求的一个目标，也是志怪小说娱人色彩的表现。"[1]
这一时期还有几部被忽视的志人小说集，也充满笑点。如《妒记》，它
专记上层妇女的言行，特别好玩。颇有代表性的如《士人妇》，士人
妇对自己的丈夫动则打骂，并用"长绳系夫脚"。巫妪献计，在士人妇
睡觉时，士人"缘墙走壁"，等士人妇醒来，手中牵的却是一只羊，士
人妇受骗，以为丈夫真的变成了羊，抱羊恸哭。丈夫骗夫人说自己变
成羊后每日吃草腹痛，夫人更加悲伤，可见士人妇对丈夫还是爱恋的。
这个故事情节特别幽默，让人爆笑。

　　到了唐代，小说的娱乐性更强。如果说唐前小说还带有浓厚的宗
教色彩，那么，到了唐传奇，虽然它也受到了道教、佛教的影响，但
宗教味明显弱化，而娱乐味更加充足了。唐传奇主要是进士阶层为显
示自己的才华和遣兴娱乐而为的。元人虞集说："唐之才人，于经艺道
学有见者少，徒知好为文辞，闲暇无所用心，辄想象幽怪遇合、才情

---

[1]　侯忠义：《汉魏六朝小说史》，春风文艺出版社，1989年，第41页。

恍惚之事，作为诗章答问之意，傅会以为说。盍簪之次，各出行卷，
以相娱玩……"[1] 虞集总结了传奇是"闲暇无所用心"的"以相娱玩"
的特点，这和鲁迅先生讲小说起源于休息是一个道理。唐传奇，几乎
都是文人士大夫在休闲、聊天、喝酒中讲的奇闻异事。唐传奇很多都
在结尾处对小说的来源做了交代，几乎都是文人士大夫聊天中交流有
趣奇异见闻的结果。如李公佐的《卢江冯媪传》是"汇于传舍，宵话征
异，各尽见闻"，《任氏传》是"浮颖涉淮，方舟沿流，昼宴夜话，各征
其异说"，等等。现在研究者常说的"行卷"或"温卷"，本质也是娱
乐，只是它是娱乐比自己位置更高的人罢了。甚而可以说，唐传奇就是
"文人的沙龙"，艳遇自然是文人沙龙最吸引眼球的事了。唐代，世风
开放，不受太多道德上的压力，以狎妓冶游为时尚。这也是艳遇题材
成为一个很重要门类的原因。

　　在初唐，就出现了张鷟的《游仙窟》。张鷟进士及第，被考官赞
为"天下无双"。张鷟写《游仙窟》时，"年方二十出头，风华正茂，
展现在他面前的是一片光明。小说轻松的笔调，无拘无索、没任何负
累的情感世界，正是张鷟此时心态的反映"[2]。小说以第一人称讲述
了张鷟奉使河源，夜宿大宅，与五嫂、十娘调笑戏谑，诗赋赠达，宴
饮歌舞，后来与十娘共效云雨之欢，夜宿而去的事。描写极其大胆、
香艳。

　　小说中充满了性暗示的诗句，把唐初文人放荡、轻佻的狎妓生活，
生动地展现在读者眼前。其他写艳丽、婚恋的传奇，虽然没有《游仙

---

[1]　《道园学古录·写韵轩记》，转引自李宗为《唐人传奇》，中华书局，1985年，第4页。

[2]　萧相恺：《张鷟》，载《中国文言小说家》，萧相恺主编，中州古籍出版社，2004年，第94页。

窟》香艳，但也颇为有趣。比如《霍小玉传》中李益与妓女霍小玉的爱情，文中描写霍小玉的美以及宴饮酬答，让人赏心悦目。当然，唐传奇中写士人与妓女的爱情是很多的，如《柳氏传》《昆仑奴》《李娃传》《霍小玉传》等。当然，关于传奇小说的娱乐，胡应麟在《少室山房笔丛》里讲得也很多。譬如，在说到《东阳夜怪录》《玄怪录》时，胡应麟说"但可付之一笑"，在论及《古岳渎经》时说："唐文士滑稽玩世之文，命名岳渎，可见……总之以文为戏耳。"[1]

唐传奇里的艳遇，虽然写得很大胆，但还没有堕落，不像不少明清笔记小说那样露骨。当然，也比民国那帮开放的文人写得多情而美丽。这让唐传奇的艳遇充满了美感。唐传奇的娱乐功能如此强大，和韩愈提出的"以文为戏"以及柳宗元提出的"味道说"在理论上的支持也是关系特别密切的。韩愈很让人奇怪，提倡古文运动，倡导"文以载道"，但同时也提出了"以文为戏"的观点。这似乎也说明了，在韩愈眼中，载道的是"文"，而小说嘛，就是要好玩。

韩愈本人也创作了《毛颖传》，写的本是毛笔，却以游戏的态度，拟人化的笔法，把毛笔当人来写，详细考证了毛笔的籍贯、身世。《毛颖传》遭到了裴度和弟子张籍的诘责。裴度站在儒家的立场批评韩愈"不以文为制，而以文为戏"。张籍给韩愈写信，责难韩愈"比见执事多尚驳杂无实之说，使人陈之于前以为欢，此有以累于令德"。韩愈在《答张籍书》中说："吾子又讥吾与人为无实驳杂之说，此吾所以为戏耳。比之酒色，不有间乎？吾子讥之，似同浴而讥裸裎也。"韩愈明确提出了"以文为戏"的观点，并将小说的游戏精神比之于酒色。酒色对

---

[1]　（明）胡应麟：《少室山房笔丛》，第371、316页。

于放达的唐代士人来说，就是娱乐。固执的张籍再次致信韩愈："君子发言举足，不远于理，未尝闻以驳杂无实之说为戏也，执事每见其说，亦拊抃呼笑，是挠气害性，不得其正矣。"韩愈也再次回击张籍的指责："昔者夫子犹有所戏，《诗》不云乎：'善戏谑兮，不为虐兮。'《记》云：'张而不弛，文武不能也。'恶害于道哉！吾子其未之思也。"[1] 韩愈搬出孔子来为自己证明，因为孔子也说过自己也"犹有所戏"，又引《诗经》《礼记》来说自己创作小说《毛颖传》虽是出于游戏，但于"圣人之道"没有什么妨碍。

身为韩愈的好友，柳宗元专门写了《读韩愈所著〈毛颖传〉后题》，为韩愈辩护。他先是把孔子、司马迁等人拉出来为韩愈做挡箭牌，接着，又以食物癖好来辩护。最后说："韩子之为也，亦将弛焉而不为虐欤！息焉游焉而有所纵欤！尽六艺之奇味以足其口欤！"[2]

柳宗元在辩护中将味道和小说类比，很有理论价值，被后世称为"味道说"。创作与阅读，与食物的味道同理，要尊重各种不同的味道，哪怕是怪味，若只食一味一物，再好也会腻。小说创作也一样，多样才丰富，多元才多彩。从韩愈的角度看，他成就最高的，也许就是那些充满了游戏精神的文章，而非那些明道、载道的文章。"以文为戏"的创作理论，不仅为小说的创作争取到了"合法性"，对此后的小说发展的影响也很深远。明清时的小说评点，很多理论来源正是"以文为戏"。由此可见到了唐代，随着小说的发展，其中的娱乐精神

---

[1]   韩愈撰：《韩昌黎文集校注》，马其昶校注，马茂元整理，上海古籍出版社，1987 年，第131、132、134、136 页。

[2]   柳宗元：《读韩愈所著〈毛颖传〉后题》，《柳宗元文集》（卷二一），中华书局，1979 年，第569—570 页。

愈加高扬，不但在创作中得以体现，亦表现出作者充分的自觉。而娱乐审美精神的发扬，反过来又成为唐代小说发展的标志。唐传奇语言优美生动，人物形象独特鲜活，故事多样有趣，都得益于对娱乐精神的张扬。

三、宋以后白话小说的娱乐性

宋时，理学兴起，文人士大夫退出了小说写作，盛行于民间的"说话"开始走向了前台。

宋元时期，"说话"盛行，说话艺人们的"话本"经过底层文人的再度创作，成为宋元话本小说。话本小说来源于"说话"，它的重要特征是以娱乐为首要目的。在源头上，白话小说就带有极强的民间娱乐性。

从程毅中先生辑注的《宋元小说家话本》收录的小说看，几乎每篇小说都有一个精彩的故事，充满了娱乐味。如《碾玉观音》本身就是一个特别有意味的故事，其中璩秀秀做鬼后戏弄郭排军让人忍俊不禁，《错斩崔宁》故事曲折离奇，很有趣味，等等。同时，话本小说中，还大量使用"彻话"，插科打诨，目的就是为了娱乐。也有论者认为，不少话本小说还呈现出喜剧的结构，"如《张古老》《宋四公》《史弘肇》《皂角林大王假形》几篇，笑声几乎随处可闻，畅情滑稽，又不流于尖酸"[1]。

---

[1] 吴璧雍：《从民俗趣味到文人意识的参与》，收入《中国文学巅峰之境》，蔡英俊主编，第287—289页。

宋元话本小说由说话人的底本发展而来，首先便要满足听众的娱乐要求——娱乐性和通俗性自是题中应有之意。鲁迅谈宋之话本，说"其取材多在近时，或采之他种说部，主在娱心，而杂以惩劝"[1]——主要还是一则则生动有趣的短篇故事，使读者获得娱乐和审美双重满足。"至多有个'劝'字，劝过了，该讲什么讲什么。"[2]

晚明经历了中国历史上一次较大规模的思想解放运动，文人尚趣。"晚明文人追求的趣境人生既是一种人生态度的逍遥自适，更是一种洞穿人生的审美本然，这种审美态度表现于文学上就是视文学创作为自足自乐的个性化行为，于轻松诙谐中追求趣味，展现才情。"[3] 甚至有人提出了"文不足供人爱玩，则六经之外俱可烧"[4]。

明代以"三言"为代表的拟话本小说，不少即由宋元话本发展而来，本身具有娱乐特征，加之晚明文人重趣，以及"以文为戏"的推波助澜。譬如，李卓吾在评点《水浒传》时就说："天下文章当以趣为第一。"[5] 金圣叹直接用"以文为戏"的观点来评论《水浒传》，在第三回他批注道："忽然增出一座牌楼，补前文之所无。盖其笔力，真乃以文为戏耳。"[6]

在尚趣的大氛围中，冯梦龙对宋元话本小说进行的改写，使之更

---

[1] 鲁迅：《中国小说史略·汉文学史纲要》，《鲁迅全集》（第九卷），第 115 页。

[2] 阿城：《闲话闲说——中国世俗与中国小说》，第 114 页。

[3] 张伟、周群：《"以文为戏"——试论明清小说评点文本的戏谑化书写》，载《兰州学刊》2012 年第 10 期。

[4] 郑元勋：《媚幽阁文娱自序》，上海杂志公司，1936 年。转引自张伟、周群：《"以文为戏"——试论明清小说评点文本的戏谑化书写》，载《兰州学刊》2012 年第 10 期。

[5] 陈曦钟：《水浒传会评本》（下册），北京大学出版社，1981 年，第 984 页。

[6] 金圣叹：《金圣叹全集》（第三卷），凤凰出版社，2008 年，第 117 页。

加丰富细致，语言更加贴合人物的个性等，来自民间说话文学的娱乐性和自由勃发的生命力进一步得到张扬。

"三言"中小说的娱乐性大致体现在以下三个方面：一是其中大量的小说运用了"调包""冒名顶替""女扮男装"等故事模式，使其充满了戏剧性，情节曲折好看；二是故意制造和设置了许多有趣的对立；三是生动形象、诙谐俚俗的方言口语的运用。

"三言"中许多故事运用了"调包""冒名顶替"等桥段，这显然来自民间说话，这些故事模式的使用极大增强了小说的娱乐性，使之十分吸引人。而冯梦龙的改写创作则使得小说在娱乐性的情节之外具有真切自然的肌理，情节熟悉却令人百看不厌。这些故事足以媲美莎士比亚具有类似故事模式的喜剧。比如《乔太守乱点鸳鸯谱》，写因新郎生病，年轻貌美的弟弟代替姐姐出门，他们精明的母亲打算在三朝后视情况而定，到底要不要让女儿真正出嫁。可想不到新郎家却让姑伴嫂眠，新婚之夜意外成就了另一对姻缘。在这篇杰出的小说中，"调包顶替""男扮女装"的情节架构可能来自民间口头文学，就像人们总是津津乐道的梁山伯与祝英台、木兰从军的故事一样。"弟代姊嫁"出人意料，能够引起听众/读者强烈的新奇、愉悦的感觉，是这篇小说娱乐性最重要的来源。而冯梦龙的改写，一方面使得这略显夸张的情节显得合情合理，弥合了生活的真实与戏剧性之间的缝隙；同时塑造了栩栩如生的人物形象，刘妈妈之自私自利、孙寡妇之精明、刘公之厚道软弱，无不跃然纸上。这篇小说娱乐性的另一方面则体现在生动活泼的语言上。代姊而嫁的孙润和小姑慧娘洞房内的一段对话，委婉、节制、语义双关、充满张力。孙润是知情的一方，又惊又喜且怕，由节制而一步步地挑逗，慧娘因不知情，竟然主动，对读者来说，既精彩又紧张悬疑。如果说二人的这段对话是文人创作的典范，那么刘公知情后和刘妈妈埋怨打骂的一段对话则是俚俗的口语、民间生动活泼的方言土语在文学作品中伟大的记录和表达。而当刘家父女母女三人打成一团、搅成一处时，小说的娱乐精神达到了高潮。结尾是喜剧性的，皆大欢喜：刘妈妈这个不顾他人利害的自私者最终赔了夫人又折兵，受到应有惩罚；而她的女儿慧娘却是无辜的，最后得以"美玉配明珠，适获其偶"，同时证明了自己的坚贞。无论戏剧性的情节结构，还是人物的对话语言，都体现出小说的娱乐性。而这篇充满娱乐性和喜剧色彩的小说之所以十分动人，其审美价值固然由于上面提到的两个要素，还因为它在思想方面充分肯定了人情（相悦为婚）和人性（"无怪其燃"），肯定了"情在理中"——永恒的天理之下还有复杂的人情。这在理学家们纷纷主张理欲二分、"存天理、灭人欲"，社会风气干枯残酷的明代，尤为难能可贵。

除了《乔太守乱点鸳鸯谱》，"三言"中还有不少篇目设计了"调包""女扮男装"等戏剧性的情节。如《钱秀才错占凤凰俦》《汪大尹火烧宝莲寺》《蒋兴哥重会珍珠衫》……而哪怕在"劝善"痕迹最重的《陈多寿生死夫妻》这样的篇目中，仍有很强的娱乐精神：一是陈多寿从一个天上仙童粉孩儿到满身癫疮的癞蛤蟆，再到脱皮换骨，为强调前后的对比，作者不惜设计了夸张离奇的情节；二是写多福忠贞，描写其母柳氏的言语举止真实而富有喜剧性。

总之，"三言"作为宋元话本的集大成者，中国白话短篇小说最重要、最杰出的代表，不管是其志异传奇的色彩，还是夸张离奇的情节，不管是"调包""男扮女装"等桥段的反复运用，还是人物语言的俚俗生动，都体现出强烈的娱乐精神。

代表中国小说在明清发展成就的，是长篇章回小说。明清的长篇章回小说，朝向更多元化的方向演进，既有英雄传奇（《水浒传》）、神佛鬼怪（《西游记》），又有历史书写（《三国演义》）。最重要的，在鲁迅所谓的"世情小说"中包含了日常生活的叙写，从而描写真实人生，这使小说的审美进入一个新的高度和境界。但是，即使在这类小说中（其高峰当然是《红楼梦》），依然不乏娱乐精神。

《西游记》《水浒传》《三国演义》这三部小说是从"说话"而来的创作，其中的娱乐精神自不待言。尤其是《水浒传》，历代不少学者都将之看成一部"游戏之作"。《金瓶梅》特地打破了《水浒传》书写"英雄""历史"的传统，而把小说带到"日常生活"的天地中。在这一方天地里，既有人性和人生的深度、色空的本质，又处处充斥着娱乐精神，不管是西门庆和众姬妾的生活，还是他和应伯爵等一帮酒肉朋友的交往，无不体现出来。而晚明另一部世情小说《醒世姻缘传》则可以作为白话小说中娱乐精神的又一证明。

《金瓶梅》作为第一部文人独创的白话长篇小说，影响了《红楼梦》的创作。《红楼梦》不但继承了《金瓶梅》对日常生活的描写，而且开始关注人物的内心世界。《红楼梦》第一章告诉我们，这本小说写的是作者自身的经历，是一部个人心灵的痛史。也就是说，它写的是真实的人生，这和之前中国小说的传奇志异，书写英雄、历史的传统是迥然不同的——小说开篇反对"满纸文君子建"，并借贾宝玉之口表明了作者对小说的态度。所以鲁迅先生说："自从《红楼梦》出来以后，传统的思想和写法都打破了。"[1]

那我们需要追问的是,在《红楼梦》这样一部"为人生"的大书中,是否还有小说作为"小道"的娱乐精神呢?

首先,就其根本的精神来说,不管是无才补天的石头,还是石头在尘世中的幻象贾宝玉,都是反对"仕途经济的文章"的,也即反对文学的功利和目的,只强调其审美价值。

其次,对立甚至夸张的人物形象设置一直是小说娱乐性的来源。《钱秀才错占凤凰俦》中写丑陋又无才无德的颜俊想骗取美妻,让有才貌的表弟钱青代他迎娶,其中描写颜俊和钱青的两首《西江月》——一个是"出落唇红齿白,生成眼秀眉清。风流不在著衣新,俊俏行中首领。下笔千言立就,挥毫四坐皆惊。青钱万选好声名,一见人人起敬",一个是"面黑浑如锅底,眼圆却似铜铃。痘疤密摆泡头钉,黄发锋松两鬓。牙齿真金镀就,身躯顽铁敲成。楂开五指鼓锤能,枉了名呼颜俊",就是以夸张对立的人物形象获得戏剧效果和娱乐性的例证。

《红楼梦》是写实的,描写更加真实而近自然,并不靠离奇夸张的情节和描写来吸引读者 / 听众的注意力。但《红楼梦》同样借鉴对立的人物形象设置的方法,以增强小说的趣味性和娱乐性:有一个深情的贾宝玉,就有一个滥情的呆霸王薛蟠;有一个敏探春,就有一个庸俗搞笑的赵姨娘;有一个尊贵威严的贾母,就有一个妙语迭出的王熙凤;有一个一本正经的薛宝钗,就有一个诙谐幽默的林黛玉……

再次,《红楼梦》的娱乐性固然体现在"滴不尽相思血泪抛红豆"

---

[1]　鲁迅:《中国小说史略·汉文学史纲要》,《鲁迅全集》(第九卷),第 220、221 页。

和"绣房里钻出个大马猴"的对比，以及诸如六十三回"寿怡红群芳开夜宴"这样的热闹场面之中，但这只是较表面化的一个方面。更深层的娱乐精神则体现在诸如五十七回"慧紫鹃情词试莽玉"、六十八回"酸凤姐大闹宁国府"、七十四回抄检大观园时探春反抗这些戏剧性的情节之中。它们并非重要关目，看似闲笔或风暴中的宁静一隅，反而体现出小说的娱乐精神。如到了七十五回，已经过了三十回之前宝黛互证感情、剖白心迹时的紧张激烈，却以紫鹃的一个玩笑掀起波澜，再次表现宝玉对黛玉的深挚感情，实际上使小说更具戏剧性。凤姐大闹宁国府，并不是她对付尤二姐的重要手段，但凤姐到宁国府对质的一段描写充满喜剧性。至七十四回"惑奸谗抄检大观园"时，已是"悲凉之雾，遍被华林"。探春房里并非问题所在，但探春做出的精彩反抗，仿佛悲凉之雾下升腾的火焰，风声鹤唳的小姐和得势的奴才之间的一场对手戏异常好看。

　　总的来说，如果说源自"口说惊听之事"的"说话"而来的话本或章回小说，其娱乐性来自传奇志异的传统、夸张而戏剧性的情节结构等，那么《红楼梦》这部伟大的杰作写作者自身经历，反对俗套的才子佳人的传奇模式，使其抵达了文学审美更深广的境界，却依然在对立的人物设置、精彩的人物对白等方面显示了小说娱乐性的美学特征。较之"三言"通篇劝善、娱乐相杂的写法，《红楼梦》中的娱乐精神没有那么直接表现，而是隐藏在喜剧化场景的描写和人物的设置与对白等元素之中。

　　要思考晚清民初白话小说中娱乐精神的问题，便不能忽略清中期另一部重要的充满娱乐精神的白话小说《儒林外史》。在这本主要写儒林中人的小说中，第二回到第三十回，写各种人追求名利地位的喜剧性的故事，其深入灵魂的讽刺同时显现了小说的娱乐精神，其中"范进中举"等片段，是小说娱乐性的典型体现。因此鲁迅评《儒林外史》："戚而能谐，婉而多讽。"意即悲戚的故事却能以诙谐幽默的笔墨写出——虽然以讽刺之笔显示灵魂的深，却又具有娱乐精神。又说它："虽非巨幅，而时见珍异，因亦娱心，使人刮目矣。"[1] 鲁迅特别指出，《儒林外史》除了描写的逼真外，还富有娱乐的精神。

1894 年,《海上花列传》问世。这部声称"模仿《儒林外史》结构"的小说，在其创作思想和内在精神上实际上追步《红楼梦》。卫霞仙呵退姚季莼太太的一段有敏探春的风致与口吻；赵二宝和史三公子、"癞头鼋"的故事尽管称得上是描写很成功的悲剧，但其中仍具有隐含的娱乐性——正如它所追步的、描写真实人生的《红楼梦》一样。

晚清，四大谴责小说以在报纸上连载的方式面世。它们在两个方面受到《儒林外史》的影响。一个是结构，一个是讽刺、暴露黑暗。它们也和《儒林外史》一样，于讽刺中显示出小说的娱乐特点。

另一方面，晚清受到西方文学的影响。西洋小说的译介和传播，影响到文学观念、创作的改变。

1902 年，梁启超提倡"小说界革命"。他所提倡的"新小说"有很强的政治色彩，旨在揭露社会弊病、暴露黑暗。在新小说的提倡下，小说努力摆脱其作为"小道"的娱乐性、通俗性，漠视情节、内容空洞、人物符号化，而代之以政治、道德话语。但"新小说"的努力终以失败告终。

民初的小说全面回归了娱乐性。民初的报纸杂志，刊载其上的翻

---

[1]　鲁迅：《中国小说史略·汉文学史纲要》，《鲁迅全集》(第九卷)，第 220、221 页。

译和创作，就小说而言，尽管不乏名著，如翻译了契诃夫、雨果等人的重要作品，但整体上以娱乐为导向。研究表明，侦探小说和言情小说占去了其中的绝大多数。

五四新文学运动之后，不论是1921年"文学研究会"主张"为人生的文学"，还是创造社提出"为艺术的文学"，都反对民初的鸳鸯蝴蝶派作家游戏的文学观。至此，小说的娱乐精神逐渐衰微以至消失。

四、回归小说的娱乐传统

中国小说在它的初级阶段，主要追求娱悦效果，人们用以消遣解闷。小说发展到唐代，才算是较成熟的创作。但唐传奇主要是文人才士遣兴娱乐、扬才显学而为，大多传奇志异、矜奇炫博。因此可以说唐传奇异彩纷呈，但创作目的是娱乐的。同时，中国小说游戏观念的提出，始于唐代，"以文为戏"的观念对唐传奇，乃至整个中国古代小说都有很大影响。

宋元话本因是"说话"的底本，娱乐性和通俗性自是题中应有之义。而明代以"三言"为代表的拟话本小说，不少即由宋元话本发展而来，继承了宋元话本对娱乐精神的追求。而到了明清，章回小说朝着更加多元的方向发展，总的来说，娱乐性仍贯穿始终。

小说从其源头的街谈巷议、稗官野史，娱乐性即成为这一文体的美学特征；在中国小说的演进过程中，这一本源意义上的美学特征，与两种力量构成张力。一种是"载道"教化的观念。这种观念认为小说的功用在于教化劝惩，因此可以"佐经书史传之穷""补正史之阙"。这一观念直到清末民初，仍为很多人（如林纾、包天笑）所坚持。"三言"的作者冯梦龙就很强调小说的这一功用,《金瓶梅》(尤其是词话本),也归于因果劝世的意旨。但不管是"三言"还是《金瓶梅》,从中不难发现,其"劝诱"大于"讽喻"。决定其文学价值的,并非作者所声称的道德劝诫,而是作品所具有的包括娱乐性在内的审美价值。因此,人性、人欲、娱乐性是内在的,而道德劝诫是其表面。另一种构成张力的力量是"为人生"的文学观念。这一观念下的写作要求真实地描写人生,中国古代小说中的《红楼梦》是其代表和高峰。《红楼梦》对中国小说的影响非常大,晚清至现代的很多小说是其影响下的创作,《海上花列传》是其中代表。

可以说,娱乐性是中国小说与生俱来的美学特征,娱乐性并不能使小说思想更深刻、具有更高的审美价值与境界,但可以使小说更好看,更具可读性,构成小说更丰富的内涵。即使在小说更多元发展的今天,娱乐性仍是一部优秀的小说所不可或缺的要素。

然而,近百年来,中国的小说给人的整体感受是太沉重,作家背负的精神压力太大,完全忘记了小说的娱乐精神。要么在急于批判现实中迷失自我,要么被世俗利益牵制,被低俗趣味蒙蔽。近些年,又呈现出小资化的写作倾向,缺乏对来自土地,来自生活一线,来自底层鲜活、生辣的生命状态的书写,而这恰恰是娱乐精神最重要的组成部分。这导致了现在很多小说,无论作者如何吹嘘自己创作的高妙,无论理论家如何去阐释它的社会价值和美学意义,但普通老百姓并不买账。这个事实,即便在我们著名作家中也不少见。譬如莫言,获得诺奖,按理应该是一时洛阳纸贵,然市场销售并不好。我想,或许文学的娱乐精神的缺失,没真正唤起底层的阅读者的阅读兴趣,是其中最重要的原因吧。

娱乐精神的衰微，故事性的淡化，使得小说越来越失去了读者。当下时代，要重新抓住读者，是不是应该恢复小说的娱乐精神？

2018 年 7 月 6 日初稿

2018 年 8 月 15 日修改

第二辑

文本细读

《百年孤独》产生之前，拉美文学也曾产生了一批几乎以同样技法写作的作家，他们都各自完成了自己的文本状态，最后到了马尔克斯，他终于攀上了拉美文学的巅峰，完成了拉美魔幻现实主义的顶峰之作，给拉美魔幻现实主义文学画上完美的句号。作为其中最为优秀的文本，它具备了四个要素：第一是面貌的独特性；第二是文学的创新性；第三是叙述的技术高度；第四是近乎完美或神奇的个人精神状态。

——《文学，说到底就是文本》

贾平凹何以抛弃性书写？

——兼评贾平凹新作《带灯》

中国一些当代作家有个很怪异的现象，似乎离开性，就不知道小说该如何推进。一度以来，在不少作家笔下，性作为小说叙述的动力，推动着小说的发展脉络，甚至，性成了唯一的叙述动力。除此，性亦是小说的魅力所在，就连并非以描写性小说闻名于世的契诃夫，也曾经毫不掩饰地说："一部中篇小说如果没有女人，就像机器缺少了润滑油那样无法运转。"[1] 契诃夫的话不无道理，纵观中外小说发展史不难发现，性，已然成为小说魅力的源泉，散发着诱人的气息。

无论西方文学史还是中国小说史，涉及性的小说，不计其数。单从当代作家看，"文革"后，数十年的性压抑、性禁忌逐步解除，人的生存威胁获得了解除，性的问题就变得很突出了。随着国家政局的稳定和经济的快速发展，尤其是人的生存安全感的增强，两性问题就成了重要的社会问题之一。它在文学中比以往得到较多、较全面、较深刻的表现，恐怕就带有必然性。比如，此一时期张贤亮的《男人的一半是女人》、王安忆的《小城之恋》《荒山之恋》等，都因首开先河

---

[1]　参见《契诃夫论文学》中关于《草原》的评论，转引自徐岱《小说形态学》，第 431 页。

地写性，成为那一时期的经典作品。此后，性书写大行其道，甚至出现了木子美、上海宝贝等一干专营"性事"的作家。再如贾平凹，被称为最会写性的男作家，从"商州系列"到《黑氏》《天狗》《美穴地》《废都》，可以说，一路下来，性几乎成为贾平凹小说的招牌菜。但贾平凹新作《带灯》，却了无"性"趣，完全抛弃了性书写。这是否预示着贾平凹已经完全抛弃了性书写？贾平凹为何到了今天这个时代文本忽然变干净了，他为何会抛弃写《废都》的美学观点？我想，这值得思考。放大一点讲，这是否也昭示着，在性禁忌已然过去数十年，转而发展为性泛滥的当下中国，作家的性书写完全显得多余，性已不再是小说的叙述动力和小说的魅力所在？

《带灯》相较于贾平凹其他小说，显得十分别致。抛弃了性描写后，贾平凹通过日常、琐碎的乡村工作图景，将带灯这位新时期的乡镇女干部塑造得特别饱满。性在文学中，只是点缀，就如盖房子，故事、语言、人物、思想性等等这些文学性最基本的指标，才是房子的栋梁；而性，充其量只是瓦当。过多地描写性，不仅会损害文学的艺术性，还会伤害作家本身。因《废都》被闪了一下腰的贾平凹，经过二十多年的尝试与探寻，似乎在《带灯》中找到了新的书写观和美学观。

一、中国文学性书写的历史脉络

文学中书写性，并非当代作家之创举。纵观中国文学发展历程，不难发现，性书写一直存在。中国文学在"载道"的规约和禁欲主义的礼教制约下，连描写男欢女爱的作品，都被视为不道德，更遑论性书写。但"载道"与礼教只是在面上扼杀了性书写，根据茅盾在《中国文学内的性欲描写》中的研究，其实早在西汉末已有许多描写性的文学出现，只是因为印刷术尚未普及，手抄本未能传于后世罢了。现在所传的性欲小说，大都是明以后的作品，茅盾据此断定，中国性欲描写始盛于明代。"何以性欲小说盛于明代？这也有它的社会的背景。明自成化后，朝野竞谈'房术'，恬不为耻。方士献房中术而骤贵，为世人所欣慕。嘉靖间，陶仲文进红铅得幸，官至特进光禄大夫柱国少师少傅少保礼部尚书恭诚伯。甚至以进士起家的盛端明及顾可学也皆藉'春方'——秋石方——才得做了大官。既然有靠房术与春方而得富贵的，自然便成了社会的好尚；社会上既有这种风气，文学里自然会反映出来。"[1] 至《金瓶梅》，中国古代小说的性描写到了登峰造极之势。

据茅盾的研究发现，中国古代的性描写，走入了写实的魔道——将性爱场面和房中术作为了主要描写点。少有像《金瓶梅》那样，主意在描写世情，刻画颓俗，性只是其说事的道具的小说。使性书写走入魔道的主要原因，在茅盾看来基于两点：一是禁欲主义的反对，二是性教育的不发达。[2]

到"五四"后，倡导个性解放，在反礼教的呐喊声中，一批作家开始在文学作品中融入了性描写。比如郁达夫，他甚至在《雪夜》中大胆记录了自己第一次嫖娼的经历，郁达夫这种诚恳、不避讳道德的压力的写作，目的是为表现自己的真，强调自己的真。其实，在反对礼教与向西方学习的双重召唤下，五四时期不少作家都如郁达夫一般真诚地面对自己、面对性。郭沫若也曾经这样形容郁达夫："对于深

[1] 茅盾：《中国文学内的性欲描写》，收入《中国古代小说中的性描写》，张国星主编，百花文艺出版社，1993年，第27—28页。

[2] 同上书，第30页。

藏在千百万年的背甲里面的士大夫的虚伪，完全是一种暴风雨的闪击，把一些假道学、假才子们震惊得至于狂怒了。"五四时期作家专注于性的书写，其目的主要是反传统，呼唤个性解放，张扬人的主体意识。此后，因为"救亡"压倒了"启蒙"，性书写慢慢萎缩。尤其是"文革"期间，连文学的生存空间都被挤压无几，更遑论写性了。

"文革"后，国家重新步入正轨，且随着改革开放之后经济的稳步发展，长期的禁欲与性压抑忽地得到了释放。"改革开放以来，《伤痕》是第一篇描写爱情的小说，由此开创了一个文学时代。张弦的小说《被爱情遗忘的角落》改编成电影时，第一次出现女人乳房的镜头。张贤亮的小说《男人的一半是女人》里有描写偷窥、性爱和通奸的情节。"[1] "欲望有多大，压抑也有多大。而在人的诸多欲望中，性的欲望是最强烈的，它就是生命冲动本身，它所激起的压抑能力也是最大的。"[2] "文革"后，整个社会的性压抑都太持久，需要释放，由此，之后的一些文艺作品的性描写尺度越来越宽，由局部喷射到了全面外溢，最终泛滥成灾至上海宝贝等一帮"宝贝"，赤裸裸地展示自己的性行为和滥交史。这和明代性书写大行其道一样，有社会需求的一面；另外，性书写从有其正面意义发展到非理性、毫无节制，恐怕和改革开放后整个社会浮躁，唯金钱、肉欲是瞻分不开。

贾平凹是中国最能写性的作家，自动笔开始，不仅小说，甚至散文都充斥着大量的性描写。贾平凹的性书写，自有其"文革"后整个社会的世情、国情因素，但亦有贾平凹自身的因素，或者，这才是贾

---

[1]　郝建国：《贾平凹：如果不写"性"，还能写什么？》，载《华商报》2008 年 7 月 24 日。

[2]　吴洪森：《崩溃的脸皮》，广西师范大学出版社，2004 年，第 233 页。

平凹之所以热衷性书写的根本所在。据贾平凹在《自传——在乡间的十九年》所透露，他自小不喜欢人多，老是感到孤独。这种秉性在他上学后，越发严重。他的成绩很好，但老师和家长都担心他"生活不活跃"。他写道："后来，我爱上了出走，背着背篓去山里打柴、割草，为猪采糠……偶尔空谷里走过一位和我年龄差不多的甚至还小的女孩子，那眼睛十分生亮，我总感觉那周围有一圈光晕，轻轻地在心里叫人家'姐姐！'，期盼她能来拉我的手，抚我的头发，然后长长久久在这里住下去。这天夜里，十有八九又会在梦里遇见她的。"[1] 在文中，他还讲述了第一次走出秦岭在车上拨动过一位长得极好看的女孩的脚，以及暗恋一位村里的女孩的事。这是否可以解读为，年少孤僻的贾平凹从小性压抑，木讷自闭，拙于社交，对于两性关系充满神秘好奇，想入非非。少年的经历，对作家的写作肯定有深远的影响，这是否就是贾平凹长于写性，不厌其烦写性的根源？"在他的作品中一方面把女性描写成天使，另一方面又尽情地意淫，尤其在他的小说《废都》《天狗》《太白山记》《白朗》《陨石》等小说里，贾氏设计了许多令人恶心的女人与兽媾和的情节，有批评家指出这是'性景恋'，这样病态的性心理让人恶心，诸如这样的例子实在太多，构成了贾氏作品中一道亮丽的风景线。有一则小说，说什么一个女人在深山老林里实在熬不住了，跟狗干了起来；还有一则小说，一个女子莫名其妙地死在床上了，人家掀开被子一看，满是血，被窝下有好几个被血浸透了的玉米棒……到了《废都》，这种性压抑一下子像决堤的洪水，描写的都是黏糊糊、湿漉漉之类的性。对待女性，男主人公一律赏玩，保持精神

---

[1]　贾平凹：《自传——在乡间的十九年》，载《作家》1985 年第 10 期。

的征服和占有，他的'意淫意识''意奸意识''意欲意识'充斥在小说之中。"[1] 这话有些人身攻击的成分，但从那个时代、那个时代走出的人来说，并非完全无道理。任何文本分析，都不应脱离作者自身及作者所处的时代探寻。在《带灯》的"后记"中，贾平凹坦承："几十年来，我喜欢着明清以至于三十年代的文学语言，它清新，灵动，疏淡，幽默，有韵致。我模仿着，借鉴着，后来似乎有些像模像样了。"[2] 根据茅盾对中国古典文学中性书写历史的梳理，性文学描写始盛于明代。像贾平凹这样的奇才，扫遍中国古典小说及文人笔记，自然也不会落下那些禁书吧。网上就有好事者将贾平凹小说中的性描写和古代色情小说做了对比，从中不难发现贾平凹性书写与古代性书写的因缘关系。

在《中国文化中的情与色》中，作者也为我们梳理了中国古代大量的性描写，这和茅盾对中国性欲小说中表现出的几种怪异的特点中的"色情狂"相互佐证。"几乎每一段性欲描写是带着色情狂的气氛的。色情狂的病态本非一种，而在中国性欲小说内所习见的是那男子在性交以使女性感到痛苦为愉快的一种。《金瓶梅》写西门庆喜于性交时在女子身上'烧香'，以为愉快。而最蕴藉的性欲描写，也往往说到女性的痛苦，衬出男性的愉快。"[3]

中国当代作家中，很多作家都写性。陈忠实的《白鹿原》、老村的《骚土》、苏童的《米》、余华的《兄弟》、林白的《万物花开》《一个人

---

[1] 于仲达：《贾平凹获奖到底是谁的耻辱》，天涯社区，http://bbs.tianya.cn/post-books-112718-1.shtml。

[2] 贾平凹：《带灯·后记》，人民文学出版社，2013 年，第 361 页，文中引用《带灯》内容，皆为此版本，以下不再一一标示。

[3] 茅盾：《中国文学内的性欲描写》，收入《中国古代小说中的性描写》，第 29 页。

的战争》、阿来的《尘埃落定》、莫言的《丰乳肥臀》等等，但没有哪一位作家如贾平凹，那么钟情于性书写，几乎每部书都写性。尤其是《废都》，不仅被称为当代《金瓶梅》，贾平凹本人也"荣获"了"当代兰陵笑笑生"之称。

二、贾平凹的性书写何以惹来非议？

"由于性题材对众多的接受主体具有巨大的诱惑力，在小说的叙述魅力榜上一直占据首位，才使得这方面的描写屡禁不绝，虽然常常受到一些真正假君子们或理直气壮或信口雌黄的抨击，但却受到小说作者与读者联盟的欢迎。"[1] 徐岱在研究了中外小说史后，发现性一直是小说的魅力所在。他认为："人类性意识的核心是一种感情，这正是小说之所以要竭力引荐性题材的基本出发点。因为艺术上的魅力，说到底就是一种感情上的征服力。"[2]

在中外文学史上，不少作家因为描写性而成名。比如劳伦斯的《查泰莱夫人的情人》，罗伯特·沃勒的《廊桥遗梦》，杜拉斯的《情人》等，都不乏大胆甚至直接的性描写，但这些作品，无一例外地都成了名著。再比如陈忠实的《白鹿原》也有许多性描写，甚至很露骨，但在当代文学史上，仍然被奉为经典，至今热销不减。这里值得一提的是，作家老村在《骚土》中的性描写，真可谓中国小说写性的模范文本，精当，典雅，让人读来意蕴无穷。譬如《嫽人》的结尾，成人后饱受

---

[1]　徐岱：《小说形态学》，第 432 页。
[2]　徐岱：《小说形态学》，第 432 页。

煎熬的黑女与极度性饥渴的歪鸡在河滩上野合的场面，不愧为对人类顽强生命力和性向往的一曲神圣的颂歌。更让人感受震撼的是，这场野合恰巧发生在1976年那次惨烈的地震中，男女在性动作里伴随着地动山摇，毁灭和新生，因此又有了极其深刻的政治含义。

贾平凹也写性，但贾平凹的性书写却饱受诟病。我以为，这主要是贾平凹书写变态的性，如手淫、口交、月经期间做爱等等完全没有美感可言所致。另外，在贾平凹不少小说中，性书写完全是多余的，性泛滥也是其遭受非议的一个重要因素吧。性书写的美在于意境美，在于朦胧美，写性的意义在于性可以突出时代、人物的特性，而非像房中术一样描写性交过程和细节。

比如，贾平凹多部作品中，都描写了女性在月经期间做爱的场景。在《废都》中写第三次幽会时唐宛儿说自己正来着月经不能性交，可庄之蝶坚持要行事，直弄得"血水喷溅出来，如一个扇形印在纸上，有一股儿顺了瓷白的腿面鲜红地往下蠕动，如一条蚯蚓。当唐宛儿问他是不是想起了景雪荫时，庄之蝶'更是发疯般地将她翻过身去继续发泄'"，"血水就吧嗒吧嗒滴在地上的纸上，如一片梅瓣"。就在唐宛儿为其堕胎后不久，身上还带着血，庄之蝶"飞鸽传书"约她到"求缺屋"幽会，"三吻两吻的两人就不知不觉合成一体……待到看时，那垫在身下的枕头上已有一处红来"，庄之蝶竟用钢笔将那处红画成了一片枫叶，还说"霜叶红于二月花"，其津津乐道的肮脏描述令人作呕。《佛关》中写魁与兑子性交后，"兑子站起来……双腿上有了红的血迹，如花如霞，如染的太阳光辉……"在小说《美穴地》中，贾平凹写土匪苟百都在马背上强奸抢来的女人，"一注奇艳无比的血，蝗蚓一般沿着玉洁的腹肌往下流，这景象更大刺激他的兴奋了，浑身肌肉颤抖着，嘿嘿大笑"。这些不洁的性书写，在贾平凹的小说中随处可见。

另外，让人啼笑皆非的是，无论何种食物、植物也好，地形也罢，贾平凹都能赋予它们性的含义，似乎不用性，就不能撩直了嘴巴说事。比如：

理发店的后门开着，后院子里栽着一丛芍药，那个小伙子用小竹棍儿扶一根花茎，我让他给我理起发了他还不停地拿眼看芍药，说："花开得艳不艳？"我说："你好好理发，不许看花！"不许他看，我可以看，这花就是长得艳，花长得艳了吸引蜂蝶来授粉，那么花就是芍药的生殖器，它是把生殖器顶在头上的？（《秦腔》）

花朵就是草木的生殖器。人的生殖器是长在最暗处，所以才有偷偷摸摸的事发生。而草木却要顶在头上，草木活着目的就是追求性交，它们全部精力长起来就是要求显示自己的生殖器，然后赢得蜜蜂来采，而别的草木为了求得这美丽的爱情，也只有把自己的生殖器养得更美丽，再吸引蜜蜂带了一身蕊粉来的。（《废都》）

"你瞧瞧这山势，是不是个好穴地？"舅舅说。我看不出山梁的奇特处。烂头说："像不像女人的阴部？"这么一指点，越看越像。"你们也会看风水？""看风水是把山川河流当人的身子来看的，形状像女人阴部的在风水上是最讲究的好穴。"（《怀念狼》）

一个椭圆形的沟壑。土是暗红，长满杂树。大椭圆里又套一个小椭圆。其中又是一堵墙的土峰，光光的，红如霜叶，风风雨雨终未损耗。大的椭圆的外边，沟壑的边沿，两条人足踏出的白色的路十分显眼，路的交会处生一古槐，槐荫宁静，如一朵云。而椭圆形的下方就是细而长的小沟生满芦苇，杂乱无章，浸一道似有似无的稀汪汪的暗水四季不干。(《瘪家沟》)

拿贾平凹最受争议的《废都》来说，1993 年《废都》出版后，一度掀起了"《废都》热"，几个月后，仅关于《废都》的批评集就多达 13 部。其争议的焦点，主要集中在书中过于泛滥的性书写。客观地说，《废都》的性描写的确表现了中国社会转型期的都市生活的新变化，表达了人们在市场经济大潮中的迷茫和挣扎，也写出了知识分子面对城市文明的冲击所表现出的困惑逃避。但问题是，在书中，性过于泛滥，性本身冲淡了主题，得不偿失。"《废都》的性描写恰恰破坏了性在人们心目中的模糊性和虚幻性。《废都》的问题就在于它的性描写缺乏一种美学上的节制，使描述成为一种情绪的肆意宣泄，作家言说的欲望冲破了理性的约束，表达的欲望犹如洪水猛兽，奔腾而下，造成小说中性描写的泛滥，给人一种'慌不择言'的感觉，小说中直露的性描写打碎了性的朦胧感和神秘感，剥夺了读者对性的丰富联想和美好想象，从而失去了文学上的美感，使人产生心理上的厌倦和逆反，这就好比吃糖，糖少了，不甜，不过瘾；糖多了，就会太腻，让人犯酸。"[1]

另外，书中多是变态的性行为，除了上述提到的在月经期间做爱外，3P、恋足等，也在书中肆意铺展。比如，一次，柳月当场发现庄

---

[1]　李清霞:《性描写,〈废都〉争议的焦点》, http://blog.sina.com.cn/s/blog_518545430100iiut. html。

之蝶与唐宛儿正行着好事,那唐宛儿滚着,一声儿乱叫,要庄之蝶上去,腿中间水亮亮一片,庄之蝶也就上去了。接着是近 500 字的"关键性"动作描写。而此时的柳月已眼花心慌,憋得难受,呼地流了下来,要走开,却迈不开脚,眼里还在看着,见那唐宛儿一声惊叫,头摇了,双手痉挛般抓床单。柳月"喝醉了酒,身子软倒下来,把门撞开",引得二人大惊。继而,庄之蝶再抱了柳月去房里,重开锣鼓,再整沙场,杀将开来。这时,轮到唐宛儿"在门口看着",直至"见两人终于分开,过去抱了柳月说:'柳月,咱们现在是亲亲的姊妹了。'"你可以辩解说,这是反映知识分子的颓废,但难道反映知识分子的颓废只有依靠性,依靠滥交吗?知识分子的堕落,最深刻的是精神上的软骨,这比肉体上的放纵更具危害性,更值得书写。难道贾平凹连这个都不知道?

　　"性既是诱惑也是冒犯,它本身有私密性,一般来说不属于公共生活领域,把它放在光天化日之下就是不舒服。"[1] 更何况贾平凹将这些变态的性行为赤裸裸地展现出来,肯定让人觉得不舒服,给人格调不高的感觉。李敬泽在探讨中说:"性从来不是生活或者文学创作的佐料,它也是人类生活的主题之一,当然也就是文学的主题之一。最高级的性描写是把性溶化了,就像温水化盐,人们需要盐,但不吞食盐粒,都喝盐水的。"[2]《废都》在性描写上的失败,不是温水化盐,而是在水里撒了沙子,搅浑了原本干净的水。

---

[1]　参见《毁誉交加的"性描写"作家评论家谈小说中的性》,载《南方日报》2006 年 2 月 11 日。

[2]　同上。

三、贾平凹放弃性书写的动机初探

《废都》出版后，不仅评论界、读者对其进行了全面的批判，官方也随即做出回应。1994年1月20日，北京市新闻出版局下达《关于收缴〈废都〉一书的通知》，通知指出："该书出版发行后，在社会上引起了很大反响。社会舆论普遍认为，《废都》一书对两性关系做了大量的、低级的描写，而且性作为描写很暴露，性心理描写很具体，有害青少年身心健康。书中用方框代表作者删去的字，实际起到了诱导作用，在社会上产生了很坏的影响……我局对北京出版社出版《废都》做出以下处理：《废都》一书停印、停发，并不得重印，凡已印刷而未发出或者在图书市场上销售的，必须全部收缴；没收北京出版社出版《废都》一书的全部利润，并加处二倍的罚款；责成北京出版社就出版《废都》一书写出书面检查，对《废都》的责任者做出严肃处理。"[1]因写性遭受到知识界、批评界，甚至官方如此严厉的批判和处罚，在近二十多年来，实属少见。《废都》事件后，贾平凹在接受记者采访时说，要是再晚出版几年，就没事了。但这个事件，对贾平凹的性书写，还是有了很大的影响。2005年，借新作《秦腔》出版之机，贾平凹在接受新华社记者专访时坦言，《废都》事件后，他对性描写开始谨慎起来。此后的诸多作品中，虽然也写了性，但较《废都》就显得克制多了。

2011年出版的《古炉》，贾平凹笔头就开始变得很干净了；到2013年的《带灯》，贾平凹完全放弃了性书写。我想，这并非偶然或者贾平凹刻意为之。同理，这和古代以及1980年代在文学作品中写性一样，

---

[1]　参见孙见喜《贾平凹前传：神游人间》(3卷)，花城出版社，2001年，第7页。

也有着社会变革的因素。在中国古代，三妻四妾，妓院林立，要得到性并不难，但因媒介形式少，要在文学艺术中直观地感受性，寻求感官刺激却相对很难，如此，性文学、春宫图方能大行其道。但如今却不一样了，媒介形式多样化、多元化，声光电、3D，从性刺激的角度讲，远比文字更具冲击力和刺激感，而且上网，几分钟就能下载一部，何须费时费力去读小说？六十多岁的贾平凹，也算看清了时代巨变，顺势而为了。

小说离开性之后，作家就要寻找新的小说动机和线索，这才是最重要的。因为较之前，小说一再写性，性成了小说的主要动力和拉动小说叙述的隐性之力，就像一个人必须以车代步，离开车子不会走路一样。离开性描写的小说就要真正学会用脚走路，寻找生活的本质、人性的本质去作为小说的动机和线索。

没有性的干扰，《带灯》整个叙述也显得平和了。同时，小说抛弃了过去贾式小说过于浓重的戏剧味道，呈现出生活本身的味道，接地气。小说不是戏剧，生活是平和的，没有那么多戏剧情节的。每天都是相似的日子，这才接近生活本质。比如《带灯》，推动小说叙述的，就是些鸡毛蒜皮的小事。从《带灯》中看得出，贾平凹不再喧哗地唱"秦腔"了。同时，亦可感知到，没有性的推动，带灯这个人物形象显得更加饱满。

中国受戏剧影响较深，小说太重戏剧效果，也就是太强调冲突，所有铺垫，都是为高潮而去。其实，这样反而破坏了小说的真实感，给人的感觉是距离生活越发遥远。生活就像一望无际的沙漠，没有起伏，就是有，也是一丘连一丘，相似的沙丘的起伏，无休无止。但是这样的沙漠却是最壮观的，自然界告诉我们，这就跟生活和小说一样的道理。普鲁斯特的《追忆似水年华》，也是平淡中显示了美。何况，现在的年代，大家的故事都一样，没独特的，只有心理细微的差别，而这差别最难写，也最见作家真功夫。中国小说家要转型，随社会转型，大起大落的时代过去了，谁的故事，都别想打动谁。作家的写作，必须回归到自身，从最微小的思想情感体验着手，而不是编故事哄人，依靠性吸引眼球。这是这些曾经辉煌的作家们唯一的出路，包括贾平凹。作家回到生活里了，想写现实，但是却很迷茫，中国作家，都在找路子。我们的小说家，一直功利化地写小说，能发表，抓眼球，有喝彩就行。现在不行了。他们的制胜法宝，还比不上网络上的段子。

贾平凹还是静下来了，他是一个修炼到家的作家，他也在寻求出路。性，也不好写了，也不再是吸引读者的法宝，谁都知道怎么做爱，到处能看见，不稀罕了。戏剧，大片，甚至网络新闻，都很火爆，谁看小说故事，小说家咋办? 要做戏剧、电影、网络做不到的才行。贾平凹一直是领头的，找出路。作家应去解剖生活，解剖人在面对各种状况时的心理体验，这个是人类共同的，才会有共鸣。然后，努力探索出新的小说表现形式。贾平凹在《带灯》中，在小说的表现形式上，亦做了探索。首先，在小说中融入了"短信体"，这是一种全新的写作方式，"贾平凹通过 26 封短信，把无望中的期望，无奈中的等待都表达了出来，将带灯的心灵世界表达得非常饱满、充分"。[1] 整本小说，被无数长短不一的小标题统摄，这让贾平凹在叙述上更游刃有余。同时，《带灯》将贾平凹绘画、书法的功底也很巧妙地融合了进来。比如，

---

[1] 参见《贾平凹长篇小说〈带灯〉学术研讨会发言摘要》中张新颖的发言，载《扬子江评论》2013 年第 4 期。

小说第 149 页"向鱼问水"，才 130 余字，大量留白，给人以想象的空间。在语言上，《带灯》也极具色彩感。这些，都是贾平凹抛弃性书写后的成功转型。

如今，再大肆写性，外环境和内环境都不允许，所以要另起炉灶。从外环境来讲，性动力没了，没人稀罕了，过多地写性，还会给人留下格调不高的感觉，不利于作家本人的成长。从内环境来说，贾平凹年纪大了，六十多的人，或许已经活出味了，对啥都不再觉得稀奇。不要排除人性因素，每个作家都一样，这些都要考虑。

四、不夹杂性的带灯更人性化

带灯这个人物，是打开《带灯》这部六十余万字的小说的一把钥匙。我一直觉得，"带灯"这个名字，是贾平凹深刻思考的产物，同时，也暗含着贾平凹小小的阴谋——这两个字，暗含着他对当下乡土中国现实困境的一种思考，或者准确地说是忧虑。

带灯，这个名字，本身就充满了暗示。带灯原本叫萤，她是跟着马副镇长到红堡村给一个超生妇女做结扎手术中，因被吓到，慌乱而坐到门口的草垛上，本来讨厌萤火虫的她，看到"萤火虫还在飞，忽高忽低，青白色的光一点一点地在草丛里、树枝中明灭不已。萤忽然想：啊它这是夜行自带了一盏小灯吗？于是，第二天，萤就宣布将萤改名为带灯"。但最后，莫名其妙地成了替罪羊后，带灯患上夜游症，甚至精神也出了问题，并且由一个爱干净、不长虱子的漂亮女人变成了长了虱子也不觉得难受的乡村女干部。"灯"似乎也灭了，这似乎也暗含了作者对当下乡土中国走向的忧虑。

小说的开头，即写了一件樱镇人元老海带头抵制修建高速公路的事。"元老海带领着人围攻施工队，老人和妇女全躺在挖掘机和推土机的轮子下，喊：碾啊，碾啊，有种就从身上碾过去呀?! 其余人就挤向那辆小卧车，挤了一层又一层，人都被挤瘦了，车也挤得要破，再外边的还要往里挤。"樱镇的风水保住了，却变成了樱镇干部的伤心地。"樱镇的干部，尤其是书记和镇长，来时都英英武武要干一场事，最后却不是犯了错，就是灰不蹓蹓被调离，从来没有开过欢送会。"樱镇农民的刁蛮和干部的际遇，在小说开头，就埋下了伏笔，也为带灯这个有着浪漫主义情怀的女干部的人生遭遇埋下了伏笔。

先看看带灯对虱子的态度。元老海带领人阻止修路那天，皮虱子就飞到樱镇，樱镇人无论普通农民还是镇领导，都长虱子，而且，樱镇人也习以为常，不觉得难受。带灯刚到樱镇时，在院子里晒被子，政府办主任白仁宝把他的被子紧挨着带灯的被褥，带灯赶紧收了自己的被褥，以防虱子跳到自己的被褥上。此后，带灯向镇长建议灭虱子。她给出的建议和措施是：各村寨村民注意环境卫生、个人卫生，勤洗澡勤换衣服，换下的衣服用滚水烫，再规定村委会买上些药粉、硫黄皂定期发给各家各户，在镇街三个村建澡堂。但文件发下去，南北二山的几个村长却用文件卷烟吃，完全不当回事。每次下村，带灯再晚都赶回家，怕的就是染上虱子。但到最后，"带灯身上的虱子不退"。小说写道："那个晚上，几十个老伙计都没回家，带灯和竹子也没有回镇政府大院去，他们在广仁堂里支起大通铺。从此，带灯和竹子身上生了虱子，无论将身上的衣服怎样用滚水烫，用药粉硫黄皂，即便换上新衣裤，几天之后就都会发现有虱子。先还疑惑：这是咋回事，是咋身上的味儿变了吗? 后来习惯了，也就觉得不怎么恶心和发痒。带灯就笑了，说：有虱子总比有病好。"从讨厌、觉得不可理解，到建议灭掉虱子，再到后来自己身上也长了虱子，还觉得习惯，这样的变迁，将一个美丽、文艺的女乡镇干部逐渐被乡镇腐蚀的过程，做了生动的展示。这也是理解带灯，理解《带灯》的关键所在。

再说说带灯在综治办主任这个位置上的处境。"二十世纪的中国文学的主角是男性形象，启蒙与救亡的现实主题，都选择男性作为历史的代表。"[1] 贾平凹的小说，也多采用男性视角叙述，很少启用女性作为小说的讲述者。在贾平凹所有小说中，带灯是第三个被启用的女性叙述者。第一部是贾平凹的成名作《满月儿》中的满月儿，第二部是《土门》中的眉子。而且，带灯在整个文学史上，都属崭新的女性形象——乡镇女干部。让一个文弱的女性作为当下矛盾重重的乡土中国的讲述者，这本身就寄托了贾平凹对当下中国的一种强烈的批判意识。贾平凹在《带灯》的"后记"中说，我的心情不好。可以说社会基层有太多的问题，就如书中的带灯所说，它像陈年的蜘蛛网，动哪儿都落灰尘。这些问题各级组织不是不知道，都知道，都在努力解决，可有些问题解决了有些无法解决，有些无法解决的就学猫刨土掩粪，或者见怪不怪，熟视无睹，自己把自己眼睛闭上就当什么都没发生吧，结果一边解决一边又大量积压。体制的问题、道德的问题、法制的问题、信仰的问题、政治的问题、生态的问题，一颗麻疹出来去搔，逗得一片麻疹出来，搔破了全成了麻子……

带灯所处的大环境就如贾平凹在"后记"中所说的那样，危机四

---

[1]　陈晓明：《萤火虫、幽灵化或如佛一样——评贾平凹新作〈带灯〉》，载《当代作家评论》2013 年第 3 期。

伏；从小环境来说，樱镇本来就是一个闭塞、"废干部"的乡镇。看到老上访户的困难，带灯也会同情，并尽自己最大的努力为他们解决实际困难。甚至看到在大矿区打工染上硅肺病的十三个人之后，她主动搜集证据，不惜得罪领导为他们的赔偿上下奔波。但在这样一个环境中，带灯也发生了转变。带灯刚到樱镇时，跟着马副镇长到红堡村抓已经生过两个女孩还没做结扎，且一直潜逃的妇女，当找到妇女时，计生办的人"将那妇女压在炕上做手术"，愤怒的公公将马副镇长打伤，带灯还是感觉到害怕，"她见过也动手拉过村里的妇女去镇卫生院做结扎手术，但从来没有经过到人家家来做结扎的，心里特别慌，捂着心口坐了很长时间"。若说刚到樱镇工作不久的带灯面对如此无人道的行为还感到恐慌的话，那么，身处这样的乡土中国的现实里，经过一次次暴力截访、暴力处理各种纠纷后，当她截堵上访户时，对工作人员的施暴，也见怪不怪，采取了默许的态度。比如，小说就写到了在截堵老上访户王后生时，带灯的"冷静"：

带灯把煤油灯一点着，司机先冲了过去按住王后生就打。再打王后生不下炕，头发扯下来了一撮仍是不下来，杀了猪似的喊：政府灭绝人呀，啊救命！张膏药家是独庄子，但夜里喊声瘆人，司机用手捂嘴，王后生咬住司机的手指，司机又一拳打得王后生仰八叉倒在了地上。

带灯点着一根纸烟靠着里屋门吃，竟然吐出个烟圈晃晃悠悠在空里飘，她平日想吐个烟圈从来没有吐成过。她说：不打啦，他不去镇政府也行，反正离天明还早，他们在这儿，咱也在这儿。并对竹子说：你去镇街敲谁家的铺面买些酒，我想喝酒啦，如果有烧鸡，再买上烧鸡，公家给咋报销哩。竹子竟真的去买酒买烧鸡了，好长时间才买来，带灯、竹子和司机就当着王后生张膏药的面吃喝起来。

带灯成了鲁迅所鄙视的"看客"，心安地面对她曾经所讨厌的一切暴力行为。这本身也是对当下乡土中国的一种真实写照。谁也改变不了什么，只能做麻木的"看客"。

最后，看看带灯给元天亮的信。带灯在并不平静的乡镇，内心是孤独的。首先，她的丈夫义无反顾地离开学校，到外面的世界绘画谋生。她内心的苦楚，没有可以宣泄的对象。带灯的丈夫只出现了一次，是他到樱镇。按照常理，小别胜新婚，但我们看不到带灯丈夫对带灯的感情，同样带灯对丈夫的感情也没有。丈夫回来，是陪画家住在外面的，最后一夜，他们在一起了，却又以争吵而结束。一个女人，独自生活在乡镇，又得不到丈夫的爱，再加上工作上的疲惫、委屈，无处倾诉。若按照当下的官场小说的套路，或者就按贾平凹一贯的风格，带灯这样孤独的女子，应该有香艳的性生活，这有现实基础，但贾平凹却放弃了对性的书写。其实，从整个小说的发展看，恰恰是没有性书写，才将带灯的孤独、带灯在现实乡村中国的困境写得透彻入骨。

小说写到一次带灯拒绝镇长的性暗示。"樱镇上的女人弯下腰了屁股都是三角形，而带灯的屁股是圆的。镇长禁不住手去摸了一下，声音就抖抖的，说了一句：带灯。带灯怔住，立即站直了身，她没有回头看镇长，说：我是你姐！镇长说：啊姐，我，我想抱抱你……的衣服。"之后，带灯说：你肯认我这个姐，姐就给你说一句话，你如果年纪大了，仕途上没指望了，你想怎么胡来都行。你还年轻，好不容易是镇长了，若政治上还想进步，那就管好你！

　　带灯没有现实的爱恋，但寂寞、孤独的她亦需要排遣，而元天亮，小说中自始至终都没有出现的省城高官，就成了带灯倾诉、暗恋的对象。她一共给元天亮写过 26 条短信，倾诉自己的爱慕之情，但元天亮却很少回信。其实，带灯也知道，她是在做白日梦。带灯是现实中的带灯，但现实让她喘不上气，她又无法放纵自己，就只能依靠给遥远的元天亮写信来让自己脱于现实，求得心灵上的超越。

　　但从名字的寓意上看，"带灯"的名字来自萤火虫，而萤火虫的光亮毕竟太微弱，无法照亮自己，更无法照亮问题重重的乡土中国。于是，她希望"天亮"，她不停地给元天亮写信，这似乎也是贾平凹的神来之笔。但元天亮却很少回信，这又是一种巨大的失落，带灯的失落，《带灯》所蕴含的乡土中国的失落。陈晓明在分析《带灯》时写道：带灯只是一个人，带着一个什么也不会的影子一样的竹子，就像堂吉诃德带着桑丘一样，带灯难道就是一个当今的女堂吉诃德吗？在竹子看来，"带灯如佛一样"，充其量只能完成自我救赎。[1]

　　《带灯》最具震撼效应的是结尾，身先士卒的带灯在元家和薛家的恶斗中，不仅受伤，而且事后，导致此次两家伤及人命的恶斗元凶的书记、镇长、马副镇长一干人等竟然没事，而带灯却被处分，"给予行政降两级处分，并撤销综治办主任职务"。此后，带灯患上了夜游症，而且"脑子也有问题了"。作为综治办带灯主任的助手的竹子，由此也开始上访。这是现实中国最荒唐滑稽的事。

---

[1] 陈晓明：《萤火虫、幽灵化或如佛一样——评贾平凹新作〈带灯〉》，载《当代作家评论》2013 年第 3 期。

我看很多批评家都注意到小说最后一段提到的萤火虫阵，我的理解是，小说的核心，最后应该是落在马副镇长和带灯的对话上。当带灯问天气预报情况时，马副镇长回答说：天气预报又要刮大风了，一番风一番凉，今年得多买些木炭了。带灯说：又要刮大风？马副镇长说：这天不是个正常的天了，带灯，这天不是天了！这简单的对话，透露出无穷的含义。

五、不再性书写后的贾平凹何去何从？

贾平凹在《带灯》的"后记"中说，好心的朋友知道我要写《带灯》了，说：写了那么多了，怎么还写？是呀，我是写了那么多还要写，是证明我还能写吗，是要进一步以丰富而满足虚荣吗？我在审问着自己的时候，另一种声音在呢喃着，我以为是我家的狗，后来看见窗子开了道缝，又以为是挤进来的风，似乎那声音在说：写了几十年了，你也年纪大了，如果还要写，你就要为了你，为了中国当代文学去突破和提升。我吓得一身的冷汗，我说，这怎么可能呢，这不是要夺掉我手中的笔吗？那个声音又响：那你还浪费什么纸张呢？去抱你家的外孙吧！我说：可我丢不下笔，笔已经是我的手了，我能把手剁了吗？那声音最后说了一句：突破那么一点点提高那么一点点也不行吗？那时我突然想到一位诗人的话：白云开口说话，你的天空就下雨了。我伏在书桌上痛哭。

贾平凹哭什么？是他终于在《带灯》中找到自己最终的写作"母题"了吗？还是他觉得，六十多岁后，终于真正找到了他所想要的文学了呢？

张新颖在贾平凹《带灯》研讨会上说，生的另外一个方面，在于贾平凹经历并超越了中年危机，到了60岁，贾平凹的状态更好。创作如果调整到一个好的状态是养生的，写作对于贾平凹来说，是使自己的生命不断往上，往好，往正的方向努力的一种行为。[1]

当然，《带灯》对贾平凹来说，是随时赋型的机会，贾平凹熟悉农村，直到如今，依然常年跑到乡村，若贾平凹将笔触真正融入乡土、贴着土地书写，书写自己熟悉的土地，那么，贾平凹还将大有可为。另外，一个作家，只有将他的笔触伸向自己熟悉的土地，他的写作才有意义。贾平凹作为一个引领中国文坛的大家，他都开始转型，从更积极、健康的角度去书写，我想，对当下整个文坛，也一定能起到一定的引领作用。

上文我已经谈过，贾平凹自1981年起便迷恋上了书法、绘画、戏曲，格调高雅。一句话，只要贾平凹不要功利，我想，放弃性书写后，他能更好地贴着土地书写，写出优秀的中国小说。

> 2014年3月7日写于办公室
> 2014年3月10日修订于丰宁家中

---

[1] 参见《贾平凹长篇小说〈带灯〉学术研讨会发言摘要》中张新颖的发言，载《扬子江评论》2013年第4期。

文学，说到底就是文本

——谈李洱的《花腔》

近两年，一个特别的缘故，迫使我对近百部被大家公认的中国当代优秀小说进行了排列式的阅读。坦率地说，不读便罢，一读读得我颇感莫名。一些当初盛名贯耳的小说，而今看来也不过尔尔，想不通当初它怎弄起那么大的阵势。不过其间也有例外。譬如李洱的《花腔》，它竟再次获得了我的好感，刷新了我的阅读感受。

李洱让你首先想到的，他不仅是个作家，更像是一个学者。不是学者，写不出《花腔》这样奇特的文本。他让我顺带联想起域外的另一个作家，美国的索尔·贝娄，那位终生盘桓于学院的象牙塔里、文质彬彬的老者，一位看似神经质的唠唠叨叨的写作者。李洱与他似乎有着相同的方面。那就是，都有着深潜于学院的经历，以及在写作上的共同癖性，即他们的写作，似乎都带着对当代颇前卫的文学以及语言艺术，似乎是在进行学术探讨一般的写作特征。这种作家，人们通常称之为学者型作家。文学的成熟，首先应该是特别重视文本的意义和价值。而中国文学之不成熟，正是文学研究者甚至一般读者总是忽视小说文本的审美价值。当下文坛，大家对文学的态度，太过浮躁，很少有人会有耐心去认真对待一些有创造性的作品。所以我个人的感觉,《花腔》这样优秀文本的出现,它首要的意义,是象征着文学的纯正品格的出现。但是这部具有纯正文学品格的小说,自 2002 年面世以来,按说获得的关注并不少,然却一直没有人充分研究和关注它真正优异于其他小说的地方,至于对文本的研究,也几乎无人提及。对《花腔》来说,若不能抓住它在文本方面的贡献,就等于无法真正认清它的文学价值以及独特意义。

我们每年出版数千部小说,却未必能从中觅到一个有独特面貌的文本。一个好文本、新文本,也似乎好多年才会出现一个,像天上掉馅饼一样。李洱的《花腔》,正是这种不可多得的作品。一个精致的堪称完美的文本。也是改革开放三十多年来,即所谓的先锋文学闹腾一场之后,在一地鸡毛的场地上,几乎是硕果仅存的可以继续谈论的一部小说。

一、文本是一个客观存在

文本是什么?"文本是文学活动的直接结果。它的出现,使创作过程中主客体因素的复杂交融、作家思维的激烈运动、文学形态的艰难构建,以及这一切促成的绵延不断的书写过程,这时都倏然定格,成为一种静态的物化存在,直观地呈现在人们面前。""'文学什么样'?可以说文本是最感性的答案,也是最充分最完整的答案。"[1]

文本旨在表明,文学创作是一门技艺,而文本正代表着这个时代里这门技艺的标杆。形象地说,所谓文本,仿佛武林高手专攻的一门

---

[1]   董学文、张永刚:《文学原理》,北京大学出版社,2001 年,第 152 页。

技艺，如铁砂掌、一指禅之类。大家知道，要展示技艺就得掌握一定的技能，譬如学弹钢琴，首先需要掌握的是基本技术，然后才能在曲子的完成过程中流畅地呈示旋律抒发情感、表达思想等。若连如何弹钢琴都双手没谱，就贸然去激情舞弄那岂不是扯淡？我们在评价某个时期的创作时常说，那时的作品粗糙难咽。因为那时期的作家都急于求成，忽视技术上的修炼，结果使得作品如同巷间争吵或市井骂街，解的是一时之气，无法长远留存。

　　文本是作家构筑的语言城堡：作家将他个人的感受、独特的经验，以自己的方式融入他修造城堡的过程，使它既有个人的印记，又与时代的精神特质保持隐秘的联系，成为文学上的"这一个"，由此构成了文本的独特性。这种文本的独特性从一个侧面看，是有局限性的，但同时又有着精致深刻的优点，虽然它不够全面，不够宏大，但它具有史诗般的重要质量。往往一个时代在没有史诗性的大作品出现的时候，有可能有几个单独的文本。就因为这几个单独的文本，这种发展和推动的合力，才可能在其后产生具有史诗性的、全面宏大的大部头的作品。史诗性的写作有一个过程，它由一个局部，或者多个局部凑成一个整体，它和事物的发展过程是一样的。

　　《百年孤独》产生之前，拉美文学也曾产生了一批几乎以同样技法写作的作家，他们都各自完成了自己的文本状态，最后到了马尔克斯，他终于攀上了拉美文学的巅峰，完成了拉美魔幻现实主义的顶峰之作，给拉美魔幻现实主义文学画上完美的句号。作为其中最为优秀的文本，它具备了四个要素：第一是面貌的独特性；第二是文学的创新性；第三是叙述的技术高度；第四是近乎完美或神奇的个人精神状态。

　　李洱在《花腔》之前写了《饶舌的哑巴》《午后的诗学》《遗忘》等

几个看上去颇有趣味的小说集，通过这些作品可以看出，作者很有想法，一直是在形式上做着某种探索。和与他同时代的作家们比起来，李洱有着不同的状态，即别人都在绞尽脑汁地构想着故事本身，而他却看样子是用尽了洪荒之力，顽强地建造着故事之外的东西，直说了就是文本。就这样，小媳妇终于熬成了婆，《花腔》终于横空出世。《花腔》的出现，对于当代文学确实是个不小的惊喜，也是一个很大的例外。不过对于李洱本人，却再正常不过。正如有批评家所说的那样，《花腔》"对于近二十年来中国小说的艺术革新与创新，具有一种总结性的意义；是所有这类实践中一个真正成熟、摆脱了外在积弊、使形式变化与作品内涵完全水乳交融的罕见例子"[1]。这个观点倒是抓住了《花腔》这部小说对当代小说发展所呈现的意义。《花腔》确是 1985 先锋小说的叙事实验以来中国当代小说中最具有形式探索意味，也最复杂和成熟的一个文本，它比众人交口称赞的王小波的《寻找无双》显得更为扎实。

二、《花腔》是一个独特的文本

有评论者指出："《花腔》取得的成就，就文体分析而言，主要得益于他碎片化的故事结构中表现出来的意蕴与对历史的深刻思考、不断转换的多元叙述视角以及在不同历史语境中呈现出来的语言的个性

---

[1] 李洁非：《从〈檀香刑〉到〈花腔〉》，http://uancha.gmw.cn/2003-01/2003-01-25/030125-18.htm。

化。"[1] 是的，此一评论，将《花腔》在文体上的独特性做了较为全面的概括。《花腔》的形式是精雕细镂的，语言也是充满魅力的。需要进一步说明的是，它在先锋文学史上的意义。先锋文学二十多年来在文坛上呼啸而过，但大多呈现的是对文学传统里的故事、人物以及语言的颠覆和破坏，这使得其作品像丧失了精魂的木偶一样，在一个捉摸不定的背景上由着作者自己的意愿在人们眼前晃来晃去。然而，李洱这位在学府里研究多年、深知其中关窍的写作者，却走了另外的方向。虽然他同样也是在颠覆着文学传统中的诸多方面，但他使用的不是颠覆而是超越，即超越故事、人物以及语言这些最基本的文学构成，用施魅还魂般的手段，使其更多地呈现出一种精神的意义。这几近巫术一般的工作，使其成为艺术存在的实证，对中国当代小说的艺术探索具有示范意义。索尔·贝娄这样的作家之所以被称为作家中的作家，就是因为他的写作像是课堂上的范文一样，带有示范性和启示性。当然，这些也都是作为独特文本最为重要的一个指标。

（一）叙述的独特性

《花腔》给人的最直观的印象，是叙述结构上的独特。中国小说的叙述结构常常相对单一，虽然也有不少小说采取双线，甚至多线叙述，但整个叙述基本上是笼罩在一个相对闭塞的文本之中。写作者是施予者，读者是被施予者。写与读的对话性基本丧失。另外，如有评论者所言，时下某些人的小说太像小说了，中规中矩，没有突破，看不

---

[1] 王军亮：《别具特色的问题实验——李洱〈花腔〉的文体分析》，载《长春工程学院学报（社会科学版）》2008 年第 9 卷第 3 期。

到新变的因素。先锋小说虽然在形式、语言等方面做了诸多探索，但整体观之却显得混乱无序、空洞乏力。《花腔》不仅在叙述上做了大胆突破、创新，而且在叙述中嵌入大量引文，形成了互文效应，使得整个小说首先在形式上产生了美感。难怪让阅读《花腔》的韩国人朴明爱颇为感慨："与现存的新历史主义小说做比较，《花腔》不是创作，如同论文一样，以绝对的考证作为核心。"她认为，《花腔》之所以在韩国受到巨大的追捧，就是因为《花腔》"实力雄厚的叙述结构以及惊人的想象力"。[1]

李洱在接受《北京晚报》记者孙小宁的采访时说，他"很早就想写一部书，由正文和附本构成，有无数的解释，有无数的引文，解释中又有解释，引文中又有引文。就像从树上摘一片叶子，砍下一截树枝，它顺水漂流，然后又落地生根，长出新的叶子，新的树枝。或许人的命运就存在于引文之中，就存在于括号内外，也许那就是他命运的疆土？写《花腔》，正好用上这种叙事方式，我认为它最适合表达我对历史和现实的一些看法"[2]。理解了李洱这段话，似乎便能有效地把握《花腔》的写作成因，他为什么这么来建设一个文本，那是他觉得这种叙事方式，正好可以表达他对历史和人生的想法，使之真正成为"有意味的形式"。"有意味的形式"意味着，形式本身也必须产生意义和价值，也就是说必须超越形式本身。如果仅仅是一个形式，仅仅是耍一个花招、摆一个造型，没有形而上的意味，那么这种形式只能是外在的形式，它丧失了精神或意义。优秀的作家，其作品的任何一个符号

---

[1]　朴明爱：《〈花腔〉的魅力》，载《作家》2009年第8期。

[2]　李洱：《与孙小宁的对话：我无法写得泥沙俱下、披头散发》，收入《问答录》，上海文艺出版社，2013年，第49页。

都是必需的、形而上的，不是多余或故弄玄虚的摆设。在李洱看来："引文，意味着你要处理的经验，有知识构成，有历史构成。小说的互文性，直观地以引文的形式出现。引文同时意味着你看重小说的对话精神。对话即是我写作的直接动机，也是我小说的一个特点。"[1] 这似乎可以理解为是李洱对小说叙述的别样追求。

《花腔》整个故事构架并不复杂。1943 年，在二里岗战斗中"牺牲"的民族英雄葛任并没有死，因为一首诗，国共双方开始加入在白陂镇寻找葛任的较量中。如果按照常规叙述，这最多是一个充满悬念的传奇故事，但李洱却有意让一个可无限虚构和传奇的事件脱离观众期待的常规轨道，驰向了另一场叙事的迷宫游戏。他请出了三位当事人，让他们讲述自己去白陂镇寻找葛任的故事。

第一位讲述者白圣韬是位医生，面对的讲述对象是国民党中将范继槐；虽然白圣韬口口声声"有甚说甚"，但却一再遮掩对自己不利的细节，迎合着范继槐的立场。第二位讲述者赵耀庆，他讲述的时间颇为特殊，是在"文革"中且自己已经由曾经的地下党变成了劳改犯，特殊的时间段和身份的受限，使得他的讲述充满了荒谬感。第三位讲述者范继槐原是国民党军统的将军，而现在摇身一变成了著名法学专家，并且他的讲述时间设置在 2000 年。此时，意识形态的管制相对宽松，所以，他的讲述显得为所欲为；作为事件唯一的幸存者，他在自我意识中觉得自己掌握了真理……

从叙述技巧来说，《花腔》是情绪性叙述，而非故事性叙述。所谓情绪性叙述，即是每个人按照对自己有利的讲述方式讲述，将事实

---

[1]　李洱：《准确，是作家唯一的美德》，载《大家》2014 年第 3 期。

真相掩盖在自己的"花腔"之下。李洱在《花腔》中让所有人开口讲话，并且通过互文的形式将各种材料作为佐证，使得整个文本充满了张力。这样多元叙述的特点是，看似是通过不同的角色来重新建构那一段历史，试图回到历史现场，实际上却是在不断地解构着那段历史，让人有更多的视角来理解那段历史。整个文本中，三位讲述者的讲述和引文，一方面形成了互补，另一方面又相互拆解，这不仅体现了李洱强调的小说的对话精神，也体现了李洱自己对历史和个人的态度。——"我的兴趣不在于构建一个完整的世界，我的兴趣在于回到历史现场，要表达出自己对历史的和现实的认知。"[1]

李洱通过《花腔》的三部分构架，将三章的不同讲述重点，各自构成一个整体，全书又是贯穿在一个大的整体之中，通过三位讲述者的讲述，把三部分又互相交织起来，形成了一个多层次的复杂整体。三个叙述人白圣韬、赵耀庆和范继槐围绕葛任的讲述，更像是中国人打太极拳一样，变幻莫测，似乎每个人在努力抵达真实，但实际却并非如此。"虽然三人的话语类型格局特征，显示了作者高超的把握人物性格的能力和对时代语境变迁的敏锐捕捉，但当它们联系起来，构成了多元对话形态时，读者往往又会陷入了这样一种花腔式的话语中不能自拔，找不到关于葛任的真实历史，只能在迷雾重重的话语中感悟个人与历史的复杂关系。"[2]

传统小说的叙事，一般就是开端、发展、高潮到结束，按线性逻辑展开，一般就是一个核心事件，最多两个核心事件。而李洱的《花

---

[1]　李洱：《百科全书式的小说叙事——与梁鸿的对话之二》，收入《问答录》，第138页。

[2]　王军亮：《别具特色的问题实验——李洱〈花腔〉的文体分析》，载《长春工程学院学报（社会科学版）》2008年第9卷第3期。

腔》，基本上打破了传统小说的叙事逻辑。整部《花腔》其实是围绕对葛任之事的追忆这一核心事件展开，但葛任之所以离开延安去执行任务，又是因为延安开始搞整风运动。每位讲述者围绕葛任的讲述，都像珊瑚状展开，无限蔓延，主线外延伸出无限的支线，使得核心事件本身变得模糊不清。比如第一位讲述者白圣韬医生，在他的讲述中，穿插了自己在拾粪运动中因为在大街上捡了给领导预留的粪便被打成托派的故事，讲述了葛任和冰莹的爱情，讲述了自己的老岳父被打成地主等等和主干事件毫不相干的事件，呈现出碎片化的特征。另外两位讲述者的讲述亦是如此，围绕着中心无限膨胀，叙事呈现出极为复杂的倾向。

从历史的角度看，延安整风当属一段在国人概念中扑朔迷离的往事，若按照一般的故事叙述逻辑，一是很难突破禁忌，二来作为小说来再现这段历史，又很难再现个体的生活经验，往往被宏大的叙事所遮蔽。李洱作为一个典型的学者型作家，颇具智慧，面对着难以琢磨的独特的政治文化和历史，他没有如大多数作家那样，完全依靠想象或虚构的方式来书写，而是通过设定的当事人去追述一段史实。他围绕一件事，让三位角色和位置都不相同的人去讲述，制造出一种扑朔迷离的罗生门效果，让读者找不到重点，抓不住线索，只能去体察其中蕴含的某种哲学倾向。李洱的目的，不仅仅是要呈现知识分子在特殊年代的命运，而是要告诉读者，历史就是这样在"花腔"中书写的。有很多读者看了《花腔》后，觉得有些许不舒服，读完一头雾水，其实，这正是李洱试图创造这样一个文本的目的所在。按照昔日的阅读经验，从革命叙事的角度来讲，或者说对延安这段历史的叙述，都是严肃的，甚至沉重的，但李洱在叙述中，引入了粪便治病，男性生殖器外露等各种貌似粗俗的描写，与我们以往看到的正派和沉重的历史叙述，形成了极大的反差，这也是李洱使"坏"，有意为之，他故意要用粗俗来消解所谓的严肃叙述，让沉重的话题变得轻盈。

德国国宝级作家马丁·瓦尔泽日前来到中国，他讲到："我通过李洱先生的《花腔》和莫言先生的《红高粱》，认识了中国文学。那是两部真正伟大的作品。"他说："《花腔》用三段不同故事来展示个人在历史中的细微感受，其方法、视野和思辨力，令人望尘莫及，德国作家也不具备此种能力。倘若我如李洱一般年轻，我会妒忌他。"[1] 马丁·瓦尔泽眼光独到，理解了李洱如此叙述的优势所在，这也是我在上面论述中讲到的，文学成熟的国度，对文本的价值和意义是有充分认识的。

《花腔》是解构和建构同时进行的。这是这部小说最大的创新点所在。李洱要解构的是人们对历史的惯常理解，他建构的是让人们重新来认识历史。许多历史都是这样，任由人们肆意涂抹，乱吹响器耍花腔，充满荒谬感。李洱试图向读者展示出历史的多样性、复杂性和含混性。

（二）《花腔》贡献最大的是语言

对当代小说创作来讲，《花腔》最大的贡献是对语言的探索和驾驭，并首创一般地展现了语言作为歧义存在的可能。看一些作家出版十多年的作品，会感觉它的语言老旧了、过时了；但看《花腔》，虽然出版近十五年，但它的语言仍旧很新，就像我们当下的语言。好的语言

---

[1] 《马丁·瓦尔泽：通过〈花腔〉和〈红高粱〉认识中国文学》，腾讯文化，2016年9月21日，http://cul.qq.com/a/20160921/047752.htm。

是有持久性和永恒性的，这也是因为李洱发现了语言之外的另一个秘密。李洱在一个访谈中说："文学的首要意义，是丰富一个民族的语言。作家首先意味着对语言的责任感。"[1] 其实，《花腔》不仅体现了李洱对语言的责任感，更体现了他驾驭语言的能力和语言天赋。《花腔》的故事性并不突出，主要人物也影影绰绰，这样的写作，对作家的素质要求是很高的。但《花腔》作为一本没有强烈故事性的小说，反而能引起读者长久的阅读兴趣，这其中一个重要的原因，就来自《花腔》语言的魅力。

在"21 世纪鼎钧双年文学奖"对李洱的推荐理由中，评委对李洱在语言上的特色做了充分概括："作者对语言这一事物的独特生命力有深刻透彻的认识。整个作品显示了语言作为活生生和最高现实的真实性。讲述、叙说、多维话语的交织，不仅作为历史构成的基础，同时也形成了对后者的解构；它们相互间的重合、矛盾与错位，展现并揭示出历史固有的复杂性。然而在具体的情节趋于扑朔迷离之际，保存并忠实体现着时代文化特色的语言（叙述人的话语、措辞及口吻）反而最为直接地复活了历史，使之如此生动、清晰；不同的讲述之间，除了作为被述情节的能指，更重要的，是自身同时成为所指，以独立存在的方式参与甚至决定了小说所表达的历史内容。"[2]

整个《花腔》有四套话语腔调。第一套话语腔调是医生白圣韬的腔调。他的口头禅是"有甚说甚"，这是嘴巴上的"花腔"，其真实目的是掩盖内心的不安和巴结、讨好国民党中将范继槐。整个说话的腔调

---

[1]　陈智民、张柠：《李洱：我对历史有疼痛感》，载《北京青年报》2003 年 2 月 18 日。

[2]　《21 世纪鼎钧双年文学奖授奖辞——李洱》，载《作家》2003 年第 3 期。

是以陕西话为底子的，将那个年代的荒谬尽数展现。比如白圣韬作为医生，为响应拾粪运动，捡了给首长们预留的驴粪便被打成右派，被打成右派后，白圣韬没有反思这场运动本身存在的问题，却一直在自我反思，他说："我受党教育多年，早该学会站在毛驴的立场思考问题：那些毛驴，口粮已经一减再减，可为了革命事业，还是坚持拉磨、拉炭、犁地。它们的肚子本来已经够空了，但是为了响应拾粪运动，它们有条件要拉，没有条件创造条件也要拉，不容易啊！可我呢，作为一名知书达理的智（知）识分子，却一点也不体谅毛驴，竟然还要求它们一直拉下去，拉下去。这跟党八股错误，宗派主义错误，主观主义错误，一样严重呀。阶级感情都到哪里去了，喂狗了么？难道你的觉悟还不及一头毛驴？"[1] 白圣韬的自我反思，将历史的荒谬最大限度地展现出来。有评论者说："同病相怜的毛驴不就是在改造运动中身不由己的知识分子的化身和隐喻的符码吗？陷入主体性失落和没有条件改造也要无中生有地创造条件改造的知识分子，还有比用油滑叙事策略表现知识分子的这种进退维谷的尴尬处境更能给人震撼的方式吗？"[2] 另外，田汉刚到延安发动农民参加革命时，用变魔术的方式给农民们变鸡、变鸽子等等，还有如白圣韬的岳父，人聪明肯干，开荒种地，却因为有两个地主的指标要落实被划成地主等等，将土改中的"左倾"现象做了揭示和探讨。

　　第二套话语腔调以"文革"时的政治话语为底板。作为犯人的赵耀庆的讲述是在 1970 年 5 月 3 号，此时正是"文革"时期，革命话语

---

[1]　李洱：《花腔》，上海文艺出版社，2013 年，第 19 页。

[2]　曹金合：《论〈花腔〉的油滑叙事策略》，载《语文学刊》（高教版）2006 年第 9 期。

横行。赵耀庆最滑稽的就是无论说什么都会将"向毛主席保证"挂在嘴边，因为是犯人，他的讲述有时有讨好狱警之意，比如他在讲述时常会说："这样说行不行？那俺就直接说了。"

"伦巴是两人搂着跳。啥？不跳忠字舞就不叫跳舞，这是不是最新指示？队长怎么没有组织我们学习？好，俺继续说。那种舞跳起来是这样的。把那个茶缸递给俺，俺给你们比画一下。哦，不行，茶缸太粗了，得用筷子。哦，筷子也不行，太硬了。谁来和俺配合一下，没人愿跳？其实俺也不愿跳。和你们一样，俺最爱跳忠字舞。"[1] 这些带有征求性的短语，展现了"文革"期间的荒谬。

第三套话语是当下流行的话语。作为胜利者的范继槐，已经功成名就，他虽然说"'鸟之将亡，其鸣也哀；人之将死，其言也善'。我说的都是实话，大实话。出于对历史负责的精神，我想把这段历史留给后人"[2]，但他的言说，完全是一个"胜利者"的瞎说八道。

最能表现范继槐无耻的是——"有人说，我这个人一辈子都在不停地投降，还说我见了女人就磕头。小姐，我给你磕过头吗？没有嘛。还有人说我是天生的叛徒。笑话！用'叛徒'这个套子就能把我套起来了？燕雀安知鸿鹄之志哉！侏儒又怎能为巨人做好铠甲呢？听他们那么一讲，我好像毫无信仰似的。谬也！我是有信仰的，我的信仰就是国家强盛起来，早日实现现代化。可是，要强盛，要实现现代化，首先得稳定压倒一切。……"[3] 范继槐的讲述，将时下最新的政治词汇，以及"OK""FUCK"等口头禅挂在嘴边，将一个胜利者盲目狂妄的姿态

---

[1]　李洱：《花腔》，第 130 页。

[2]　李洱：《花腔》，第 258 页。

[3]　李洱：《花腔》，第 309—310 页。

有声有色地再现出来。

第四套话语腔调是"抄写者"的各种旁证材料，或者说是小说叙述者的腔调。在《花腔》卷首语中，李洱交代了叙述者的身份和作用——"我只是收集了这些引文，顺便对其中过于明显的遗漏、悖谬做出了必要的补充和梳理而已。"李洱想"回到历史现场"，但他又觉得一切的叙述、一切个人的追忆是靠不住的，需要依靠"真实"的史料来佐证。李洱强调"抄写者"的身份，也是强调自己所谓的小说的对话精神，让更多的个人声音，让彼时历史的声音出场，形成一个众声喧哗的场域，给读者提供进入历史现场的多个渠道。

李洱曾在一个对话中说："总有一天我们会发现，我们留在世界上的是一些混乱的、错乱的、矛盾百出的文字，各种看上去跟你距离甚远的引文构成了你的生活。一个人通常是在别人的记忆中存活的。"[1] 而李洱在叙述中，引入大量的引文，正是为了或者说是试图还原葛任之形象。当然，大量的引文，又将小说的叙述带入一个更加芜杂和开阔的叙述语境中，产生出独特的叙述效果。

李洱在一部小说中很娴熟地使用了四套话语体系，将每个人的特点，各个时期的时代烙印，融入话语体系中，激发了小说语言的潜力和魅力。"21世纪鼎钧双年奖"的授奖辞中说："尤为值得强调的是，作者对文学语言有着透彻的认识，作者充分调动了文学手法，整部作品显示了语言在表现人的命运与精神生命方面的独特价值。这部作品历经艰辛的叙述仿佛表明，正是独特的文学语言，开掘出人类精神生活

---

[1]　李洱：《与吴虹飞的对话：从知识分子到农民》，收入《问答录》，第38页。

最内在而生动的质量。"[1]

所以，批评家郜元宝在《花腔》的讨论会上说："李洱为我们提供了关于汉语写作标准的问题。"[2] 可惜的是，他没能将这个话题继续说开来。

三、文本与作家个人的意义

文本有极强的可复制性，会带动一批模仿者，形成一股文学潮流。文本的意义就像数学公式，你研究出一个公式，能用这个公式解决很多问题。无论是兰波也好，塞林格也好，他们的作品，都有大量的模仿者，也大幅度地推动了文学形式上的创新，以及整个文学的发展，深深影响了几代人。

然而，因为我们对《花腔》的文本价值在认识上的不到位，使得《花腔》在中国现代文学上的意义，没有得到充分的挖掘。而在进行了《花腔》的创作探索后，李洱此后的作品却也没有能够延续这一成功的探索继续前进，甚至连同作者自己在很多方面的创作，也都低于曾经在《花腔》中所达到的综合高度。除了小说可以用各式各样的方法来创作这个众所周知的理由外，也许还存在着一些作家个人的无奈——文学因种种制约的存在而无法创新，甚至为了面世，只能写一些彻头彻尾的非独创性的作品。

当代文学本来可以借对《花腔》的探讨，利用文学的力量去对社

---

[1]　《21 世纪鼎钧双年奖授奖辞——李洱》，载《作家》2003 年第 3 期。

[2]　郜元宝在《〈花腔〉：对"先锋"的再言说》讨论会上的发言，引自《〈花腔〉：对"先锋"的再言说》，载《小说评论》2003 年第 2 期。

会问题、人性、文化、历史等等进行更深刻的开拓和更深入的分析，但令人遗憾的是，很多人还继续停留在过去他们所谓的那种批判现实主义的浅写作上，用口号式的写作或是抹黑式的写作，来对社会进行简单的情绪发泄性的发言。作家没有尽到应有的文学责任，最终成了裸袖揎拳的骂大街的匹夫。

独特的文本和个体的生命形态，以及作者的艺术趣味，都是一部作品成功的必要因素。作为学者型作家的李洱，写《花腔》时，是他刚从上海毕业后到河南那段日子，没受到外界过多干扰。学院的那种氛围，还萦绕在他的意识里。在一个访谈中李洱如此说："写《花腔》的时候，我的生活相对简单，有大把的写作时间。前前后后足足写了三年，每天的写作时间都在八小时以上。"[1] 这段话似乎也能解释为什么一批活跃在当代一线的作家最好的作品，往往是他们刚出道时的"处子或少妇之作"，这或许也可以理解为当一个作家涉入文坛后，受到的干扰增多，涉入越深干扰越多，越无法静心做小说艺术上的探索。此种情形下要创作出超越自己的作品，绝非易事。

这两年我和李洱接触较多，他每次酒喝到尽兴时，总能为大家背诵自己看过的小说，记忆力超乎寻常。李洱也能背诵自己的小说，这足见其写作的用心。他的文本和自己的个性贴得很近。这些都是与李洱的个人生命体验，和对历史、现实的认知相关联的方面，也是应该引起后来的研究者更多注意的地方。

我还想说，通过李洱的《花腔》，可以看到一个作家要在小说这门艺术上真正有所突破，一定的理论准备是必要的甚至是必需的。只有

---

[1]   李洱：《准确，是作家唯一的美德》，载《大家》2014 年第 3 期。

理论先行，把握好小说创作的本质，方能创作出上乘的小说。李洱作为学者型的作家，在理论的准备上是很充足的，这可从他的《问答录》一书中窥见其对小说艺术、技术的深刻而独到的理解。他对小说史以及写作技术，显然做过足够的研究，这些都为他写作小说提供了必要的理论上的准备。

四、史诗性写作的关系

史诗性文学的最大特点，是它几乎集中了一个民族对历史、文学、哲学在一个时代最重要的思考，是一个集中呈现的东西。黑格尔认为："史诗以叙事为职责，就必须用一个动作（情节）的过程为对象，而这一动作在它的情境和广泛联系上，必须使人认识到它是一件于一个民族和一个时代的本身完整的世界密切相关的意义深远的事迹。所以，一种民族精神的全部世界观和客观存在，经过由它本身所对象化成具体形象，即实际发生的事迹，就形成了正式史诗的内容和形式。"[1] 譬如《红楼梦》就是这样一个范例。作者已脱离出个人特征，而是带着一个民族的状态来完成一部作品的。文本也是一样，它有可能在一个时期内推动文学在形式上的创新，甚至革命性的变革。所以从这个角度看，《花腔》的意义到现在还没有被我们完全认识，真正发现。

巴赫金认为史诗有三个鲜明特点：一是史诗的对象是民族的值得传颂的往事，用歌德和席勒的术语就是"绝对的过去"；二是史诗的源泉是民族的传说（不是个人的经验以及以此作为基础产生的自由虚构）；

---

[1]　[德]黑格尔：《美学》3 卷下册，朱光潜译，商务印书馆，1981 年，第 107 页。

三是史诗的世界与当代，隔着一段绝对的史诗距离。[1] 历史的距离其实我们是有的，但我们缺乏人家的恢宏气度。你想，《静静的顿河》是什么时候的作品，我们现在有吗？我们不了解历史真相，不关心历史真相，我们不愿意花心思去思考一个民族究竟发生了什么，我们今天只关心自己，只关心自己那点浅薄的趣味和才情。

巴赫金只有在阅读和分析了陀思妥耶夫斯基的作品之后，才产生了他的复调理论。我们是否能从分析《花腔》中产生自己的理论呢？如果我们的创作与理论相互激发，中国现代文坛一定会是另外的面貌。

对李洱，人们有理由有更高的期待。

2016 年 8 月 23 日于昆明家中

2016 年 9 月 23 日修订于办公室

---

[1] 巴赫金:《史诗与长篇小说》，收入《小说的艺术》，艾略特等编著，社会科学文献出版社，1999 年，第 118 页。

可以无视，但不会淹没

在中国文坛上，似乎还没哪个作家敢这样评判自己的作品："假如二十世纪有几本小说被未来的历史所看重、所流传的话，《骚土》将是其中一本。它对于'文革'时期农村贫苦生活的描绘，无疑还原到了历史的本质，可以敲打在记录历史的荣辱柱上。"[1]

2011 年，《骚土》又出了个最终版。在最后的"《骚土》档案"里，作者又王婆卖瓜似的自称自道，鼓吹该书俨然是"过去世纪里最为精致的中国小说"。[2] 何谓最终版? 老村自己说："不再修改，做完它了。"嘿，看样子，作者对自己这本小说特别看重，也超常自信。

这些话，都说得太重，说得太狠，几乎等于是厚颜无耻，自吹自擂。这个人，笔名为老村。作为一个文人，谦谦君子，似乎不应该这样说话。这样说话会招致什么样的后果，作者自己应该知道。文人相轻，自古皆然。瞭望林林总总的中国作家，如果按当下的文学名望来个排序，前三百人里也似乎很难找到他的名字。他居然说出这样有失风度

---

[1] 老村：《吾命如此》，第 176 页。

[2] 老村：《骚土》，贵州人民出版社，2011 年，第 251 页。

的话，招人忌恨，甚而轻蔑，以至于故意忽略他，无视他的存在，也就顺理成章了。

老村不是作协会员，也不是正规名义上的作家，只是独自在家里写写画画，也没个正式单位，仅靠卖文维持生活，活得寒酸而清高。在五音杂陈的文坛上，偶尔会听见他冒出几句极不和谐的奇谈怪论，虽不那么响亮，不听见便罢了，听见却十分刺耳。可以说是个典型的文坛异类。尽管异类做事说话无须遵守常规，思想意识也和我们常人有所区别，但总还是会让人认为，这老村太张狂，太不知道天高地厚了。唯有少许接近老村、了解老村的人，于一旁一面喜欢他、欣赏他，一面又为他时下的尴尬处境，感叹唏嘘。

不过，在中国这样的国度里，不乏这样的先例。大画家黄宾虹，生前，他的画被人视为敝帚。宾虹老人临终感慨，预言他的画，五十年后才会被世人认知。老村会不会也像宾虹老人那样，只能是假以时日，作品才会闻名遐迩、举世称道呢？

所以，要弄清这个问题，关键是要看看，他挂在嘴边、吹吹嘘嘘的《骚土》是怎样的一本书，是不是真的就像他说的那样，是一部旷世杰作呢？

老村，原名蔡通海，陕西渭北澄城人。20世纪90年代初期，老村以创作乡土小说步入文坛。他的代表作《骚土》，印量达数十万册，如果加上铺天盖地的盗版，横竖不下百万册。但遗憾的是，虽然伴随1993年的"陕军东征"的雷声和鼓点，并于次年和《白鹿原》《废都》并列，成为当年发行量较大的三部长篇小说之一，却由于在1993年出版时被书商删节和涂抹，"以很不成形的样子出版"，成了一本"极其糟糕的书"。删节者自然有删节的理由，诸如政治、政策等等诸般借口。

面目全非的《骚土》，已不再是作者自己乐意承认的版本。这样一来，老村不仅没有享受到出版的喜悦，相反背上"国内制造黄书的代表作家"的骂名，也被一些评论家不客气地称为"地摊小说作家"。回到家乡，被乡人戏称是"写黄书的人回来了"。朋友邀他到云南参加一个作家笔会，会上，一位军旅老作家当众斥责他。老村百口莫辩，最后几乎是逃离了云南。一连串蒙受羞辱的情形，持续了很长时期。老村自己也感到"在人前抬不起头来"。

现实的遭际，老村隐忍了，自觉远离了人群。虽然人在京城，自己却很闭塞。外面各种文学聚会热热闹闹，但这些似乎都与他无关。他退回到自己的书斋里。此后，尽管时不时亦有新作问世，但是不炒作不声张的老村，也就和时下靠媒体忽悠、圈子评奖、老板襄助、组织点名的文学弄潮儿们，更重要的是为数广大的读者们，渐行渐远。了解他的，只是身边的几个朋友，和一些有特殊阅读癖好的读者。

果不其然，2004 年春，全新版的《骚土》（包括之后的姊妹篇《嫽人》，共计 58 万字）由山西书海出版社出版发行。至此，历经十年之久的蹉跎和缠磨，一个面目比较完整的《骚土》，才终于公之于世。

从 1983 年的中篇小说《饥饿王国的子孙》的写作开始，饥饿和虐待，专制和反抗，作为老村的一贯主题，至 2011 年的最终版——《骚土》的出版，老村用了 28 年，几乎等于一个写作者大半生的时间，打磨出了《骚土》，确立了自己独树一帜的风格。

2011 年 4 月，有幸见到老村本人，看到他的"土"，他的憨厚朴拙，了解了他的秀内慧中，他的落寞无奈；又约略感知，其中必另有隐情，一切并不像有些人说的那么简单。

一、《骚土》：最为精致的中国小说

老村和宾虹老人一样。宾老认为，中国画就是中国画，中国画有自己独特的面貌，中国画亦会走向艺术的极致，成为全人类的艺术。老村似乎也是，从他写作起始，就坚持这样的观念：中国小说就是中国小说，中国小说有它独特的面貌，独特的叙述技术和方法，同样是世界上伟大而高级的文学。

中国小说不是一个简单的概念。许多中国作家写了一辈子小说，但他不知道中国小说是什么，连中国小说的边也没沾上。

这就引出一个核心问题——什么是中国小说？

中国小说的源头是《山海经》《琐语》的神话，之后发展为秦汉、魏晋南北朝的志人、志怪小说。到了唐代，"始有意为小说"，唐传奇成为和唐诗一样伟大的文体，并且，唐传奇更多地关注现实，虽有很多神怪故事，但其本意大多是写"人事"。宋代开始，城市文化繁盛，随着市民阶层对娱乐文化的需求，"话本小说"诞生。话本小说立足于社会底层及芸芸众生，着重反映市民阶层的生活。宋元话本在小说发展史上具有重大影响，文人化的文言小说退居二线，白话小说在宋元话本的基础上，发展成为小说主流，由此开创白话文学先河，出现了白话小说创作的繁荣局面。最终出现了诸如《红楼梦》《水浒传》《三国演义》这样伟大的白话小说。小说也完成了从市井到殿堂的过渡，成为全人类的骄傲。

整体而言，中国古典小说有一条完整的脉络可寻。这脉络自上而下，渐渐完成了神隐退到人后的"人本进程"。但晚清，尤其是五四新文化运动，倡导向西方学习，并在文化领域着重反传统。在"洋为中用"的汹涌澎湃的声浪下，很多优秀的民族文化传统和积淀，被当作"四旧"或落后的东西革除遗弃。尤其是小说的叙述方式和语言特点，本应更彻底和精细地民间和个人化，但由于特殊时代的原因，以及新文化思潮的影响和左右，这条道路并没有被后来的中国小说叙述者——特别是长篇小说的叙述者，坚持下来。[1]

但是老村"通过十多年点灯熬油地刻苦写作和思考，阅读了所能找到的中国古典小说以及文人笔记，并最终发现其中一个秘密——在优秀的中国古典小说，特别是伟大的文学高山《红楼梦》面前，似乎给写小说的后人，还留有一条可以穿越的狭窄山道"[2]。老村站在巨人的肩膀上，避开暗礁，从这狭窄的山间甬道，看到了自己的出路——将自己的艺术触角和讲述内容，彻底地赋予生养我们凡人的大地。"我生命的根在中国乡土。这决定了我只能站在自己的乡土上说话，即我的叙述模式，必须是东方式的。"[3]

所以，老村从《骚土》的写作起始，就立定于传统，借鉴明清市井小说，诸如《金瓶梅》《儒林外史》《三言》《两拍》，特别是《红楼梦》的故事叙述传统，以貌似松散式的叙述结构，类似于中国画中的多点透视，每个人都是主角，都成焦点，但是拉开距离纵观全篇，又浑厚茫然，一派天机，灿烂辉煌。《骚土》不但自觉地实践着中国小说这种优秀的艺术传统，而且还做得更加绵密，不露痕迹，甚至更为出入自由。

和西方单线或复线式的叙述不同，中国小说是立体的，全景式的。

---

[1]　老村：《吾命如此》，第 156 页。

[2]　老村：《闲人野士》，人民日报出版社，2008 年，第 145 页。

[3]　老村：《老村：追随中国小说的背影》，载《文学界》2006 年 5 月 27 日。

这是中国小说的重要特征，内部是一个浑然的太极结构，回旋式运动。

二、深厚的传统根基，坚实的民间立场

老村的写作，有一个清晰的指向——

《金瓶梅》开市井之先河，但失之思想的粗疏；《红楼梦》演绎了一段锦衣鼎食的皇族史，却似乎又过于贵族化，不食人间烟火。老村对自己的写作有一个标准，那就是让自己的小说"给备受劳苦的大众带去娱乐，带去对历史沉沉的正视"[1]。事实也是，中国几部古典名著，起先大都是从说书人的话本唱词里整理加工来的。这种方法，有一个共同点，即认为写作不仅是作家自己的事。作家面对的，是时刻要从你的字里行间找到乐子、找到感悟的读者和听众。追溯老村的写作之路，便可清晰地找到老村"指向"的源头。

老村出生在犹若神谴天惩一般的渭北黄土瘠地。少时，无其他玩场的老村，便时常沉浸在"村子里的老秀才和能说会道的村民"的摆场子讲古经里。"这里包含着文学创作的原始成分，他们也是我写作最早的——也是最好的——老师。"[2] 每年冬闲时，操着山东腔的说书人，携家带口到镇上说书。老村乐此不疲地跟随着，竟日消磨。这些，对老村后来的写作风格，却是最直接的刺激。"在晃动的灯光人影里，一说就是许多天，整部头，弄得大家伙儿心里沉重多日。比如说书人讲到关云长败走麦城，乡亲们会为之默默洒泪。中间夹带些插科打诨的

---

[1]　老村：《吾命如此》，第 158 页。

[2]　老村：《吾命如此》，第 160—161 页。

小段子，逗得大家伙哈哈大笑。这种时候，让人由衷地感到一种崇高，一种真正的舒心畅肺，因为我所听到和看到的，是我这些苦难的父老们生动的表情——他们的喜、他们的怒、他们的哀与他们的乐。这在往日一张张麻木的脸面上，是多么难得一见。"[1] 老村从这里，感受到"久远历史和底层民众的心灵颤音，这颤音里，有着朴素的大美"。

　　所以老村后来总结自己的写作："小说家的第一可贵之处，是应有一种职业的诚实。他呈现给读者的，首先应是故事，一个接一个的故事。读者从他那里得到的，是不懈的阅读快感和刺激。中国小说尤其有这一传统。"[2] 老村写作《骚土》，就是循着这一传统。他将自己看作一个旧时代游走江湖卖艺为生的艺人，为了谋生与谋生的技巧，忠实地为读者，为诸位"看官"说唱。这是老村内心的"大美"，亦是《骚土》的叙述"大美"。

　　"天地无言而大美"的"大美"，浑然的太极运动结构，是中国先贤对世界美学的巨大贡献，也是人类审美的终极理想目标。老村将对这种"大美"的追求，视作小说叙述和审美的灵魂。要理解老村所追求的这种审美，得首先明白庄子对"大美"的定义。在庄子看来，美在于自然的整体，而不在任何有限的现象，那些难于言喻、未可规范、有如鬼斧神工一般，正是艺术创作和欣赏的审美规律。可以说，庄子强调的是"天人合一""以天合天""自然而然"的审美境界，而想达到这样的境界，在艺术创作上要注意"技"与"道"的关系，做到"以神遇不以目视"，"在技术之中见道"的非意识状态……正如"庖丁解牛"

---

[1]　老村：《吾命如此》，第 158 页。

[2]　老村：《生命的影子》，文化艺术出版社，1999 年，第 230 页。

一样，乃在"莫不中音，合于桑林之舞，乃中经首之会"。这不是技术自身需要的效用，而是由技术所成就的艺术性的效用，庖丁由解牛所得到的享受，乃是"提刀而立，为之四顾，为之踌躇满志"，这是他的技术自身所得到的精神上的享受，是艺术性的享受。[1]

在"技"上，老村十二三岁接触老子的《道德经》，十五六岁迷上古典文学；以至于写作《骚土》之前，阅读了他能找到的所有明清时期的文人笔记，之后又经历了十多年的习作演练。老村说自己，也曾长久地沉迷于外国文学里，啃了多年外国名著。这些阅读，都使老村眼界大开，为他突破原有旧式的写作方法提供了新的思路，诸如西方文学里社会人生的批判方式，以及开放的审美态度。特别在人物塑造上，他已不再像古典小说那样，大多是单向度、脸谱化的拟真描摹，而是从多个层面入手，让人物既忠于真实，又超越真实，把人物写"圆"，写典型，写出人物的意象美来。

特别是意象意境，老村对此感触尤深。

比如《骚土》中的邓连山。原本"虎虎势势的一条大汉，虽说是地主，但为人却敦厚，极讲诚信，接济穷困也不图他人回报"。青年时，"那年月黄龙山里的刀客经常下来骚扰村民。抢粮米，奸妻女，无恶不作。那邓连山掂着一杆丈二铣枪，一马当先，像条大雄狗，守护着村子的安宁，留下了许多美丽动人的传说"。更传奇的是，曾经单枪匹马独闯山寨，夺回被刀客掠去的"一十八岁的黄花闺女"，"刀客二三十人，虽说是疯狂乱扑，但竟也近他不得分寸。边打边退，极其英武"。为了

---

[1]　刘甜：《天地无言而大美——论中国传统艺术审美精神》，载《艺术与设计（理论）》2008年第9期。

传宗接代，他跟儿媳乱伦生下一子，这些都符合他"无孝有三，无后为大"的传统文化的浸染。出人意料的是，在莲花寺监狱，"里头的人都说，邓连山有'三勤'：一是汇报思想勤；二是请示工作勤；三是学习《毛选》勤"。更让人匪夷所思的是，出狱之后，邓连山判若两人，背离了先前的善良、正义的人之本分，张口闭口都是"语录"。在当街背诵《毛选》，击败了风头一时的贺根斗。之后，老汉没有得到向往的荣耀，反而受到大队民兵的一顿暴打。"千难万险都躲过去了，心里犹嫌吕连长等人下手不狠"，打出血后，问他打得冤不冤，他倒说："不冤不冤。毛主席说过：'世上绝没有无缘无故的爱，也没有无缘无故的恨……'你们叫我来，这说明我对人民犯有罪行。你们越恨我，越打我，这越是对我的改造和帮助。不冤不冤。"郭大害带领村民偷集留粮之事，被他看在眼里。他认为这是一个立功的好机会，连夜赶到县城，向季工作组告黑状，最终致使郭大害被毙。邓连山坐牢前和出来后的陡然转变，给小说带来一种更加强烈的悲剧穿透力。在郭大害被公判枪决之后，良心的觉醒，使他最终自缢在村东高崖的柿树上。在清晨红色天幕的陪衬下，像是一幅剪纸画。这一意象，作为那个时代的悲剧典型，可以说当代中国小说中无人能及。对邓连山的塑造，老村完成了对古典的超越，对所处时代文学描写中典型形象的超越。当然，这也正是老村的雄心，甚至是野心所在。即在"技"上，做到炉火纯青，登峰造极。

但是区别一个作家优劣的，往往不是他的"技"，而是"道"。"道"高"技"方有可施展之处，不至于走火入魔；有"技"而无"道"，剩下的就只是匠气，徒有虚表而已。老村的"道"，来自生养他的黄土地。

老村意识到，他生命的根源，在中国乡土。老村在他的自传体随笔《吾命如此》里这样说："是土地教会了我怎样写作。教会了我怎样爱和怎样恨。教会我如何拥有并怎样超越。我的感觉，许多年来，在我们的文学意识上，土地的意识和生活的信念越来越淡薄。许多作家已忘记好的语言或者说优秀的文学出产在哪里。作家们大都靠一些空洞的现代理念支撑，而没有脚踏实地地从生活的大地上去寻找属于自己的文学之源。而我的观点是，无论到什么时候，唯有苦难挣扎的生命和粘血带泪的生活，才是发生文学的第一源头。因为文学最终的目的，是教会人们怎样找到尊严，以及怎样去爱。传统不是老农身上的棉袄，而是维系社会人群的田埂与马路。没有传统就没有秩序。没有秩序，人类所有的社会判断都将失范。……我们人的尊严，在文学里首先受到了严重的亵渎。"[1]

所以，尊重传统就是尊重人，尊重我们共同的历史。深深地注重传统，才会接通与土地的联系，与血肉生活的深层联系，以及隐藏在复杂多变的社会表面之下的，那种深沉博大的历史感。这历史感，便是老村的"道"，也是他认为的——小说叙述和审美的灵魂。土地的历史感，文学的历史感，《骚土》从它的开篇，就弥荡开了这个真魂。

贫瘠，遥远，生他养他的黄土地，一直在他心底召唤着他。他的声音来自备受屈辱的黄土高原。思念家乡，感受土地的嘱托，真实地揭示出黄土地的生存状态，用一种属于自己的声音表达，将个人经历的历史原貌和真情实景还原给历史，将自己屈辱的人生融入对多难民族的文学记述里。这就是他的使命，亦是他的追求。

质朴而原始的力量，超然物外的、穿透历史的大美，是老村的文

---

[1]　老村:《吾命如此》，第 13 页。

学之"根"，深植于民族传统文化的土壤里。老村一直在践行，在追求。故老村的"东方式叙述"，才显得那样精致而典雅，那样浑厚且秀美。

三、虔敬与批判，是《骚土》的精神指向

老村在早期的阅读中，就发现了一个秘密——在中国的文学史里，在它封锁严密的文化背景中，几乎所有伟大的作品，不管是《金瓶梅》还是《红楼梦》，背后其实都隐藏着作者的一个巨大心思。他们的写作，无不发端于对黑暗专制的巨大仇恨。他们将作品当作浸渍了毒汁的利剑，像是修炼了多年的刺客，藏在心舍里，一直小心翼翼地打造它、调养它，抛头露面时，都无一例外地要瞄准当时社会的最大罪恶魔头。

有人说，中国小说缺乏宗教似的温暖。这话有一定道理。但是，说这话的人，也只是看到问题的表面。他不是没经历过，便是没深刻体味到，曾经的中国社会，黑暗是多么深重，世道人情有多么严酷。在那种处境下，反抗和描述反抗，几乎是所有有血性和良知的中国作家从事文学的第一主题，甚至是唯一主题。近年来，有关鲁迅先生的争论，似乎也是在围绕这一问题展开。持批评意见者说，鲁迅先生只知道批判，太冷漠了。持相反意见者认为，鲁迅先生的温暖，其实就深藏在他的批判里。谁是谁非，至今未明。其实也无须分那么明白。眼前的事实是，在近现代文学里，鲁迅先生，似乎也只有鲁迅先生，温暖了一代又一代反抗和批判者的身心，无人能出其右。

鲁迅用杂文进行一场生动鲜活地对皇权专制的批判和反抗。

老村用小说延续了这种反抗，而且是处境更加严酷的反抗。

从老村的自传体随笔《生命的影子》里，亦不难看到在老村幼小

的心灵里，这种社会批判的种子。孩童时的老村，看到村里一些原本很老实的农民被民兵揪着游街示众，一些聪明儒雅的人戴着镣铐被押上审判的高台……残酷的现实，无情地拷问着老村童真的心。生活里的乱象，给了他很强烈的触动。在写作《骚土》时，首要的记忆，就来自他童年时的一次感受。那一次是枪毙人。被枪毙的是个因饥饿而打劫集体粮库的农民。老村对心目中这位反抗的"英雄"，给以极大的同情。老村赞扬他，欣赏他，与他共洒一掬"英雄泪"。

这也是老村写作《骚土》的最初诱因。老村写《骚土》的直接冲动，是 20 世纪 90 年代。在偏远的小城，正在小公园下棋的老村，看到大桥上游行的队伍，情绪冲动地走过。老村感到了激昂，但激昂之后，却陷入了很深的悲哀中。他在反思无休无止的运动给中华民族带来的灾难。这个反思，触动了老村内心最脆弱的那根神经，也让老村想起了过去苦难家乡的"运动情景"。"运动"让我们的民族伤痕累累。暴力带不来文明，以暴抗暴同样不能。文明来自劳动和积累，来自人类的智慧，来自大的善与大的和。与其相反，与暴力结缘，无论以什么方式出现，都将给人类自身带来巨大灾难。当老村看透黄土文明的实质后，心里一面默默感念记载人的勇气，一面对过去看起来曾经是吸引和鼓动我们蓬勃向上的激情，产生一种无以名状的惭愧感，和羞于告人的荒谬感。老村自己也说："我想，《骚土》揭示给人们的，就是这种从里到外的荒谬感。"[1]

但是，建立在这种"荒谬感"之上的叙述，首先是对历代农民那种自觉的民主意识的虔敬，然后才是对中国大地那种根深蒂固的封建

---

[1]　老村:《生命的影子》，第 143 页。

皇权思想的批判。

所以，《骚土》的温暖，是这样一种特殊的温暖：边流泪边反抗，边下跪边批判。

中国文学不是没有宗教精神，鲁迅先生亦不是没有温暖。老村知道，我们的文学所秉持的批判与反抗，应是一种更为通达人性，更为切实自知，更为周旋四顾，甚至是自持卑下的姿态和精神。这是"道"，是东方智慧，也是我们中国人独特的"道"的内核。

也许有人视其为犬儒，非也！犬儒自顾，真儒兼顾，本质区别。

理解《骚土》，是要这样理解。首先从它的底层生活、细碎故事开始。

小说一开始，瘸腿的季工作组进村，面对他眼中的一群愚民群氓，他手持语录，煞有介事地指手画脚，句句不离"阶级斗争"，俨然是一具不食人间烟火的政治机器。而那些整天围着这位"钦差"团团转的叶支书、吕民兵连长等等，个个奴颜婢膝，唯恐巴结不到奉陪不够。老村用一个个《阿Q正传》式的情节，让读者在漫画式的人物形象中，看到他们可笑而又卑微的灵魂。

始于陈胜吴广的"王侯将相宁有种乎"，到电视剧《水浒》的"该出手时就出手，风风火火闯九州"，以至于到义和团的杀人越货和天朝制度，造反有理，一度成为我们民族所崇尚的金科玉律。《骚土》里老村亦写了造反，但他却将造反深埋于文本背后，描写手法几乎像一个个"小小的阴谋"一般，将造反者身上和思想里的诸般造反武器，一件件地给予解构分析，一条条地给予嘲弄取笑。最终定位于——只知一味造反的民族没有出路，也不可能有出路。所以，老村笔下的造反，和过去历代的不同，和当代林林总总描写那个年代造反的作家们亦有着天壤之别。他不但抛弃了程式化的简单的英雄摹写，更是抛弃了不问青红皂白式的一味颂扬，唯侠士奇人伟人的马首是瞻。老村一上手，便从灵魂深处看透了他们的狭隘和局限，一个个理直气壮的"革命"，私下里实则无一不是打着自己包藏祸心的小算盘。有评论家粗读《骚土》，便认为《骚土》手法老旧，实在是天大的误会。《骚土》所切中的，实则是我们时代最大的时弊。其手法和思想，何其新矣！

四、朴拙而优雅，是《骚土》的语言特色

语言是文学的建筑材料。建筑材料的优劣，直接关系到建筑物的质量和美感。作家的语言质量，直接关系到他作品的分量和个人的文学成就。当代小说，特别是 20 世纪 30 年代提倡白话小说之后，那些当时的文坛精英们，小说使用的语言，欧化得太厉害了，和中国老百姓的日常生活语言，差距不是越来越近，而是越来越远。《骚土》的语言，来自陕西关中地方方言，即生养老村的那片厚重的黄土地，可以说是土生土长的语言。老村自己也说，《骚土》真正的作者，是他的乡土亲人，他只不过是一个记录员而已。所谓"记录"，是把听到的话或事写下来。老村以记录员的身份，无形中就形成了《骚土》语言的乡土性、原生性，暗示了它具有黄土地一般的特有质地，既是大俗，又是大雅。所谓雅者，《骚土》把传统文学里的说唱文学、话本故事、章回小说、诗词曲赋的长处非常自如、非常自然地融合在现代故事的讲述中。这也是老村追求"素"和"大美"，在语言上的精美体现。

如果说，这只是写作或语言上的技术问题，那么，老村比起其他作家更深厚的底蕴则是，他将他的写作的根子，植根在贫瘠如天惩的

黄土地，缘起于自己对人生苦难的觉悟，对苦难无边的父老乡亲们无比悲悯的感情。他直截了当地说，是土地教会了我怎样写作。教会了怎样爱和怎样恨。教会了我如何拥有和怎样超越。

老村就是站在对黄土地的赤诚之心的写作立场，操演着纯粹的方言进行写作，实践着他自己"让来自天地的天籁之音，占据一方世界" [1] 的文学梦想。

（一）方言土语，是《骚土》甘甜的乳汁

老村在《吾命如此》等书中不止一次说过，没有形象、生动的陕西关中方言，他实现不了《骚土》的写作。"我从呱呱坠地，由母亲搀扶着学步起，每天就生活在这种鲜活而有趣的语言暖流之中。它是如此的简洁和美好，其韵味又是如此之强烈。……我的写作，特别是《骚土》的写作，就是在这苍老而真实的语言背景中，一句句地完成的。为还原真实的感觉，有时候我甚至用手敲打着桌沿，像唱歌一样抑扬顿挫地吟诵，以捕捉语言那特别的美感。我想对于好的写作者，地方方言应该是他文学的第二种乳汁。" [2]

"'人习其方言，事肖其本色。'（注：臧晋叔《元曲选》序二。）方言对表现小说人物的独特作用是不言而喻的。韩邦庆在《〈海上花列传〉例言》中说，有时不用方音字'便不合当时神理'。胡适对以《海上花列传》为代表的方言小说给予了高度评价：'方言的文学所以可贵，正因为方言最能表现人的神理。通俗的白话固然远胜于古文，但终不

---

[1]　白烨：《老村之谜与〈骚土〉之谜》，载《小说评论》1996 年第 2 期。

[2]　老村：《吾命如此》，第 162 页。

如方言的能表现说话的人的神情口气。古文里的人物是死人；通俗官话里的人物是做作不自然的活人；方言土语里的人物是自然流露的活人。'"[1]

在《骚土》中，老村熟练地操演着他浓重的关中方言，将黄土地上的爱恨情仇，演绎得入木三分。

> 这人瘦高身架，披一件旧黄大氅，看相是残废军人，一颠一跛，走得十分气势。说来二臭也是眼观六路耳听八方之人，来人这种走首和排场，单是没有见过。待那人走近，二臭看仔细了，竟不怎么熟悉。且不说冬瓜般的头形，几绺萝卜缨子的头发下面，盖着的一张二指宽的脸面，生得也着实稀罕。

这是描写县农机站季站长刚到鄢崮村时的形象。一个人物的形象，被这一百余字描摹得声貌毕现，读来如见其人，如闻其声。"普通话让不同地域的人免去了交流的障碍。但从特别深入的表现力上看，它又是不尽如人意的。因为这种普通化的过程也削弱了语言的深入刻画力、传神的表达力。"[2] 除了方言，一切书面语言都很难把人物的神情表现得如此生动传神。

> 栓娃妈手拿鞋底，指捏钢针，朝这厢（作者注：庞二臭）骂道："你日谁氏——把你的毬眉眼不看看——你日谁谁叫你日——

---

[1]　宋莉华：《方言与明清小说及其传播》，载《明清小说研究》1999 年第 4 期。

[2]　张炜：《方言是真正的语言》，载《南方都市报》2011 年 8 月 3 日。

你毯上比人多了一把胡子怎的……——恁是疯了——你黑毯上擦粉——人家不知自家不知——光棍打不下去看咋弄哩——却说麦地里日人是咋哩嘛——真是屁绊得栽跤哩——你闲得没事——涝池洗炭去——撒泡尿照照你自家——看看你——啥人嘛……

栓娃妈这通臭骂，看似脏话连篇，但却一点不觉恶心，相反还显得有趣生动，让人忍俊不禁，更有一种身临现场的感觉。所以说在民间，哪怕是骂人吵架这种随处随时皆可见的事物，也是最有特色、最有风味的语言交锋。"方言是一方土地上生出来的东西，是生命在一块地方扎根出土时发出的一些声响。任何方言都一样，起初不是文字而是声音，所以它要一直连带着自己的声调，即便后来被记录下来形成了文字，那种声音气口一定还在。这种连血带肉的泥土语言，往往是和文学贴得最紧的。"[1]

两个人你来我往，兔狗亲热，酒色交盘，时候已到子夜。张先生探看一眼窗外弯月，假意要走，淑贞急了，说："先生你缓，我还有话对你说呢。"张先生就等这句，屁股丝纹没动。淑贞这急急撒下盘盏，回头上炕，也没有说一句之乎者也，只是朝那张先生怀里一扑，将滚烫烫脸儿放在他嘴上头。两厢闪了几年的阴火阳电，这才得以称意合心。

这段杨进兴与淑贞的香艳情事，如果完全按普通话的话语方式进

---

[1]　张炜：《方言是真正的语言》，载《南方都市报》2011 年 8 月 3 日。

行描写，那么肯定无法尽兴，或者只能是按A片的镜头语言来描摹，将香艳的故事肯定会搞成艳而不香的色情描写。对于性的描写，可以区分出一个作家的优劣。好的作家，如老村，性在他的笔下，变得优美而富有情调；差的作家，如木子美等，剔除感官上的刺激之外，剩下的只是一汪淫水；即便当今的著名作家，如贾平凹，此处省略几百字，也是欲盖弥彰，寡淡无味。这也再次显示了方言的力量，也显示了老村的厉害。作家亦夫就曾说过，老村的作品使我对性，特别是夫妻间的性，有了新的理解。

《骚土》在叙事时大量地使用方言土语，如“碎娃”（小孩）、“谁氏”（谁）、“盘”（娶）、“这相”（这样子）、“下话”（求饶）、“洋活”（阔绰）、“太太”（很）、“这达”（这里）、“务治”（整治）、“对铆“（合拍、相合）、“头牯”（牲口）、“搭砣”（撒谎）、“弩”（站立）、“奘了”（生气）、“彻业”（齐备）、“球脓水”（没本事）等等，不一而足，读来生动活泼，乡土风味扑面而来。方言写作最能与地方风情匹配，虽然有些关中特有的词汇，读者不看注解很难明白，但从全书来细看，也能感觉到那种与乡土的契合。

在当代的作家群体中，路遥、贾平凹、陈忠实都是西部乡土小说的代表作家，他们的作品，也都程度不一地运用着方言土语。但诚如老村所说：“目前还没有哪个作家，能像我这样，做得这么彻底。”[1] 以《骚土》文本切实比较，此言不虚。在小说叙述语言上，无论是它的典雅还是通俗，老村看样子是下过更多的功夫，因而更具特色。

运用方言土语进行叙事，实在是《骚土》的一大魅力，为“日渐稀

[1] 梁知、老村：《追随中国小说的背影》，载《文学界》2006年5月27日。

薄的文坛添加了一些生活底气和泥土本色"（白烨：《老村之谜与〈骚土〉之谲》），向读者提供了另一种视听和奇趣。

（二）诗词曲赋，是《骚土》华贵的外衣

我国古典小说的传统风格之一，就是在小说中掺入诗词曲赋。比如《红楼梦》里的诗词曲赋，就是全书的有机组成部分。它既是曹雪芹原书中的章法规律，也是他哲学和美学观念的有机呈现。

老村扎实的古文功底，也为《骚土》的写作做了充足的语言准备。老村在《骚土》开篇，便将语言定位在了"信口开河，承的是红楼镜花之师传；东拉西凑，演的是街头巷尾之乱弹"[1]。有人评论说，艾略特融汇了西方现代诗歌中的所有意象，写作了《荒原》。老村所实践的，也是这样一种雄心，他要用中国文学里的诗词曲赋，包括地方戏曲、民间小调、快板书、谶谣俚语等尽可能有的表达方式，来写作《骚土》。老村自己也说，诗词曲赋进入小说，其难度是，你使用了这些技术，但不能让读者感到你在卖弄，为技术而技术。

诗词曲赋在当代的小说里已基本绝迹了，而老村却让它们天衣无缝地镶嵌在《骚土》每一处需要它的地方。"自然得就像长在人脸上的鼻子一样。"它的每一句，都该是小说里的状态。这也是通过长久的胸中蕴暖，感知琢磨，最终就像灌饱了汁液的浆果，就那么生动诱人地悬挂在那里。

往日里你咋恁能调善逗，惹得那一朵朵花蕊儿乱凑；满世间

---

[1]　老村：《骚土》，第3页。

情话儿由你胡诌，让俺的心魂儿如梦似酥；羞也么哥哥，恼也么哥哥！

谁料想人世风狂雨骤，打得那小鸳鸯巢窠儿不就；何处是葬俺的世外香丘，守着那雪月儿与你方休；哭也么哥哥，苦也么哥哥！

庞二臭死了后，鬼魂夜访了生前的老相好栓娃妈。栓娃妈在贫病之中，奄奄一息，等待阎王派来的小鬼带走她。这时候她想起老情人，感慨万千。这段元曲，形象生动地表达了这种缠绵不舍、生死相依的情感。在雪一样的月光下面，与心爱的人，两个冥间的幽灵，厮守在一起。这是何等凄美而又让人落泪的场景啊。

七仙女下嫁牛郎也没得此等匆忙，西门庆偷香窃玉焉能有这番手快；且莫说，一个是缺打的不谙世事的风骚货，一个是欠搓的不知深浅的白面郎。

针针的妹子红霞，嫌弃自己的男人，说他是"人看着墙高的汉子马大的身架，弄那事便缩了，倒像怕我吃了他似的"。走亲戚到姐姐村里，喜欢上了"笑里藏刀袖里缩刃，不到事上则可，但到事上，极能使尖耍利，不是个东西的"贺振光。"匆忙""手快"两个动词，将"风骚货""白面郎"的急切心态，刻画得入木三分。

（三）文白交融，是《骚土》的秀内慧中

汉语言文学，从谣发展到诗，从诗发展到词，又发展到曲赋，最终是明清杂记和小说的兴盛。语言的存在和变化，具有自身的逻辑。

"在一个常态的社会里，语言的发展体现出稳定的特点。"[1] 但是随着晚清的白话文运动及稍后的五四文学革命，这种稳定发展的态势被打破。曾在华夏文明中起着进步作用、民族文化的传承过程中担当着重要角色的文言文，几乎一度退出了历史舞台，直到目前，文言写作仍未得到有效、有价值的修复。

文言文是中国古代的书面语言，是现代汉语的源头。虽然当年提倡白话写作的梁启超，精辟地提出"绝非以古语之文体而能工者也"，又清楚明白使用白话"文学进步之最大关键"，但是他却无法给后人提供一个像样的白话小说的范例。他打算和普罗用白话翻译《十五小豪杰》，译了几回，颇感艰涩笨拙，于是"参用文言，劳半功倍"。……"无意生"与吴士毅合译的《大彼得遗嘱》舍白话而用文言，理由就是"如演成通行白话，字数当增两倍，尚恐不能尽其意，且以通行白话译传，于曲折之处惧不能显，故用简洁之文言以传之"。[2]

老村重拾文言写作，将文言有机地镶嵌在《骚土》中，可见其卓越的艺术才情和深厚的古文功底。

> 无意影射，岂敢针砭？且说是：信口开河，承的是红楼镜花之师传；东拉西凑，演的是街头巷尾之乱弹。涉公堂而无碍大雅，司隐乱而不损上方。话云儿雨儿之事，仿佛是村俗之谈；写碟儿碗儿之物，细看非俚间之语。雨田鹤步，迹何求也？落花看影，风何消也？舍其形而，缘得上学。轻轻松松，自自在在，岂不妙哉！

---

[1]　丁晓原：《"过渡语言"与晚清散文文体的变异》，载《文学评论》2011 年第 4 期。

[2]　陈大康：《晚清小说与白话地位的提升》，载《文学评论》2011 年第 4 期。

文言文是相对白话文而来的，其特征是以文字为基础来写作，注重典故、骈俪对仗、音律工整且不使用标点，包含策、诗、词、曲、八股、骈文、古文等多种文体。此段文字乃是文言写作的经典之笔，对仗工整，语言华丽，行文流畅，气势跌宕，行文错落有致。精练、典雅，乃是老村语言之活灵魂。

却说是临近解放的一年秋天，县长三姨太去姑姑庵拜佛求子，因大雨拦阻，借村里的一片瓦舍过夜。

却说栓娃妈在槐树底下，骂二臭虽骂得血头涨脸，经一旁几位婆娘极力相劝，气泄了自然歇口。

"却说"是小说的发语词，"却说"后面接续的大多是上文说过的事。一个"却说"，便将之前叙述简洁明了地给予概括，可谓是白话小说写作的神来之笔。老村将"却说"二字亦用得生动活泼，恰到好处，让你察觉不出有特意设置之感。

水花撇了针线，手足无措地说："我也该咋？"张法师说："你且上炕坐好，由我细看。"……张法师道："你且睡下，松开裤带，我将细看。"

富堂老汉道："谁说不是！"杨先生赞道："大本事，大能力！"富堂老汉道："且不是咋！"两个跟尻子又夸了半天季工作组，直到把话都说得没有意思了，方才歇下。

第一段的两个"且"字是副词，是"暂且"之义；第二段的"且"字表示递进关系。"且"字虽在不同之处起到的作用和意思不同，但均简洁明了，很有韵律感。

我国古代的重要典籍大多是用文言文写成的，其中许多不朽的作品，历来以简约和精练著称。旅美女作家严歌苓曾说："中国传统的文言文其实存在很多文字上的鲜活用法，我们可以把名词用作动词，动词用作形容词，这会使语言显得非常鲜活生动，可惜我们后来的白话文丧失了这样的功能，而现代白话文丧失了古文言的灵活用法，让文字的活力不复存在。"

有评论说："老村努力将俗的方言土语和雅的诗词曲赋融为一体，显示出自觉而积极的文体追求，获得了独具一格的修辞效果。老村写出了我们曾经的历史，那个让所有人都失去了尊严的历史。同时，老村用自己的实际行动在拯救日渐衰落的方言土语，在现代白话文本中有目的地疗救着已从小说叙述中失散的诗词曲赋，并将躲藏了将近一个世纪的文言文叙述，成功地带进现代小说里。"[1]

《骚土》是一部了不起的伟大小说。

老村理所当然自知《骚土》的不同凡响之处，因此他自吹自擂也好，王婆卖瓜也好，他有太多的理由和资格这样说和这样做。

"我想，也许有一天，那些羞辱过我的人会拿起《骚土》，沉浸在它优美的叙述里。真的，不管他是不是知识分子，只要他识字，是一个认真阅读者，只要他的那颗心，还能稍微感知到人世的况味和冷暖。"[2]

---

[1]　郭震海：《撩人的"骚"成就了老村》，http://blog.sina.com.cn/s/blog_5a6db8ba0100ac2n.html。

[2]　老村：《吾命如此》，第 181 页。

"莫以'骚'字鄙老村，此字原是屈子根。

同样洒泪三千日，不为金身为土身。"[1]

老村说的"土身"，我想，不仅指的是他自己作为底层文人所经受的苦难的命运，所秉持的民间立场等等，更是指广袤土地和凡常百姓，这一切的一切，包括天地自在的运转，生生不息繁衍着的亿万民众。一个能够将自己的文学融化、寄托在这一切里的作家，我相信，历史会还他以公道的。

2012 年 4 月 8 日于昆明初稿

2012 年 4 月 25 日修订

---

[1]　老村：《痴人说梦》，文化艺术出版社，2006 年，第 101 页。

当代文学的盲点

王安忆最近在接受采访时说："现在中国的长篇小说真的很差，长篇是很难写的，需要你有成熟的技巧、智慧和控制力。……其实出了那么多长篇，对作家来说是一种伤害。一个作家刚开始写作时，才华是很脆弱的，经不起长篇的能量。在我刚开始写作的上世纪 80 年代，作家总是先写中短篇，但那时中短篇很受欢迎，有很多文学杂志会给你出短篇集、中篇集，你会耐心地等待自己的才华成熟，再去试水长篇写作。现在的长篇呢? 哪一本能看得下去? " [1]

王安忆是在新作《匿名》的宣传中接受采访时说的此话，作为国内最有才情、最有创作实力的作家，王安忆对当下长篇小说一针见血式的直陈，颇有道理。近年大量（据说现在每年出版的长篇小说达5000 部左右）粗制滥造的长篇小说不仅败坏了读者的胃口，也颠覆了大众对长篇小说一贯的善意。不单文学性在长篇小说的创作中越来越弱，其背后暗藏的低俗的价值取向，更是明目张胆。但话说回来，可看的长篇还是有的，比如王安忆的《长恨歌》，新作《匿名》，都是很

---

[1]　柏琳：《王安忆：现在中国的长篇小说真的很差》，载《新京报》2016 年 1 月 10 日。

优秀的长篇小说，代表了这个时代长篇小说创作的高度。

2015 年，我重新阅读或补读了现当代百余位作家的代表作，我的阅读感受与王安忆颇有些相似，那就是不少作品，虽然在某一时段引起了反响和关注，但今天重读，却感觉出不少的"浅薄"，少有如阿城《棋王》那样元气充沛的中篇，也少有如萧红《呼兰河传》那样浑厚的长篇。更多的作品，真是应了一句人流广告——开始了吗？已经结束了。但是，有一部小说却是我阅读中的例外。这部长篇，就是老村创作于 90 年代初的小说《骚土》。今天再读，仍能引起内心共鸣，甚至新的震撼。正如批评家杨庆祥在阅读了《骚土》后，"感到非常惊讶"，他不无感慨地说："还好公平的天平总是存在，文字者，在喧嚣弄潮后，总是要归结到文字中来。" [1]

以我浅薄的学识和寡淡的阅读经验观之，我以为，忽视老村的《骚土》，忽视其在语言、人物塑造上所取得的成就，忽视其对中国小说叙述技术创造性的继承，乃是当代文学的一个盲点。关于这个问题，我也认真询问了一些读者，为何会是这样。他们的回答，概括起来似乎由两个方面构成：一是，这种用传统手法写作的作品，是不是读起来会显得沉闷？二是，故事人物是不是过于乡土，和时代的距离是不是间隔较远？

关于这两点，我谈谈自己的感受。

---

[1]　杨庆祥：《重新发现老村》，载《文艺报》2014 年 12 月 22 日。

一、《骚土》并非沉闷之作

有人说《骚土》读起来沉闷，我不以为然。我想说，你真的读进去了吗？你若真读进去，你是不会这样说的。你会发现，它真的是字字精妙，处处奇妙，涉及的都是惊心动魄的人生问题。《骚土》有作者老村很深厚的准备，深刻的探索，对生命的探讨，而且这种探讨，都是以血泪相见的。在《骚土》所描写的环境里，看似没有道德感，看似没有正义感，甚至看似没有良知良能，大家都是浑浑噩噩地生活，但实际上不是，你看要枪毙大害时，整个村庄的人的情绪，是那种要把人神送上断头台的情绪。若说有稍许的沉闷，那是因为《骚土》大量描述了那个时代的真实细节所导致的。真实性在被人们最初感知的时候也许真的是沉闷的，但我想说，你必须有片刻的耐心，仔细观看其中的细节。好比吃槟榔，先承受它的怪味，然后方能获得它特殊的滋味。

云南作家朗生最近发了一条关于阅读老村《骚土》的微信——老村的长篇小说《骚土》，即体现了某种梦幻性质。在写出该书后的二十几年中，老村一直令人不解地抱怨说，老天为什么会选择他，并且由他一个人独自完成这部作品。在他看来，写作那部小说不仅超出了他的能力和禀赋，甚而改变了他的命运。在老村的家乡陕西澄城，我也听他的发小说过，《骚土》与现实中的老村和澄城，关系都不大。但就是在那部作品中，我们才看到了只可能在我们想象中出现的"文革"，只能是在我们的梦幻中经历的历史，它比现实更透彻，真切。

朗生说："对写作对人生，尽管有所准备，可他似乎并没有做过那样的计划和打算。"这似乎可以理解为，一个作家，一生就是要面对一个题材，你找到了，是天赐的，你就成功了；若命运不把你放在那个位置上，即便有准备，依靠个人的造化，也很难完成堪称伟大的中国小说。从写作本身来说，老村有着很深厚的准备，对中国传统小说大量的阅读，使他的小说创作在技术上和传统小说有了血脉联系和传承。朗生所谓的老村的"抱怨"，实则是透露出一个更深刻的命题。

老村在中国人民大学"联合文学课堂"的讨论会上，讲了一个故事——在他刚当兵，大概二十四五岁的时候，在青海门源，祁连山的西面。翻过祁连山的东面，就是夹边沟了。夹边沟当时也有高级知识分子，"高知"都在那儿开荒地。他刚当兵就到那个地方了。一天，他和一个当地搞写作的朋友在河滩上散步，脚一踩，一下子把半条腿陷进去了。低头一看，是踩到了棺材。棺材板子就比手机厚了一点点。棺材有多大呢？就像书这么宽，大概三十公分。一个一米八的大高个，最后饿得就成了个骨头架子，死了装进去，然后一个一个排着。这样的棺材，满河滩都是。散步的时候，一不注意，脚一踩就是一个棺材。老村这朋友是劳教队的。他给老村看了一本相册，这本相册是一个上海的死囚留下来的。这个相册一页一页地记录着这个家族曾经度过的优雅和精致的生活，这是一个知识分子家庭。看完这个相册以后，老村特别地悲哀。老村说："我悲哀的是什么呢？并不是我觉得这个知识分子怎么了，而是我的父母亲，竟没有像他们这样精致地生活过一天。生我的那片土地，那么大面积，没有人这样生活过一天。所以从这个时候起，我就确定了我以后的表达：即我不会去写中国的知识者，我要把家乡的历史，农民的历史，这段记忆写出来。这是我觉得重要的一点，实际我承担的使命就是这一点点。"——用宿命论的观点说，这是上天给老村的题材，他遇到了，他不得不面对。

　　老村讲述这个故事，其实暗含了写作最为本质的东西，即他要写出中国的底层人，尤其是中国农民的生活与生命的真实。他要表达的，是被我们的文学表面上看来已经有些表达过度，然而却并没能够真实表达的那种。中国知识者的自恋自会有无数的表达者前赴后继地作为他们的代言，这期间也会导致他们对乡村的态度，往往是扭曲和不正常的。老村所要做的，就是首先得回归正常，回归真实。在真实里，每一个生命个体才会有真正的尊严与平等。老村看到了最最底层的农民的生命的价值，他是想告诉我们：要承认最底层的生命也是有价值的。而在具体的写作中，老村操守的是"老实"的方式，因为"老实"，呈现的是一种生活流，一种流动的生活叙述，这或许使得《骚土》没有了其他小说惯常的开端、高潮、结尾的叙述模式，也没有时下所谓的文学语言那些华丽的外观。孔子说他的一个学生，其人"知可以及也，愚不可及也"。意思也就是说，这个人他的聪明你能赶得上，他的装傻，那种大智若愚你赶不上。老村就是这样的人，小说也是这样的小说。如今人们常常将"愚不可及"作为一个贬义词，实际在我们古人那里，"愚不可及"是一个很高的境界。现在作家们都绞尽脑汁地在叙述技术和叙述语言上争奇斗艳，显示自己的聪明，没有人敢去或者会去这样"愚"。然而，让他们没想到的是，这种看似老实的小说，才更接近真实，接近生活本身，接近人的思维与认识的过程。其结果反而是一种更高级和本质的叙述，而非沉闷的叙述。老村是把文学落实到生活里，落实到我们传统智慧的深处，而不是为了文学而文学。

　　很长一段时间，在讲述五六十年代时，男女间的情爱是被指责的，受批判的，然在《骚土》里，一切都那么自然，正如庞二臭所言："'灯吹了，我不干乃事，再有啥可干的！'这也是黄土地人唯一欢悦和动情的地方，只有到这种时候，他才觉得活得值。"所以，我不认为《骚土》是文化批判，甚至是政治批判。他所着意的，看似简单的人性呈现，其实这才是真实的生活与生命，甚至文学最美妙之所在。正如陈思和所说："把一切活泼的东西，转换为一种生命的力量。这样一种东西，很难说美，美不美就看生命充沛不充沛。而生命充沛总是美的，生命的充沛总是带来一种原始的血气、一种粗狂、一种力量，这样的东西在美学上，我认为是最高境界。第一要义的美一定来自原始生活，来自朴素的大地，是健康的，与大自然是沟通的。"[1] 那么，可以说，《骚土》看似描写着原生的状态，本质却是元气充沛的，是朴素而大美的。它里面的男女，虽然卑微，但却有着充沛的生命力。

《骚土》的梦幻性质，或者说更大的真实性问题，我以为和老村是以"童眼"或者"童心"看世界、看"文革"有关。老村乃 1956 年所生，"文革"开始时，他刚好十岁，一个十岁的孩子看世界的眼光，就是带有某种梦幻性的，他和现实有距离，对"文革"的残酷的体悟有，但又不是那么强烈。而这个距离，使得《骚土》在描述"文革"时，反而比现实来得更透彻、更真切。

整体观之，《骚土》确是一部极为精致的中国小说，正如评论家、学者吴洪森先生所言："上世纪七十年代末，几乎伴随了整个八十年代的文学热期间，从老前辈到文学青年，都盼望着经典诞生，遗憾的是，经典之作并没有应时出现。如今，我们终于盼到了一部经典之作。这部经典之作，就是老村的《骚土》。"[2]

---

[1]　陈思和：《启蒙视角下的民间悲剧：〈生死场〉》，收入《中国现当代文学名篇十五讲》，北京大学出版社，2003 年，第 276—277 页。

[2]　老村著《骚土》，封底推荐语（吴洪森）。

《骚土》的奥妙，当今读者，知之者几希？

二、《骚土》人物分析

早在 1918 年 12 月，周作人就在《新青年》发表了《人的文学》，其核心就是"维护人类尊严的文学"。正如夏志清所言："可惜的是，成熟的作品并不多，因为当时能够站稳立场，不为流行意识形态所左右的作家实在不多。这也够助于说明现代中国文学的基本起点，那就是，在道德问题的探讨方面，中国现代作家鲜有能够超越其时代背景的思维模式的。"[1] 这也是近百年来的事实，超越时代和道德的——这个有关于人的最基本的尊严，往往在我们的写作中首先被亵渎了，现代文学如此，当代文学亦如此。

好的文学，就是应该关注人，关注人性。好的作家，就是应该去书写个人的命运。但是，关注个人命运是档案性的东西，作家要超越个人命运本身。要写命运，但要超越命运。《第二十二条军规》是写士兵的个人命运，但本质上不是写个人命运。老村在《骚土》中写个人命运，同时也超越了单纯写一代人的命运。我想，这才是文学应完成的任务。文学是通过人物命运看到生的希望，生的自强，和人生上升的东西。在《骚土》中，郭大害不被枪毙，他的生命在文学的意义上来说是无用的，他死了，却成了有价值的生命。邓连山上吊自杀了，天地间的正气才立起来——以死向生，若人死了却能让人生——这是文学面对文学人物最终的指标。你把他写死了，他就死了，无价值。还有

---

[1]　夏志清：《中国现代小说史》，复旦大学出版社，2005 年，第 15 页。

哑哑，她虽然受尽凌辱，但最后出嫁时，小说写道："哑哑次年十月发落，嫁到了榆泉河。出嫁之日，人见她穿红叠翠，又衬着粉粉嫩嫩的脸儿，一时间甚是惊异。这是何人？是哑哑吗？不可能吧！至此，鄢固村人始才发觉，与他们朝夕相处的痴女哑哑，才是生身所见的天下第一的美娘娇娃。"[1] 在《现实一种》中，余华写到了山岗身上大多器官移植都没有成功，生殖器的移植却成功了，移植者还成功地让自己的妻子怀孕了。余华借睾丸的存活并留下种，来暗示暴力在中国大地的延绵不绝。而老村在《骚土》中让哑哑体面地出嫁，并在离开时"拿水汪汪的眼睛，娇狠狠地望了望鄢固村众生"，或许也是暗示了善良将成为永恒的道理。

在《骚土》中，老村塑造了一群鲜活的人物形象，如大害、哑哑、季工作组、邓连山、庞二臭、黑女等等。季工作组、邓连山……我在之前的文章中，做过简要分析，其中的庞二臭，"80 后"批评家陈华积从"全知视角"做过精辟的论述，故在此文，只以大害和哑哑的形象，来说明老村描写人物的功力。

郭大害是《骚土》中最重要的人物之一。大害形象的塑造，老村几乎把文学中中国男人身上所包含的性格特征都写进去了。一个男人若做不到大害这样，能让一个纯洁的女子在他死去时把他的尸体从县城运到家乡安葬吗？老村自己曾说："《骚土》的郭大害，我将这个人物看成是黄土地上的真人，同时也注意他的性格所能涵盖的诸多方面。他作为末路的人物，不仅体现了中国农业社会诸如梁山好汉那种英雄主义的终结，同时也是一个极其典型的农民，他的阿 Q 式的厚道和狡

---

[1]　老村：《骚土》，第 249 页。

點，贾宝玉式的乖张和善良，这些国民性的复杂的方面，如此等等。"[1]

大害在外闯荡十多年，看到了文明世界的一些东西，他把文明世界的这些东西带回到农村去，农村似乎也特别能接受这些东西。比如他的仗义疏财，他把老父亲给他的金钱拿去照顾比他更穷的人。"大害自从回村之后，村里前去叩询的人络绎不绝。每说到日月之艰难，生计之困苦，大害往往同情。老人语多，言至泪下的时候，大害又极其舍得，张家一元，李家五角，尽将矿上带回的百八十元奉送。"自己都很潦倒，而父亲给他汇来一百元时，他也毫不犹豫地分给全村乡亲。小说写道："这下来正如大害说的，与大义等人拟了份困难户名单，将百元的钱款取出来，按每户二元，分散了去。村人见钱，个个眉开眼笑，都说大害是天底下少见的第一好人。"

《骚土》作者老村说大害身上具有梁山好汉的英雄主义，但大害是"建设性的英雄"。根据刘再复先生在《双典批判》中的观点，水浒梁山上的英雄只是"破坏性的英雄"，两者虽然在行为方式上有相同之处，但本质却截然相反。

妙在大害的精神启蒙，竟然也是《水浒传》。"大义不晓从哪里摸来一本《水浒》送与大害，弄得大害神魂颠倒昼夜攻读。一边读一边联想。当初与村中一十二位青年结拜兄弟，头上挂那一张'结义为仁'的字样极是正确。"其实，最后给大害定死罪的也是大害根据梁山一百零八好汉给自己和兄弟们排座次的名单。

刘再复先生在《双典批判》中认为："《山海经》是整个中华文化的形象性原典。它是中国真正的原形文化，而且是原形的中国英雄文

---

[1]　老村：《写在历史深处——写成〈骚土〉的日子》，收入《闲人野士》，第147页。

化。《山海经》所呈现的中国原形文化精神是热爱'人'、造福人的文化精神，是婴儿般的极有朴质内心的精神。"[1] 以此为参照，刘再复先生认为《水浒传》和《三国演义》则是"伪性"。刘再复先生认为，《水浒传》和《三国演义》"其英雄已不是建设性的英雄，而是破坏性的英雄，其生命宗旨，不是造福人，而是不断砍杀人。他们不是要去'补天'，而是想自己成为天（《三国演义》）或打着替天行道的旗号无法无天（《水浒传》）。他们已失去《山海经》时代的天真，或把天真变质为粗暴与凶狠（如《水浒传》中李逵与武松），或埋葬全部天真与全部正直，完全走向天真天籁的极端反面，要尽心术、权术与阴谋（《三国演义》）。人的全部智慧，不是用于补天与填海，而是用于杀人与征服"。[2]

　　相对于梁山英雄的动辄杀人，大害却表现得很克制，表现出真英雄的一面。他的造反是救人，不是杀人，他造反怀有"忍人"之心，不使用暴力。他这种性格的形成不是没有缘由，是对早年投奔延安的父辈的反叛。我以为，大害与父亲的关系，不仅是大害的心结，而且是《骚土》的核心所在，也是老村书写《骚土》的初衷，即反暴力反强权反独裁。大害对父亲的仇恨，不仅是父亲投奔延安发迹后抛弃结发妻子，导致妻子气死，更深层次的是对暴力的仇恨。大害心怀大悲悯，开仓放粮并时时救人于危难。当朝奉辱骂大害，一帮兄弟要帮他出气时，大害说："我们一朋人结拜兄弟，不是为了打捶，而是为义气二字。要是乡亲们都怕我们，那说明事情就瞎了。我们成了危害乡里的土匪。"大害不仅不让兄弟们为自己出气，还愿意掏钱补偿朝奉。"大害从怀里

---

[1]　刘再复：《双典批判》，生活·读书·新知三联书店，2010年，第13、14页。

[2]　同上书，第15页。

掏出五块钱，要大义代他送过去，给朝奉叔补偿，就说兄弟们莽撞了，对不起他老人家。"但对于真正的恶人，大害也毫不客气，比如遇到恶人海堂，大害则"今日洒家且要收拾你这个欺压百姓的狗头！"。

当贺根斗大权在握，带领几个干部私分储备粮——人均五十斤小麦后，大家很愤怒，之后又找大害寻求主意。"大害几日来煞费苦心，临了，堂堂正正列出一个名单来，名义上是借粮，想的却是那智取生辰纲一般的主意。一天夜里，村中男女都来大害窑里。兄弟几人，意气风发，斗志昂扬，张张狂狂地与乡亲们说话，不是会议却像个会议。直挨到三更时候，一群人随着大害蜂拥而出，直奔生产队粮仓门下。猴子这时候也不用编排，照大害说的，上去三鞋底将一把大锁拍将开来，大伙也不声张，排号次序，由大害赤脚在粮食囤里头，挨门数户，将库存三四千斤小麦，分发下去。"而且，大害敢做敢当，在粮仓留下"人名单子，你借三十，他借五十，填得好好的"。

"智取生辰纲"本质上是对私有财产的暴力掠夺。在刘再复看来，"富有"本身没有罪，"劫富济贫"理念的错误，不仅在于它是一种绝对平均主义，而且还在于它用刀枪暴力手段（劫）强行实现绝对平均主义。也就是说，它不仅是一种乌托邦的幻想，而且还是一种以暴力实现乌托邦的妄想。[1]大害劫的不是私人财产，也不是搞绝对平均主义，而是在饥荒中，将本是大家的粮食分给大家。而且在手段上并没有使用暴力。更为本质的是，"智取生辰纲"，是将别人的财产变为自己的私产，而大害开仓放粮，也不是将小麦变成自己的私产。

"真正的英雄必须把握柔与刚、雌与雄、牝与牡的合情合势的关

---

[1]　刘再复：《双典批判》，第 15 页。

系；作为男性英雄，更应当充分尊重女性，看到自己往往不如女性。这种雌性优胜的哲学，是中国的原形哲学，是中国文化的真正的精华。"[1] 从这个角度看大害，大害更是具有真正英雄的气质。在鄢固村，真正尊重、爱怜哑哑的唯有大害。

　　大害刚回村，第一次见到哑哑。他"忙取了一把饼，往哑哑手里塞"。大害买糖果给母亲上坟时，见到哑哑，他摸出几块，让哑哑吃。"这女子长这么大，看来还没有吃过洋糖哩！"大年初一，朝奉的两个儿子都穿上了新衣裤，唯有哑哑，仍是那身寒寒碜碜的破旧衣服，大害对朝奉重男轻女的思想很是气愤，将自己在矿上舍不得穿的劳动布衣服送给哑哑。对哑哑，大害算是百般呵护。

　　2004 年书海出版社出版《骚土》全本，封面是一位父亲形象。老村感慨道："封面如我的想象，是一个黄土地老农诉说不尽地沟沟坎坎的面部图像。第一次面对这位民族苦难的象征，我长出一口气，血往脑门上涌。我对他那样熟悉。我写《骚土》，缘起就是他这位虽然横贯中华文明几千年，但却一直没有被我们的文学真正细致描述的大苦大难大慈大悲的父亲影像。他就是土地，土地就是他，一个有血有肉的大真实，大存在。他的影像一直伴随我写作的全过程，隐藏在每一页文字的背后。不仅如此，在田间，在山峁，在槐院，在饲养室的土炕上，在我人生旅途的许多地方，只要有庄稼就有他的影子。他生活得那样苦，苦浸透了他的麻木愚钝，也成了他超然的智慧。我爱他胜过爱自己的生父。因为在我看来，任何人，即便你学富五车、官至王侯、腰缠万贯，有天大的自负，但你不能小看他。和土地生死相伴

---

[1]　刘再复：《双典批判》，第 17 页。

的他，才是养育每一个中国公民的真正父亲。此时我竟突然产生这样一种感觉——他才是佛，他才是启悟我们良心，渡我们走向现代文明，走向未来的大佛。"[1]——老村将大害当成黄土地最后的真人。

《骚土》中的哑哑，亦是老村着力塑造的一个人，同时，也是《骚土》中的亮点。《骚土》中的哑哑，让我忽然想到陈思和在分析《雷雨》时讲到的周冲。在陈思和先生看来，即便没有周冲，《雷雨》依然是成立的，但是，"如没有周冲，大家想一想，这个戏会缺少什么？我有一种感觉，这个剧本完全可以不要周冲，但是，如果没有周冲，这个作品就会变得非常阴暗，大家只看到一群人都像妖魔鬼怪一样，就像易卜生的戏剧《群鬼》"。[2]同理，如果《骚土》中没有哑哑，整个《骚土》所呈现出来的，就是闭塞的藏污纳垢的污浊的乡村，整个氛围也是相当阴暗、邪恶的。

在陈思和看来，周冲"在一个污七糟八的世界里，他扮演了一个小天使的角色。他是一道光，一道纯净的光。在一个世界里，如果没有这一道纯净的光，这个世界是一个非常丑陋的世界，是一个永劫不复的世界。曹禺实际上是从周冲的眼睛来看这个世界，所以，这个世界不管怎么污秽，不管怎么肮脏，这里面却有一种纯洁的东西"。[3]

老村《骚土》中所呈现的鄢固村是一个封闭、落后的乡村，生活其间的人，亦是浑浑噩噩的人。在小说展开的"公元 1966 年冬至"到结束的"公元一千九百六十九年冬天某日"，这段日子，正是"文革"横扫

---

[1]　老村：《写在历史深处——写成〈骚土〉的日子》，收入《闲人野士》，第 151 页。

[2]　陈思和：《人性的沉沦与挣扎：〈雷雨〉》，收入《中国现当代文学名篇十五讲》，北京大学出版社，2003 年版，第 177 页。

[3]　同上书，第 178 页。

中国大地的日子。在鄢固村，县农机站站长季世虎作为县里派到鄢固村搞"文革"的"季工作组"，将平静的山村拖入了以阶级斗争为纲的混乱中，批斗教师杨文彰，批斗黑女大，等等，把鄢固村搞得鸡飞狗跳。鄢固村本身也呈现出乡村社会藏污纳垢的一面，无论落魄的乡绅杨元济、流浪汉庞二臭，还是栓娃妈、马翠花，等等，都沉浸在肉欲与吃饱饭的挣扎中，给人以压抑感，甚至绝望感。但正因为有了哑哑，才让我们看到了亮光。

在《骚土》中，哑哑受到的凌辱也是最多的，从小被她大朝奉毒打。"哑哑还是个六七岁的碎娃，稠鼻吊着，一天三番，被朝奉一家之人你打一顿，他踹一脚，打得呜呜直哭"。小时候被打，长大了依然被打，"进门只见哑哑卧在院当间，披散发，唇上一道红荏往外渗血；眼泪鼻涕拉成一把，身边一只空瓷碗，苜蓿疙瘩洒了一地"。除了被打，哑哑还被苛于繁重的劳动折磨。"这天夜里，刮着东风，也是快到春天的时候，风儿明显比往常轻飘了好多好多。这样美好的夜晚，在炕上蒙头大睡的村人，自然不觉不晓，唯有朝奉的女儿哑哑知道。她此时正好在自己家的磨巷里推磨。窑面的柱子上点着一个豆儿大火苗的油灯，照着她和这窑里的一切。她推了箩，箩了再推，竟不知人间有疲惫二字。"最为可怜的是，不仅从小被打，从小就要像男孩子一样做繁重的体力劳动，就是吃饭，也只能吃残羹剩菜，"说哑哑可怜，这才是真可怜处，每到家人用饭毕，她才能吃些锅底剩饭"。

然而在《骚土》中，哑哑一出现，善良就出现了。她受到的凌辱越多，她的善良就越发光。自大害回乡后，哑哑一直在生活上照顾大害，对大害萌生了单纯的爱恋。《骚土》中最体现哑哑善良的是小说结尾处，当大害被枪毙时，哑哑一个人拉着板车到县城将大害拉回家乡安葬。

小说写道 :"她看见她心心爱爱的大害哥,在一片血污中,脸面整个红了。她急忙间伏上去,将他那颗好人的头颅,紧紧地抱着,用她年少儿女胸脯遮住大害的脸。"拥有这样善良的人,才拥有大地的母性。大害死了,有这样的一个有母性的女人把他安葬,大害不正是回归到了母体里面去了吗? 这是一个很高级的安排。

"如果少了周冲,这个故事就变得非常压抑,不会像今天我们读《雷雨》这般,总是让人心灵有一种安慰,一种美好的感受,一种力量。我们中国文学也好,世界文学也好,所谓批判现实主义作品,就是不给人透一点气,写到最后总是一群污七糟八的人得逞。但真正大师级的作品,它总是会出现一个亮点。"[1]《雷雨》中的亮点是周冲,而《骚土》中的亮点就是哑哑。哑哑告诉我们,人受再大的罪都应该去善良。而真正好的文学,就是让善良的人更善良,让丑恶的人对善人增加一份敬畏。

"'劣'的小说写一千个人物,也是'千人一面';'优'的小说,哪怕只写两个人物、三个人物,也是两个人两个样,三个人三个样。"[2]老村无论是在《骚土》中对大害、哑哑、邓连山的塑造,还是在《撒谎》中对阿盛的塑造,都给人感觉"定是两个人,定不是一个人"。

三、文学创作应避免走弯路

当代文学应该重视《骚土》的文学价值。从写作技巧来说,《骚

---

[1]　陈思和:《人性的沉沦与挣扎 :〈雷雨〉》,收入《中国现当代文学名篇十五讲》,第 179 页。

[2]　刘再复:《双典批判》,第 3 页。

土》是一部向传统小说致敬的小说，它赓续了传统小说的优点，并且有所发扬。从故事看，它是要构造的，你看"三言""两拍"，一个个故事的构造，以至后来有了《红楼梦》。我们这个时代的写作者，应该为后来的写作者留下好故事。现在我们看《山海经》、唐宋传奇、元明清的小说，它们不仅很好地再现了当时的现实，也为后来的写作者留下了故事。老村的《骚土》，为我们留下了那个特殊时期的故事，也为后来的写作者提供了故事的原型。从叙述来说，中国小说大多是一个浑圆式的结构，它是不断地螺旋式地在往前滚；而西方的小说是单线或者复线，最多三根线往前走，它们是线性地往前走。我们发现中国小说甚至没有主角，因为每一个人都有可能成为主角。老村在《骚土》中的叙述，正是这样的路数。在语言上，老村将方言俚语、俗语很好地穿插在小说的叙述中。《骚土》的语言很本分，恰好与古的东西天衣无缝地衔接上了；通过传统的叙述方式和古典语言的使用，《骚土》把五六十年代的气息完整、饱满地表现出来了。

著名批评家李敬泽说："20世纪是中国小说现代化的世纪，我们学会了在全球背景下思想、体验和叙述，同时，我们欢乐和痛苦地付出了代价：斩断我们的根，废弃我们的传统，让千百年回荡不息的声音归于沉默。"[1] 而《骚土》的出现，是对20世纪中国小说现代化的一个反叛，是一个向传统优秀文化的致敬。

"中国小说"之于西方小说的优势，从胡兰成到近年的格非、韩少功等作家，都有充分的论述，而且在具体的创作上，陕西的贾平凹、上海的金宇澄、北京的老村等都有所斩获。但是，这股趋势目前还未

---

[1]　李敬泽：《莫言与中国精神》，载《小说评论》2003年第1期。

得到充分的关注和阐释。我们依旧在模仿着西方，在不断华丽的技术世界里亦步亦趋。然而，"不从中华民族的广大深厚的泥土里抽芽舒条，不在汉文明的山河岁月来展开风景为意思，不知感情与智慧的新鲜有可以是永生的，而以个人的造化，向西洋借些实存主义的来做意境，离大自然太远了"。[1]胡兰成说的虽是陶器，但文学创作何尝不是如此。

"进化论给中国带来的东西很复杂。没有进化论就没有中国的现代启蒙运动，但是，一种将进化论简单化而形成的思维给中国文学的发展和现代化进程带来的负面效果是明显的。一个世纪中，中国作家更多的时间处于浮躁的盲目追潮之中，像狗熊掰棒子一样，抓到新的就丢掉旧的，最后留在手中的，虽然是最新的，却未必是最好的。"[2]我们现在开口闭口谈中国文学与世界接轨的问题，更有甚者，早就妄言中国文学和世界文学已经处于同一个水平线上了。中国文学和世界文学究竟是什么关系，我们大可不必操闲心，需要操心的倒是我们应该"自作功夫"，挖掘、发扬自己的传统，先找到自己写作的根。

胡河清在《中国当代文学与文化传统》一文中，讲到自己遇到一位"高人"，在谈论先锋文学时说："有些年轻作家对中国传统文学太缺乏研究了。或者临时凑合些阴阳八卦类的神道故事糊弄一下读者，但'根'却远远通不到传统文化的深山大泽中去。现在他们从娘胎里带来的先天之气还没有用尽，所以还能凭着少年人心中常有的一些幻象写一阵。但这些幻觉是很脆弱的，不久就会烟消云散。如果他们再不及时补后

---

[1]　胡兰成：《中国文学的作者》，收入《中国文化史话》，第 66 页。

[2]　李新宇：《中国文学的百年遗憾》，载《作家》2000 年第 4 期。

天之气，即与中国文化传统产生一种深层认同，很快就会发生创作生命全面萎缩的现象。当他们的'我执'彻底解决之时，民族文化的精韵便会神灵附体。他们也就'采补'到了最深厚的文化传统的底气。所以，真正的作家越老灵气越足。在自我小结的过程中，他们的'天目'洞开了。看见的就不再是一些少年时代的梦中幻影，而是超越现象界的民族文化的'龙虎真景'。"[1]

老村其实早年也一度想追赶潮流，写下了具有先锋性的中篇《狼崽》。但侥幸的是，他最终在自己的阅读和体悟中，回到了传统里面。包括格非，他近年潜心《金瓶梅》研究，可以说，格非之所以取得这么大的创作成就，完全是放弃了早年先锋那套的结果。2015 年年底中国现代文学馆与"鲁 28"（鲁迅文学院第 28 期）联合召开"先锋文学与当下创作"座谈会上，作家、格非的好朋友李洱说，格非现在很羞于提起早年的成名作《褐色鸟群》。那么我想，当下已有老村、格非、金宇澄等人的写作实践，我们是否可以认真地反思，少走弯路？这是从创作技巧上，对老村，还有如老村一样的向传统致敬的写法的肯定。

林岗先生在为《双典批判》一书所作的序言《地狱门前的思索》中说："艺术的水准越高，修辞越加精妙，如果它的基本价值观是与人类的善道有背离的，那它的'毒性'就越大。就像毒药加了糖丸，喝的人只赏其味，而不知觉毒素随之进入体内。"[2] 而刘再复批判的"双典"，就是被国人称为四大古典名著中的《水浒传》和《三国演义》；《水浒传》中的"造反有理""情欲有罪"，《三国演义》中的权术阴谋、厚黑

---

[1]　胡河清.《中国当代文学与文化传统》，收入《胡河清文集》（上卷），安徽教育出版社，2014 年，第 233—234 页。

[2]　林岗：《地狱门前的思索》，收入刘再复《双典批判》，第 3 页。

学，都是毒害中国人人心的毒素。这两本书"只有气，没有魂；只有情绪，没有信念；只有政治沙场，没有审美秩序"[1]。

我曾经在一篇文章中写道："《骚土》里老村亦写了造反，但他却将造反深埋于文本背后，描写手法几乎像一个个'小小的阴谋'一般，将造反者身上和思想里的诸般造反武器，一件件地给予解构分析，一条条地给予嘲弄取笑。最终定位于——只知一味造反的民族是没有出路，也不可能有出路的。所以，老村笔下的造反，和过去历代的都不相同，和当代林林总总描写那个年代造反的作家们亦有着霄壤之别。他不但抛弃了程式化的简单的英雄摹写，更是抛弃了不问青红皂白式的一味颂扬，唯侠士奇人伟人的马首是瞻。老村一上手，便从灵魂深处看透了他们的狭隘和局限，一个个理直气壮的'革命'，私下里实则无一不是打着自己包藏祸心的小算盘。"[2] 可见，老村对"造反"是有批判的，即便在写大害造反时，也是没有诉诸武力的，是有善在背后作为行为的支撑的。我们在老村的《骚土》中，能见出魂，见出信念，见出人生审美的秩序。

刘再复引用了聂绀弩先生的一个观点，聂绀弩先生说："《红楼梦》是人书，人的发现的书，是人从人中发现人的书，是人从非人（不被当作人的人）中发现人的书。"[3] 老村的《骚土》承袭的就是《金瓶梅》和《红楼梦》等古典小说，对人的尊重和发现；但老村更进一步，他将写作的笔触彻底地赋予了生养人的大地和最最低下的生活底层。

---

[1]　刘再复：《双典批判》，第 15—16 页。

[2]　周明全《可以无视，但不会淹没》，载《名作欣赏》2013 年第 12 期。

[3]　碧森：《老幼情深》，载《人民日报》1986 年 1 月 20 日，本处转引自刘再复《双典批判》，第 17 页。

当下很多写作在价值上腐朽和暧昧不明，而老村的书写，恰恰是刘再复先生所言的，对"原形文化"[1]的坚守。"五四"的激进，使得当时的知识分子无法分清"原形文化"和"伪形文化"，虽然"五四"最大价值之一是发现人，但却并没有将《红楼梦》《西游记》发扬，而是当作传统糟粕给抛弃了。"五四"如此做，有其不得不如此的理由和时代的局限性，但是今天，我们是否可以从从容容地正视《骚土》，理解《骚土》，知晓它真正的精妙，然后承袭《骚土》的探索，将中国小说创作推向一个崭新的层面。

2016 年 1 月 18 日初稿于办公室

2016 年 1 月 26 日修订

---

[1]　刘再复先生将"原形文化"解释为一个民族的原质原汁文化，即其民族的本真本然文化；与之相对应的是"伪形文化"，它指的是丧失本真本然变形变性变质的文化。参见刘再复《双典批判》，第 10 页。

入世与出世的写作

——阎连科与老村的写作内因浅析

我想，作家的写作形态有多种多样。但在最近这一时期，我比较侧重在想这样一个问题：入世和出世的写作，它们存在的客观性、历史渊源，以及它们之间的存在形态，写作状态的异同。

以孔子为代表的儒家和以老庄为代表的道家，代表的是完全相反的两种世界观——入世与出世。表现在文学的言说上，入世的写作者，体现的是文人士大夫积极参与社会建构的实用人生理想，自觉地把个体生命价值的实现与群体社会要求结合起来，直面现实社会，彰显知识分子主动承担历史责任的勇气。出世的写作者，则体现了文人士大夫的另一面，即与社会自觉保持距离，不愿意主动融入社会，持守个体心灵自由以及人生审美理想的完整。出世的写作者，从事文学活动的主要方向，一般来说，是为了实现自我人生的价值。

儒家在封建社会几千年中，都居正统地位，受儒家思想之洗礼，知识分子都积极秉持"文以载道"的传统书写法则，虽然清末后很长一段时间，知识分子批判"儒教杀人"，但儒家积极干预社会的入世精神却是被继承、被利用得更加凌厉的时期。比如，梁启超就无限抬高白话小说的地位，认为小说是"文学之最上乘"。在《论小说与群治的关系》中，梁启超更是夸张地说：欲新一国之民，不可不先新一国之小说。[1] 随后的很多进步作家，以及后来兴起的左翼文学，等等，都倡导文学要积极介入现实、书写现实，或者准确点说是要为政治服务。1942 年毛泽东在延安文艺座谈会上的讲话，更是从意识形态的最高层，直接动员作家要服务于政治。

可以说，近一百年来，中国始终处于危难状态，似乎每个时刻都是历史的节点，在"救亡压倒启蒙"[2] 的现实政治中，自觉或不自觉地就要求作家们 承载"道统"，积极地对社会发声。如不按照这一思路，消极避世，肯定会遭受激烈的批评。比如，鸳鸯蝴蝶派，当时就遭到了包括诸多知识分子的批判，鲁迅批判鸳鸯蝴蝶派小说是"人民开始觉醒的道路上的麻醉药和迷惑汤"。现实政治，是作家积极入世的全部理由。所以说，近百年的近代中国文学史，也可以说成是文学人自觉参与政治、服务政治的历史。

纵观当代作家，几乎都秉持着儒家的入世精神传统，直面当下社会的阴暗面，积极呐喊，以文学书写，证明着知识分子的脊梁并未弯曲。当代作家中，阎连科可谓一位自觉承担了知识分子责任意识和担当意识的作家。数十年来，以坚忍的创作毅力，揭示出了当下中国的疼痛。无论《坚硬如水》《受活》《风雅颂》《丁庄梦》，还是最近出版的《炸裂志》，都从深层次撕开了"繁荣稳定、和谐安定"遮掩下的中国现实，直面了中国的现实，点出了中国的问题。

出世的作家，少之又少。我的视野所及，也只是近似于出世的作

---

[1]   梁启超：《论小说与群治的关系》，收入《饮冰室合集》(卷二)，第 58 页。

[2]   李泽厚在《中国现代思想史论》一书"启蒙与救亡的双重变奏"第二节提出的。《中国现代思想史论》，生活·读书·新知三联书店，2008 年，第 21—39 页。

家，譬如沈从文、汪曾祺、钱锺书等。不过目前所见，出得飘逸、出得仙风道骨的，似乎作家老村算一个。虽然他早年也写了《撒谎》等批判中国人劣根性的作品，但整体观之，我以为，老村是一位出世状态比较彻底的作家。无论是老村对世界的态度、身处的环境，还是如他代表作《骚土》里所呈现的封闭的村庄，都和现实世界相隔甚远。

今年以来，作家如何书写现实，再次被广泛讨论。我自己也从文学性的角度试图探讨过此问题。这里我想，若从本源上做追寻，这就涉及作家的入世与出世写作问题。若能厘清作家和文学、作家如何面对现实这些最本质的利害关系，对今后小说艺术的发展，或许会有一定的积极意义。

一、入世写作与出世写作的异同

当代作家的入世和出世，与传统所言的儒家和道家所界定的"出"与"入"还是有很大区别。在古代，包括近代，不少作家和政治家本身就是一体的。比如，梁启超，他既是政治人物又是小说革命的发起人，而且还写过不少小说。而在当代，作家和政治家还是有距离感的，虽然不少作家表现出积极的政治介入热情，但绝大多数作家始终被排斥在政治之外。所以，当代作家的入世与出世，则可理解为如何书写现实。

入世的作家和现实贴得特别近，对现实生活不冷漠，对"战斗"充满激情，能得到读者、社会更加广泛的反馈，甚至互动。从文本上看，入世作家的文本，都具有新闻性。而出世的作家，一般都不愿意和现实形成水乳交融的关系，和现实很隔离，更无法制造轰动效应；

但出世的作家，更注重文本、语言、小说技巧、形式的探索，主要功夫花费在技术层面。

（一）阎连科：贴近现实的入世作家

阎连科作为入世较深的当代作家，他不仅和现实贴得特别近，而且在切入现实时，非常准，而且狠，招招致命，不留死角。无论《四书》《丁庄梦》还是《受活》等都以极其凌厉的笔锋，介入现实。

阎连科对现实主义常表现出一种模棱两可的态度。在《受活》扉页的题词上，他写道：现实主义——我的兄弟姐妹哦，请你离我再近些。现实主义——我的墓地哦，请你离我再远点。在《发现小说》中，他"恨不得一刀杀了它们"，并自称为"现实主义的不孝子"。[1] 在多次演讲中，他也一再提到，真正阻碍文学发展的最大敌人是现实主义。[2] 阎连科相互对立的表述，或许是为了阐释他自己提出的"神性主义"，但本质上，阎连科的写作，几乎都是以现实为底板，具有强烈的现实关怀。或者，更确切地说，"阎连科厌恶的不是现实主义，而是社会主义现实主义。而社会主义现实主义是与权力密切勾连的文学观。"[3]

阎连科最直面现实，和现实离得最近的作品，我以为是《丁庄梦》。媒体在介绍《丁庄梦》时，说作品以中原地区曾经发生的艾滋病蔓延为背景，着力描写当一群农民突然被抛入艾滋病蔓延、死者无数的窘境时的所作所为，充分揭示绝境中形形色色的人性。我觉得，《丁庄梦》

---

[1]　阎连科：《发现小说》，载《当代作家评论》2011年第2期。

[2]　参见阎连科《寻求超越主义的现实——〈受活〉后记》，收入《阎连科文论》，云南人民出版社，2013年，第154页。

[3]　参见黄平《"革命"之后：重读〈受活〉》，载《当代作家评论》2013年第5期。

的核心不在"揭示绝境中形形色色的人性"，而是揭示了在 20 世纪的中国，我们的农村，还只能以血的低廉价格和健康的高昂代价去换短暂的富裕。在中国崛起的欢呼中，阎连科的《丁庄梦》让人在欢庆中亦有了反思。

阎连科在接受媒体采访时说，我希望我的小说充满一种刺心疼痛的感觉，充满着对我们这个民族和土地的刺心热爱和关注。……《丁庄梦》绝对无愧于我个人的良知。[1] 我想，所有看过《丁庄梦》的人，一定被之刺痛，也能体悟到阎连科作为一个作家的良知。

阎连科在《现实主义的真实性分析》的讲座中认为，中国作家的现实主义走不通，很难超越作家的世相真实走向生命与灵魂的真实。[2] 基于对现实主义的认识自觉，阎连科小说《日光流年》《坚硬如水》《丁庄梦》《风雅颂》等，都来自现实，有现实的底色，但又对现实有所超越。

当下中国社会荒诞、丰富、复杂，作为积极入世的作家，阎连科在表现现实的荒诞上，也别具一格。阎连科的小说，充斥着大量现实的荒诞性。《日光流年》中，在"活不过四十"的命运诅咒下，三姓村人想尽各种办法和命运抗争，"种油菜""翻地换土""开渠引水"。为了筹款，男人卖皮，女人卖身；为了不挨饿，他们把残疾儿抛到山谷活活饿死。阎连科的新作《炸裂志》亦是用荒诞变形的创作手法，夸张地讲述了一个名叫"炸裂"的地方，历经从村到镇、乡、县、市，最终变成超级大都市的故事。无论是炸裂的裂变还是孔家四兄弟以及朱

---

[1]　《〈丁庄梦〉不是巧克力而是黄连》，载《南方周末》2006 年 3 月 24 日。

[2]　阎连科：《现实主义的真实性分析》，http://blog.sina.com.cn/s/blog_50bc421c0100pdy9.html。

颖的复仇，都充满了荒诞感，但这些看似荒诞的东西，在现实中却又是那么真实。我注意到有批评家说阎连科"图解现实"，其实，只要有真实的生活经历，有真正的阅历，你会发现，阎连科的荒诞是多么真实，真实得让人后怕。

《风雅颂》亦是描写知识分子荒谬的大书。《风雅颂》出版后，遭受了很多批评，但看看新闻就知道，阎连科的小说，一点都不荒诞，什么女学生为了考研献身教授，什么著名大学的教授打着可以帮小女孩入名校的幌子，把小女孩潜规则等等。就拿阎连科供职的人大来说，新闻最近爆出的招办主任大量收取钱财，帮那些未达到录取线的考生搞到人大读书，这些现实的东西，难道不比阎连科的小说更荒诞吗？

从文本上讲，作为入世很深的作家，阎连科的小说具有很强的新闻性。当然，我所指的新闻性，不是说如余华的《第七天》那样，现实到直接以新闻体写现实，而是说，阎连科的小说，不是无中生有的虚构，第一是它有现实基础；第二是他的文本，有新闻的轰动效应。

在上海大学的《小说与世界的关系》演讲的学生提问环节，当有学生问道，是什么促使你写作《受活》时，阎连科就毫不避讳地说，写作《受活》的冲动来自《参考消息》一百多字消息：俄罗斯因为没经费来保存列宁的遗体，是火化他还是重新把他保存起来，几个党派形成了很长时间的争论。列宁的遗体肯定是一个有象征意义的存在。报纸登了这么一个百多字的消息，当看到这个消息，再路过天安门广场的毛主席纪念堂时，写这样一部小说的想法产生了，就是写作早一点，晚一点的问题。[1]《受活》本身来自新闻事件，只是，阎连科将此新闻

---

[1]　阎连科：《小说与世界的关系——在上海大学的演讲》，收入《阎连科文论》，第154页。

作为自己进入小说的口。另外,《丁庄梦》《为人民服务》被禁等,以及《受活》因一桩捐赠版税而起的官司等,都成了大新闻。"'艾滋村'成了比《丁庄梦》更惹眼、更抢镜的现实存在,社会现实总是比文学真实更能令广大读者激动不已。"[1]

当然,我觉得最重要的是,入世作家有较强的人文情怀。阎连科是较为关注乡村变迁和社会底层人物命运的中国作家,在他先前出版的《受活》《日光流年》《丁庄梦》等长篇作品,无一不体现出这种人文情怀。阎连科在一次访谈中说:"苦难是中国这块土地共同的东西,应该由中国作家来共同承担。如果说有问题的话,我觉得是民族和最底层的人民的苦难有许多的作家没有去承担,而且有意地逃避掉了。逃避最底层人民的苦难,这不应是一个作家的品质问题,是他对文学理解的姿态,甚至说,是对文学的一种根本的看法。"[2] 从这段话中,我们已经不难理解阎连科的人文情怀了。

在南京大学题为《当下文学与现实的关系》的演讲中,阎连科认为,当下文学创作与现实过度疏散,文学在现实面前妥协,导致了文学内容的浅薄、单调和没有意义。在阎连科看来,若文学不再关心民族问题,不再关心人民生活,不再关心底层人的生存。以"文学就是文学"的理由把社会重大问题排除在文学之外,实质上也就是把文学排除在现实之外。[3]

当然,过分贴近现实,过分强调文学的社会责任,亦是有问题的。

[1]　林源:《〈当代作家评论〉视阈中的阎连科》,载《当代作家评论》2013年第5期。

[2]　阎连科、梁鸿:《巫婆的红筷子》,春风文艺出版社,2002年,第125页。

[3]　阎连科:《当下文学与现实的关系——在南京大学的演讲》,收入《阎连科文论》,第257—258页。

小说不是批判稿，对现实政治，也应该超越，人性才是作家的最高道德，小说最极限的是人性。陈思和在评介《坚硬如水》时就说："阎连科是一个观念性十分强的作家，往往为艺术观念而牺牲艺术的真实性。"[1] 为了批判，急于批判，往往会伤害小说艺术本身。

中国文学自清末"小说革命"至现在，并未取得巨大的发展，可能和文学与政治的勾连太深有直接关系。郁达夫其实是有先见之明的，他说："小说在艺术上的价值，可以以真和美两条件来决定……至于社会的价值，及伦理的价值，作者在创作的时候，尽可以不管。"[2]

（二）老村：回归传统的出世写作

老村的写作，主要是背靠传统，从传统中汲取文学资源。他的状态，可以看作是出世的写作。他的人生姿态，偏于冷静、理智。从文本上看，老村写的都是普通老百姓日常的生活，没有新闻性。

老村的出世，应从两个维度看，一是他个人的写作姿态，一是他文本的表现形式。老村不是作协会员，也不是正规名义上的作家。他自 20 世纪 90 年代初，进入职业写作开始，就自觉斩断了与现实社会的所有联系，仅余一个户口，独自在自己家里，靠卖文维持生活，活得寒酸而清高。单单从"老村"这个名字上，就可以窥见他的文人为文姿态。"老"有陈旧的、原来的之意，"村"就是乡野，这几乎构成了老村的全部形象。评论家白烨就曾说："老村，这个名字就值得研究。这个名字至少有两种含义：一个是表明了他的出身，村夫的出身；同时

---

[1]　陈思和：《试比阎连科的〈坚硬如水〉中的恶魔性因素》，载《当代作家评论》2002 年第 4 期。

[2]　郁达夫：《小说论》，此处转引自赵毅衡《苦恼的叙述者》，第 216 页。

也是他的态度，进入文坛，是以一个村夫的姿态进入，而且也一直保持村夫这么一个姿态。村夫的姿态也包含两个含义：一个是乡土的农家的这样一个子弟，还有一个他就是民间的，一个状态，民间的情绪，民间的视角，民间的立场。这两点在老村的整个创作中应该说贯彻得都比较彻底。这种既乡土又民间的姿态，可能是当下文坛中，保持得最彻底、最纯粹的一个。"[1]

　　从老村的代表作《骚土》也可看出他的出世情怀。《骚土》的写作，是在遥远的青海西宁小城，可以说和当下所发生的熙熙攘攘的文学事件和潮流，没有一丝的瓜葛和联系。作为一个边缘得不能再边缘的写作者，老村本人当时大概还不会知道，对他，这其实是莫大的幸运。因为，也正是偏居一隅的处境，这本犹如天外来客一样的小说，始能降临到他的头上。所以，我不大相信老村所说的是因为自己有了什么感悟或者得到什么支持，他该感激的，还是青海祁连山中的那间小土屋里，那种一年又一年寒冬般的孤独和寂寞，是这种几乎等同于被囚闭的处境，使得他有关经典的想象，特别是他的思想，在面向民族化的深度开掘上，没有受到纷乱时代的干扰或者说裹挟。众所周知，其时的中国，在改革开放的大门洞开之后，域外诸如魔幻、意识流、先锋等等文学思潮，是如何风生水起地影响着中国文学的面貌。我想，如果将那时的老村迁移到北京，情况也许将会两变。在具体的写法上，老村是向传统看齐并有所超越。他自觉地实践着中国小说优秀的艺术传统，另外，《骚土》把传统文学里的说唱文学、话本故事、章回小说、诗词曲赋的长处非常自如、非常自然地融合在现代故事的讲述中。

---

[1]　《骚土》座谈会纪要，http://blog.sina.com.cn/s/blog_56cf048c0100022d.html。

评论家雷达说："《骚土》看上去还是有滋有味，有情有趣，还是那种原汁原味，为什么？这是个耐人寻味的问题。我们很多东西它很快就过去了，就是因为他写出了一种最根本的生存状态。他充满了一种苦难的意识。他写出了西部农民之魂，有一种特别的苍凉的美感。尤其是西部的那种原始的乡村情调，再不写就写不出来了。"[1]

当然，不是说老村作为出世作家，对社会就没有批判。《骚土》很深刻地揭示了中国大地那种根深蒂固的封建皇权思想。所以，《骚土》的温暖，是这样一种特殊的温暖。评论家阎纲这样总结他，说他是边流泪边反抗，边下跪边批判。

中国文学不是没有宗教精神，鲁迅先生亦不是没有温暖。老村懂得似乎也秉持这样的写作理念；我们的文学所秉持的批判与反抗，应是一种更为通达人性，更为切实自知，更为周旋四顾，甚至是自持卑下的姿态和精神。这是"道"，是东方智慧，也是我们中国人所独特的"道"的内核。[2]

但出世写作亦有不少问题。《骚土》是当代极为精致的一本好小说。但出版近二十年，没有引起过多的关注，亦是有原因的。从作家老村来说，他性格孤僻，从小就感受到了命运的不公，很早就为命运焦虑，过早地染上了悲观主义情绪。这让他的写作，一开始就在逃避社会，自娱自乐的层面展开。他的写作，是回归到匠人的精神世界里，倾其一生，就是为打造一件精美的艺术品。而《骚土》，虽然承载了传统小说的元素、技巧、语言等，但过于偏僻，没有将土地上的东西人

---

[1]   《骚土》座谈会纪要，http://blog.sina.com.cn/s/blog_56cf048c0100022d.html。

[2]   周明全：《可以无视，但不会淹没》，收入《隐藏的锋芒》，云南人民出版社，2013年，第38页。

类化。在当下中国正在寻找出路之时，加之人性浮躁，《骚土》的慢节奏，与当下激烈变化的社会现实，无法产生较为广泛的阅读激情。只有当时代变得正常的时候，人们内心平静，那么，《骚土》才体现出它是一本值得认真阅读、研究的好小说。

二、阎连科入世和老村出世的探寻

每个写作者的写作姿态，都和自己的出身、生活经历、阅读等有直接或间接的关联。正如阎连科所言："一个作家，你能写哪一方面的小说，是你一出生就决定了的。你的成长经历决定这一切。"[1]

阎连科和老村，其实有很多的相似之处：他们都出生于贫苦的农村，童年都是在饥饿，甚至是歧视中度过的，都是依靠当兵脱离土地的，并且有很长一段的军旅经历。在写作上，他们都有很深的苦难感，但在描写苦难时，阎连科对自己小说的人物的苦难，有种戏谑感，而且给人一种压抑感。从阎连科的小说中，我们无法看到生的希望，看到上升的东西；而老村在面对苦难感的时候，是将苦难带进到了人物本身中，有自我的同情和理解。作家要关注个人命运，但单纯地关注个人的命运只是档案性的；作家要超越个人命运，从个人命运中看到一代人，甚至一个民族的命运——这才是文学该完成的命运。文学是通过人物的命运看到生的希望，生的自强不息。

阎连科和老村有如此之相似之处，但文本却表现出巨大的差异，可能跟他们各自的成长、接受的教育甚至对世界的理解不同有关系。

---

[1]　阎连科：《我为什么写作——在山东大学威海分校的讲演》，载《当代作家评论》2004 年第 2 期。

比如，阎连科虽然批评现实，但他本身就在体制之内，而老村自1992年离职后，与社会切断了所有联系，把自己摆在了历史之外。

（一）阎连科入世写作的根源探索

阎连科有很强烈的中原情结。他说，我不仅是一个中国人，而且还是一个中原地区的人。他从中国是世界的中心，进而强调了河南是中国的中心，他的家乡嵩县又是河南的中心，他最终想表明的是，"我的家乡的那个有6000人口的村庄，就是嵩县的中心。如此这般，生我养我的那个叫田湖的山区村庄，不就等于是世界的中心吗？我们要用一个红点或一根细针把世界的中心从世界地图上标出来，这个红点或细针就应该点在或扎在我的老家村头吃饭场的那块空地上——这样，一个天然的、在地理位置上本就是世界中心的村庄优势你们有没有？你们没有。可我有。这得天独厚、上帝所赐的一点，常常让我和世界上其他作家相比时，感到神和上帝对中国作家阎连科的偏爱"[1]。

阎连科如此自豪自己的家乡是中心中的中心，在栾梅健看来，他的这种"大言不惭"并非阿Q式的精神胜利法，而是那种天将降大任于斯人的文学的使命感与责任感。[2]

陈思和在第七届花踪文学奖得主阎连科的授奖词中，讲到了阎连科的家乡嵩县。陈思和回顾了历史，认为嵩县一度是中国的政治、文化中心。阎连科出生、成长于这样有悠久传统之地，因为贫困和现实政治，让他走上了一条与祖祖辈辈父老乡亲不一样的道路，"他成了当

---

[1] 阎连科：《守住村庄——在韩国"亚、非、南美洲文学讨论会"上的演讲》，收入《一派胡言：阎连科海外演讲集》，中信出版社，2012年，第163页。

[2] 栾梅健：《撞墙的艺术——论阎连科的文学观》，载《当代作家评论》2013年第5期。

下中国残存的封建政治文化的叛逆者，一个大胆的叛徒"[1]。阎连科也在不少讲座中，都谈到家乡的贫困以及自己从小经受的苦难。他说："就是为了吃饱肚子，为了实现一个人有一天可以独自吃一盘炒鸡蛋的梦想，才决定开始写作。因为写作有可能改变一个农村孩子的命运，可能让他逃离土地到城里去，成为光鲜傲慢的城里人。"[2]

河南是中国的中心，嵩县又是河南的中心，然而这个中心却是穷山恶水，阎连科整个少年时代，都是在饥饿中度过的，这造就了阎连科和现实的紧张关系。"就我来说，和现实的紧张关系，除非不写作才会缓解，只要你坐在书桌前面，这种和现实的紧张关系马上就会表现出来。"[3]

早期的阅读经历，往往会在一定程度上影响作家日后的写作。引导阎连科最初阅读的，是中国当代文学中 1950 年代的那些革命小说。在少年时代，阎连科阅读了《艳阳天》《金光大道》《青春之歌》《烈火金刚》《野火春风斗古城》等革命小说。这些小说，都是积极介入现实的作品，阎连科虽然没有说到这些作品对他的影响，但积极入世的观念肯定影响了他。在写作技法上，阎连科较多地接受、借鉴了欧洲文学、俄罗斯文学和拉美文学，甚至日本文学。他直言不讳地说："每每提到拉美文学，提到俄罗斯文学，提到欧洲文学，我们很多作家不屑一顾，而我，说心里话，总是充满敬仰和感激之情。"他觉得卡夫卡、福克纳、胡安·鲁尔福、马尔克斯等，他们的写作，都在探索写作个

[1]　陈思和：《第七届花踪文学奖得主阎连科的授奖词》，载《当代作家评论》2013 年第 5 期。

[2]　阎连科：《选择、被选择和新选择——在罗马第三国际大学的演讲》，收入《一派胡言：阎连科海外演讲集》，第 153 页。

[3]　阎连科、张学昕：《我的现实，我的主义》，收入《阎连科文论》，第 281—287 页。

性和底层人的现实生活的结合上，开出了成功的范例。他认为荒诞、魔幻、夸张、幽默、后现代、超现实、新小说、存在主义、魔幻现实主义这些现代小说的因子和旗帜，其实都是最先从外国文学作品中获得的。[1]

内在和外在的结合，导致了阎连科的"最终之选择"——"以最个性、最独有的方式去写作、表达看到和洞察到的光芒和黑暗交替频繁中大扭曲的中国现实中的大扭曲的人的灵魂。"[2]

（二）老村出世写作的根源探索

老村和阎连科的童年经历很相似，都是贫苦出身。老村在《吾命如此》中，就讲到了童年的贫困。和阎连科一样，老村童年最大的理想，也是顿顿能吃上白面馍，喝上小米稀饭。因为贫困，少年早成的老村，七八岁时，就经常失眠了。另外，因为长得怪异，老村从小就很自卑，也很少得到像其他孩子一样的爱抚。老村写道："在我的童年记忆里，似乎没有过像别的小孩一样，坐在大人的膝盖上，被大人又抚又爱的感觉。我是如此丑陋。丑陋的程度，到了连母亲与我站在一起，都有可能感到惭愧。"[3]

评论家白烨在《老村之谜》中写道："老村是生长于陕西澄城农家的乡下人，艰窘的生存环境和枯涩的村舍文化，限定着他又养育着他，使他在起步之始就备尝了人生的甜酸苦辣。他从小就感受到命运的不公，很早就为命运而焦虑，后来他终于当兵'走出黄土地'，并如愿以

---

[1]   栾梅健：《撞墙的艺术——论阎连科的文学观》，载《当代作家评论》2013年第5期。

[2]   阎连科：《写作最难是糊涂》，收入《阎连科文论》，第114—117页。

[3]   老村：《吾命如此》，第17—19页。

偿地上了大学，顺顺当当地进了京，一步步地实现着自己的目标，但已
贯注于他的生命的早年的经历和童年的记忆，却非其他经历所能相抵
和类比，因为那不仅是他认知世界的原初印象，而且是他看取人生的
基本视点。"[1]

　　老村大学毕业后回到部队，本是留在军区政治部文化处工作。却
因一篇散文体的小说《月光是朦胧的》，在极"左"思潮的年代里遭到
批判，被发配到距西宁 500 公里外人烟稀少的祁连县武装部。20 世纪
90 年代初，老村和妻子双双调入北京，但因各种原因，又双双失业。
贫困一度和老村相随相伴。不过让他贫困，我倒以为是老天赐予作为
文人的老村最好的礼物。

　　在我看来，与当前社会和当代文学潮流阴阳两隔，是老村写出《骚
土》这样作品的重要的客观保障。他于现实之外建立起自己的文学堡
垒，也可以说是囚室；没有这些，不可能完成这部在沉静状态中写出
来的小说。老村身处遥远的青海西宁小城，后来甚至到了更荒寒的祁
连山里，远离熙熙攘攘的文学事件和潮流，全部的心思和精力，都投
注于这部小说的写作。也许，正是这种一年又一年寒冬般的孤独和寂
寞，这种几乎等同于被囚闭的写作处境，使得他有关经典的想象，特
别是他的思想，在面向民族化的深度开掘上，没有受到纷乱时代的干
扰或者说裹挟。

　　从阅读上看，老村十二三岁就接触、阅读了任继愈先生编撰的《老
子今译》，老子是道家思想的发源者之一，是知识分子回避社会的开端
者。老村说道：《老子今译》这本书教会了我逆向思维。……里面的许

---

[1]　白烨：《老村之谜》，收入老村：《生命的影子》，第 2—3 页。

多句子，已经铿铿锵锵地响彻在我灵魂的深处。许多年来，我一直将它视为我认识现实、辨析真伪的天赐之书。[1] 老村后来虽然也阅读了大量的西方作品，但他的写作，更多的是依靠直觉的生活经验，直接与传统接轨，与土地衔接，走的是我们民族自己的写作经验之路。

三、作家应回归到写作的大道上

在中国，不少评论家、有自觉意识的作家都讨论过作家和现实的关系，主张作家要积极介入当下火热的生活。是的，作家也是一个国家的脊梁，民族的脊梁，他们不顾自身之处境和得失，为人民呐喊，为自由奔呼，他们是值得我们敬佩的。

但知识分子仅仅靠批判是远远不够的，仅仅批判只承担了知识分子很小的责任，而放弃创造的追求和努力，就是放弃了一个真正知识分子的主要责任和贡献。阎连科最近在接受采访时说：“中国现实的复杂、荒诞、丰富和深刻，已经远远把作家的想象甩到了后面。生活中的故事，远比文学中的故事传奇，好看得多，也深刻得多，但作家没有能力把握这些，也没有能力想象和虚构这些。作家的想象力和现实的复杂性进入到同一跑道进行赛跑，跑赢的是中国现实，输掉的是中国作家的想象力。即便作家有天大的想象力，都无法超越现实本身，这是不言而喻的事实。”[2] 我以为，面对当下社会的荒诞，甚至黑暗，作家要做的，不仅仅是和现实赛跑的问题，而是要创造，“只有创造才能

---

[1]　老村：《吾命如此》，第 13 页。

[2]　《阎连科：中国现实的荒诞和复杂没一个作家能把握》，http://culture.ifeng.com/1/detail_2013_12/02/31716935_0.shtml。

战胜黑暗"[1]。吴洪森首先从西方的实例做了论述。他说，当西方社会笼罩在维多利亚时期道德高压之下时，弗洛伊德通过创立精神分析，从根本上砸碎了那个时代捆绑人的枷锁；而尼采哲学则为文化多元化起到了开路先锋的作用；马克思主义为西方社会走向福利主义奠定了基础。如果没有这些天才的创造，只是一味对身处时代的批判，社会能取得革新进步吗？中国历史上，就出现过以创造来战胜黑暗的辉煌时期。春秋战国是天下交征于利、黑暗混乱的时代，但那个时候却出现了诸子百家特别是孔子、孟子、老庄的创造。吴洪森说，老庄哲学到了黑暗的晋代社会，通过陶渊明的再创造，使中国文化具有了源远流长的田园精神，而田园精神两千多年来是中国文化人的宗教，是知识分子对抗黑暗现实的安身立命之所。只有明白战胜黑暗的唯一办法是创造，这数千年未见之黑暗，对中国知识文化人来说，就正是"天将降大任于斯人"的历史契机。[2]

　　而我以为，作家的"创造战胜黑暗"，就是要秉持写作的大道，面对历史本身，对人类原始状态的描述，写出具有个性的作品，产生久远的对后世有交代的作品。直面现实固然很好，但作家毕竟不是政治家，不是简单的战士。作家存在的一个重要理由，是为这个时代，甚至为后世贡献出优秀的文本。鲁迅被后世所敬仰，不仅仅是他为时代呼喊，更重要的是，他为后世留下了比呼喊更重要的作品。数十年过去了，像《阿Q正传》这样的作品，还具有很重要的文本价值。

　　阎连科是当代最重要的作家，在这么多年的写作中，已经积累了

---

[1]　吴洪森：《面对摩罗的困境》，收入《崩溃的脸皮——吴洪森随笔散文集》，第267页。

[2]　同上书，第268—269页。

相当多的经验，"仅仅从当代长篇小说的形式文本来看，阎连科的创新意义也是首屈一指的。在阎连科的长篇小说里，文本、结构、章节、语言，甚至连注释、标题、书名等等，都构成了探索意义"[1]。但我想，阎连科应该能做得更好，多借鉴一些出世的精神，从小说文本和语言构造上，在民族化方向上，进行一些积极的探索。

老村对此有深刻的认识。他说，百年来，国家追赶世界大势，文人夹裹其间，不得清净脱身，遂文学不得归位。如此，百年文人之悲哀矣。若以此计，吾等写作，亦颇伤感。对此，老村的结论是："即便天降雷火，亦不为之所动。即便养一小花草，也定为自己所养。为的就是要窥见世界真实面目，生命真过程，做人真性情。此种活法，应是民族灵魂、文化英杰之根本面貌。"[2]

中国作家，经过这么多年的对西方的模仿、学习，在小说技术层面，已经不输于西方了。但我们和西方小说还是有差距，原因可能就是我们一些作家入世太深，缺乏大格局、大胸怀、大境界。离生活远点，离现实利益远点，真正做到以出世的精神，做入世的文学，不为名累，不为批判而批判，或许是一条正道。

作家杨志军有篇博文《五种作家的五种境界》，很有意思，不妨拿来作为我入世与出世写作论的注脚。

> 精神导师——救世姿态、信仰写作、舍己之心、无人之境
>
> 大师——创世姿态、理想写作、利他之心、自如之境

[1]　陈思和：《第七届花踪文学奖得主阎连科的授奖词》，载《当代作家评论》2013年第5期。

[2]　老村：《吾命如此》，第168页。

　　大作家——醒世姿态、理性写作、悲悯之心、风格之境

　　作家——愤世姿态、感性写作、怨望之心、性情之境

　　名作家——入世姿态、才情写作、名利之心、雷同之境[1]

　　其实，这个公式中，一个重要的提示是，一个作家，若为此时此世写作，会影响他的成就的。但愿阎连科能意识到这一点。

2014 年 6 月 19 日于丰宁小区家中

2014 年 7 月 7 日修定于办公室

---

[1]　杨志军:《五种作家的五种境界》，http://blog.sina.com.cn/s/blog_4badf5e2010007m8.html。

张庆国：小说迷宫中的虚实人生

　　张庆国是我们云南的作家，人老实，不张扬，我一直将他当老大哥看。不是因为他的年纪，而是面对他写的小说。私下里喝酒，头脑飘然的时候，我对庆国大哥说，我认为他是一个被严重低估的作家。他不以为然。他说，他在家里的书房写作，从没有想到过这个，只想到文字的重要和神圣，就得跟进到寺庙里的感觉一样。这就是张庆国的态度。他不在意别人怎样评价他，只专心写作。

　　金子不会跳出来说自己是金子，挖不到只说明掘金者没运气，作家张庆国就是这样的金子。他确实写过一部掘金者生活的长篇小说《卡奴亚罗契约》，挖到了金子，却不动声色。

　　其实，有关张庆国创作的评论和研究文章，已多次见诸《文艺报》《文学报》《小说评论》《南方文坛》等报刊。早在 15 年前，就有中国最重要的作家在谈及当年的国内小说时，把张庆国与莫言和陈应松并列，推介过他的小说《黑暗的火车》。以张庆国 30 余年的创作经历，稳定并步步向上的近 400 万字作品量，以他的小说几乎全部发表于《人民文学》《十月》《当代》《钟山》《花城》等所有国内重要杂志，被国内的选刊多次转载，他曾入选年度选本和"中国小说排行榜"。

但他的文名却一直不怎么彰显。也许是人在云南，偏僻的缘故。

张庆国的理解是：只能说明我做得不够好。

我认为这不是谦辞，是信心。

一、张庆国小说的语言特征

文学的"文"，有一层重要意义是文字，也就是语言，语言之于文学，不是外壳，而是灵魂。张庆国在为云南作者讲课时，多次表达过这样的观点。他说，文学最重要的特点是，它只为读者提供思想暗示，不提供实物。一匹马，画家的办法是画出来让人看见，音乐家的办法是让人听到马蹄声，作家的办法是，用文字告诉读者有一匹马，读者看不到也听不见，只能根据语言文字的暗示，去想象一匹马。所以，作家的语言处理不好，写作就会失效。

早在 2011 年，著名批评家贺绍俊就撰文呼吁，当务之急是建立中国当代文学的优雅语言。他指出，中国现代汉语文学正面对语言这道坎，迈过这道坎，也许就风光无限。在贺绍俊看来，文学语言不同于思想语言，不同于实用语言，不同于日常语言。文学语言是用来承载民族精神内涵和永恒精神价值的。因此，语言问题并不是一个形式问题，建立起优雅的文学语言，也许是中国当代文学得以发展和突破的关键，也是中国当代文学走向世界的关键。[1]

缺乏语言功夫，再好的主题也没有承载支架。严峻的事实是，语言的浅薄和粗俗化，已使近年的许多中国文学作品变得平庸，很多作

---

[1]　贺绍俊：《建立中国当代文学的优雅语言》，载《文艺争鸣》2011 年第 3 期。

家直奔主题，文本干瘪无力。语言是小说存在的家园。汪曾祺作为当代较有影响的小说家，历来重视语言，小说成就颇高。他曾说："语言不只是技巧，不只是形式。小说的语言不是纯粹外部的东西。语言和内容是同时存在的，不可剥离。"[1]

在我的视野中，老村、金宇澄、李洱、张庆国等为数不多的几位作家，对语言很有准备。我说的准备，是经年累月地对语言的琢磨提炼，也就是说，作家应该先找到适合自己表述的语言，再去找故事、人物。但现在的作家，大多数先从故事和人物入手，忽视了语言准备。语言过剩和语言紧缺并存，是当下中国文学的危机之一。

在一次访谈中，张庆国透露了自己对语言的长期准备过程。他说："中学时我一度疯狂迷上遣词造句的研究，那时我做得最多的事是查词典，在家里找到一本'破四旧'遗漏的老式'四角号码'词典，里面的旧式词汇很多，觉得太丰富了，太好了。所以我最初的语言训练不是在大学里学的，很早就开始了。"[2] 作家老村的语言把握也甚为到位。他写作《骚土》前，也是天天看《辞海》，搜罗陕西语系中的古字、古词。《骚土》使用《辞海》中的词汇也就百十来个，但这百十来个经历岁月淘洗的词，像盖木头房子使用的铆钉，使《骚土》站住了，具有了稳定性、经典性，与传统中国小说接轨。

张庆国小说语言的第一个特征是简练，单刀直入。

应该说，这是张庆国近几年小说的语言特征。早期张庆国写的小说，比如 90 年代初期发表于《花城》的中篇小说《巴町神歌》（《花城》

---

[1] 汪曾祺：《关于小说的语言》，载《小说选刊》1988 年第 4 期。

[2] 贾薇：《文学只是一种消遣 —— 与作家张庆国对话》，http://blog.sina.com.cn/s/blog_5672e40d0100ij56.html。

1991 年 5 期），语言是较为繁复的。语言由繁复转向简练，说明张庆国的文学观点发生了变化，从青年时期的向先锋派学习，改变为另取一套的镇定自若。

20 世纪八九十年代，中国的先锋小说探索风起云涌，张庆国作为刚从大学毕业不久的作家，其写作经历与西方现代派文学在中国的风行同步，正如他在相关文章中自我介绍的那样，西方现代派文学为他所钟爱，从卡夫卡到马尔克斯都很熟悉。但熟悉是一回事，正确理解和运用是另一回事。张庆国在 2009 年发表于《山西文学》的一篇读外国小说的长篇随笔中，曾对自己的那段文学经历进行检讨，认为早年包括自己在内的中国作家的西方现代派文学研究，只欣赏语言的壳，未能准确领会语言的魂。[1]

语言不只是形式，也是作品的内容，小说中涉及的生活事件，跟作家采用的语言形式同为一体，不可分割。作家对人生有所理解，发现了主题，就会寻找相应的语言形式。早期张庆国的小说有先锋实验色彩，语言繁复，是因为他喜欢西方现代派小说新的语言表达形式，他用那种语言形式描述了人生的神秘，却不太明白外国作家为什么那样写，不清楚那种新锐语言后面的西方文化背景及其精神意义。他的语言繁复，某种程度上反映了其思想在迷茫地绕圈子。

这不是张庆国的问题，是一个时代的文学通病。当时的中国文学急于寻找新的出路，青年作家对西方现代派文学花样翻新的技巧有所迷恋，剥了其语言的壳，穿到自己身上。他们只能这样做，但这样做是错的，语言不是作品的外衣，是重要内容。西方现代派文学选择的

---

[1]　张庆国：《冬天的树和树上暴露的鸟巢》，载《山西文学》2009 年第 5 期。

语言形式，出于他们自身的处境和由此产生的作品。两次世界大战的惨痛经历之后，面对"上帝已死"的孤独和恐慌，19世纪的浪漫主义和巴尔扎克式的外部写实传统，无法解决西方人巨大的内心困扰，于是催生出他们的新思考及文学形式的现代性突破，并产生相应的文学语言。

中国文学在改革开放以后大踏步前进，同样面临传统革命文学不再适应历史转变后的中国经验困扰，但这个困扰跟西方人的宗教信仰文化相去甚远。我们面对的问题是物质匮乏、精神荒芜、思想空洞。思想空洞导致我们无法回答自己的问题，从西方作家的作品中，我们也找不到自身问题的答案，因为西方作家的写作只能解释他们的生活。所以，我们借用他们的语言，为自己的作品暂时取暖。

正如张庆国后来著文所说："中国有中国的问题，外国有外国的问题，乌鸦解决乌鸦的麻烦，老鼠享受老鼠的欢乐。中国作家写爱情，也许为的是表达生的喜悦，外国作家写爱情，可能恰恰是解释死的无奈。"[1]20世纪八九十年代的中国青年作家，包括当时的张庆国，很难认识到这个深度，只为读到崭新的语言而惊喜，他们用那种语言创作自己的中国生活小说时，难免徘徊迷茫。

现在，张庆国的小说语言简练明确，直截了当，是因为心里有底。当西方现代派文学成为常识，融会在中国作家的生活观察中，融会在作家的中国方式表达中时，张庆国也清楚地找到了自己想要描绘的人生，以及相应的语言方式。他知道自己为什么要这样写，对自己作品中的人物及其命运有明确认识，对安排出的相应情节心中有数，语言方

---

[1]　张庆国：《冬天的树和树上暴露的鸟巢》，载《山西文学》2009年第5期。

式就很果断，直接挑明，一针见血。

张庆国的这个语言特色，最为鲜明地体现在其最新发表的小说《马厩之夜》（《人民文学》2014 年第 3 期）中。这部中篇小说讲的是老故事，叙事方法却很新颖，人生认识独特而明确。小说中的桃花村，在日本人的威逼下，把几个村里的女孩送给日军做慰安妇，战后为隐瞒羞耻，引出了更大混乱。如此复杂的伦理故事，张庆国在小说开头，表达得简练有力：

> 我母亲六岁那年，被赵木匠从缅甸领回来。原来她有一个印度人的名字……她跟着赵木匠走进桃花村时，连中国话也不会说，对赵木匠要把自己养大做儿媳的事不懂，也没有兴趣搞懂，只想再活几年，活厌烦了就上吊，去找早就死去的印度父亲。

短短数十字，就把小说中的几个叙述者摆出来，也把人物国籍与身份的混乱摆出来，同时亮出其生死态度。叙述者多，是因为人生的隐瞒；国籍和身份的混乱，是出于时代混乱；生死不知，来自战争危险。信息容量很大，令人赞叹。

简练的语言容量最大，也最有力。金圣叹就曾感慨道：不会用笔者一笔只作一笔用，会用笔者，一笔作百十笔用。[1] 莫言虽获得了诺贝尔文学奖，成为中国首屈一指的大师，从莫言的小说看，他的语言是很不节制的，恣意汪洋，少了韵味，多了泥沙俱下的土味。张庆国不同，他的语言谨慎用心，有很多玄机。在他的中篇小说《钥匙的惊慌》

---

[1]　金圣叹：《第六才子书》，转引自叶朗《中国小说美学》，第 114 页。

（《十月》1995 年第 4 期）中，迷茫时代中的恍惚人物李正，为家里准备做防盗笼的事，心乱如麻，无所适从。价格高了不行，便宜也不行；安装怕麻烦，不安装又恐慌。他最后决定做防盗笼，交付定金，制作人老田却失踪，受到致命一击。这里，张庆国只用一个短句，就把李正的心态写了出来：没有老田，小店已经在昆明城的早晨死去。"早晨"充满希望，但"早晨"后面的"死"字，写尽了李正的万念俱灰。

语言的优雅，是张庆国小说的第二个特征。

这个特色，也许跟作者个人的出身有些联系。我和张庆国有个谈话，他介绍说，自己出身书香世家，直到父亲那一代，家族也全部是大学生，他奶奶的女佣"文革"开始那年才辞退。我知道他自小阅读《三国演义》这样的经典著作，其小说语言，早在传统文化的熏染中养出了优雅的风度。

张庆国的小说《黑暗的火车》（《十月》2000 年第 2 期），就体现了语言优雅的特点。雾、火车的摇晃、目光的潮湿、夜色的疑惑、房间中的慌乱、床上的凹印等等。众多俯拾即是的优美短句，使得《黑暗的火车》色香味俱全，醇厚，很有嚼头，层层推进，让火车驶入读者内心，回味无穷。

优雅来自恬淡，以及对事物细微的体察。在小说《如鬼》（《钟山》2011 年 4 期）中，张庆国写鸽子，表现出细微而深刻的洞察力。

　　那些神奇可爱的鸟，羽毛光滑，眼睛明亮，骄傲优雅而相亲相爱。公鸽向母鸽求爱，是那样彬彬有礼，不慌不忙。它绕着母鸽点头，一遍一遍地点，用力点，深深地点，乞求它赐给自己爱情。母鸽不同意，表情冷淡，它就再努力，咕咕咕地唱歌，我认为是唱歌。

父亲说，不是唱歌，它是在念情诗。

张庆国的语言优雅，还来自他对比喻的应用和掌控。在小说《桃花灿烂》(《人民文学》2003 年第 12 期) 中，张庆国将街上的乘客比喻成豆子，形象且特别有味。他写道：散落在街上的乘客是大豆、小豆、虫吃过的豆子和金豆，开着出租车满城拣豆子。小说《水镇蝴蝶飞舞》(《花城》1996 年第 2 期)，更能体现这方面的特色。这部发表于 90 年代初的中篇小说，写得仓皇迷离，纯静唯美。江边的小镇、神秘的纸花店、寂寞的招待所、黄昏中飞舞的金属蝴蝶、琴师与美女、医生和杀手，惟妙惟肖，读来恍然若梦。

在小说《如鬼》中，张庆国写道：关于二叔的传说，像树上落下的鸟窝，干枯散乱，轻飘飘的一点重量也没有。在小说《如风》(《芳草》2011 年 1 期) 中，张庆国把警察陈刚比喻成猎狗，将马局长比喻成狡猾的野猪。明喻、暗喻、隐喻交叉，巧妙运用，有绅士品质，机智俏皮。

张庆国语言的机智俏皮，跟其他作家有明显区别。文学语言不是俏皮话，语言的力量不体现在表面的花哨，表面的俏皮话只是小水花，张庆国的机智是大海本身，出于其对生活和艺术的独特理解，跟小说内容融为一体。这让我想起了作家刘震云的小说。刘震云的小说中亦有很多看似精彩的俏皮话，但他的俏皮话显得游离，未能融入小说的整体语境，来路不明。

此外，反讽与幽默，语言的生动性和感染力，亦是张庆国语言的特征。张庆国常把严峻的事件表述得轻描淡写，把痛苦表述得不以为然，把惨烈的现实描绘得虚幻神秘。他的词语研究非常细致，语言中很少虚词，大量使用动词、名词，大量做形象比喻与具体描绘，很少抽象表述。

作为生活在云南这块神性土地上的作家，张庆国还对语言的地方性挖掘很重视。地方性是现代性的一种，做到更高意义的地方性表达，才能言之有物，体现最实在的世界性。刘恪在《中国现代小说语言史（1902—2012）》中说，我特别相信语言是地方性的，因为每一个人都会诞生于某一个地方，由那一个地方赐予他语言，及一种语言的情感、地方性知识、个人所拥有的地方语言经验与表达方式。刘恪相信，只有地方性的语言才是最独特个性的语言表达。[1]

张庆国的小说中，很早就出现大量昆明及云南的地理名称，他在多年前就对小说的地方性表达做出尝试，力求运用差异化的地方知识，写出特殊人生，实现文学的创造力。但我认为，有关地方知识及相关语言的挖掘，张庆国还做得不够。

中国文学的普通话写作，抹平了地域差异，把不同地域间特有的文化资源、传承、习俗等烙印消灭，十分可惜。但是，只注重地域差异，不研究交流的有效，也会造成重大遗憾。众多中国作家对此已有认识，正开展各种探索，张庆国是其中之一。云南文化种类繁多，体现出多种多样的差异性，艺术资源很丰富，作家用心琢磨，可以写出体现神性的大作品。作为云南最优秀的小说家，张庆国应该再做努力，继续深入民间，淘洗出云南最有文化魅力、最有地域特色的词汇，创作出伟大的作品。

---

[1]　刘恪：《中国现代小说语言史（1902—2012）》，百花文艺出版社，2013年，第12页。

二、人生的虚妄迷茫

张庆国作品很多，题材繁杂，手法多样，他的小说类似迷宫，仔细分析，可看出其经历了三个阶段的蜕变。

第一个阶段是非现实，对人生虚妄与空疏的描绘，即把有写成无，迷恋纯想象的虚构叙述。第二个阶段是关注现实，却常常绕开现实疼痛，把重写成轻，如他所说，"把痛苦的事写成玩笑"。第三个阶段，以近期刊发在《人民文学》的《马厩之夜》为转折点，张庆国的小说创作，保持着现代叙事的多样化与复杂性，注重作品的陌生化，却脚踏实地，对选择的题材有清醒认识，所写事件和人物也有深入分析，做到了言之有物，目标明确。

张庆国在中篇小说集《黑暗的火车》"代后记"中说：我有意把沉重的生活写轻，把世俗人生的困难写得与世俗概念关系不大，把落在地上的石头写成浮在空中的烟云，把实有其名的城市写成并不存在的梦境，把有写成无，这是 2000 年前我的小说观。[1]

我推测，张庆国早期的这个小说观，主要基于两个层面形成，一是他的家族 1949 年前是传统士族，1949 年后旧历史被革命摧毁，全家人搬出世代居住的宅院，挤在十几平方米的公家小屋中艰难度日。童年时，爱写作文的他被反复警告，说写文章会成右派，这对其早期的心灵产生过影响。二是上大学时，西方思潮涌入，写作风格受影响，思想迷茫。

两者叠加，使张庆国在很长一段时间里，人生理解很虚妄，认为

---

[1]　张庆国：《我的生活一成不变》，收入《黑暗的火车》，云南人民出版社，2008 年，第 357 页。

世界的本质就是虚无，看上去嘈杂繁华，其实什么也没有。他在接受我的访问时回答："爱得生死难离，终要分离，生命是过眼烟云。三十岁左右的相当长一段时间里，每到冬天，看着灰色天空，我就很忧郁，非常难受，像要死一样。"

所以，张庆国的早期作品，充斥着大量人生的虚幻与神秘。《水镇蝴蝶飞舞》和《巴町神歌》，发表于 20 世纪 90 年代初，两部小说都明显受到先锋思潮影响，有一望而知的现代意识，写世界的不可知和作家自己内心的迷茫。

水镇是一座缥缈之城，镇上的男女行踪可疑，善恶莫辨，危险突如其来，死亡无可抗拒并原因不明。《巴町神歌》非常超现实，用想象中的云南深山生活，写不可能存在的奇异世界和人生。闭塞的小县上，躲藏着一位自命不凡的歌舞团团长，他是艺术天才，骄傲自大，举止神秘，手下的弟子也行踪诡异。歌舞团所在的旧宅子式样古怪，非中非西，阴森可怖。狗偶尔说人话，鹦鹉能背诵很多外国诗歌，团长排练的作品，出自意外获得的失传古籍，时光积尘里鬼影幢幢，演员登台时神奇升空。小说最后，剧场倒塌，神话消失，回归世俗，平淡无奇。

《巴町神歌》的所有描写都很具体，环境、人物及其行为非常逼真，故事却很虚妄，没有现实根据。张庆国杜撰了美丽的梦和遥远传说，描绘其背后的阴森黑影，内容安排很大胆，叙述上旁逸斜出，枝蔓横生，语言探索有诸多尝试。这部小说是张庆国非现实题材小说中最重要的作品，体现出张庆国对生命和文学的深层思考。

之后的《水镇蝴蝶飞舞》，跟《巴町神歌》一路，小说叙事却有清晰线索。张庆国在一次接受访谈时说："原先我认为故事不好，怕沿着故事下去，会使小说变得枯燥、单调。后来，我认为故事在小说中还是很重要的，一旦写好故事，小说同样完美。"[1]

重视叙事性，强调故事的完整清晰，并非为了解释现实人生。《水镇蝴蝶飞舞》写得复杂多变，却跟现实毫无关系，只是一个梦。张庆国发表于《当代》的另一部小说《意外》（《当代》2004年1期），看上去是农村现实题材作品，其实也跟现实无关，只是小说家无中生有的想象尝试。张庆国祖辈生长于城市，并不懂农村，这个小说，以玩笑似的纯粹想象文字，把虚幻的猜测，写成当下社会的具体人生，借以表现混乱现世中人的孤独无助。

值得注意的是，《意外》尽管虚幻，却是一个信号，张庆国从虚妄的想象中，走进了现实生活，开始反省并研究沉重的现实社会。

2000年后，张庆国的小说发生了变化，转向对现实的书写。这个转变当然是有限度的，具有明显的张庆国特色。他的小说叙述，仍然重在艺术表达，不以揭露现实困难为目的，他经常绕开现实中的人生障碍，把小说中出现的人生痛苦当玩笑写，化重为轻。

当下的中国文坛，对现实的书写大多呈现正面强攻之势，余华的《第七天》，恨不得直接用新闻体写现实，以荒诞回应荒诞，以不可承受之重，写命运的不可承受之痛。另外一路，如张庆国，以轻盈来写沉重。米兰·昆德拉曾以"极端轻薄的形式来书写极端严肃的主题"，伊塔洛·卡尔维诺在《美国讲稿》中，第一讲就是"轻逸"。他说，重量轻的软件智能通过重量重的硬件来施展力量，但发号施令者乃是软件。[2]

张庆国不愿面对现实困难，并非不知道现实困难的沉重，也并非冷

---

[1]　贾薇：《文学只是一种消遣——与作家张庆国对话》，http://blog.sina.com.cn/s/blog_5672e40d0100ij56.html。

[2]　[意]伊塔洛·卡尔维诺：《美国讲稿》，萧天佑译，译林出版社，2012年，第8页。

漠无情，而是文学观不同。不少优秀的中国作家，也对现实书写保持着警惕。阎连科的不少作品，书写惨痛现实，却放浪形骸，极尽夸张，这样做的目的，是为了回避简单的现实重复，更强烈地描绘荒诞人生。

把重写成轻，以虚向实，有意拉开文学与现实的距离，以强调文学的审美意义，是张庆国小说的重要特点。张庆国认为："纯粹的现实故事是生活的重复，如果这种重复还显得有意思的话，应该交给记者或新闻电视去做。文学家要在生活之上展开描述，它是现实的，又是非现实的。"[1] 所以，张庆国小说写厚重的社会事件，从不追查原因，更不去判断社会是非。

张庆国 20 世纪 90 年代中期发表于《十月》杂志的中篇小说《钥匙的惊慌》，在化重为轻的意义上，也有代表性。首先，小说名就奇异，钥匙是常见的实物，不可能惊慌。其次，内容荒诞。公务员李正担心钥匙丢失，在安装防盗笼的问题上拿不定主意，患得患失，谨小慎微，却处处出错。妻子精打细算，一再吃亏，姑妈莫名胆怯，求助气功大师，甘心受骗上当，其中还穿插姓花的女同事的爱情乱码。最后，李正勇于揭发气功大师的骗局，却被警察误抓。

人生很沉重，麻烦不断，演化出的事件像一场玩笑。故事很具体，细节来源于现实，小说中的人物谁都熟悉，类似事件处处可见，它们组合在这部小说中，却不再真实，荒诞不经。实有的钥匙以虚幻假象出现，写出了现实人生中的空虚无助。张庆国着力于具体现实，却无意做现实表达，只想通过"钥匙"这一贯穿始终的意象，写时代的慌

---

[1]　贾薇：《文学只是一种消遣——与作家张庆国对话》，http://blog.sina.com.cn/s/blog_5672e40d0100ij56.html。

张和严峻人生中的不安全感，以触及人心深处永恒的空虚。

《意外》是张庆国的另一部优秀中篇。这部小说开篇，就在人名上给读者留下深刻印象，一连串物品名，竟然就是小说中人的真名。教师叫土豆、校长叫板凳、乡镇书记叫钢筋、镇长叫柜子、女学生叫树叶。

现实人生被不可能存在的人名虚化，作品获得了最初的陌生化原创力，其中故事及人物命运，也就与现实保持距离，表面的玩笑，大有深意。《意外》中才华出众的青年教师土豆，得到学校和学生的认可，梦想升迁，忽然杀出一个叫板凳的人，阻断他的人生，让他经历一系列打击，被迫走上逃亡之路，最后，戛然死于公安大院内的车祸。小说绕开了可能出现的社会问题解释，以荒诞始，也以荒诞终结。

类似化重为轻的荒诞故事，还有张庆国的小说《错字案》（《十月》2011年4期）。其中马师傅孤独出征，只身清除城中大量错字，令人感慨，啼笑皆非。这个印刷厂老工人，颇有堂吉诃德风度，他是校对师傅，视整座城市的错别字为仇敌，奋力作战，走火入魔，永远痛苦，在喧嚣的城市里形只影单，以至引火烧身。

张庆国与传统的现实主义作家不一样。传统的现实主义作家以实写实，把沉重的现实写得更重，他则化重为轻，以虚写实，构思独特。无论是《钥匙的惊慌》《黑暗的火车》，还是后来的《错字案》和《如风》等，均不以再现生活为目的，也不解释现实困难，只写生命的狼狈与仓皇。

张庆国说："我的小说，叙述中均隐约透出不可知的神秘力量，也就是说，总有一只黑手把人推向绝路或死路。"[1]《黑暗的火车》就是这

---

[1]　王毅：《张庆国小说的虚与实》，载《边疆文学·文艺评论》2011年第8期。

样的小说。牙科医生赵明，为见初恋情人马晓红，去成都参加口腔正
畸会议。在驶往成都的列车上遇到另一个女人，上演出"黑暗中摸索
的故事"，在阴差阳错中丧命。这部小说十五年前发表时，广受称赞，
小说中的"虚"，通过丰富饱满的"实"完成。张庆国做到了专业，也
做到了精确，写足了可见的爱情错乱，也给黑暗的精神世界留下空间，
有效避免了作品的简单化粗浅。

三、行走、救赎和转变

张庆国勤于思考，却不是书呆子，他的很多小说都是行走的结果。
青年批评家杨庆祥一直批评当下的中国小说缺乏"野性"，他认为我们
现在被一种伪中产阶级写作所束缚。这种伪中产阶级写作，有一个明
显特点，就是规矩，在审美、伦理、人物的塑造上都中规中矩，小情
小趣，被禁忌所困。[1]

杨庆祥提到"野"，其实就是要求突破禁忌——审美的禁忌和伦理
的禁忌。没有突破，写作就会停在一个地方不走。解决这个问题的好
办法，是让作家走动，跟历史和他人互动交流，深入别人的内心。

杨庆祥认为，张承志就是一个有"野性"的作家，一直在真正行
走，《心灵史》也一直在修改，2011 年，他又修改了一个新版本。所以
作家一定要动，让思想动起来，身体也动起来。如果停滞不动，写作
的新格局，就很难打开。

---

[1]　参见杨庆祥与周明全对话《"中国当下是最有可能出伟大作品的时代"》，载《都市》2014 年
　　第 9 期。

张庆国深谙此道，一直在"走"，行走使他保持激情，思想活跃，接连创作出新的作品。早年的《水镇蝴蝶飞舞》，是他远走云南东北部，独自客居陌生的江边小城的收获。《如风》的创作来源于他前往云南某县，跟随当地人进山打野猪的经历。长篇小说《卡奴亚罗契约》，是他一年中多次往返云南南部的亚热带深山，研究当地疯狂掘金史的结果。

《卡奴亚罗契约》（《十月》2008 年 4 期），最早出于张庆国在一个饭局上听别人讲的逸事。说者无意，听者有心，之后，张庆国立即着手准备，出门行走。他不开车，也不坐朋友的车，是去客运站买票，像一个真正的乘客，坐长途客车，辗转数百公里，直奔传说中的荒凉之地，进入埋藏着淘金秘密的深山。他一年之中六次前往被叫作"金矿"的偏僻山沟，住在金子河边简陋的小旅店，跟当地人交朋友，同吃同住，最后，写成了亦真亦幻的掘金故事。

张庆国认为，《卡奴亚罗契约》不是在写金子，是写时间历史 [1]，他的这个自我总结很到位。小说中的事件发生在改革开放之初，当地的掘金历史，可理解为改革开放以来的社会演进史。张庆国写出了改革开放历史，也写出人心的成长史与财富混乱史。但是，他的小说叙述与常见的现实主义作品有区别。这部小说不是单线推进，是复调式发展，城市、乡村、历史、现实并存，融会交叉。边远的马峰镇从贫困到富裕，从快乐到痛苦，从宁静到喧嚣，从纯洁到淫乱，触目惊心。他在写历史的混乱时，不忘生命的迷乱，不忘夸张和荒诞的表达，不忘深山原始宗教的神秘幻象，写了现实之重，也写出虚弱的生命之轻。

---

[1] 姚霏：《张庆国：我写了一份时间的历史》，收入《说吧，云南》，云南人民出版社，2012 年，第 42 页。

行走也使张庆国的小说创作获得救赎，发生了重大转变。

小说以假写真，张庆国面对是非难辨的复杂世界，不敢大意，不敢随便开口，就把目光更多地投向艺术审美。他的做法没有错，人生不完美，古代如此，现代如此，未来也如此。艺术面对现实，常常表现得"无用"，也无奈。小说无论怎么写，都是一件艺术品，失去了审美价值，小说就难以立足。

文学有为人生的意义，完全回避现实人生的解释，再好的小说也会有缺憾。张庆国的写作避实就虚，化重为轻，是其艺术追求，也是其思想的困惑。

张庆国的这种困惑，在2014年发生了根本性改变。

这一年，张庆国发表了最新的小说《马厩之夜》。小说写得复杂，却干净利落，再次获得好评。为此，《南方文坛》刊载了中国九位青年博士评论家对《马厩之夜》的讨论。有人在讨论中认为，张庆国的《马厩之夜》，代表了他个人写作风格的转变，一定程度上，也代表了中国先锋文学转型的一种"命运"。[1]

这种"命运"就是落地，中国作家的现代叙事探索，落到了中国的土地上，与中国生活、中国情感、中国问题、中国人种甚至中国古典艺术传统，产生了血肉联系。这种联系当然是现代性的，是三十年国际文学思潮深入研究的结果，是对几千年中国历史和文化重新思考的结果，并非旧式现实主义的简单复活。

这种转变中，人生的虚妄迷茫当然有，因为从绝对意义上说，生

[1] 2014年4月8日，霍俊明、张莉、金理、房伟等九人在中国现代文学馆会议室开展了张庆国《马厩之夜》的讨论。稿件参见《"时间马厩"中的罪与非罪——关于张庆国中篇小说〈马厩之夜〉的讨论》，载《南方文坛》2014年第4期。

命就是一场迷梦，来无踪去无影，但小说中的具体事件，却有了明确意义，疼痛就是疼痛，背叛就是背叛，任何错误，都要承担后果。

《马厩之夜》揭示了复杂的伦理困难，小说在《人民文学》发表后，接连被《小说月报》《中篇小说选刊》《长江文艺·好小说》选刊头条转载。霍俊明、张莉、金理等著名批评家，为此展开了专题讨论。

《马厩之夜》这部小说，同样萌发于张庆国听来的两句话。根据两句话提供的线索，他出门行走，前往一千公里之外的事件发生地，在小村子里居住，四处走访观察，实地感受时间的气息，为找到小说的最佳叙述方向苦苦思索，费尽心机。

这部小说写抗战，却没有战争，更没有抗日行动。桃花村的王老爷为维护村庄不被摧毁，同意给日军送慰安妇，战争结束，重金赎回女孩，又与她们一同服毒自尽。小说将人性的复杂，历史的复杂，时间的混淆以及战争的罪恶等，隐而不露地表现出来，是近年抗战题材中，将人性在战争的残酷中自我博弈的表现书写得最充分的作品。

四、惊人的小说掌控力

评论家张莉在《2011年中国小说年鉴》中，评介张庆国的小说《如鬼》时，有过这样的表述：通过《如鬼》，看出张庆国小说在叙事的推进、节奏的控制、人物的设计、人物关系的安排、结尾的处理等方面，都有恰到好处的表现，表现出小说叙事的惊人掌控力。[1]

---

[1]　著名批评家张莉在《2011年中国小说年鉴》中对张庆国的概括，转引自《"时间马厩"中的罪与非罪——关于张庆国中篇小说〈马厩之夜〉的讨论》，载《南方文坛》2014年第4期。

新疆作家董立勃，对张庆国的小说也很赞赏。他说："庆国的小说，叙述技巧很独特，每一篇小说都有一个故事的核心，这个核心情节如同强有力的黏合剂，词语被自由组合在它的周围，故事的每一次推进，都给语言留下一个想象的真空。"[1]

有了行走和各方面的思考，才有良好的小说掌控力。

张庆国在发表于《中篇小说选刊》的创作谈《解套》一文中这样阐述：表面的叙述之后藏着暗流，小说家大写特写之处，也许恰恰不是重点。[2]

中国传统小说的叙述，是一个浑然的螺旋形结构，比西方的小说叙述更高级，分析张庆国的小说，也可看出，他重视小说技术，在语言选择、叙述安排、人物设计、结构组织等方面，都有仔细研究，并取得了很好的效果。比如小说《马厩之夜》，就采用了多角度叙事手法，和当下很多小说的单线叙述有本质区别。

《马厩之夜》有"我"的寻访、母亲的追忆、神秘老头苦菜的叙述，以及村中各色人的历史表现。母亲的含混表述，将整个事件聚焦于残酷，拉近了叙述与事件的距离。苦菜老头"像个鬼，来路不明"，他的叙述看似补充，其实是使事件虚化。小说中的"我"，作为叙述者和当事人的"儿子"，也似是而非，鬼影幢幢，在事件中徘徊穿行。诸如此类的叙述安排，使《马厩之夜》丰富有力，故事回旋发展，历史与现实时分时合，完成了逼真的写实表现，也留下混沌的想象空间，既引导读者进入痛苦的历史场景，又不断脱离原发地，返回几十年后的现实。

---

[1]　董立勃：《藏在字里行间的金子》，载《文艺报》2009 年 3 月 3 日。

[2]　张庆国：《解套》，载《中篇小说选刊》2011 年第 2 期。

在有关《马厩之夜》的讨论中，深圳批评家赵目珍，对张庆国的这部小说做了叙述的技术分析。她说，《马厩之夜》中的叙事主题"我"，并未参与母亲"小桃子"人生经历的全过程，故事的演绎，无形中变成了"讲述＋转述"双层结构。这种多重叙述，使读者能一步一步抵达历史现场，抱着理解与同情之心态，回望那场战争中各种人在历史和命运挟裹下的百态人生。[1]

张庆国在这部小说的创作谈《黑夜背后的黑夜》中说：小说叙述也是一个等待穿越的黑夜。小说家也许会有事实传闻的写作出发点，可经常性的处境是，传闻查无对证，支支吾吾，并不能支撑小说空间。……穿越叙述的黑夜更难，作家在文本的黑夜中摸索，身边遍布蚊虫般密密麻麻的文字；如果指挥不当，成千上万的文字蚊虫等不及找到黎明，就可能在夜晚的寒风中冻死。[2]

他说的指挥，就是小说的掌控力。

这种掌控力，在张庆国的中篇小说《如风》中，另有突出表现。《如风》2011年发表于武汉的《芳草》杂志第1期后，引起广泛关注，被中国的五家选刊全部转载，创造了中国小说的"大满贯"转载奇观。它引人注目的一个重要原因，就是多重结构的叙事特色。《如风》包含了三层意义：猎狗奔跑如风、爱如风而逝、生死转换如风，并由此生出猎物与猎手相互混淆的悖论。张庆国将一个普通的社会事件，上升到人生的多重意义高度，使中国的社会事件小说，获得艺术和思想表述上的重要开拓。

---

[1] 此为深圳职业技术学院人文学院赵目珍的发言，参见《"时间马厩"中的罪与非罪——关于张庆国中篇小说〈马厩之夜〉的讨论》，载《南方文坛》2014年第4期。

[2] 张庆国：《马厩之夜创作谈》，载《小说月报》2014年中篇小说专号3期。

《如鬼》的掌控力，与上述小说不同，它的叙事策略看似平实，清楚明白，并无花哨设计；但从开头起，到结尾终，小说的严密讲述，均被一个巨大的历史鬼影所笼罩，那是时代之痛，也是人心之痛，是骄傲，也是空虚。近四万字的有限篇幅，写出了一个家族几户人家的半生岁月，压缩进了长篇小说的容量。其中有亲人的牵挂与吵闹，历史的虚弱和现实的坚硬，父辈的狼狈不堪与下一代的奋起直追，生的悔过与死的降临。种种冲突巧妙穿插，一泻而下，不可阻挡地汇合，在结尾的深夜里，突然发出尖锐回声。

张庆国是一位成熟的小说家，若不为名累，不为利诱，不断探索，相信他能创作出更多优秀小说。

2014 年 10 月 21 日于昆明

作家要写出善的坚韧

——对话张庆国

周明全：我一直很关注你的中篇创作，像 20 世纪 90 年代创作的《钥匙的惊慌》《黑暗的火车》，一直到近年的《如风》《如鬼》等"如字"系列，都是相当优秀的中篇小说，放在中国当代小说体系中评价，毫不逊色。但遗憾的是，"张庆国"，在当代小说圈却没有成为一个响当当的名字，没有和你的创作成就形成正比。我跟半夏、胡性能等好友一起聊天时，他们经常开玩笑说，这是因为你名字没取好，建议你取个笔名，考虑过取笔名吗？

张庆国：你问到点子上了，这是我的一个心结，充分体现出我个人的矛盾性。我从小喜欢写作，小学二年级，就对作文课充满期待，星期六上午有两节作文课，星期三我就心跳加快了。8 岁时，我在家里读《三国演义》如痴如醉，从小我考虑最多的一件事就是时间不够。在家里，我是长子，要承担好多家务，可我要看书。稍有空闲，就躲起来看书去，为此经常挨骂。

我把奶奶床上的书一本本找去看，那是我的姑妈从大学借来，给中风瘫痪在床的奶奶看了解闷的书。什么民间故事论，苏联小说，三国等等，都看。我家不是劳动人民，我父亲那一辈全部是大学生，爷爷那一辈的男人琴棋书画皆通。我奶奶的学生，是我读的那所小学的校长。父亲告诉我，他的姑爹，我的三姑老爹，油画画得非常好，家里收藏了很多古玩字画，"文革"时，全部被抄走。我家后来从祖上的老院子搬到公家的小屋，曾用家藏的几百册字帖糊墙。一间小屋的四面墙，全部糊满黑底白字的书法字帖，想起来真是雄伟，也魔幻。父亲用字帖的厚纸打底，再糊报纸，墙就很平整，结实耐用。我写过一篇小说叫《如鬼》，用了一点家世生活的素材。

"文革"刚到那年，我家才把陪奶奶十几年的女佣辞退。革命使我这样的家庭相当害怕和自卑，所以都给下一代取了简单朴实、积极向上的名字。不然的话，我家取名字很讲究的，父亲那一辈，男孩的名字，都有单人旁，表示男人要事业成功，顶天立地。女儿的名字，都带三点水，有似水温柔之意。

我从小喜欢写作，整天就趴在桌上写作文。上初中，家里着急了，反复警告我，你叔叔，谁谁谁，写文章成右派了。但是，这种事无法反对，爱好是天生的，是命，反对没有用，也由不得我。家里孩子多，顾不过来，爱学习嘛，反正不算坏事，父亲说说也就过了。

我不喜欢自己的名字，一点也不喜欢，想过很多笔名，在纸上画来画去，什么石头啊，树啊山啊，乱七八糟。直到四十岁，还在想该取个笔名，秦国，也想过秦始皇什么的，利用谐音来取，有些恶心，已经晚了，很晚。

但是，我告诉你，从很小的时候起，我就相当自信，我不是认为自己可以发表作品，是认为自己一定可以写出人类的伟大作品，如果没有写出来，就是发生了意外。另一方面，我又非常谦虚，自卑，认为取得成功很难，伟大的成功几乎不可能。在笔名的问题上，我就觉得，伟大的作家，将使一个平凡的名字变得响亮，这叫考验。伟大的作家不能庸俗，取些做作的笔名，太不自信了，没那个必要。另外呢，我又绝望地想，既然不会成功，取笔名有什么意思？哈哈！这就是我的悲剧。我是应该有一个笔名，笔名无所谓好坏，能让人记住，好奇，就行了。

晚了，关于笔名，我已经没有机会。但你想想，孙国庆、韩红，这些名字，有什么特别的？人家还不是出大名了？所以，关键是，我的小说，应该写得更好，还是应该检讨自己的写作。

周明全：你在《我的生活一成不变》中也写道："写小说是我的生活；我不是写了玩的，不是可写可不写，是非写不可，就像吃饭睡觉和做爱。"这个表述是很强悍的。从你这些年的创作成绩来看，也的确能看出你的勤奋。但这样会不会给自己巨大的压力，由此给自己的小说创作带来伤害？

张庆国：我不喜欢"勤奋"这个词，杜拉斯说过，什么叫作家？作家就是二十四小时写作，这样做了，就是，没这样做，就不是。我只是想做一个作家，做作家是我的命；阅读和写作，让我享受到无上的快乐。我写过这样的话，在社交热闹场合，我常常体会到孤独和冷清，在书房，我能感受到世界的繁华。我每天最喜欢待的地方就是书房，我还喜欢一个人旅行，像读书或写作一样，静静地观察和体验人生。我走在路上经常是恍惚的，看街上的人，感觉是书中的角色。

27岁时，大学毕业，我去参加云南省的笔会，在最北边的中甸藏区。笔会结束，所有人走了，我一个人留下，带着一纸作协证明，到处乱跑。在小镇上住五块钱的旅馆，爬卡车，一个人住德钦县的老招待所。木桩围的大院子，晚上只有我一个人住。半夜来了一个人，从二楼走廊老远的地方，脚步声就有力地传来，一直传到我的房门口，停下，然后敲门。进来一个男人，是第二个旅客，地质队员。你想想，那份生活体验，能给我多少文学的想象？

写作，对我来说只有快乐，但是，写得太快和太多，图高兴地写，会对写作造成伤害。就是说，有了写作冲动，压住，按下，等等，想好了再写，会更好。大学毕业时，我抱着一纸箱小说，有四十来篇吧，都是稿纸誊写好，订成一本一本的，去楼下烧。我是大学学生会的报纸主编，有单独的宿舍，很宽大，床前一张大书桌，一个大书架。晚上不熄灯，还可以烧电炉。我每天写，写完就投稿。有的写完改好，准备投，发现不好，就不要了。

我从第一次投稿开始，投的就是中国最热火的杂志，80 年代的《青春》杂志，在中国相当火，一天要收到几麻袋来稿。我就投那里，用不用不要紧，我只投那里。后来的第一部中篇小说，发的是《花城》。

周明全：既然你如此看重小说创作，那小说创作带给你的最大的乐趣是什么？

张庆国：为什么我最后没有取笔名？其中一个原因，是写作对我来说，不是为了出名，是爱写，想写，读书是为了写，到处跑是为了写，写是我的正常生活，不写，就反常了。发表啊，写作带来的功名啊，无关紧要。有的人写作是为了谋生，比如找到好工作，从农村调进城市。我没有这份需要，相反，为了写作，我放弃了很多现实利益。

有一件事，我从未说过，作为小说内容，将是一个重大秘密。中学时，我家已经从祖宅人院里搬走，住在公家四合院楼上一个 18 平方米的小房间，一家 6 口人，那么一个小房间，拥挤就不用再解释。我们动用了祖宗遗传的全部智慧，整理那个家，还是住下来了。但有个问题一直让我苦恼，就是写作没有桌子。只有靠窗的一张饭桌啊，一张家里唯一留下的老式大桌子，再摆第二张桌子，没有地方了。

高中那两年，刚好恢复教育的正常，我在昆明第二十八中读书，晚上有自习，我非常高兴，天天去。九点钟晚自习下课，同学全部走了，我留下，独自在教室，写作。那时写什么作嘛？没有地方发表，只是写作文，给老师看了表扬。

每天晚上，整个学校一片漆黑，只有高中部二楼一间教室，亮着灯光，灯光下，就是我一个人。晚上十二点，门卫上楼，一个中年男人，说要关门了，我才关灯，锁上教室的门，一个人穿过楼下漆黑的院子，出校门走路回家。整个高中期间，除了假期，天天晚上，1972 年和 1973 年，昆明二十八中那间教室，一年到头夜晚的灯光，就那样为我照亮。

需要解释的是，为文没有功利心，是事实，不是在表扬我自己，相反，对我来说，那是缺点。一个人，要真正把事情做好，做到位，是需要功利心的。功利是什么？那叫目标，叫不达目的，誓不罢休。只图身心的愉悦，放纵某种天注定的召唤，没有相应的写作策略，会浪费才情和生命。

周明全：小学二三年级时，你就开始对文字迷恋，便梦想成为一名作家。对于很多作家而言，童年经历是其重要的写作资源。但至少目前，我很少在你的作品中读到你童年这一段经历，你是有意回避还是觉得童年没有什么值得书写的？

张庆国：有各种作家，有的写自己，有的写别人，我属于写别人的作家。我也写过自己，比如《如鬼》，有些家世生活，但那样的作品在我来说很少。要说我不想暴露隐私，也许有点。我习惯观察别人，来写作，第一篇小说就是这样写的。

想起来了，我写过一篇小说叫《一只猫穿过黑夜》，那是童年生活，写我养过的一只猫和那个荒凉的时代，那样的小说也只有一篇。

我认为，童年跟作家的关系，根本意义上，不在写作内容，而在作品中的某种气息和思想。一个作家，他写别人，不写自己，是习惯使然。不写自己的童年，对任何作家来说都非常正常。但是，怎么写，文中透出什么精神，一定跟这个作家的成长有关，关系极大。

周明全：在早年的一个访谈里，你说上大学时正值西方思潮大规模进入国内，当时也了解了五花八门的西方小说技巧，风格上受到一些西方大师的影响。另外，你通过多年的阅读和实践，知道传统小说写作不吸引也不适合你，但跟随西方小说潮流来写，又觉得不太踏实。西方的不适合你，中国的传统写作也不适合你，那你觉得什么样的路才适合？

张庆国：我这一代作家，20世纪70年代末进大学，是在所谓思想解放运动中正式开始写作的；之前，我是写了很多年，中学时趴在家里写，趴在教室写，练笔，等待历史转折的时刻。我们进大学，读卡夫卡，读荒诞派戏剧的剧本，读艾略特和庞德的诗，很过瘾。传统写法我不喜欢，西方现代派写法，很多人模仿，我也不喜欢。

我想摸索一条自己的路，脑袋里却一团乱麻。我80年代发在《花城》杂志上的小说《灰色山岗》和《巴町神歌》，有西方现代小说的技术运用，有对历史、自然和人生的神秘认识。后来我转向北京，在《十月》和《当代》发表小说，作品多写现实。但我是通过现实来写虚幻，通过地理名称上的故乡昆明，来写文学意义上的远方，我的现实题材作品从来不解释社会，写的是人空疏的精神世界。

很长一段时间，我对人生的理解是虚无的。我认为，世界的本质就是虚无，看上去嘈杂繁华，其实什么也没有。爱得生死难离，终要分离，生命是过眼烟云。三十岁左右的相当长一段时间里，每到冬天，看着灰色天空，我就很忧郁，非常难受，像要死一样。这种感觉现在没有了，什么时候消失的？我不知道，就那么无影无踪地消失了。现在我喜欢冬天，认为冬天的风景相当干净和单纯。

有个说法，叫爱上这个残破而美丽的世界。福克纳说，如果人类生命的大船注定沉没，我也爱它，会歌颂它。差不多是这个意思，我同意福克纳的说法。

2014 年发在《人民文学》上的小说《马厩之夜》，可能代表我的一个写作思路，叙事方法丰富些，能体现自己的人生认识，注重事件和人物的独特性，注重作品的陌生化。我想，这样的小说会好。

周明全： 在当代作家中，你是一位格外注意语言打磨的作家，连在复旦大学带写作研究生的王安忆都曾充分肯定过你的小说语言。你是如何看待语言之于小说的重要性的？

张庆国： 语言对于文学来说，是它的本质。文学，就是语言的艺术。文学作品其实什么内容也没有，只有一堆文字。文字是思想的符号和暗示，只是暗示。小说全靠读者去想象，这跟绘画和音乐等艺术，是多么不同啊！绘画，毕竟画了一个人或一个果子，看得明明白白。一支曲子再神秘，看不见摸不着，可听得见啊！是明明白白的声音啊！文学，写一个人大怒，纸面上并没有一个人，只有文字。文字暗示有人发怒和场面混乱，如此而已。

语言，是一堆麻将牌，洗好，理整齐，就成为作品。打得好，赢了，作品就成功。麻将牌只是一堆符号，却无比重要，生命的意义通过麻将牌符号，得到充分的体现和表达。

打麻将，就是写作，语言文字非常重要，但读者需要的，是语言文字之后人的情感和生命。打麻将不是为了赢麻将牌，是为了赢钱和赢来好心情。

最好的语言，应该有文体意义，是作品形式的成分之一，要有扑面而来的新奇感，作家应该深入研究到词语属性的文学效果。

周明全：你曾认为："长篇小说应该重视故事，还应该坚持艺术的发现，语言也好，结构也好，人物关系也好，应该不忘文本的品质，它不应该只是一部书。"那你觉得长篇小说应该是什么？

张庆国：长篇小说体积大，各种手法都会用上。但它跟中篇和短篇，有本质的不同。我跟刘庆邦聊过一次，他的比喻很好。他好像说短篇像一道瀑布，中篇像一池水，长篇像一条江。都是水，但完全不同。长篇小说，应该有作家对世界的一个重要认识，有时间感，更重要的是，它应该是一个独特的故事。

比如写抗日战争的长篇小说，从语言、结构、人物、思想，都要有完全陌生化的感觉。想想莫言的小说就行了，就是那个意思，它粗糙些，却有开创性的意义。

周明全：在昆明作协和你们《滇池》文学杂志举办的第一届昆明

文学年会上，贺绍俊在讲座中说，当下的文学创作是唯长篇为大的时代。但他认为，中短篇小说才真正代表了一个时代最主要的文学成就，文学性保留在中短篇小说中，而长篇小说却正在消解小说的文学性。德国汉学家顾彬也表示过类似的观点，他亦认为，长篇小说的时代已过时。你搞文学创作 30 多年来，只创作过三个小中篇，是你在创作之初就觉得中短篇更能代表一个时代的文学成就，还是你在不停地通过中篇的训练为长篇小说的创作做准备？你积累了那么多年，接下来是否有长篇的创作计划？

张庆国：贺绍俊认为中国的长篇小说不太理想，是一个准确的判断，对于中国作家的长篇小说整体而言，做的是不如中短篇小说好，写好长篇小说太难了。顾彬说长篇小说过时，也许在德国或欧洲美洲是那样。在中国，长篇小说写好了，还是会有人看的。中国不是欧洲，中国有深厚的文学传统。

我只写了三个小长篇，原因是时间不够。我编杂志，还有作协的工作，时间紧些，但更主要的原因，是我没有找到合适题材。我认为，长篇小说的题材很重要，尽管说伟大的作品不在乎题材，窗户上的一只苍蝇，也可以写成几十万字的好作品。但是长篇小说，选材是关键的一步。写一部长篇小说不难，写一部这个世界需要的、必不可少的长篇小说，很难。我不会为了出一部书去写长篇小说。

周明全：在 2008 年出版的中篇小说集《黑暗的火车》中的后记《我的生活一成不变》中，你写道："我有意把沉重的生活写轻，把世俗人生的困难写得与世俗概念关系不大，把落在地上的石头写成浮在空中的烟云，把实有其名的城市写成并不存在的梦境。把有写成无。这是 2000 年前我的小说观的体现。"这是不是有点故意回避现实的苦难？那你 2000 年后的小说观又是什么呢？为什么会发生这样的变化？

张庆国：2000 年以后，我的小说观是发生了变化；以前，我面对中国现实，无所适从，所以回避它，躲开。我是 90 年代中后期才开始写现实的，但也经常绕开关键问题，把痛苦的事写成玩笑什么的。我现在写现实有些经验了，不回避痛苦，不回避社会问题，却依然保持化重为轻的习惯。眼前发生的事，我会写，会尽力写得具体结实。我认为，任何社会现实生活，在文学的终极意义上，都是个模糊的遥远传说。任何有，本质上都是无。

周明全：在你的小说中，可以看到很多熟悉的昆明场景。这些场景，有很强的现场感，你为什么特别热衷于在小说中加入昆明的元素？

张庆国：写作不能总是虚无缥缈，应该有地理或情感上的具体场景或出发点，它可能成为作家心灵的依托，还可能形成特定环境，成为民俗规定下的人物行为依据。作家们不是写过上海、北京、绍兴、巴黎、纽约、伊斯坦布尔、东京？昆明当然也可以写。

周明全：你的小说中，经常有一些专业性很强的术语，比如在《黑暗的火车》中写到的牙医，在《卡奴亚罗契约》中写到的开采金矿等。是不是在有了小说的创作冲动后，会花很多时间去了解相关的知识背景？这样写小说累不累啊？！

张庆国：小说中，会涉及相关生活知识，知识是小说的内容之一，不是装饰。导演要制作　百年前的碗和剑，用来拍电影，就因为那份历史知识，让世界具体化并体现出了特殊性。没有生活知识的支撑，艺术只是一团空气。中国大陆作家写小说，现在好多了，以前提笔就来，差不多就得了。国外，或者说以前，民国时，作家写作没这么简单。

帕慕克为了写街景，用摄像机把一条真实的街拍下来，在家里仔细研究，才发现自己的生活知识很缺乏，街道的结构并不是作家猜想的那个样子。小说是虚中做实，以虚向虚，作品立不起来。

《黑暗的火车》中的牙医知识，来自我的好友，他是牙医，我早有这种知识。长篇小说《卡奴亚罗契约》中的采矿知识和金属冶炼，来自我的研究。我读了相关的大学教材，研究好久，在小说中只写了一点点。那个知识，对于我写挖金子题材的小说，很重要，否则，很多情感我不理解。

只要是跟写小说有关的事，外出行走啊，住小旅店啊，向陌生人请教，研究相关资料和学习其他的专业知识，等等，我都不会累，只觉得快乐。

周明全：之前聊天中，你曾说，小说创作远远不是这些要素的问题，有比语言、故事等更为重要的东西。那你觉得小说创作更为重要的东西是什么，或者说，什么才是你心目中的好小说？

张庆国：昆德拉的小说再怎么写，还是故事。那个叫顾彬的德国人说，故事是 19 世纪的小说写法，就是说现在的小说非故事。我认为顾彬不懂小说，真的不懂，他研究中国文学，未必懂小说，在中国顾彬就是一个普通学者。

问题是，非虚构作品也可以是故事，甚至是好故事，小说何为？小说不只是故事，小说也不是哲学，不要神秘兮兮。一般的故事，追求的是结果；好的小说，讲的是故事运动的过程，人的命运感，情感的纠结，欲罢不能。形式上，相比一个故事，小说更讲究推进故事的方法和对事件的思想认识。同样的素材内容，很多人写过，好的小说家都可以再写。赵氏孤儿，天下人写遍，我拿来，再写一遍，照样让人泪流满面，这叫高手。好小说写出了人心深处的幽光，原因不止在内容，还在艺术创造力、作家的智慧和思想。

周明全：前不久我在北京和年轻批评家杨庆祥聊天。他说，当下是最能出伟大作品的时代，当然，对中国当代文学的批评声也是从来没有停止过的。作为一个小说家，你是如何看待中国当下的小说创作的？

张庆国：根据今天的中国现实，似乎可以说有写出伟大作品的足够材料，但文学作品不完全由材料来决定，还决定于作家的心。作家的心如果不自由，伟大的作品无法产生。我相信有不止一个中国作家，在不为名不为利，埋头写中国最伟大的小说，但是，那部小说，一时发表不出来，它就不存在。可以说，今天中国作家写作的外部自由度是高了些，但我们都知道，作家的心灵自由度，还远远不够。作家的情感深度，爱所有人的那种伟大情感，还欠缺，作家的智力和艺术发现的深度，也有限。你看我们现在的教育，从小学开始，文学就是空白，人的心灵像这样一级级训练出来，会是什么结果？真让人着急。

周明全：你又是如何评价自己的小说的？
张庆国：我从中学毕业、决定此生一定要写小说起，就认为写作的成功，在于写出了无人可比的作品。我搜罗了当时能找到的所有伟人传记来读，大学时，我读大师的小说，正式写作，像海明威说的，以史上留名的作家为榜样。

这样说来，你就知道了，我做得并不好。我对自己不满意，我在心里一直无情地批评自己。我的写作标准始终没变，就是要写到最好；做不到，就不要说话，沉默。

我清楚，我的写作一直在接近目标，一步步接近。我大学刚毕业时发表的小说，现在看来，也不错，当时就在圈里引起关注。那些年，于坚，朱小羊，吴文光，我们天天在尚义街 6 号玩。我们目空一切，理所当然地认为，这个地方，以后"孩子们要来参观"。

我的写作有徘徊的时候，但总的是在前进。我写很多，也发了很多。现在我放慢速度了，很慢地写，非常谨慎，轻手轻脚。我从少年时代起，就盯紧树梢的那只鸟，它有些老了，但还站在树梢，等着我，也许我可以逮到它，老天保佑吧。

周明全：今年以来，《文艺报》搞了一个"新观察"栏目，专门讨论作家如何书写现实，很多意见很中肯。作为一个有长时间创作积累的作家，你认为对于一位写作者而言，现实感究竟是什么？一个作家应该如何书写现实？

张庆国：现在的中国作家，有一个重要问题需要面对，就是思想的清晰。写作的成功，最终决定于作家的心灵，说的就是思想。爱什么？为什么爱？什么叫善？什么叫恶？基督教的爱，我们不懂，不属于那种文化。仁义理智信？似乎也乱，理不清。那么是什么呢？在这种思想混沌、人生认识矛盾重重的环境中，作家如何面对现实？如何面对文学？我只能尽力写出现实的残破与美丽，写出善的坚韧并挖掘出恶的根须。

周明全：你的小说，基本上都属于都市题材，而且大多是在书写当下情感，但在你笔下，几乎所有情感都是以悲剧收场，无论是《钥匙的惊慌》《黑暗的火车》还是《无事生非的雨季》，给人以压抑感，为何热衷于如此写？

张庆国：前面说过，青年时代相当长一段时间，我是忧郁的，害怕冬天灰色的天空，也许是这个原因，我的小说结尾都不太好。现在有些改变了，《马厩之夜》尽管结尾也死人，还死几个，但不是那种单纯的灰暗了，死变成了一种善。

周明全：当下的文学批评，备受批评，作为作家，你是否关注对你的批评，你是如何看待当下的文学批评？

张庆国：当下中国，很多行业都乱，批评界有些问题不奇怪，写小说的作家，有毛病的也不少。有批评家评论我当然好，表扬和批评我都感谢。但重要的问题是好好写，目标明确又不为名不为利地写，作家如此，批评家也应该如此。可以把文学理解为一种世界观，把这件事做好，要拒绝一切干扰。住在现代小楼里写，要有在寺庙的感觉，心要静到那一步；我在寺庙里住过，感觉不错。

周明全：我每次出去开各种会，遇到不少人，他们一谈起云南，就认为云南是出大作品的地方，是能出有神性作品的地方。但遗憾的是，云南作家在中国作家版图上，却很少得到主流的认可。你认为这主要是什么原因？和云南没有好的批评家有关吗？

张庆国：云南一定可以产生大作品，于坚的作品不错，已经够大。云南的自然、地理、文化，有足够分量，足够的陌生化，看看怒江峡谷，那么宽阔和不动声色，就会觉得自己的写作有多浅薄和轻巧。大作品可能是云南作家写的，也可能是外地人写的，无所谓。中国作家，写作大多是体验式，云南人写云南，山东人写山东，河南人写河南。可是，严歌苓，上海女人，从美国来，写了一个东北的小说《小姨多鹤》，我们的国家体制文学机构，衍生出地方性文学的思维，感觉有些画地为牢。

云南有一批作家写作理想很高，出了不少好作品，有一些云南作家早就引起了国内外的关注；但是，国内对云南作家的整体，关注不够，有些遗憾。说是傲慢与偏见什么的，都可以，但我觉得无所谓。如果云南有了国内重量级的批评家，推广起云南作家来，应该会方便些。但重量级的批评家，就像重量级的作家一样，他的目光是世界性的，跟地方文学无关，而且律己很严。你写得不好，他就不会开口。所以，云南作家写出了砸得响的小说，批评家不提，只能说他没有眼光，慢慢来吧。千山鸟飞绝，万径人踪灭，写到四顾无人的境地，把对手都甩开了，你说了算，还怕什么？写得不怎么好，就认命吧。

周明全：最后一个问题。你自己是作家，又是颇有影响的《滇池》的执行主编，从你创作和编辑的角度，给年轻写作者一些建议吧。

张庆国：把小说写好，唯一的前提是热爱它，不为名不为利，就是爱。然后，研究怎么把这件事做好，研究怎么产生影响，怎么用文字为人类的心灵点一盏灯。心灵之灯，是作品的最高评价。我们自己，就是在那些伟大的心灵之灯的照耀下，穿过无数寂寞的暗夜，一步步走来的。

　　向圣人学习，去俗，安静和坚强，目标远大，年青一代，会把文学做得更好。黄庭坚论书法，解释过怎样去俗。他说：胸中有道义，又广之以圣哲之学，书乃可贵。

2014 年 9 月 23 日于昆明

残酷的真实与诗意

——阿乙小说论

2008 年是阿乙的幸运年。"牛博网"创办人罗永浩是阿乙的第一个伯乐。在看了阿乙的小说后，罗永浩激愤地说，和许多不幸的天才一样，阿乙被他所处的时代严重低估了。在互联网上渐被人知的阿乙，在罗永浩的力荐下出版首部小说集《灰故事》。32 岁的"老"青年作家在文坛横空出世。

2010 年，阿乙的小说集《鸟，看见我了》出版时，受到北岛的力顶，"就我阅读范围所及，阿乙是近年来最优秀的汉语小说家之一。他对写作有着对生命同样的忠实与热情，就这一点而言，大多数成名作家应感到脸红"。北岛的这句赞誉之辞，让苦苦挣扎中的阿乙暴得大名。之后，阿乙又陆续出版了随笔集《寡人》(2011 年)、中篇《模范青年》(2012 年)、长篇《下面，我该干些什么》(2012 年)、小说集《春天在哪里》(2013 年)。五年间，阿乙奠定了自己在文坛中的地位，声名鹊起，并飞来横福地享受了不少荣誉。曾获《人民文学》中篇小说奖、第九届华语文学传媒大奖"最具潜力新人奖"提名、蒲松龄短篇小说奖、林斤澜小说奖、第十届华语文学传媒大奖最佳新人奖，并当选"中国未来大家 TOP20"。

　　阅读阿乙，给我的整体感觉是，自《灰故事》一路到最近出版的《春天在哪里》，阿乙的小说整体呈现出一股灰色的调子，这和他最喜欢的汉语小说家余华有几分相似。只是，阿乙的小说"灰"得不沉闷，虽然死亡是阿乙小说的最后归宿，但在各种光怪陆离的事情和不可思议的死亡背后，他的小说还隐隐地透射着对人存在的深刻思考。比如，《杨村的一则咒语》，就是对人在特定环境下存在的思考。并且，在灰色的叙述中，还明晰地凸显着诗意。死亡和诗意原本是不搭界的两个词，但阿乙却将之完美地融会在同一个故事中，这让阿乙的小说，表现出一种罕见的力量。

　　阿乙的首部小说集《灰故事》，基本奠定了他整个创作的基调和色彩——"灰"。"灰"在色调中是相对光鲜而言的；汉语释义，"灰"可理解为志气消沉、失望。在阿乙的小说中，"灰"可做如下理解：即包含他所关注的题材的"灰"，也包括他小说叙述上的姿态、语调和色彩。当然，似乎也蕴含着阿乙自己早年生活的灰暗与挣扎。在《灰故事》"再版序"的短文中，阿乙也宣扬道："我奠定了可能是一生的写作母题，包括对'上帝不要的人'的深刻同情、对'得不到'的宿命般的求证以及对人世的悲凉体验。"

　　有人曾说过，每一故事背后，都隐藏着作者自己的影子，每一部小说，都可理解为是作者的自传。我无意追究此话的逻辑以及真实性，但综观阿乙的小说，却可以从中找到注脚。阿乙的小说多取材于五年的从警经历，以侦探小说为底色，以杀人、爆炸、失踪为路径，以闭塞沉闷的小镇为发生地，其间穿插着年轻人苦寻出路终不得的纠结和彷徨，标本式地展现着逼仄的灰暗和人生无处不在的无奈与逆来顺受。

　　著名作家格非就评论说：他写警察，写底层，写小人物之间的关系，我看他一定有非常扎实的生活经验，否则怎么可能这么有力量？书评人比目鱼也说：这是一种有灵魂的小说、有力量的小说，能够写出这种小说，大概需要作者具有足够的沉积、足够的情怀、足够的诚实，甚至足够的寂寞。

　　阿乙 26 岁之前的人生，和他的小说一样，充满着灰暗的色调。彼时，他还延续着父亲的安排和亲情的挟裹，是一位名叫艾国柱的乡派出所小警察，绝望而困惑地鏖战在麻将中，打发无数个无以聊度的日日夜夜。无处遁迹的空虚以及悲从心生的刻骨暗恋，是艾国柱自己灰暗人生的写照。彼时的艾国柱，尚处于绝望之中，但这段刻骨的经历，却成为日后叫作"阿乙"的小说家取之不尽的写作源泉。

　　青年评论家李云雷对阿乙这种状态有精辟的分析。李云雷认为，阿乙的小说与他的生活、经历、职业有着很密切的关系。读者从中可以看到阿乙之前的生活世界，以及他对世界的观察与感受。但李云雷认为，与很多人不同的是，阿乙的作品赋予了生活某种意义或色调，或者说，阿乙对生活有自己的独特视角或"独特的发现"。在与阿乙的对话中，李云雷说："在我看来，这种独特发现在于你写出了残酷的真实与诗意，这与你长期从事基层警察的职业有关，也与你的人生态度与写作态度有关。我觉得，你经历了一个漫长的无聊或绝望的时期，这样的经历让你将世界与文学都'看透'了，所以你才会有直面现实与冲决罗网的勇气。而正因如此，'写作'才具有了非同寻常的意义。"

　　李云雷进一步指出，阿乙小说中的"残酷"与"真实"，是来自阿乙的生命体验与生活感受。"在这个意义上来说，'残酷'之于你的意义不在于叙述或修辞层面，而是世界给你的基本感受。"

《极端年月》是阿乙收在《灰故事》里的唯一一个中篇。《极端年月》不按常理出牌，不仅叙述犬齿交错，故事内容也似漫无头绪，然而，这个中篇小说却预示着阿乙"现象"的到来。在此后的小说中，阿乙以一系列"灰色"的故事引导着我们进入他的暗黑但不沉闷的小说世界。这个世界，是一个灰暗的，挣扎的，却最终又殊途同归地死于失败的灰色天地。

要进入阿乙的灰色世界，《极端年月》也许是门径之一，从中亦是观察阿乙的一个断切面。这个小说的主体情节曾是《情人节爆炸案》的原型。（不少论者在分析阿乙小说时，提到了两者的血肉相连关系，但阿乙却说，《情人节爆炸案》是初稿，《极端年月》是二稿，而非论者论述的《情人节爆炸案》是在《极端年月》基础上"重写"。无论谁先谁后，似乎都可看出阿乙对这个故事的钟情。）

《极端年月》几乎囊括了阿乙小说的基本主题。小说的主人公是一个小警察，或许就是阿乙自己的人生写照。小说以日记体的叙述形式，以武汉公交车爆炸案为蓝本，通过"我"讲述了何大智和吴军庸常无聊的人生以及为了反抗这种屈辱的生活，选择在情人节制造了一场致死多人的爆炸案，走向自我毁灭之路。小说中，验尸的老警察张老死了，殉情的何大智和吴军死了，无辜的乘客们死了，而背叛者媛媛活着，招摇骗世的小市侩周三可活着。文末，阿乙写道："做人啊，关键是要活下来，活下来，财源滚滚来。"活着的意义就是无意义，这和余华的《活着》对生命的意义追问有异曲同工之妙。

阿乙的习作生涯中，先后迷恋过卡夫卡和加缪。阿乙自己也毫不讳言地表示，要以卡夫卡和加缪为标杆，希望自己的作品被刷进文学史。这两位作者对中国年轻作家都产生过影响。加缪是存在主义文学领军人物，"荒诞哲学"的代表，他的美学，很大一部分是建立在人生不堪却挣扎无力的彷徨中；而卡夫卡以丑怪的想象直指他置身的社会的庸俗无聊。加缪和卡夫卡有相似之处，他能让人具备审视自己处境的能力，想来，这两位大师对阿乙的影响深远。阿乙亦曾表示："加缪的好处是将你的脑子还给你自己，将你的眼睛还给你自己。加缪的小说在辨别真相和寻找自我两方面体现得都很好。真相是什么，我为什么活着，我经历了什么，我因什么而存在，我该怎么抵抗这种荒谬。他在这方面做得很多。"

到底什么是阿乙所谓的"真实"？阿乙说："某种程度上，我自感像加缪笔下的暴君卡里古拉，在向人们传递一些悲惨的真相，这真相里最大的是死亡，我时刻不忘记提醒人会死这一现实。有时候我觉得自己是邪恶的、残暴的，而不少人也以失望的口吻对我说，你太缺少阳光了，你弄得大家不舒服。但是后来我越来越觉得自己并不是迷恋残忍，我仅仅只是一个不讨好的报信者。人们善待了讨好的喜鹊，却驱赶带来凶讯的乌鸦。可是乌鸦走了，不幸还是会照样降临。而且，我恰恰觉得，人们只有对自己的内心坦诚，去认清那些本就存在的结局、宿命，才会在绝望中清醒，才能走上自我找寻的道路。在这点上，我是加缪的信徒。"

阿乙这话，可做这样的理解——现实是按照它固有的真实存在着，并不因为任何人的理解和认同而改变它本来的面目，因此，与其无视或者掩盖，都不如直面来得更好。由是观之，《极端年月》恰是忠于内心和现实，因而建立在最荒谬、最真实之上的叙述形式之一种。沿着《极端年月》，阿乙写了一系列极具荒谬与灰暗的小说。如《意外杀人事件》《鸟，看见我了》《自杀之旅》等。

　　阿乙总是怀疑常情。他的理解是"绝大多数犯罪都是意外"，"犯罪事件是戏剧冲突的天然舞台。你看戏剧里的大悲剧，都有杀人、背叛、疯癫等等，都有尸体，都有命。而一走出剧场，你会发现这并不是生活的常态，也许这正是你要去剧场的原因。犯罪故事就像是一个化学实验室，能将人性里的东西，最尖锐的东西，最不可溶解的东西和最容易蒸发的东西，都清晰地淬炼出来"。

　　《意外杀人事件》，可谓是体现阿乙人生观的集大成之作。《意外杀人事件》讲述了红乌镇一晚十点，六个被生活击溃的本地人与一个万念俱灰的外地人狭路相逢的杀戮故事。外乡人李继锡丢失了打工数年的全部血汗钱，流落红乌镇，绝望之中杀死了六个和自己毫不相干的当地人。在小说中，阿乙笔下的杀戮似乎只是一个背景，阿乙不像他最喜欢的汉语小说家余华那样，善于将血腥的场面大肆渲染。比如，余华在《现实一种》中，将一场兄弟间的残杀描述得惨不忍睹。阿乙同样写了杀戮，但残酷的不是杀戮场面的不忍卒读，而是残杀背后的人性之随意。小超市老板赵法才、妓女金琴花、黑社会老大狼狗、妄想挣脱无聊生活的艾国柱、困在爱情里的于学毅、害怕失去"友谊"的小瞿六人，都是些半死不活，被生活抛弃的"多余人"，他们的被杀，看似偶然，但"死亡"之于他们，却是必然。这才是《意外杀人事件》最残忍的地方，它让我们看到世界的荒谬与无意义。

　　阿乙在一次接受采访时说，我在县城活了很久。我想挣脱它。我已经挣脱它，但我觉得自己还是没有挣脱。那篇小说里的六个死者都是我自己，是我将自己拆开为六个人，他们的性格是我的性格。我懦弱、现实、虚荣、单纯、理想主义、简单，有时候怕死。我将他们都杀死了，祭奠我在县城里像井蛙一样的时光。

这不仅再次验证了阿乙所说——"太阳只有在寒冬尽头才会散发出巨大的暖意"，生命的终极是虚无，毁灭、死亡才是终止人存在之荒谬的唯一途径，这是阿乙死亡美学、暴力叙述的核心。也再次明证了县城生活对阿乙创作的深刻影响。

《下面，我该干什么》，将阿乙的暴力美学推向了极致，也更广泛地展现了人存在的荒谬本质。它被称为"一个无理由的杀人犯的自白"。小说讲述了一个 19 岁的男孩，高考前夕，故意把一个花季少女杀了。问其缘由，答案是生活无聊，为了充实才这么干的。19 岁的杀戮者这样说："我们追逐食物、抢夺领地、算计资源、受原始的性欲左右，我们在干这些事，但为着羞耻，我们发明了意义，就像发明内裤一样。而这些意义在我们参透之后，并无意义，就连意义这个词本身也无意义。"

阿乙一直在追随加缪于《西西弗的神话》中提出的命题。《下面，我该干些什么》把对这个命题的思考推到极致。这部作品既有加缪《局外人》的冷漠，又有陀思妥耶夫斯基《罪与罚》的紧张，它尝试对作家的道德感进行节制，而只忠于写作本身。当西西弗开始认清并正视自己的命运时，这同时也意味着一种得救。我们也应该这样来理解阿乙小说中的残酷，正如阿乙所言："人们只有对自己的内心坦诚……才会在绝望中清醒，才能走上自我找寻的道路。"

《春天在哪里》，是阿乙刚出版的一个小说集。相对之前的杀戮，这组文章虽然也写死亡，但似乎克制了不少。阿乙在前言中写道："这些小说写于 2009 年至 2012 年，都有点志异的色彩。小说带给我的磨难与难堪越来越多。因为到今天我还没有征服它，没有扭住它的角，让它双膝着地。但是总是在这注定失败的事业中，我感觉自己是英雄。"

《杨村的一则咒语》，应是阿乙创作多年以来重要的记录。这些年来，阿乙以侦察故事为依托、以死亡为最终归宿，展现人存在的无意义与荒谬本质，这已然成了阿乙小说的标签。《杨村的一则咒语》不能免俗，面对的依然是挣扎和死亡。故事开始于乡村的一个很普通的场景，两个妇女因为一只走失的鸡争吵。"要是你偷了，今年你的儿子死；要是没偷，今年我的儿子死。"这句话竟成了可怕的谶语。钟永连的儿子死了，但这却不是宿命，而是她儿子的死与"含铅量、周工作负荷量、防护措施"有关。阿乙直指现实，这和之前将一切定论为宿命有本质上的区别。之前阿乙的小说充满太多的"意外"，但《杨村的一则咒语》却将这种"意外"扩充成"日常"；它所要表达的，不是说咒语最终的应验是偶然的，而是坚硬地表达着，在特定的历史和环境中，偶然已经变成了普遍和必然。

这意味着阿乙是成熟了，还是更加保守了？从这个点上理解，阿乙未来的创作动向，尤其值得注意。阿乙的小说创作，当下还值得注意的一点是，在残酷的描写下，透露出来的诗意。

我曾针对阿乙最喜欢的小说家余华的《活着》为例，写下《残酷下的温情》一文，分析余华残酷描写下闪烁的温情。而阿乙的小说，在残酷的掩埋下，却坚硬地闪现着诗意。也许阿乙想以此消解灰暗人生的不快，抑或这是阿乙理解的另一种人生更大的荒谬。

阿乙与很多作家不同，敢于直面人生中那些不愉快的事，并且拒绝给它们一个光明的结尾。阿乙说，死亡是大家的统一结局，谁也逃不过。失败也是最终的一种结论。这是基本事实。我想，直面这些没有什么坏处，人的伟大之处在于抵抗这些悲哀的现实，是从泥泞地里站起来，是清醒的认识，而不是抱着泥团做春梦。

　　敢于直面惨淡的人生，笑对荒谬的生活，既知无能为力而据力（而非"理"，面对荒谬的人生，本身就不存在理）力争，本身就是一种力量，力量带来的美。"阿乙的小说看似灰暗，却如阳光，照射出弥漫的灰尘。知道有了灰尘，人们才有可能正视它，清理它。"

　　《鸟，看见我了》，这本身就是一个赋以诗意的小说。单德兴在满是油菜花的荒野里强奸掐死火香时，周遭一片死寂，没人看到，只有树死一般地立在那，只有风悠悠地掠过；他以为连神仙也不知道的事，却被一只鸟看见了。火香在毙命前说：你看，鸟儿看着你呢，鸟儿会说出去的。树上果真有只大鸟，睁大眼睛看着他行凶。从此，单德兴与鸟结下了梁子，恨不得杀尽世上所有的鸟，在恐惧笼罩下，行凶者逃遁到山里，隐姓埋名，以捕鸟为生。高纪元是清盆乡一个傻乎乎的小伙计，替李老爹看店，等待一个前来送鸟的人。高纪元留送鸟人吃饭，却发现送鸟人很紧张。几杯酒下肚，单德兴恐惧中自曝了埋藏在心中的秘密——有仇，仇，跟鸟儿有仇。因为，因为鸟儿看到我了，看到我了。至此，案件得以了结。这个残忍的故事，以"鸟，看见我了"为切入口讲述，部分消解了故事本身的残酷，诗意十足。

　　李振在《小说世界中的野心家——阿乙论》中，详细地分析了阿乙小说"作为审美手段的凶器与杀戮"；李振从阿乙小说中使用各种凶器和阿乙在描述中精准的动词着手，将阿乙暴力美学下的诗意做了完美的解读。李振说：在我阅读阿乙小说的时候，头脑中不停地跳出沈浩波一本诗集的名字——《心藏大恶》，也许只有心藏大恶之人才能真正体味阿乙经由凶器和杀戮打造的独特审美世界，读出其中的自由、飘逸、令人欲罢不能的微妙质感，而不是血腥和绝望。

　　这是阿乙在思想上的诗意。作为一个小说家，他营造的意境和语言，同样诗意荡然。比如，在《极端年月》的末尾，阿乙写道："做人啊，关键是要活下来，活下来，财源滚滚来。"这是将活着作为唯一目的的活着的诗意表达。

灰暗、滞后的小镇环境与鲜活、渴望自我实现的年轻人，呆板、无聊的日子与无处发泄的雄性荷尔蒙，憧憬之后的失落与没有着力点的拼搏，构成了阿乙小说的文学张力。而暴力背后的诗意叙述或小说本身所呈现出来的诗意，却是阿乙小说的独特魅力所在。

2013 年 1 月 15 日于昆明

"作家不是说教者，而是艺术品的制作者"

——对话"70后"作家阿乙

    2013年年中，《百家评论》"青春实力派"栏目约稿，编辑高方方让我挑选一个作家写一篇作家论，我选择了阿乙。只因之前看过阿乙的中篇小说《杨村的一则咒语》，让我为之震撼。《杨村的一则咒语》，应是阿乙创作多年以来重要的记录。故事开始于乡村的一个很普通的场景，两个妇女因为一只走失的鸡争吵。"要是你偷了，今年你的儿子死；要是没偷，今年我的儿子死。"这句话竟成了可怕的谶语。钟永连的儿子死了，但这却不是宿命，而是她儿子的死与"含铅量、周工作负荷量、防护措施"有关。阿乙直指现实，这和之前将一切定论为宿命有本质上的区别。《杨村的一则咒语》所要表达的，不是说咒语最终的应验是偶然的，而是坚硬地表达着，在特定的历史和环境中，偶然已经变成了普遍和必然。

    为写阿乙论，我将阿乙的小说重新翻出来，认真读了一遍。阿乙是我喜欢的作家。我以为，一个时代，当然需要树立典型，需要作家去写光明，但是，一个时代，尤其是一个伟大的时代，更需要作家去描写黑暗、荒谬，让时代时刻有种紧张感，只有有了紧张感，一个时代才不至于麻木，才能更和谐地往前走。而阿乙，从我个人的阅读体验来说，他和时代、他的作品和时代，那种我认为的紧张感一直存在。为了更深入地理解阿乙，在寒冷的冬日，我们就人生、阅读、写作等话题，进行了长谈。

"我想做什么，我就等待着去做"

周明全：于我之理解，作家和作品是一体的，只有深刻地了解作家，才能真正读懂作家的作品。而要了解一个作家，从其经历入手，也许是最好的渠道。阿乙兄，请你先谈谈自己的经历可好？

阿乙：我的经历还算丰富吧，换了不少工作，跑了不少地方。1976年出生于瑞昌市的乡村。6岁上学，四年级转学至父亲所在的乡镇，初二转学至县城二中，那一段时间感觉自己特别尴尬，在一堆城里孩子当中，因为我是农村户口，显得特别明显。高考时，成绩出来后，家人迫不及待地给我填了警察学校，但是当警察并不是我的理想，但总算脱离了农业户口，呵呵。1997年从省警校（大专）毕业，分配回故乡瑞昌（县级）市洪一派出所，比我出生的乡村还破旧。在瑞昌市洪一乡当了一年半民警后，1999年调回县公安局，做秘书。2001年借调至县委组织部，做秘书。2002年秋，辞职，跑到《郑州晚报》体育部当编辑。2003年至2004年底，先后跳槽《青年报》（上海）、《南方体育》（广州）、《新京报》，当体育编辑。2006年，跳槽至《体育画报》中文版做编辑。2009年，跳槽至网易体育做编辑。2010年，跳槽至《天南》文学杂志，任执行主编。2011年至2013年，跳槽铁葫芦图书，任文学主编。目前，在家养病、自由撰稿。

写作是从30岁开始。21岁至26岁做警察，而心里想做体育编辑；

后来有机会了，就去做体育编辑。26岁至34岁，做体育编辑，而心里想做作家，并从事相关行业；后来有机会了，就去文学杂志和出版公司。30岁开始写，但正式开始写作是32岁。当我认真写下第一篇小说时，感觉自己像回到了童年时的选择。但是如果没有这十几年颠沛流离，没有那种时刻担心自己成为井底之蛙的恐惧感，没有那种切肤的挣扎，和时时涌来的绝望，可能现在什么也写不出来。

但整体上，我觉得自己还算是幸运的，我想做什么，我就等待着去做。

周明全：对于很多作家而言，童年经历是其重要的写作资源。但至少目前，我很少在你的作品中读到你童年这一段经历，你是有意回避还是觉得童年没有什么值得书写的？

阿乙：我的童年比较寡淡。甚至到大学毕业前都很寡淡。比较老实，听父亲的话，或者说畏惧他，好好读书。没有早恋，没有打架，没有爬树，没有游泳。只有一件事记得特别深。

我小学的时候特别喜欢一个老师，我走上文学道路可能也是受他的影响。他是一个师范毕业的诗人，刚毕业不久。小镇上是很少有人穿西服的，他永远穿着师范的校服。他觉得我有一点天赋，就喜欢跟我待在一起。我们的小学就像一个城堡，进校门的地方是宿舍，旁边有一个楼梯可以上到他住的地方，我经常去拜访他。他们当时师范毕业的几个人就在那里写诗，探讨，我就参与到里面，小学生是最容易对老师产生崇拜的。在一个特别光亮的中午，就像鬼世界一样，路面白得发亮，街道上一个人都没有，只有知了在叫。我很兴奋地跑过去找他，听不见自己的脚步，但是能记住自己的呼吸声。我带着一种极大的兴奋跑上去敲他的门，他的门还没开，后面就有人一下子把我的领子拎了起来，那个人的外号叫"一把火"，是一个建筑工人。我刚才上来的时候完全没有注意到他用水泥将楼梯重新刷了一遍，我在上面留下了一串脚印。然后他就开始抽我耳光，那种耳光所以让人记忆深刻是因为它的无限重复；他一声不吭，来回抽，抽了50次还是100次你都不知道。这个时候我的老师从门里走出来了。他走出来你才发现原来他们俩的关系更近，勾肩搭背，然后说"这个事情就算了吧"，那个人又因为这句话反复多抽了很多次，老师也无所谓就回身走进去把门关上了。我最后哭着一个人回家去了。后来有很多天我都不知道怎么面对他。

周明全：你的作品，很大一部分是来自你五年的从警经历，能谈谈这几年的警察生活对你人生的影响吗？放弃做警察，就是为了写小说吗？

阿乙：我写作的材料，我写作的灵感，都是在那时候找到的。那时候的生活特别有质感，这就像看电影，比如你去看美国西部片就会发现特别有质感，而你去看都市白领片的时候就找不到。这种质感就像一个男人，他留着胡子，带着猎枪，他是独眼龙，等等。而像《杜拉拉升职记》那样大家穿着一样的白裙子搭着一样的电梯，我觉得那样是没有质感的。在乡村派出所当警察，你能回忆起质感。我在大街上看见一头驴、一匹马，都会觉得很好玩。但我回忆在《郑州晚报》的时候只能感觉到无聊。大家都是一个工位一部电脑，每天蹲在厕所里玩手机。

放弃做警察，是因为我想往大地方跑。去做体育编辑。做体育编辑,是我的一个梦想,我从小就比较喜欢体育。我爸爸是一个乡镇的药店经理,那个时候我常去给他们到邮电所领报纸、领杂志;因为我爸爸的那个单位订了一份叫《新体育》的杂志,我从小就喜欢看那里面的图片,所以长大以后就很想做体育记者。

周明全:做文学批评以来,我发现,很多成名的作家,有很大一部分是因为占有题材上的优势。是否可以这样理解,你是占了从警经历这个题材优势的?没有从警经历的人,对很多细节是很难想象和还原的,而你,在细节上,处理得甚是到位,让人震撼。不知你是否认同这种观点?

阿乙:武当派,明教,少林寺,各种门派,各有功夫。警察和医生其实是有先天优势的,因为社会上的罪孽、委屈、不幸往往容易集中到他们面前。教师,他面对一百个学生,罪犯率也许是4%,或者5%,而警察面对的是80%。来到警察面前的,要么是受害者,要么是行凶人。而戏剧里面的冲突,所谓冲突,没有比在警局更集中的。我经历过这里,所以比别人有优势,但是我经历得不长。很遗憾。

周明全:你的小说,大多都是直接面对一些普通人的生和死的叙事,为何会选择反复以这样的题材进行创作?随着生活方式的变化和阅历的积累,以后会考虑选择其他的创作元素吗?

阿乙:我还是一个初级作者,故乐于写生死。像小厨子容易多放味精。听说门罗是善于写小事,于无声处听惊雷。这是功底。我暂时还没有。就像有人写东西喜欢加感叹号,我写小说容易见血。主人公少有不死的。我认识到了。几乎是恶习。我写的事情也比较惨。我一直的态度是：一个作者不一定要成为正义的作者，不一定要写善有善报、恶有恶报的故事。作家并不是说教的执行者，而应该是一个艺术品的制造者。

我以后会写温暖的作品。我说的温暖并不是指一般意义上的温暖。很多人告诉我说可以写一些温暖的东西。我觉得这样的建议很好，但他们自己可能也没有想清楚一个问题。写作是有阶梯性的：第一层是自我欺骗，有的人自己都没有搞清楚世界本来的面目，就说这个世界很美好，这是一种自我欺骗；第二层则可以直面一些黑暗的东西。当我处在这个阶段的时候，就不可能回头写一些自我欺骗、自己都不相信的东西。我说的温暖是再往前进一步的温暖。就像加缪写的西西弗斯，不断把石头推上去，石头还是会滚下来，这是在极度荒谬的基础上建立一种自我选择的温暖，是在废墟上建造一个太阳而不是虚构一个太阳。

周明全：今年《百家评论》约一篇写你的评论，我当时写道："阿乙的首部小说集《灰故事》，基本奠定了他整个创作的基调和色彩——'灰'。'灰'在色调中是相对光鲜而言的；汉语释义，'灰'可理解为志气消沉、失望。在阿乙的小说中，'灰'可做如下理解：即包含他所关注的题材的'灰'，也包括他小说叙述上的姿态、语调和色彩。当然，似乎也蕴含着阿乙自己早年生活的灰暗与挣扎。"不知道我当时的理解对不对？

阿乙：你说得很对。我有很长时间对生活和世界并不信任。我的爱情很不顺利，我几乎是用尽青壮年的时光，才让自己得到自己想要的，就是当一名城里的作家——哈哈。我人生最健康最有劲的时候，是 21 岁,从省城毕业,被直接发配到村里当村警了。一寸柏油路都没有。我还曾暗恋一位女子多年。是我第一次爱一个人。我为她写了很多文字。

"我喜欢书,随身带本书很有安全感"

周明全:据北京一些朋友说,你是圈子中最勤奋的作家之一了,即便在饭局,也趁别人闲聊时,拿出书来安静地阅读。能否介绍一下,你最喜欢的书是哪些?它们对你的写作有何影响?

阿乙:我其实也只是在那些时间看书,比如饭局、地铁、厕所,有时候开会也看。其余时间我很少静坐下来看书。我喜欢书,随身带本书很有安全感。我出门有几样东西自己会记得拿,没拿会别扭一天:钥匙、手机、钱包、书。有时候带了一本新书很烂,我会想办法从别人手里搞一本过来,或者在路上买一本别的书。开始还有朋友开玩笑说我很装,后来可能是我装得多了,大家也就习惯了。

我开始认真读书,是在 26 岁。有个叫曲飞的朋友,调戏我说我一生肯定没读过 20 本书,我不服气,就跟他数,后来发现确实没读完过 20 本书。我还对他说《读者文摘》合订本算不算,他就耻笑我。后来我就发愤读书,才发现书真是好东西。我会问别人你读过最好的小说是什么,然后就回去找来看。

周明全:你曾经说,加缪、卡夫卡、昆德拉还有余华对你的写作产生了很大的影响,能具体谈谈他们几位对你产生了哪些影响,这些影响主要体现在哪些作品中吗?

阿乙：我迷恋很多作家，我吸收他们很多营养。我先后迷恋过博尔赫斯、巴里科、余华、加缪、海明威、卡夫卡、陀思妥耶夫斯基，最重要的是加缪和卡夫卡。语言上最重要的是海明威。我一直试图推翻他们对我的影响，但是成功推翻的只有博尔赫斯、巴里科、村上。我意识到他们终究不是我道路上的导师。我对每个作家的态度都是一样，就是尽量吸收他们的营养，发现他们的漏洞，前者是为了自己富有，后者是为了避免自己成为毫无超越可能性的人。

加缪的《局外人》改变了我的眼睛。在我以为看到冷漠、孤独是错误时，它忽然用默尔索告诉我，世界本来如此。当时我陷入了一个生活陷阱，就是很多年我都害怕爷爷死掉，因为我不知道怎么在葬礼上哭。后来爷爷不可避免地死掉了，我果然不知道怎么生产泪水。我如果哭，就是虚情假意；如果不哭，就是忤逆不孝。我当时是用臂弯包着脑袋的。《西西弗的神话》对我而言，就是一种告诉，加缪告诉我人注定要受什么惩罚。多年后重读，竟然发现这本书是有力量的，是要敦促人们去寻找自己的神性。当日读《鼠疫》也毛糙，竟觉加缪这么清醒的人怎么能写心灵鸡汤呢？后来经了些世事，知道自己当日是为了"不负责任"而蓄意误读。现在我三十多岁了，还在接受这个人二十多岁时的教诲。

加缪是从殖民地回到法国本土的，这种迁徙对作家本人估计是个刺激。四十来岁时，加缪死于车祸，荒谬伤害了他，他没有呼吸，不能再去做自我选择了。

我很奇怪，我从来没有在卡夫卡的文字里读到一丝暖光。他的文字、照片、生活，统统是灰色的，好像傍晚时候的光，好像版画。据说有些人受不了这样的压力。我全方位地喜欢这个文学圣徒，这个人创作了太多只可意会的东西，来将人间表述为坚硬的地狱，使人感知到自己的被挤压。《变形记》和《城堡》大约如此，我总是想苹果砸向了虫子的躯体，一个坑，陷在那里。人异化了，痛苦和孤独像大雨清洗过的玻璃窗，分外清晰。

残雪据说和卡夫卡有着渊源，可是我却看不出来。

卡夫卡的生命孤独，从保险公司下班后就回家写作，热爱幸福却是终生鳏寡孤独。要是上天真给他一个好老婆，他就算完了。

上天最后给了陀思妥耶夫斯基一个好老婆，陀思妥耶夫斯基的创作也基本完蛋了。我只读过他的《罪与罚》，很吃惊一个人能将一件很简单的事情写得那么长，骨架是一个青年杀了放高利贷的婆婆，然后躲避、逃亡、自首。剩下的全部是心理，而且那心理永不重复，这是不可想象的难度。我就想这又和写作者本身的经验有关。

陀思妥耶夫斯基是从死刑现场意外活下来的，据说他的爹爹被佃农捏碎了睾丸。

上次与朋友探讨取向问题，发现我特别尊重那种生活经验激烈的作者，卡夫卡、陀思妥耶夫斯基都是如此。博尔赫斯正好是对立面，这个阿根廷人除了后来眼睛瞎了外，一直没什么波荡。一个坐在图书馆的幸福人似乎也只能编编故事。

在我意识到阅读和写作是要探讨"为什么活""如何活"这个问题时，我对博尔赫斯的迷恋便迅速消退。博尔赫斯只能算是我从事编辑工作的一个参考书，如果一个稿件很平淡，我会尝试用他的套路去弄得神奇一些。我喜欢《小径分岔的花园》和《恶棍列传》，我热爱聪明，但一直要告诫自己，聪明不是终点。

米兰·昆德拉的书，我读了很多，他使我发现人和人之间特别细微、特别真实的东西。我想了很久，这种东西应该叫"疏离"。比如你在灯光下发现女士眉头紧蹙，多愁善感，竟然付出毕生的爱，可是当时她不过是喝冷饮不慎，闹肚子而已。昆德拉发明了很多概念，读者都是喜欢那种能总结生活而又不至太晦涩的概念的。比如"媚俗"（有的人翻译"刻奇"）。

我不是很喜欢他的是，他总是浮在天空，俯视着我们，嘲笑我们。我不喜欢这种撇清的嘲讽态度，他要是落下来站在我们中间，他就伟大了。

周明全：现在的杂志，眼光大都盯在名作家身上。从你的经历看，你是从网络上走出来的作家，而且得到了罗永浩的帮助。能谈谈你对杂志和网络在推介年轻作家方面的区别吗？

阿乙：我很感激罗永浩。我想到死我也不会忘记他。而且我也从来不因为他不是文学圈的人，而隐藏他对我的努力推荐。我很感动世界上有这么一个人，仅仅因为看了别人的文章，就打电话过来，热情洋溢地和你讨论，然后邀请你去他的博客网写博客，并积极向出版社推荐。我的一本书《灰故事》就是他热情的产物。后来这样强烈的鼓励还来自李敬泽先生和北岛先生。到后来就越来越多。曾经有一段时间，我认为自己被埋没了，但后来当我重新回头看，我发现，恰恰是我认为自己被埋没的时候，我写的东西不值一提。后来也只能说是，有一点点像样了。但并不能说，我就成为一个小说家，一个精英什么的。我获得鼓励，有很多是因为我对自己比较苛刻，同时很努力。

我第一次发表作品是在《人民文学》，中篇《那晚十点》，责编是曹雪萍。此前是天津的《小说月报》编辑唐嵩，虽然最终我当时投稿的小说因为题材没有过审，但他对我的鼓励很重要。

只要努力一点，就会被发现吧。管你是网络的，杂志的，中文系的，还是警校毕业的。

周明全：将自己取名阿乙，有何用意？什么时候开始用"阿乙"这个名字的？

阿乙：我原名艾国柱，是父亲的期望。太大的期望，难以实现。"阿乙"两个字无意义。从零开始，走多远都是胜利。另外，这个名字就是赢取在父亲那里的独立。从大学开始就用这个名字。考上大学，就开始想逃离父亲的控制。

周明全：兄对未来的写作道路如何规划？现在不少作家，成名后，就开始转向长篇，兄可否有写长篇的打算？

阿乙：我正在写长篇，写到三分之二的时候得了病。病是免疫系统的病，情况一度很差。现在在恢复。等恢复好了，就继续写完。叫《泥与血》。病是因为不好好吃饭，不出门，整天投入写作，做梦都在写。把身体写废了。

周明全：目前，业内有种说法，认为70后是被遮蔽的一代作家。作为70后作家，你如何看待这个"遮蔽"？自2014年起，《创作与评论》杂志准备开设"70后作家访谈"栏目，集中推介70后作家。兄对这个栏目，或者以这种形式推介一个作家群体有何看法？

阿乙：这一批写作的人，也只有冯唐、邱华栋、盛可以、徐则臣、路内等奋战打开了市场或局面。也有很多有才气的70后作家，虽然写出了很好的作品，甚至得到发表机会，但是从来没有人重视，包括在国外，很少有对中国 70 后的介绍。但是我觉得肯定是每一代都有一批写作的人，他们现在像处于新婚期一样，写作欲最强，60 后写作的人处于尾期，70 后处于要建功立业的时候，又处于遮蔽的时代，为什么不把他们做出来。

70 后被遮蔽是因为 60 后确实太过强势，比如余华、苏童、格非、孙甘露、李洱，等到 70 后就要出来时，60 后的高手还没消化完，像毕飞宇、麦家。还有就是 70 后要面对市场激烈的变化，市场需要青春作品时，80 后作者正当时。

这个栏目是积极的。世上最缺的也许是鼓励。鼓励对一个处在黑夜中的作者非常重要。是不是坚持下去？这是很多 70 后的自问。因为马上 40 岁了。一到 40 岁，好像就很羞耻，就不敢从事文学了。

周明全：曾经和一些作家朋友聊过，他们中的很多人都说，几乎不看同代作家的作品，兄看同时代作家的作品吗？如何评价同时代的作家？

阿乙：我偶尔会看。像冯唐。《天下卵》这个短篇集写得这么飞扬，富有想象力，又像聊斋又很魔幻。像柴春芽，是一个诗人，他的语言非常好，我第一次读他的书（长篇《寂静尼玛歌》）是打印的稿子，是在《体育画报》上班的时候，引出来的第一句诗把我给镇住了，后来看他的语言是那种交响乐式的。像路内、阿丁，有一股浑然之气，天生适合写长篇。但我不经常看他们写的。因为很多大部头的书还没看呢，买了不看好罪过，像《包法利大人》和《卡拉马佐夫兄弟》，都没读，出去说很丢人。

"我对现实中很多事情极不感冒"

周明全：当下的文学批评,备受批评,作为作家,你是否关注对你的批评,兄如何看待当下的文学批评?

阿乙：我比较关注对我的批评。文学批评和小说是一样的,理应,而且是必须,是文学体裁的一种。好的小说是好的文学,好的文学批评也是好的文学。好的批评就是好的学术、好的智慧、好的理性。文学批评者实际上是作者的良师益友,是替作者读书的,看路的。相当于球员的教练。但是我也搞过三脚猫的文学批评,我发现当时我做的批评只是意气用事,只是为了获取轻易就能得到的权力,过过牙尖嘴利的瘾。这样的我,既没有得到读者的尊重,也没有得到作者的尊重,最后还是灰溜溜地不干了。

我钦佩李敬泽、孟繁华、施战军、梁鸿、吴亮、谢有顺、李云雷这样的批评者,言之有物,对作者心怀爱护。而且站得很高。

周明全：兄觉得小说的责任是什么? 你在践行这样的责任吗?

阿乙：小说的责任有两种,一是提供消遣,一是提供精神的归宿。前一种是通俗,后一种是纯文学。所谓精神的归宿就是,文本它是一座庙,是读者心灵可以寄居的场所。有着人类情感的钟声。有着人类共同的体验。有着安慰。我写小说,有这样的追求。但是很多时候,我将时间花在如何吸引读者身上。有时候仅仅走到这一步。

周明全：小说家应该和社会保持一种什么样的距离,或者说与时代的关系应该怎样建立?

阿乙：我其实对现实中很多事情极不感冒。我在想，人不能跟现实发生太多的关系，不能太多情了。有时候很正义的事情，其实会绑架一个写作者的笔，让他的作品变得一无是处。小说作者应该是极敏感的人，他能在事件的废墟里找到人类情感的密码。

我不赞成小说作者及时地、尽快地反映现实。比如新闻报道什么事情，马上写。没什么意思。跟记者抢新闻是自取其辱。只有写出来，让记者觉得它是不可企及的纯文学，这才是可写。

周明全：谢谢阿乙兄，我们的谈话到此打住吧。祝兄早日恢复健康。

2013 年 12 月 30 日

青年书写

作家和自己作品的关系，是一不是二。法国作家杜拉斯，在世界文学的舞台上风行多年，我们中国也有她很多的粉丝。这其中的原因除了她的作品，还有她的生活状态，和她写作的文本惊人的一致；俄罗斯文学最辉煌的时代，每个作家都是鲜活的……不是我们当下的作家写不出好的作品，而是我们的作家本身的生命状态就不够鲜活。躲在书斋里，从知识到知识，从文本到文本，和火热的现实生活隔离开来，自我圣化，很难见出作家的真性真情。

——《让我们的文学鲜活起来》

"80后"批评家的绝地起义

2012年5月，第二届"唐弢青年文学研究奖"在中国现代文学馆颁发，真正称得上"青年"的"80后"批评家在文学评论界的缺席，引起了关注。此后，《文学报》《文汇读书周报》《文艺报》等主流媒体纷纷发文探讨，使得"80后"批评家这一代际概念迅速成为热点。

一个时代有一个时代的批评家，当"80后"作家被媒体、书商炮制、包装，闪亮登场多年之后，同龄的"80后"批评家却至今寥寥，无论数量还是社会影响力，均无法与同辈作家相较。其实，他们并非了无声息、绝迹于当下的文坛，相反，他们正积极发声、表露心性。其中的杨庆祥、金理、黄平、何同彬、岳雯、王晴飞、李振、项静、刘涛、傅逸尘、李德南、徐刚等人，正以自己的批评实践及对当下文坛的持续关注与介入，试图改写当下文学批评的版图。

2013年年底，云南人民出版社策划推出了"'80后'批评家文丛"，目前已经推出两辑共11位"80后"批评家的文学批评集。并于2014年度开始，每年选编一本《"80后"批评家年选》（选本由我和金理选编，遗憾的是2016年年底我工作调动，此项工作遂中断）。作为策划者和编辑人，近两年来，我对20余位"80后"批评家进行个案分析和访谈，这让我对他们的生存状态、成长路径、师承和理论资源，以及当下的关注重心，都有了更为全面的认识和体悟。

本文试图从当代中国文学批评的流变，及"80后"批评家的现实处境、知识结构、成长路径等几个方面着手，对这批卓有才识的批评家予以评介，以便他人能够更为全面地了解"80后"批评家，并给予他们更多的关注和扶植。

流变

毛泽东在延安文艺座谈会上的讲话，明确提出了"文艺界的主要斗争方法之一，是文艺批评"。1949年在北平召开的第一次文代会上，周扬在《新的人民的文艺》报告中，也明确地提出了"批评是实行对文艺工作思想领导的重要方法"。在20世纪50年代至80年代漫长的历史时段内，文艺批评充当了思想斗争，甚至是阶级斗争的工具，"主要成为体现政党意志，对作家作品、文学主张和活动进行政治'裁决'的手段。一方面，它用来支持、赞扬那些符合规范的作家和作品，另一方面，对具有偏离、悖逆倾向的作家和作品加以警示"[1]。这一时期，主管宣传的官员、作协的官员、刊物的主编等"文化官员"，都成了拥有绝对权力的批评家，如周扬、冯雪峰、丁玲等，一直到后来的李希凡、姚文元等人。他们按照政治领导者对文学创作的指示精神，以意识形态去管理、指导文学创作，决定着创作，甚至是作家的命运。比如对电影《武训传》的批判，对俞平伯《红楼梦研究》的批判等等。

---

[1]   洪子诚：《中国当代文学史》，北京大学出版社，2010年，第26页。

"20世纪70年代末到80年代初，文学批评仍然在当代文学制度中发挥着特殊的作用。在由'文革'到'新时期'过渡中，文学批评一方面参与'拨乱反正'，另一方面又引领新的文艺思潮、推动创作主潮的形成。虽然文学批评作为'思想斗争'的武器，在近三十年来也有所使用（近三十年文学批评的历史也因此具有某种复杂性），但由于重新处理了文学与政治的关系，批评更主要的是回到了文学本位。"[1]随着改革开放的开启，文学亦迎来了高潮期，虽然意识形态对文学批评仍然保持着特定的要求，但文学批评选择的自由性和多样性也随之增加。

这一时期的文学批评家，大都在高校里接受过系统的学术训练，随即留校任教，但作为批评家，他们指导文学创作的功能逐渐减弱。陈思和先生说过："我觉得20世纪80年代后期批评家开始分化了，这其实是一个好的现象，看上去批评家的功能是减弱了，但是其实是走对的，因为减弱了以后，批评家自己对于生活的理解就凸出来了，他有创作作为依据，本来模糊的、理念化的东西就变得实践化了。"[2]

20世纪90年代，文学界的分化或者说多元化趋势更趋明显，文学制度也处于相对稳定的状态，无论文学创作还是文学批评，都摆脱了"思想斗争"陈旧观念的束缚，进入相当活跃的时期。尽管"批评缺席""批评失语"的说法也在不断浮现，但陈思和先生说："我一直认为20世纪90年代文学取得的成就高于80年代。所谓'批评缺席'其实是伪问题，大统一的批评家没有了，批评的权力中心没有了。但是

---

[1]　王尧、林建法:《中国当代文学批评的生成、发展与转型——〈中国当代文学批评大系（1949—2009）〉导言》，载《文艺理论研究》2010年第5期。

[2]　金理、陈思和:《做同代人的批评家》，载《当代作家评论》2012年第3期。

从多元性、自由性、个性来说，使 90 年代以后的批评更有力量。"[1] 这一时期，文学批评附加的政治权威已基本丧失，但文学批评在引领创作风潮、对作品进行解读鉴赏等方面，发挥着重要的作用，批评家的地位依旧很高。

文学批评经历的第四次流变是在 21 世纪。此时网络开始盛行，发表没有门槛设置，人人皆作家，管你批评不批评，该写的都在热火朝天地写。评论家也更趋分化，主要的圈子有传媒批评圈和学院批评圈。传媒批评被冠以"酷评"，大有跟风之嫌，但其威力不容小觑。学院批评深奥难懂，批评家常年避居学院的深墙大院，与当下社会和文学创作隔膜渐深，批评也变成了自说自话。现在经常听到不少很牛的作家甚至一线作家声称自己从来不看文学批评，这除了显示自己的牛气外，似乎也暗示了文学评论的落寞。"80 后"批评家，就成长在文学批评寂寥难为的环境中，他们难以发声，并非自身不作为，而是大的时代环境所致。

既然"80 后"批评家所处的环境发生了深刻的变化，批评的处境也相对艰难，是否当下的文学就不需要批评了呢? 显然不是。尽管文学批评指导和规范创作上的意义，如今已显得可有可无，但文学批评却更为接近它所具有的本真意味。对于批评家而言，文学批评对文学作品剖析、解读、阐释，在发掘文本背后更为广泛深刻的人性、人生，乃至社会意义的同时，也在表现和传达着批评家本身对这一切的态度和立场。文学批评并非是对作品简单的描摹，而是一个再创作的过程，可以说文学批评和文学创作既是相互的，也是独立的，彼此均具有不

---

[1]　金理、陈思和：《做同代人的批评家》，载《当代作家评论》2012 年第 3 期。

可替代性。

文学批评是另一种写作，从这个意义上讲，文学批评本身就具有存在的价值，作家与批评家对社会具有同等的重要性。我们知道，文学本身是对社会生活的艺术升华，当批评家进行文学批评时，也是对社会生活的一种独特的介入方式。除此，从文学批评的流变来看，文学批评本身也形成了它自身的发展历史，相关研究的展开，可以使我们更为清晰地把握住文学的发展脉络，以及各个时期文学与时代的相互关联。由每个批评家的批评理念所构成的独特的思想体系，对中国当代人文思想的建设与丰富，都具有非常意义。

处境

从目前文学评论界的整体情况来看，老而弥坚的"50 后""60 后"批评家依旧是中坚力量（批评家的成长和作家有些区别，作家凭才情能较早成名，但也容易早衰，而批评家的成长需要时间的淬炼，一旦成名，基本能够保持状态，且会越来越好，生命力总体比作家旺盛）。而"80 后"批评家，不仅从数量上难以和老一辈批评家抗衡，在社会关注度甚至是圈子以内，也时常被其遮蔽。

在全民阅读那个让人温暖的时代，写作成了不少作家的专利，一举成名后，作家们不仅能享受到来自社会的认可，甚至官方的肯定，因写作而加官晋爵的作家也不在少数。作为文学创作最有力的指导、最有价值的创作分析和对文学现象进行归纳总结的评论家，自然能享受到同样的待遇，同时还能享受到来自作家的膜拜和追捧。而当下，随着网络技术的迅猛发展，人人皆作家、编辑、批评家，随时随地都可以发表自己的"作品"，这宣告了过去时代的一去不返。

　　20世纪"80后"的这一代人，出生正值改革开放之初，成长又时逢物质相对丰富的时期，是享受了改革之利的一代人。然而，在以经济为中心的社会，价值衡量体系也相应地发生了变化，钱、权、利、名，成了当下量化一个人成功与否的唯一标尺。难怪连《人民日报》都刊文感慨，似乎在一夜之间，"80后"一代集体变"老"了，可更应该警惕的，是"80后"的精神早衰。如果说"叹老"只是情绪的释放和吐槽，那么精神上的"早衰"就很不正常了。"早衰"的年轻人，有时会显得很"成熟"，举手投足都无比正确，待人接物都恰如其分，说话谈吐都深思熟虑，但总让人觉得少了点什么。[1]"80后基本上是在一个充斥着失败主义的情绪中接受文学教育的，知识分子边缘化，文学'失去轰动效应'、遭炮轰……"[2] 都使得他们无心恋战在文学这一人类尚存的为数不多的精神家园。

　　"80后"批评家难以拱破既厚且坚的"冻土"冒出来，也跟老一辈评论家目前仍然是各主要评论刊物的重要作者有关。虽然也有像《南方文坛》《创作与评论》《名作欣赏》等新锐刊物力推"80后"批评家，但毕竟尚未形成主流。刊物是新人获得社会认识、认可的一个主要平台，但在生存压力下，目前不少理论刊物走的是"以刊养刊"的路子，主要以收费刊文为主。至于出版自己的学术专著，在受数字出版冲击巨大、只能以利润为重中之重的出版社那里，更是难上加难。

　　"80后"批评家金理在与陈思和老师对谈时说："我觉得'先锋'

---

[1]　白龙：《莫让青春染暮气》，载《人民日报》2013年5月14日。

[2]　金莹：《"80后"青年评论家为何难"冒头"？》，载《文学报》2012年4月6日。

的出现，是要'人力'和'天时'相配合的。它是在常态的文学上加上一鞭，这首先来自主观的能动，同时也要获得客观社会形势的支持。我记得章太炎、胡适都表达过这种意思，近代中国之所以'你方唱罢我登场'，原因之一是'中间主干之位'（'社会重心'）的不稳固、一直处于寻求过程中。胡适多次提及'历史上的一个公式'：在'变态'的社会国家里，政府腐败，干涉政治的责任，一定落在少年的身上；相反，等到国家安定了，学生与社会的特殊关系就不明显了。也就是说，当变态的社会，学生运动、青年力量在社会生活，以及少年情怀、青春意象在文学中，均能大显身手、鼓动人心。像您提到的'中年作家'，他们的出道，正逢一个大转折过后百废待兴、重心重建的过程，这是历史提供的客观际遇，他们是这个过程的推动者、参与者，今天看来也是受益者。'五四'与八十年代都恰逢这种客观际遇。但是如您所说，从'文革'后到今天，中国社会结束持续动荡、骚动的'青春期'，逐步进入了告别理想、崇尚实际的'中年期'。这样的局面中是不利于青年人脱颖而出的。"[1]

相对固态的"中间主干之位"，加之社会越来越世故化，越来越被中老年文化所笼罩，甚至是宰治，年轻人依靠自身奋斗获取一席之地的路径很不通畅，"80 后"选择从事文学创作的已经不多，而自甘"将冷板凳坐到底"的"80 后"批评家，更是寥若晨星。而文学批评，除了批评家自身的才情、天分之外，还需要靠知识的积累和深厚的文化修养，或者是更为重要的人格修为来支撑，这仍是"80 后"难以成为文学批评的中坚和劲旅的原因之一。

---

[1]　金理、陈思和：《做同代人的批评家》，载《当代作家评论》2012 年第 3 期。

正是在这样艰难的"内忧外患"中，仍有那么一些有志的青年热爱着文学批评，艰难地在这个行当中勇敢地突围。正如金理所言："不管时代怎么转换，文学怎么被排挤到边缘，对于真正热爱的人来说，文学的意义、文学批评的意义从来就不是问题。"[1]

现状

无论外界如何看待"80后"批评家这个群体，"80后"批评家显然是一个客观的存在，而且他们还是以整体的形式存在的，这和"70后"批评家的较为分散形成了对比。

青年批评家张元珂总结了"80后"批评家作为一个群体出现的两个机遇，即他所言的"北馆南社"。"北馆"指的是中国现代文学馆自2012年开始的客座研究员机制，自2012年至2017年，先后将杨庆祥、金理、黄平、刘涛、何同彬、傅逸尘、徐刚、王晴飞、丛治辰、李振、项静、方岩、杨晓帆、艾翔、周明全等21位"80后"批评家纳入客座研究员培养体系中；"南社"指的是云南人民出版社自2013年推出了"'80后'批评家文丛"，属国内首次集中、大规模推介"80后"批评家。张元珂认为："'北馆南社'有望在新世纪文学批评领域引领一个时代，也有望给中国当代文学带来新气象、新格局。"[2]张元珂是从一个很宏大的角度来看，其实，"80后"批评家的成长呈现出真正的多样性，不仅仅局限在"北馆南社"，上代批评家的关怀，各类杂志、出版

---

[1] 朱白畣：《"80后"批评家正在发言——访复旦大学中文系青年讲师金理》，载《文汇读书周报》2012年7月6日。

[2] 张元珂：《"80后"批评家群形成过程中的"北馆南社"事件》，载《大家》2014年第2期。

机构等，对这一代批评家的成长，都是倾心倾力的，这一代批评家群体置身于一个相对自由宽容的学术环境中。

"80后"批评家虽最近两年在各种力量的推动下，迅速为外界所知，逐渐参与到当代文学的构建中，但是，作为"80后"批评家，也应该清醒地认识到自身的局限，甚至问题。比如，"80后"批评家过早地"老于世故"，一旦小有名气，就奔波在各种研讨会、新书发布会上，不注重自我的学习，丧失批评家独立的人格，等等。这些，应该与他们的经历有关。

"80后"批评家的成长路径和同龄作家相比，有着霄壤之别。"80后"作家除张悦然、张怡微等少数几位是从小学一直念到大学甚或留学外，几乎是清一色的辍学"问题少年"。比如以反叛著称的"80后"作家韩寒、郭敬明，更有如恭小兵、春树等完全来自底层的"草根作家"。"80后"批评家却截然不同，他们基本都是名牌大学，如北京大学、复旦大学、中国人民大学、华东师范大学、南京大学等毕业的硕士、博士，甚至博士后，有着充足的知识储备和完好的学术训练。当《萌芽》在1998年推出"新概念作文大赛"，重点关注"80后"作家，以及2004年，中央电视台等主流媒体和出版社集中宣传"80后"作家时，"80后"批评家还正在学校接受教育。

目前较活跃的"80后"批评家，几乎清一色地毕业于名校，且导师都是国内一流的批评家。金理、刘涛博士毕业于复旦大学，师从著名文学批评家陈思和教授；杨庆祥、黄平、杨晓帆乃同门师兄妹，博士毕业于中国人民大学，师从著名文学批评家程光炜教授；何同彬博士毕业于南京大学，是著名文学评论家丁帆教授的高徒；王晴飞、方岩毕业于南京大学，师从著名文学批评家王彬彬教授；傅逸尘硕士毕业于解放军艺术学院，导师是著名军旅文学批评家朱向前教授；徐刚、陈思、丛治辰均毕业于北京大学，分别师从张颐武、曹文轩、陈晓明等名师；李德南是著名"70后"批评家谢有顺的学生；项静是蔡翔的高徒；岳雯师从著名文论家王一川先生；康凌在复旦跟随张松业老师攻读硕士学位，目前在圣路易斯华盛顿大学东亚系攻读博士学位等等。

　　从目前的学术成果看，这些"80后"批评家都在很有影响、最具权威的《文学评论》《文艺研究》《文艺争鸣》《南方文坛》《当代作家评论》《创作与评论》等评论刊物上发表过较有深度和影响的文章，且多人的文章被《新华文摘》、"人大复印资料"全文转载。从专著来看，如金理出版了评论集、专著《从兰社到〈现代〉：以施蛰存、戴望舒、杜衡与刘呐鸥为核心的社团研究》《一眼集》《文学梦与青年记忆》《历史中诞生：1980年代以来中国当代小说中的青年构形》《同时代的见证》等；杨庆祥出版了《"重写"的限度——重写文学史的想象与实践》《文学史的多重面孔》《分裂的想象》《现场的角力》《社会问题与文学想象：从1980年代到当下》，编著了《文学史的潜力》《重读路遥》《中国新诗百年大典》（80后卷）等；黄平出版了《贾平凹小说论稿》《大时代与小时代》《"80后"写作与中国梦》《反讽者说：当代文学的边缘作家与反讽传统》；何同彬出版了《浮游的守夜人》《重建青年性》；岳雯出版了《沉默所在》《抒情的张力》；刘涛出版了评论集《当下消息》《"通三统"——一种文学史实验》《晚清民初"个人—家—国—天下"体系之变》《瞧，这些人："70后"作家论》等；傅逸尘出版了文学评论集《叙事的嬗变——新世纪军旅小说的写作伦理》《重建英雄叙事》《英雄话语的涅槃》等；徐刚出版了《想象城市的方法》《后革命时代的焦虑》；项静出版了《我们这个时代的表情》《肚腹中的旅行者》；李德南出版了《途中之镜》《"我"与"世界"的现象学》《小说：问题与方法》；李振出版了《时代的尴尬》《地域的张力》《思想演练》等；王晴飞出版了《望桐集》；等等。几乎每位"80 后"批评家都出版了自己的学术专著或评论集。

值得注意的是，"80 后"批评家中，除了从事文学批评，不少人还从事其他文体的创作。如杨庆祥是诗人，出版诗集《在边缘上行走》《虚语》《这些年，在人间》；项静兼具散文和小说创作，出版有《民国少女》《集散地》，备受好评；傅逸尘近两年了，在报告文学上成绩亦很突出，出版有《远航记》；李德南出版有长篇小说《遍地伤花》《有风自南》等。这些年轻的批评家穿梭在不同的文体间，使得他们的批评无论是文体意识还是语言、视野，都很鲜活。近年更有如霍艳者，先在小说创作上成名，然后到高校攻读现当代文学博士学位，使得"80 后"批评家的整体风格呈现出更加多元化、多样化的特征。

从获奖情况看，"80 后"批评家中，有包括杨庆祥、黄平、金理、岳雯等获得在业内很重要的《南方文坛》优秀论文奖，黄平还是几度获得该奖；"华语文学传媒大奖""唐弢青年文学研究奖""'紫金人民文学之星'青年评论家奖""中国当代文学研究优秀成果奖"等多个重要奖项，均有"80 后"批评家的身影。这是主流认可"80 后"批评家的一种形式，同时，也是"80 后"批评家亮相的绝好机会，令人欣喜。

心性

2013 年是"80 后"批评家成长元年。当年 5 月 13 日，中国作协创作研究部、理论批评委员会和中国现代文学馆联合举办"青年创作系列研讨·'80后'批评家研讨会",是首次高级别的针对"80后"批评家的研讨会;2013年年底,云南人民出版社推出"'80后'批评家文丛",中国现代文学馆第二批客座研究员中有5位是"80后"批评家。但通过会议、丛书等来讨论、关注"80后"批评家,这一方式本身其实已经暴露了"80后"的现实处境。在老前辈占主导的文学界,他们不仅要搞批评还要进行以话语权为主的权利谋求。他们的抱团取暖,不仅是孤单艰难的批评旅程上"心有戚戚焉"的日常交流,也是在险象丛生、迷雾环绕的政治、历史丛林里图谋一席之地的联合。

回顾当代文学史上的著名的1984年12月的"杭州会议",那场引发了1985年"寻根文学",作家与评论家合作推动文学潮流的会议。该会议遵循的同样是国有文学生产机制,由此衍生的"寻根文学"仍是中国当代文学无从面对现实、逃避政治压力的结果。当今的各种协会、杂志、学院的文学讨论会,在名家、名作的生产上,在作家、作品的评奖上,依然起着主要的作用。就政治与文化处境而言,"80后"批评家与他们的前辈无异,但他们更多的是出于较为率真的现实考虑。

引起关注的"80"后批评家几乎都是受过专业训练的博士,深谙就真正的经典而言,话语权仅在传播学、解释学意义上对文学的价值实现产生作用。在作品、作家的选择和批评上,他们更多选择自己感兴趣的,甚至把目光投向了边缘作家和作品,以不可低估的姿态书写他们文学批评的心性。

看看我们的现当代的文学作品,无论是权威推荐,或是技巧揣摩有道者所著,大家顶多只知道名字的作品,有几部是人们爱看并入人心的? 正如王德威所言,中国现当代文学是"中国暴力与痛苦的道德后果和心理学后果"的记录，而对"历史这头怪兽"的恐惧和憎恶，则是最重要的主题。这就是在数百年暴力统治与反叛的杀戮中生活过来的中国人的"心性"。然而，正因为现当代文学作家及其批评家，都只看到了历史和人性可憎的一面，并沉溺其中，也使得这种文学与心性显得狭隘而偏执。

只要熟悉中国古典文学、历史、哲学和文化的人，都能清晰地感受到，其实中国的文学、抒情及批评传统，绝非完全是如此心性。不少中国边缘作家早就做出了卓绝的努力，并取得了不容忽视的成果，如北京的老村、云南的郎生等。"80后"批评家能够积极关注并以极高的热情阅读、判断和书写这些边缘作家，已经表明了他们作为批评家和文学家的心性。他们作为人的心性开始复苏，从关注土地意识、生活意识到文学意识。"80后"批评家还未真正崛起，他们对历史的记忆或许缺少声音和形象，或许还缺乏对政治和公共领域的探查，但他们已经伸出手和脚，用心触摸真实，对全然丧失了真实感的文学和文学批评而言，对全然丧失了个体记忆的历史时代而言，这不能不说是一场艰难的文学启蒙。他们抱团取暖，敢于表达他们在文学批评上的心性和立场；并为此身体力行，努力为文学和文学批评回归正常心性做出个人的努力。

优劣

"80后"的写作，是更自我、更个性，甚至是更放纵的写作。他们为个人的写作，为心性的写作，是生命抒发的需求，就像吃饭、睡觉和做爱一样，是生活的必需。这样的写作，与生命是连血带肉式的关系，彼此联系紧密，贴得很近。"80 后"批评家从事批评，主要是因为喜欢，因为热爱文学，这是一种没有目的的创造性评论。同时，网络的崛起，也改变了批评的生态，诸如豆瓣等网站，已成为不少专业或非专业的批评者施展才华的舞台，"80 后"批评家对纸媒的依赖度也相应地降低了，直接的效果，是批评的文体和语言更加灵动，有生气、有体温。从学养上看，"80 后"批评家绝大多数出身名校，师从国内一流的批评家，理论训练充足。因为外语好，这波批评家大多能直接阅读西方原著，能与海外无障碍交流，这使得他们视野开阔。同时，由于政治风气开化，批评环境相对较好，也让他们在批评的独立性上，较上几代批评家强，批评的主体意识能得到很好的张扬。这些，都是"80 后"批评家的优势所在。

　　2013 年 5 月在北京召开的"青年创作系列研讨·'80 后'批评家研讨会"上，老一代批评家给予了"80 后"批评家很高的评价：学识广博，感觉敏锐，接轨传统，打通经典，理论视野开阔，善于在务实中求新，相比前几代批评家多了"后"知识，富于潜力，与文学批评中的"50 后""60 后""70 后"构成了很好的衔接。[1] 对"80 后"批评家的表扬背后，尤其是"接轨传统"一句，看似表扬，但其实透射出了另外一个问题，那就是"80 后"批评家并没有建立起自己的批评坐标、批评传统和美学评价体系，还只能在"接轨传统"中，或者是主动向所谓的传统靠拢中获得认可。用"80 后"批评家何同彬的话来说，就是"世故"。和所谓的传统接轨，臣服在"老年性文化"中，当然能得到某些老年掌权者的认可，但必然的结果，是"80 后"批评家终将丧失自我。

---

[1]　金涛：《"80 后"批评家，他们为何姗姗来迟？》，载《中国艺术报》2014 年 7 月 29 日。

顾随曾说，任何一个大师，他的门下高足总不成。是屋下架屋、床上安床的缘故么？一种学派，无论哲学、文学，皆是愈来愈小，愈演愈弱，以至于亡。[1] "80后"批评家要想真正有所建树，就不能"屋下架屋、床上安床"，要在充分吸收的基础上有所创新和超越。一个优秀的批评家既要形成自己的观点，又要"能使别人在理解其批评分析的基础上形成自己的观点"（本雅明）。

最近看到批评家李建军的一条微信，他写道，余以为，"50后"影响了"60后"和"70后"，也带坏了"80后"。"80后"缺乏"60后"的独立精神和成熟意识，所以受"50后"影响最大。你看，那些"80后"批评家的文章，写得版版六十四，沉闷，僵硬，堆垛，吹捧名流，迎合当路，市侩气十足，简直就是"50后"的克隆和翻版。所以，吾常言："50后"带坏了"80后"；"80后"一代不成器。李建军此言虽有以偏概全之嫌，但他对"80后"批评家存在的典型问题看得还是很到位的。

批评家李敬泽日前有篇对"80后写作"颇有见地的观察文章，他说"80后"作家"并没有为当代文学提供什么新的重要因素"，"文学并没有重新开始，一批新人出现了，但其实并没有真正的新事"。[2] 此理可挪用到"80后"批评家身上，虽然金理不无感慨地说，现在想起2012年媒体还在讨论"'80后'为何难出批评家"，真有"换了人间的感慨"。[3] 但"80后"批评家虽然在这两年受到了关注，却并未为当代文学批评的建构提供什么新变因素。

---

[1]　顾随：《中国古典文心》，北京大学出版社，2014年，第21页。

[2]　李敬泽：《"80后"写作：未曾年轻，便已衰老》，载《文学报》2014年12月3日。

[3]　周明全、金理：《"80后"应首先找到自己的具体岗位》，载《都市》2013年第6期。

　　"文学批评理论就是要在时代、文化发生转变的时候，及时发现问题和提出问题，通过解读某些创作现象来阐释事物发展的规律。"[1]在"80后"批评家中，虽有杨庆祥这样杰出的才俊对"80后"创作以及当下的文学创作提出了新的问题，但相较整个"80后"批评家群体，这样的声音还显得单一，未形成和声。

　　从文体上讲，"80后"批评家们还是按照传统的学院派要求作文，老气横秋，少有如杨庆祥《"80后"，怎么办?》那样飘逸的文章。"80后"批评家要确立自己的身份和地位，在文体上，也要有所创新。

　　"80后"批评家的优势和劣势都是很明显的。作为年轻人，有劣势并不可怕，可怕的是身在此山中而不识山面目。

瞻望

　　从"80后"批评家成长的外部环境和自身的状况分析，其实不难看出这批人今后的发展方向，甚至是在批评上的造诣。我理解的外部环境，包括期刊出版以及各级主管机构，如宣传部、作协的扶持；而内部环境，可以理解为"80后"批评家的批评志向、关注趣味以及自身在修养上的努力。

　　"现在，关于要加强文艺批评的主流声音一直不断，大媒体报刊也相应地设立批评专页的版面，稿费据说不菲，在高校、出版系统申请出版批评文集的经费也不是特别困难。"但陈思和先生在为第二套

---

[1]　陈思和：《再说说文艺批评——为第二套〈火凤凰新批评文丛〉而作》，载《文汇报》，2015年2月9日。

"火凤凰新批评文丛"所作的序言中认为，批评家今天的问题，是作为知识分子独立主体的缺失。他说："一方面是批评家作为知识分子独立主体的缺失，看不到文艺创作与生活真实之间的深刻关系；一方面是局限于学院派知识结构的偏狭；一方面是学院熏陶的知识者的傲慢，学院批评无法突破知识与立场的局限而深入真实生活深处，去把握生活变化的内在规律，而是把时间精力都耗费在轰轰烈烈的开大会、发文章、搞活动、做项目等等，尽是表面的花团锦簇而缺乏深入透彻地思考生活和理解生活。其实，批评家最重要的是需要有宽容温厚的心胸，敏感细腻的感觉，以及坚定不妥协的人文立场，才能发现尚处于萌芽状态的新生艺术力量，与他们患难与共地去推动发展文学艺术。在我看来，今天我们面临的文化生活、审美观念、文学趋势之急剧变化，一点也不亚于1980年代中期的那场革命性的转型；但是现在，文艺探索与理论批评却是分裂的，探索不知为何探索，批评也不知为何批评，以其昏昏使人昭昭，文艺批评怎么能够产生真正的力量呢？所以我今天赞同续小强先生继续编辑出版"火凤凰新批评文丛"，但所希望的，不在多出几本批评文集，更不在乎多评几个职称，而是要培养一批敏感于生活，激荡于文字，充满活力而少混迹名利场的新锐批评家。"[1]

　　然年轻的新锐批评家，必须经历漫长的学术训练。写作是要靠天赋的，而批评除了天赋，更需后天的理论训练、文本细读的训练。作为一个批评家，首先要有大量的阅读，对当下文学创作、走向有清晰

---

[1]　陈思和：《再说说文艺批评——为第二套〈火凤凰新批评文丛〉而作》，载《文汇报》2015年2月9日。

的把握；同时，必须接轨传统，打通经典。评论家李敬泽就一直强调，"丰富的理论修养，起码的思辨能力，系统的社会科学知识，对于文学史的完整概念，这些作为文学史家、理论家的必备素质对于批评家不仅需要，而且必须具备"[1]。这样，在做批评时，才不至于大惊小怪，见什么都是"最""首创"等。除了阅读，批评家"不参与到当下生活的激流中去，对当下复杂的生活现象没有大是大非的观念，没有大爱大憎的感情，那这个批评家也做不好，不管从哪里搬来多少理论，都是没有用的。如果批评家对生活采取冷漠的态度，根本就不了解这个生活的话，那么，这个批评家也是成不了气候的"[2]。

　　在"80后"批评家中，刘涛对提升自身修养有深刻认识。我们聊天中，刘涛常规劝我，要少写多读，最好是做一个专业读书人，而不是批评者。刘涛说，看懂一个作家，或看懂一种文学现象，比较简单，看懂一个时代则较难。如何看懂？或有两路：读书与历练。由于每个人机缘不同，会各有不同的经历，不可强求。读书则应求精求深，以当代文学批评为业者易浅，原因即或读书不精不深，因为功夫在诗外。所以从事当代文学批评者成名可较早，但难免后劲不足，每况愈下，应深戒之。金理也多次提到，"80后"批评家一定要加强自身的理论学习，要不，"80后"批评家最后只会变成一个空洞的概念。

　　批评家吴义勤说，他发现"80后"批评家对理论的热情远远高于阅读的兴趣。他认为，要做一个优秀的批评家，一定要做好文本细读工作，"两条腿走路"。吴义勤的告诫甚为有理，没有扎实的阅读，做

---

[1]　李星：《关于当前文学批评现状的观察与思考》，载《文艺报》2012年7月30日。

[2]　陈思和：《批评与创作的同构关系——兼谈新世纪文学的危机与挑战》，收入《思和文存》（第三卷），黄山书社，2013年，第208页。

文学批评只能是自欺欺人。

平台

　　期刊、出版和文学发展之间的关联，被不少论者关注和论述过。而批评的发展和期刊、出版的关联，甚至高于其他文学题材。"60 后"那代批评家的横空出世，离不开 20 世纪 90 年代两套批评丛书"火凤凰批评文丛"和"逼近世纪末批评文丛"的出版。很多年轻的批评家，都是凭借着这两套丛书走上文学批评之路，为外界所认识的。

　　自 2009 年，文化体制改革后，出版社已蜕变为追求利润的文化企业，可以说，生存的压力是压在出版社头上的一座大山。出版社无法像之前一般，花费巨资去打造、培养文学新人。当然也有例外，如上述云南人民出版社就愿意花费巨资主动出击，打造"'80 后'批评家文丛"。

　　目前，网络以其特有的便捷和优势，对传统出版形成了巨大的冲击力，传统读者群已经分化。在此大背景下，期刊普遍采取"以刊养刊"的路，依靠收取版面费维系生存。不少批评刊物一个刊名两张皮：一本刊物依旧艰难地保持原先定位；另一本收费发稿，或改头换面另做他用，目的是赚钱养主刊。当然，也有例外。比如《南方文坛》自 1998 年始，开设"今日批评家"，一年六期，一期一名，15 年来已有上百位批评家在此亮相，其中"80 后"批评家占了 17 位（截至 2017 年年底）。还有《创作与评论》，自 2014 年起，开设"新锐批评家"栏目，力推青年批评家，已推介的青年批评家中，就有不少"80 后"批评家；《滇池》杂志近年由著名评论家、《人民文学》主编施战军主持的"中国批评家"，也推出了不少"80 后"批评家；《都市》杂志自 2014 年年中开设"同步成长"专栏，由周明全每期访谈一位"80后"批评家。另外，在业内影响甚大的《文学报》，自 2015 年 2 月起，将为周明全开设"枪和玫瑰·聚焦'80后'批评家"专栏，每月一期，每期一个整版，集中展示"80后"批评家的风采。

只要有更多的负责任的期刊加入为"80后"批评家提供平台的阵营中，"80后"批评家成长的外部环境将得到进一步改善，他们将更苗壮地成长。

互动

关注同辈作家，不仅是对"一个时代有一个时代的批评家"的有效回应，也是"80后"批评家自身成长的需要。批评家张柠说："'80后'应该有自己的批评家，不要等到 30 岁才搞批评，更不要试图通过阐释几个经典作家而成为批评家，要直接对自己的同时代人说话，应该自己对自己进行阐释和总结。文学批评和理论研究不一样，文艺批评必须和写作同步。"[1]

金理一再呼吁："批评家一定要和同龄人中的作家群体多通声息、多合作。"[2] 他举例，文学史上批评家与作家互相砥砺、互为激发，甚至长时间共同成长的例子比比皆是，从近的说，比如胡风和路翎，杜衡和戴望舒，王佐良和穆旦，吴亮和马原，陈思和与王安忆……

来自同龄人的评论，无疑会更容易获得"80后"作家们的信任。

---

[1]　张柠：《"80后"写作，偶像与实力之争》，载《南风窗》2004 年 6 月（上）。

[2]　金莹：《"80后"青年评论家为何难"冒头"？》，载《文学报》2012 年 4 月 6 日。

作家郑小驴说，"80后"批评家与我们有着共同的生活经验、文学经验，对很多事情的看法比较一致，这让他们更容易进入我们的写作，对作品进行较为准确的解读。况且很多"80后"批评家自己也进行文学创作，这使得批评家对作家的写作更容易心领神会。[1]

自2012年以来，"80后"批评家更多地涌入文学现场，并努力跟进同辈人的创作节奏。杨庆祥、金理、黄平三位"80后"批评家2012年在《南方文坛》开设了"三人谈"的专栏，从选择以文学为"志业"的自我经验谈起，追溯不同历史时期文学的发展和审美的嬗变，辨析文学在各色语境中的纠葛和挣扎。《创作与评论》从2013年起开办"新锐"栏目，每期推出一位"80后"作家小辑，由评论家谢有顺和弟子李德南主持。目前，几乎每期都有"80后"批评家针对"80后"作家的评论，形成有效的互动。杨庆祥和金理从2013年起在《名作欣赏》主持"80后评80后"栏目，每期重点推出一位"80后"作家，同时邀请一位"80后"批评家写该作家的专论，力图在年轻作家和年轻批评家之间搭建起一个沟通交流的平台。《大家》杂志自2017年改版后，主打栏目是"新青年"，其中，每期就有一位"80后"作家的小说，同时配发"80后"批评家的评论文章，不仅推出了"80后"批评家，还形成了同代人共同成长的新格局。在新锐杂志的全力支持下，"80后"批评家通过对"80后"作家的评述，一定会引起广泛的关注，更有利于彼此的成长。

"'80后'批评家要引起人们关注，甚至说以他们的力量推动文学事业的繁荣，散兵游勇小打小闹是成不了气候的，必须要集体亮相。

---

[1]　黄尚恩：《"80后"批评家应关注同代作家》，载《文艺报》2012年10月26日。

文学尽管是个人的事业，但要说到引起社会关注、介入公共世界，确实得集体亮相。所以，如果说最希望在哪些方面得到关注和帮助，我想首先是希望那些手握资源的前辈们多给年轻人提供舞台，各级宣传和文化部门多对年轻人落实制度上的扶持、资金上的投入，同时尽量保护年轻人的个性和锋芒，而且将关注的目光投向一个整体。"[1]

2013 年 5 月 13 日，中国作协创作研究部、理论批评委员会和中国现代文学馆联合举办"青年创作系列研讨·'80 后'批评家研讨会"，是首次高级别的针对"80 后"批评家的研讨会。相信有了这个开始，"80 后"批评家今后将得到更高层面的关注。另外，自 2011 年开始现代文学研究馆设立客座研究员，对"80 后"批评家也多有扶持，目前，杨庆祥、金理、黄平、刘涛、何同彬、傅逸尘、徐刚、陈思、王晴飞、李振、杨晓帆、丛治辰等 21 位"80 后"批评家都是其麾下研究员。

批评家、中国作协副主席李敬泽认为："'80 后'批评家的'迟到'，某种程度上也是这一代批评家在文学生态上的特殊位置所决定的。年轻批评家的成长确实要比年轻作家的成长慢一点，难一些，某种程度上讲，需要外力从旁协助，形成话语场地，在场地中尽快成长。"[2] 而这样的"话语场地"正是需要如李敬泽这样的人及更多的刊物和出版社来提供。

---

[1]   金莹：《"80 后"青年评论家为何难"冒头"？》，载《义学报》2012 年 4 月 6 日。

[2]   金涛：《"80 后"批评家，他们为何姗姗来迟？》，载《中国艺术报》2014 年 7 月 29 日。

结语

在"'80 后'批评家"研讨会上,《文艺报》主编、著名评论家阎晶明说,文学批评是一项寂寞的事业,是一项需要坚守的事业。今天的时代和文学众声喧哗,批评不再像 20 世纪中后期那样受到重视,但这也不见得就是坏事。"有时候土壤太过滋润可能不利于批评家成长,比如西瓜,土壤太肥沃,可能长得大,水多,但不甜。一直处于呵护下的批评无法获得持久旺盛的生命力。批评家除了关注作家作品外,还应当多做'脑体操',关注个人批评观的建构。"

"80 后"批评家毕竟是一个崭新的概念,自 2012 年以来,已经受到媒体的广泛关注,这对"80 后"批评家来说,是一次机遇。俗话说,暴得大名不祥。"80 后"批评家也就 30 多岁,不要为名太过焦躁,沉下心来,安静地做好自己的研究,多读书,多关注当下社会,一定能闯荡出一片属于自己的天空。

作家郎生在评价老村的小说《骚土》时说,老村的《骚土》是中国当代小说的一场绝地起义。那么,借用郎生兄的话,"80 后"批评家只有不做温顺的羔羊,来一场对当代中国文学的绝境突围,方能给当代的中国文学和文学批评带来新的变数。

2013 年 5 月初稿

2013 年 6 月 2 日修改

2015 年 2 月 13 日修订

2018 年 4 月 3 日再改

这是一片茂密的文学森林

—— "80后" 文学纵观

2014年，第十二届华语文学传媒大奖，将"最具潜力新人奖"颁给了一位名不见经传的网络写手赵志明，让圈内圈外的文学同行大跌眼镜。据圈内朋友私下说，本来这届"最具潜力新人奖"前两轮，票数最多的，是一位在纸质刊物发表过很多小说，出版过数本小说集，并且屡获各种奖项的一位颇有实力的青年作家，但最后一轮却发生了逆转，评委们最终将"最具潜力新人奖"颁给了赵志明。本届评委、作家苏童看过赵志明小说后，同样为其作品的精美和奇特所震惊，于是不顾以往习惯性做法，毅然决然，将宝贵的一票投给了他。这是面上的报道。据朋友说，之所以发生逆转，是因为赵志明一直在豆瓣等网站上发小说，在网络上影响巨大，作为国内很重要的文学奖，评委们不可能忽视网络的影响，当然，赵志明的小说也确实优秀。

也就是说，一位依靠纸质刊物、备受主流呵护的青年作家，最终被一位在传统纸质刊物中名不见经传，主要依靠网络发表文章的人击败。赵志明此次意外获奖，也说明了当下时代的写作，已然从"显性"扩张到"潜在"和"隐性"，逐渐呈现出多元化、立体化的发展态势。

过去，文学主要是在体制的力量下，在传统纸媒的推动下，通过发表、评奖等诸多手段，来强化和推介一个作家。而能享受到体制力量的作家，毕竟还不是绝大多数。所以我们的文学，逐步形成了现今这样的，由莫言、陈忠实、余华、阎连科、刘震云、贾平凹、格非、王安忆等这些为数不多的"大树"孤独支撑着的文学生态。这种生态从20世纪90年代至今，已持续了将近20年的时光，太老了，也太旧了，表面看上去似乎已有些死气沉沉了。很长一段时间，我们都很悲观地看待当代文学的态势，作为刚刚入门不久的批评者，很长一段时间，已然也被这种表面的现象所迷惑，对当前文学持一种悲观观望的态度。但是时隔数月之后，我的判断发生了变化。我新近的判断是，当今，不是文学衰落了，更不是耸人听闻的文学已死了，而是文学在写作和传播上呈现出更为广阔和深邃的空间。现在确实不一样了，在"80后"这一批年轻作家的写作中，尽管还看不到文学的"大树"，但却形成了一片茂密的文学森林。进一步说，如今"80后"，不是文学有没有、好不好的问题，而是你看没看到的问题。尤其是网络的兴起，恰逢其时地让这一批"80后"的写作者们赶上了，他们自觉不自觉地通过网络或新兴的传播媒介，如微信等平台，参与了我们当代文学的建构。这些"80后"写作者，在网络上已经得到堪称满足的写作快感，他们再也不像上几代作家那样在乎你什么杂志不杂志，发表不发表，纸媒在他们眼里，重要性已经衰退或者说丧失了。可以说是网络，改变了当代文学写作的大气候。

"80后"作家的写作目的发生了质变

　　"80后"生于中国社会从传统向现代转型的时期，成长于中国社会资本高速积累的 90 年代，无论生活环境还是接受的教育，都比上几代人好了许多，这使得"80 后"们在价值观、生活方式、行为准则上，都与前几代人形成了巨大的差异。虽然物质生活很优越了，但"80 后"这一代人在成年后，社会进入了固态，大变革的可能性较小，平稳改革的可能性较大，年轻人依靠努力向上攀爬的道路并不通畅。青春的迷茫和躁动，一度困扰着"80 后"一代人，社会上广为流传的"恨爸不李刚，怨爹非双江"，像病毒一样广为扩散，让年青一代悲伤不已，这也成为这个时代箍在年青一代头上的无法祛除的乌云。一大批年轻人有无处宣泄的情绪，于是，他们提起笔，开始抒写自己青春的苦闷和快乐。这是"80 后"文学和上几代文学有本质区别的源头所在——写作的目的发生了根本性的逆转。即写作对他们，完全是自发性的，是心性排解的需要。

所以说，"80 后"的写作，是更自我，更个性化，甚至更放纵的写作。这样的写作，和生命是连血带肉式的关系，彼此联系紧密，贴得很近。这使得一些长期依靠主流媒体的批评家、作家、学者，起初也大为不爽，他们批评网络写作、青春写作给写作本身带来了伤害，认为网络写作败坏了读者的胃口，这显然是夸大其词；更有甚者，是担心自己的"老大"地位被削弱，生造概念、强词夺理。

坦率地说，"80 后"的写作最初大多是没有目的的写作。比如，"80后"诗人、评论家杨庆祥就说："诗歌我会觉得它更是一个私人化的东西，好像就是我的一个后花园，我通常会把自己最隐秘的情感通过那种方式来表达。"[1] 比如，豆瓣网上的评论，写得入木三分，比专业评

---

[1]　杨庆祥、周明全：《"中国当下是最有可能出伟大作品的时代"》，载《都市》2014 年第 9 期。

论家更加专业，但这些以各种花里胡哨的网名写评论、发文章的年轻人，又有谁在乎现实利益呢? 他们完全是处于热爱，处于表达的需要而写。

但我们随便翻看上几代作家的创作谈、回忆录之类的文字，就不难发现他们的写作，目的性是极强的。上几代作家写作的目的性，可笼统地分为为意识形态和为个人。从为意识形态来说，这样的伏笔其实早在梁启超时代就被埋下。在《论小说与群治的关系》中，梁启超夸张地说：欲新一国之民，不可不先新一国之小说。[1]

从为个人来讲，作家们的写作目的也是千奇百怪的。有为吃饱饭写作的，有为调动工作写作的，有为个人尊严写作的等等，不一而足。阎连科在不少讲座中，都谈到家乡的贫困以及自己从小经受的苦难。他说："就是为了吃饱肚子，为了实现一个人有一天可以独自吃一盘炒鸡蛋的梦想，才决定开始写作。因为写作有可能改变一个农村孩子的命运，可能让他逃离土地到城里去，成为光鲜傲慢的城里人。"[2] 连同如今誉满神州的获诺贝尔文学奖的莫言，年少时当知道作家们每天三顿都吃饺子时，羡慕得不行，立志当作家。他说："我当时就想，原来作家生活是如此之幸福啊，所以当年想当作家的原因很简单，就是一天三顿都能吃到饺子。"[3] 在那个物资匮乏的年代，吃饱肚子，活下去，也是极其艰难的事，所以，我无意站在道德制高点来批判作家们为吃饱肚子的写作的优劣，我意只是将之与"80后"作家们的写作目的形成

---

[1]　梁启超：《论小说与群治的关系》，收入《饮冰室合集》（卷二），第 58 页。

[2]　阎连科：《选择、被选择和新选择——在罗马第三国际大学的演讲》，收入《一派胡言：阎连科海外演讲集》，第 153 页。

[3]　《莫言庄稼人出身　坦言最大成功是家庭幸福》，载《新快报》2012 年 10 月 18 日。

对比。但其实，在那个知识和物质同样匮乏的年代，依靠写作，不仅能吃饱肚子，改变自身命运，甚至升官发财的大有人在。

在"80后"写作的年代，一切都无可奈何花落去了，依靠写作获得物质利益，依靠几篇文章和出版几本书，就能轻而易举地获得升迁，改变命运，同样是天方夜谭的事。"80后"作家王威廉就认为："在已经过去的那个时代，将写作作为谋生的手段不但风险重重，而且效率低下。"[1] 连莫言、阎连科这样的作家，当初从事写作都充满了目的，何况那个年代的其他作家? 尤其是"50后"作家、"60后"作家，在当时受意识形态管制较多的年代，写作难免受到自我确立的目的和来自权力体制的双重干扰，进而影响文学的品质。以我的观察，可以预见的是，如今的"80后"，他们的文学，将在这种没有强制目标的干预下发展生成。他们未来的创作成就和作品质量，绝不会低于他们的前辈，这亦是时代发展的必然。

"80后"作家的视野更加开阔了

中国现代小说不是继承中国的古典小说传统而诞生的，而是建立在模仿西方小说的基础上的。晚清以来，面对曾经不可一世的大清帝国被蹂躏的惨状，仁人志士开始向西方取经，逐渐形成了"西学东渐"的浪潮，尤其是1894年中日甲午海战的惨败，向西方学习的热情更是高涨，被引进的西学开始扩散、渗透到各个领域，包括小说领域。西方小说的大量翻译引进，最终促成了"小说界革命"，自此，国人开启

---

[1]　王威廉:《后记: 在困境中获得自由》，收入《内脸》，太白文艺出版社，2014年，第306页。

了将西方小说的样式作为自己写作的模板。思想家、评论家摩罗曾撰文对此做了深刻的批判——在 20 世纪初年，急于谋求民族振兴、国家富强的文化精英和政治精英对中国文化已经忍无可忍，完全没有耐心从中国古代小说传统中寻找文学的生机。他们按照自己理解的西方小说模式，大声呼吁一种能够帮助国人启蒙祛昧、济世救国的类似文体，以求一扫古老中国的沉疴。梁启超、陈独秀、鲁迅、周作人、胡适等人不但是积极的呼吁者、提倡者，有的还是身体力行的实践者。周氏兄弟早在留学日本期间就已经认真研习和翻译西方小说，企图借小说讽喻世事，激发国人觉醒与自救。[1] 这也是中国作家写作的目的性很强的根源所在。

此后至 80 年代之前的很长一段时间，由于中国所处的大环境和革命的需要，中国社会处于一种被孤立和自我孤立的状态之中，和西方世界几乎是割断的。改革开放后，西方文学逐渐被翻译引进，对"50后""60后"，甚至"70后"作家的影响和冲击是巨大的。这里似乎可以武断地说，绝大多数如今当红的作家，目前所取得的文学成就，几乎都是依靠模仿西方文学而逐渐建构起自己的文学版图的。

只要稍微留心一下当下这帮文坛大佬，就能发现，他们又几乎都毕业于名校。比如刘震云，1978 年就读于北京大学中文系；格非，1981年考入上海华东师范大学中文系；莫言，1984 年考入解放军艺术学院文学系……他们的文学滋养，喝的第一口奶，与破门而入的西方文学难脱干系。80 年代是西方各种文学思潮汹涌进入中国的时期，而当时诸如北大、华东师大、军艺这样处于政治、文化、经济中心的著名高

---

[1]　摩罗：《中国现代小说的基因缺陷与当下困境》，载《探索与争鸣》2007 年第 4 期。

校，自然能得风气之先，在阅读西方文学上，这批早起的鸟儿，自然是有虫吃的。这批作家，作为最早接触、大量阅读西方文学的一代，只要不是傻子，只要通过精致的模仿，就有可能轻而易举地获得认可。

比如，在写作技法上，阎连科较多地接受、借鉴了欧洲文学、俄罗斯文学和拉美文学，甚至日本文学。他就直言不讳地说，每每提到拉美文学，提到俄罗斯文学，提到欧洲文学，我们很多作家不屑一顾，而我，说心里话，总是充满敬仰和感激之情。他觉得卡夫卡、福克纳、胡安·鲁尔福、马尔克斯等，他们的写作，都在探索写作个性和底层人的现实生活的结合上，开出了成功的范例。他认为荒诞、魔幻、夸张、幽默、后现代、超现实、新小说、存在主义、魔幻现实主义这些现代小说的因子和旗帜，其实都是最先从外国文学作品中获得的。[1]直到"70后"作家，对西方文学的模仿都还很明显。比如阿乙，就深受卡夫卡、加缪的影响。阿乙自己也表示，要以卡夫卡、加缪为标杆，希望自己的作品被刷进文学史。"80后"批评家刘涛近两年来，对数十位当红的"70后"作家进行了个案分析。根据他的分析，绝大多数"70后"作家，都在写作之初受到了先锋文学的影响，而先锋文学又是在模仿西方文学的基础之上形成的，不少"70后"作家至多也就是"二传手"而已。

除了西方文学的影响，因国家政治的关系，苏联文学对上几代作家，尤其是"50后"作家的影响也是很大的。如张承志早年的创作，受艾特玛托夫的影响较大。张承志自己也说："苏联吉尔吉斯（现为吉尔吉斯共和国——编注）作家艾特玛托夫的作品给我关键的影响和启

---

[1]　栾梅健：《撞墙的艺术——论阎连科的文学观》，载《当代作家评论》2013 年第 5 期。

示。"[1] 张承志的早期代表作《黑骏马》就是在模仿艾特玛托夫的作品上创作的。

所以，中国有一波被称为"中国的卡夫卡""中国的博尔赫斯""中国的某某斯基"的作家，也有一批作家写作的志向是成为西方的某某，看似滑稽可笑，却将中国"50 后""60 后""70 后"这波模仿西方小说而成功的事实，惟妙惟肖地刻画出来了。

"80 后"作家不一样。"80 后"作家成长的时代，早已改革开放，西方的译著已经很泛滥地被翻译引进，别说那些知名度很高的作家，即便在西方只能算三流的作家的作品，也被跟风的中国出版界大量翻译引进到国内。阅读西方作品，早已不像当年"50 后""60 后"那样艰难，或者说，阅读还只是少数人的专利。现在，即便在云南昭通一个闭塞的乡村，也能购买、阅读到世界上任何一个作家的作品——只要你愿意。

再者，"80 后"这波作家，正好赶上中国教育全面产业化的时代，绝大多数的人都能上大学，接受良好的高等教育，在知识体系上是健全的。他们外语很好，大多还曾留学海外，能直接阅读西方原著。正是因为接受过更完整的文学教育，所以"80 后"这一代作家在面对西方文学的时候，心态要比前面的作家平和，西方文学中心论的意识要弱很多。

2013 年，"80 后"批评家杨庆祥、金理、黄平三人在《名作欣赏》主持了一个名叫"一个人的经典"的栏目，主要作者对象是"80 后"，如张怡微、甫跃辉、郑小驴、毕亮、李德南、飞氘、霍艳等。以往，

---

[1]　张承志：《诉说踏入文学之门》，载《民族文学》1981 年第 5 期。

总有人指责"80后"对于经典作品与前辈作家缺乏足够的阅读，是处于文学传统之外的浅薄浮泛的写作。但栏目开办一年以来，通过他们的文章，我们发现，无论陀思妥耶夫斯基还是吴承恩，"80后"作家不仅显示出自己的阅读修养和对经典的领悟能力，而且，在诸多方面，他们对上几代作家是有所超越的。

阎连科不久前曾经说，他感谢自己没有上过大学。这其实恰恰是他的短板。诚然，没有外国文学的阅读经历，就不知道自己的作品该放在什么位置。但是同样，没有对我们自己文学及其历史系统的学习了解，也不会知道自己的写作会有哪些致命的欠缺。阎连科虽然自称受西方文学影响很大，但其精髓并没有被他认真吸收、转化为自己的真实养分，而是首先将其视为自己的写作标杆。

"80后"的写作者，虽然同样大量阅读西方作品，但是现实的使然，使得他们很少有模仿的发生。因为这种——诸如与名利与成败相关的写作，不是他们青春生命的第一必须。

"80后"作家不再过度依赖纸媒

传统作家自有其一套严格的生成机制。作品先在小刊物发表，如莫言的第一篇小说《春夜雨霏霏》就发在保定的文学刊物《莲池》上。之后省级刊物，之后国家级大刊物。在这个过程中，组织上花钱开研讨会，为作家争取更好的发展平台，以及建立各类名目繁多的奖项，通过行政资源，为作家创建知名度，其内部俨然有许多或明或暗的方式方法，是一种逐渐强化的，甚至有时是强行推介的过程。我们可以毫不隐讳地说，当下所谓的著名作家们，起初几乎无一不是这样，在现有的文学体制内，经历过一个培养和呵护的过程。

　　也由于传统文学资源确实有限，加上霸权式的主流批判标准和准入机制，使得老一代作家格外看重纸媒，尤其是像《收获》《人民文学》这样的大刊，能在上面露脸，被视为写作成功的标志。直到现在，不少省市作协，还明文规定只要在这样级别上的刊物发文章，就能奖励数千至数万不等的奖金，各种评奖也向这样的作家倾斜。

　　青年批评家杨庆祥在研究路遥的《平凡的世界》时，就发现一个奇怪的现象。那就是，《平凡的世界》第一部完成后，立即就由中央人民广播电台面向全国听众播出，后来该作品的第二部、第三部一直由中央人民广播电台播出。而在中国的语境中，广播基本上是一种权力的代表，具有广泛的传播力和影响力。也就是说，路遥当年在文坛迅速建立起自己的强悍地位，是依靠权力推动。其实，考察那一时期的文学会发现，包括《欧阳海之歌》《西沙之歌》等一系列作品的传播都与广播有关。

　　其实在中国，传统作家一直是依附于体制存在的，尤其是"50后""60后"作家，绝大多数都工作在文联、作协或者文化机构，很大一部分还是签约作家。用时下损人的话说，是"被包养"的。曾被戏称为"文坛射雕五虎将"之一的著名作家洪峰走上沈阳街头公开乞讨，并且在胸前挂牌表明自己的姓名、身份，在文学圈引起轩然大波，虽然各种解读不计其数，但本质的问题还在于"包养"。所谓"被包养"的实质，就是国家出钱，利用各种行政资源为作家的写作（比如安排到各种地方和单位挂职锻炼）、发表、开研讨会、评奖等一路开绿灯、花巨资。洪峰上街乞讨，表面上是反体制，实质依旧是向体制卖乖，以极端的方式寻求体制的庇护。

　　"80后文学"完全不像上几代作家那样过度依赖纸媒，也很少能进入体制，成为体制庇佑下的专业作家。"80后文学"出现了一种自发的状态，进入了一种更为生动的自然状态。产生这个变化的原因很多，但有一点却是很重要的，那就是网络的普及。上海评论家周立民在分析网络文学时就指出，网络破除了所有主流的批判标准和准入机制，使得"80后"作家们在网络上大显身手。另外，网络也断然拆掉了吓人的学院高墙，与大众建立了充分的交流和沟通。它也不再像传统媒体那样，拒人千里之外。[1]

　　正在写作此文时，刷微信，看到不少朋友在转发任晓雯的一篇文章《文学消亡？一个青年写作者的立场》。任晓雯写道，文学是一片自由驰骋之地。文学体制不是。文学有不同种类：纯文学、传统文学、通俗文学、畅销文学、网络文学……任何命名背后，都蕴藏一种权力。比如"纯文学"，细细想来，这种判断极为傲慢，因为在它指称之外，都是"不纯的文学"：通俗文学，类型文学，网络文学……或被"纯文学"看来，根本不配叫"文学"的文字。"纯文学"貌似一张质量合格证，实指一种出身与血统：发表于专业文学期刊，被文学批评家关注，获得命名——纯文学，于是结集成书。

　　任晓雯毫不客气地指出，有些执掌话语权的人，高呼网络文学，甚至"80后文学"是商业操作的产物。在她看来，真正的原因，是商业挑战了权威。商业发展，网络崛起，打破了当下单一的文学势力。一位作家，哪怕不被学院趣味接受，也可在商业社会、网络时代出尖。[2]

---

[1]　房伟、周立民、杨庆祥等：《"网络文学"：路在何方？》，载《创作与评论》2013年4期。

[2]　任晓雯：《文学消亡？一个青年写作者的立场》，凤凰读书《文学青年》任晓雯专号，http://chuansongme.com/n/694317。

在传统的媒介上，"80后"作家很少能向上几代作家那样掌握资源，而目前所谓纯文学刊物的主编或编辑，大多还是上几代作家，"80后"所占比重并不多，大多刊物的趣味也相对陈旧，尤其是不少省一级刊物，基本上沦落为"老年人专号"。网络却让"任何人想进入文学领域，只要会上网，会文字写作，无须按照传统程序，便可以达到发表作品的目的。文学传播开始发生从大教堂式到集体模式的根本转变。文体的边界、道德的规范、观念的限制随之松动。'80后'文学获得了远高于传统纸质文学的自由度"[1]。网络为"80后文学"提供了自由表达的广阔生长空间，网络无疑是"80后文学"的滋生地和助推器。[2]

最近，又涌现出一些崭新的传播介质。在微信上出现了几个新现象，那就是一些文学爱好者或文学机构，通过微信建立了发表平台，无论从推广面、阅读量来讲，都远远大于传统纸质媒体。比如，由小说家阿丁领头创办的"果仁"，就是利用微信公众平台，首发青年作家的中短篇小说，据说上线不足一年，已经拥有两万多固定客户。一般的文学期刊，也就在五千份以内，读者群相对还是很单一的；而在微信上推的稿子，除了固定的订数，还通过转发等各种形式，使得阅读量远远大于两万。由万小刀主编、李德南执行主编的《小的说》App，其宗旨是：拥抱移动互联网，扛起华语短篇小说复兴的大旗；让写短篇的作者，不单有前途，而且还有钱途；让读短篇的读者，不单能读到别人，还能读到自己。[3]据执行主编李德南说，虽然刚开始上线，但订数却一再飙升，我们将根据读者需求改版，开展文学大赛推广活动，

---

[1]　刘永涛：《青春的奔突——论80后文学》，载《理论与创作》2005年第5期。

[2]　《网络传播语境下的80后文学》，载《新闻爱好者》2009年2月（下半月）。

[3]　《小的说》官网，http://xiaodeshuo.com/。

扩大其影响面。另外，不少诗歌爱好者，在微信平台朗诵自己的诗歌，朋友圈的人只要打开微信，就能听到朋友的朗诵——这是一种全新的传播方式。所以不是说新的媒介使得文学衰落了，相反，是新媒介扩大了文学的参与度，真正热爱文学的人没有减少，只是参与者发生了质的变化。

当然，不是说"80后"不似上几代作家那么看重传统纸质媒体，就完全忽视纸媒，一批优秀的"80后"作家，还是在纸媒上发表严肃的作品，获得文学界的认可，比如甫跃辉、李晁、文珍、张怡微、林森、马金莲、郑小驴等。这其实并不矛盾，这也一再说明了，目前，可供"80后"作家选择"浮出"的渠道越来越多元化。无论是网络或舆论倒逼还是纸质刊物主动的选择，"80后"作家都已然形成了具体出场的局面，丰富了当下的文学生态。

"80后"文学研究存在的"盲见"问题

从目前的角度看，不少新锐的媒体，都加入推荐"80后文学"的行动中来。比如，《名作欣赏》2014年第9期，就推出了"80后文学青年"专号，集中推介了12位"80后"作家和12位"80后"批评家。这是我视野范围内，一本颇有影响力的老牌理论期刊第一次通过同代人的相互推介来整体推介"80后文学"。"80后"批评家金理常讲，我们这一代人，要"自作工夫"，抱团取暖。

著名文学批评家谢有顺和"80后"批评家李德南在《创作与评论》上持的"新锐"栏目，推出个人小专辑，每期二万五千字以内，包括主持人语、原创作品、两篇相关评论几个板块，给有相对纯粹的文学追求的作家提供出场空间。两年来已推出或计划推出的作家有郑小驴、林森、林培源、甫跃辉、孙频、王威廉、李晁等。《人民文学》《收获》等主流刊物，也相继推出了"80 后专号"或"青年作家专号"，将关注点聚焦在"80 后"作家身上。就连《小说选刊》也在 2014 年第 9 期、第 10 期上，连续在各大刊物上选了于一爽、周李立、笛安、蔡东、甫跃辉、文珍、张怡微、马金莲、郑小驴、宋小词十位"80 后"新锐作家的作品，以"'80 后'十大新锐"为名，对这十位"80 后"作家进行推介。不仅如此，"'80 后'十大新锐"推介的策划者，《小说选刊》副主编、著名文学批评家王干，还与云南人民出版社合作，通过出版来推介以上十位"80 后"新锐作家。

但至少从目前情况看，刊物上推介"80 后文学"，主要以中短篇小说为主，长篇小说很少涉及。而在长篇创作中，"80 后"作家陆源、林森等是相当不错的；诗歌和散文更是鲜有引起关注的，像安徽的"80 后"作家胡竹峰的散文创作，成绩是很突出的。另外，有不少少数民族"80 后"作家，亦没有得到足够的关注。

从批评家的角度来说，过去因为传统刊物和作家数量寥寥，批评家和作家基本上形成了水乳交融的关系，更有甚者，沦为互相吹捧，一个鼻孔出气。但近年，"80 后文学"的生态已然发生变化，现在或未来批评家的职责，就该是到更广阔的网络大海里去打捞好作品，尽管这更加考验批评家的眼光和智商。若年青一代的批评家还像上几代批评家一样，只关心主流刊物和出版物，那么显然不会是一个成功的批评家。

另外，目前对"80 后"作家和"80 后文学"的研究存在不少问题。"80 后"批评家金理就指出目前对"80 后"作家研究存在的普遍问题。

他说："在我看到的对'80后'作者作品的解读中，最多的就是文化研究的那种方式，避谈作品，而关注作品背后的新媒体、文学生产之类。所以我想这也造成了我们往往以传媒话题、娱乐新闻、粉丝心态的方式去理解青年人；而也许已经有丰富的文学文本存在了，只不过我们不认真对待。"[1]

做出这样批判的，主要是上几代批评家或作家，但近年，对"80后"作家的研究，由于有大批的"80后"批评家介入，情形开始有所转变。"80后"批评家中的李德南、金理、杨庆祥、徐刚等，近年都花了大量的时间对"80后"作家进行个案解析，不仅纠正了对"80后文学"研究存在的问题，也形成了同代人共同成长的范例。著名文学批评家陈思和就反复强调，要做同代人的批评家。陈思和说："同代人对同代人的理解当然更深。作家有感性的东西，他讲不出理论，而批评家调动起知识积累，把这些感性的东西上升到理论去阐述。文学思潮，新的美学风格就是这样共同建构起来的。"[2]

"80后"的写作是更广泛、更深入、更底层的写作，它需要引起关注。这里，我似乎可以直言不讳地说，他们的确是一片茂密的文学森林，其中每一根小草都在写作。关于底层意识，我想多说几句。一些批评家总是似是而非地妄下判断，说"80后"作家缺乏底层意识或者底层意识不够，这是不负责任的说法。其实，现在看，早年的底层才是假底层；要求作家深入生活，作家跑到农村走马观花转几圈，就美其名曰是深入了生活。现在"80后"作家本身就在生活里写作。如

---

[1]   吴越：《80后作家迎来80后批评家》，载《文汇报》2013年12月30日。

[2]   同上。

郑小琼的诗歌，就来自她工作生活的工厂。当然话又说回来，虽然"80后文学"的特点很显著，写作群体也很庞大，但因为阅历、生活经验等问题，不少"80后"的作品还显得单薄，在主体性的构建上，在如何书写现实等问题上，还是存在一些明显的短板。这些都需要不断努力去改进，一句话，"80后"作家们任重而道远。

2014 年 9 月 21 日于昆明家中

2014 年 10 月 30 日修订于办公室

文学批评，要有自己的偏爱

不同流派、不同的批评家、不同的时代，批评家对文学的理解都是多样的，他们所秉持的批评标准也是各异的，所以，简单地谈论批评的标准，似乎是不合时宜的。然而，若从更宏观的角度看，无论你秉持的批评标准是什么，作为一个批评家，还需具备五个方面的素养。

一、文学批评要有好的时空感

我们现在经常见到一些批评家面对一部新作时所使用的"开创了""填补了""最"等大而无当的词汇。这些词汇之于文本，就如晴天的雷声，吓吓人可以，却没有实际的意义。一本书刚一出来就一窝蜂地跟上瞎吹，是不负责任的表现。好的作品需要时间的淘洗，批评家抢先发言是没有太大意义的，文学批评是要交给时间去判断的。

当然，不是说批评家不能及时对新作发言，而是说，批评家要知己知彼，知历史和未来，坚持自己批评的标准。如此，方能在流动的、漂移的时空中如定磐石一般。所谓批评的时空感，是要熟知古今中外的经典作品，明了其超越于时空，流传至今，成为毋庸置疑的经典的原因，并以此为尺度，观照当下、放眼未来，举一反三地去阐释作品，方能经受得起时空的考验。譬如80年代，被遮蔽了的沈从文、张爱玲等人的作品重新回到了大众的视野，一下受到了大家伙儿的热烈追捧，就是因为在时空的淘洗下，他们像沙滩上的金粒一样，最终金光灿灿地留了下来。那么回头说，我们的批评家在漫长的将近半个多世纪里干什么去了呢? 他们也许不是不知道这些作品的好，恐怕更多的是关注了眼下的时势或者说是利益。

批评家不应沦为名家的吹鼓手或者是媒体的帮闲，更不能为利益所动，成为时尚的高级打工仔。媒体需要新、需要快、需要吸引眼球，而批评需要沉淀、需要理性、需要真知灼见。没有拉开时空感的文学批评，时常会陷入无限拔高或无限贬低的泥潭之中。

近年，有几位进行乡土创作的"80后"作家，刚写出几篇小说，我们的批评界的几位大佬级的批评家就像见到了真神一般，一窝蜂地拥上去，将"最伟大的""最美丽的"形容词都贴了上去。结果呢，几年下来，情形并非我们不少批评家所期望的那般乐观。其实，不难发现，针对某些作家作品铺天盖地的评论之后，现在又有多少作品留了下来呢?

一个优秀的批评家应该拿更多的时间去阅读，而不是跟风。风一过，你所有夸大其词的批评文字都将随风而去，即便留下印迹，也只是你作为一个批评家滥情发挥的标记而已。

二、文学批评要多懂些生活常识

"常识"二字，看似简单，却往往被我们的文学人忽略。我们中国人有自己的生活，所以也形成了我们民族自己比较独特的生活细节。好的作家，一定是把生活细节，也就是所谓的常识，写得特别独到、特别有趣的作家。

比如《骚土》出版二十多年来，批评界对其一直熟视无睹。作家老村在《骚土》中，写到了很多生活的滋味，但我们许多的批评家却看不出来。我想，这也许就由于我们的绝大多数批评家的头脑里只有现成的文艺理论，而无老村那样的来自土地深处的生活常识所致。文学批评从理论到理论，从概念到概念，不去认真体味生活的滋味，这样的批评，还有什么存在的意义？与绝大多数当今知名的写农村题材的作家比较，我以为老村的作品里有更多更真实的生活常识。

最近刚和青年批评家王迅有个对话。他2015年5月到2016年4月，在离南宁有六个小时车程的一个很贫困的村寨挂职锻炼。在谈到这段经历时，他说道，如果批评家不到农村基层去体验生活，就很可能被那些流于表面的当代乡土小说所欺骗。就当前乡土小说创作来看，其实，很多作品所观察到的都是浮在表面的东西，没有真正切入当代农村生活的内部，没有弄清农民的思维习惯和生存困境。我们现在的情形是，一批搞当代乡土创作的小说家不懂农村，不懂一般的生活常识，批评家也不懂。结果就呈现出要么荒芜、要么是人间天堂两种截然不同的乡村。而这些都不是真实的乡村，乡土有这么表面化吗？

近三十年魔幻现实主义的流行，成就了许多中国作家，甚至成就了像莫言这样的大作家。但是我的看法，这个，同时也害了许多这样的作家。我说害了他们，原因是在他们的作品里，有太多违背生活常识的故事叙述。譬如阎连科的作品，看似很魔幻，很有张力，但是无常识，普通读者不认可，特别是那些来自农村的读者不认可。

　　所以我的想法，作家要深入生活，批评家也得深入生活，要对生活有各种各样的爱好，甚至是癖好。否则，我们的批评似乎也容易陷入概念的空洞里。空洞的概念可以养活一批作家和批评家，但养不活真正的文学。

三、文学批评要有明确的选择性

　　批评要有时空感和批评的选择性，二者看似比较接近，其实不然。时空感是对作家作品的，是对他人的，而选择性是面对自己的。没有好的时空感就不会有明确的选择性；没有明确的选择性，也就不会有好的时空感。

　　我和批评家张莉有一个对话。她说："今天，我们的当代文学领域，一部大作家的新作品出来，批评家们都跟进阐释，相隔时间有时连一周都不到。读者看不到批评家的个人选择和个人趣味，看不到批评家的筛选能力。"这的确说出了当前的批评现状：大家都在做安全的批评，而不是灵魂的探索，文学的探索，或者说来有一定风险、弄不好就评错了的文学批评。

　　批评家一点儿个人的选择性都没有，"捡进筐里都是菜"，见什么都敢评论，见什么都能说上几句。一个好的批评家，并非是文学批评界的"劳模"；我们应该明白，有些问题不见得你都懂得，乱发言、乱表态，有什么价值？

　　张莉在对话中还说道："我们把别林斯基，把巴赫金、本雅明、桑塔格、伍尔夫、艾略特甚至纳博科夫、毛姆等人的批评文字归纳在一起，会发现，他们并不负责对世界上所有好作家好作品进行点评，他们只评那些与他们的价值观和艺术观相近的作家和作品。他们也都很挑剔，因此他们才可能成为有个人标识的优秀批评家。"

这就是说文学批评，要有自己的偏爱。或者说好的文学批评家就是一个美食家，能打动他味蕾的，就是那几样菜，而不是经常光顾街边的小食摊的普通人，什么东西都会让他垂涎三尺。我们处在一个各种知识无限扩张和爆炸的时代，我们不可能样样精通，在某一领域能够深入或精通一些，已经是很不得了的事情了。所以我举美食家作例子。我想，批评家应该像美食家品尝美食一样，有着异于常人的更深层次的品评经验，方能写出精确的理解到位的文学批评。

莫言 2016 年 5 月底在浙江大学和法国作家勒克莱齐奥有对话，其中他讲到自从他获奖后，关注他、研究他作品的太多了。他说："我确实知道很多硕士生或者博士生把我的小说作为他们论文的研究对象，但是每当有人到我面前来请教的时候，选定了把我的作品作为研究对象的时候，我告诉他立刻换题。"莫言坦言，他并没有想到作品的一些情节会有那么多的解读，也没有想到一部小说寄托了那么深厚的人文道德基础。我相信莫言的写作，并非是令所有批评家喜欢的，这些一窝蜂去研究莫言的硕士生、博士生，可能也很难去深刻理解莫言的写作；但正因为莫言获了诺奖，大家就没有选择地去研究莫言，这就是典型的跟风。

现在不少年轻批评家的跟风、没有选择性地盯着名家或许更为突出。我遇到不少年轻批评家，名家的作品出来后，就跟进阐释，而且往往是请所写的名家帮忙推荐发表。这不仅是没有选择的问题，而且也丧失了批评的主体性和价值判断。

四、文学批评要有个人创见性

　　2016 年 5 月在武汉召开的"新世纪的文学批评与文学出版研讨会"上,《文艺争鸣》主编王双龙在发言中, 深度怀疑文学批评存在的价值。他说道, 打开中国当下大大小小的文学评论刊物, 把作者名字遮蔽掉, 你会发现, 无论从行文、观点, 甚至评论语气上, 都似乎是出自同一个人。

　　大量阅读当下文学批评的读者, 不难发现不同评论家的文章很难分辨出他们之间的差异来。有个笑话: 一个研讨会上, 一位批评家在发言, 另一位准备发言的批评家急了, 因为这个批评家的发言和他准备的发言稿几乎是一致的, 轮到后面这位批评家发言时, 他只好拿出发言稿说, 我可不是复制前面批评家的话, 有发言稿为证。

　　其实, 我们在阅读不少批评文章时, 只要将文章中那些空洞的理论概念拿掉, 就没剩下什么东西了。这说明, 我们不少批评家是没有创见的, 而真正的批评, 是需要个人创见的。老村曾说, 真正的批评是需要大智慧的。这智慧所呈现的, 不仅是文学审美的经验, 更重要的还是要有一份社会的良知。这良知使得他对现成的理论成见, 有开天辟地般的穿透力, 而不仅是停留在纸面上的传习。即他的审美以及对作品的看法, 最重要的部分, 一定得来自生命体验的深处, 来自良知的深处, 而不仅是书本教会他的那点东西。审美也需要创造性的眼光, 不然, 他无法面对有创造性的作品, 有所谓的洞见。这审美既需要批评家有高高在上的超越, 又需要设身处地的谦恭。批评家与作者和作品既需要像一母同胞的兄弟或心心相印的恋人那样, 爱得心疼, 恨得自然, 相依相惜, 相敬相得; 又需要像教师和学生那样, 有一定的距离感，师道尊严，不怒自威，一眼看透学生的短处和局限，否则老师教什么? 学生学什么? 批评家把自己不当人，一味捧名家的臭脚，能有个人的创造性的洞见吗?

我们不少人对陈思和的文学批评文章很喜欢，原因之一就是他是有创见的，他的"潜在写作"、"无名"与"共名"等理论，有效地概括了纷繁芜杂的文学创作生态。文学批评，一窝蜂地去搞诸如"先锋"或"后现代"那一类理论上的颠来倒去的那份聪明，其实是很害人的。

五、批评家要有通变的能力

最后一个，我觉得批评家要有通变的能力。当下的批评界，成名的批评家，都变成了"空中飞人"，哪有时间读作品? 我多年前听过一个大腕级的批评家的讲座，去年在北京又有幸听到该批评家的讲座，但令我吃惊的是，虽然讲座的题目不一样了，但讲的内容几乎完全一样。不是说一个批评家不能重复自己之前的观点，我所说的是，这位批评家讲座的内容，多年前是很好的，但这么些年，文学已经发生了很多新的变化，但他居然没有将这些新的内容补充到自己的讲座中。这说明什么，我想应该是这些年来，该批评家自己的知识体系没有得到更新。另外，我们会看到一些批评家的文章，几乎都是围绕自己成名前那点老底子在反复叙说。不针对具体的作家、不面对具体的文本，只玩所谓的老三段、现实情怀。年轻的批评家做梦都想挤入一线阵营，跟在名作家身后，跟在大牌批评家屁股后面，人云亦云。我以为，作为批评家，要有能安静下来读书的能力，要能随时更新自己的知识体系，对当下的创作进展，不是一般的了如指掌。

　　作为一个批评家，要认清时代，把握时代的脉动，知道时代是如何演变至今、又将演变成什么状态，对时代的演变要有好奇之心，要有自己的判断。文学批评不能脱离时代，文学批评家更加不能脱离时代，而时代是变动不居的，所以批评家只有通变，才能致久。

2016 年 6 月 22 日

让我们的文学鲜活起来

　　与友人聊，颇感当代文学之所以乏善可陈，原因大概首先是在我们的文学里看不到作家鲜活的生活，以及这些个鲜活的生命个体作为作品的内在支撑。作家把自己的诗性、人性、真情、亲情，甚而是悲情浪漫的生命掩盖了，把自己喜怒哀乐遮蔽了；作家躲在文本背后，读者所看到的，只是他们干瘪的文字，无法触碰到他们的灵魂。我们的作家，如今大都是以考状元的心态在写作，大家都在为这个奖那个奖去写作，重点在重重构建的大部头作品，而不是自己心性的表达；不去揭示自己内心的苦难，不碰触现实生活中的真实，从文学到文学，没有把文学落实到自己的写作和现实的生活里。前些日子，余秀华的诗歌之所以引起广泛关注，就是因为她的诗歌和生命贴得很近。"摇摇晃晃的人间"，就是她自己最为真实的生活状态。余秀华在生活中的艰难挣扎，暴露出的是一个鲜活的生命，她将自己的这种状态写进了诗歌，诗歌因生命的真实而倍加鲜活。

　　魏晋南北朝时期的文学至今仍被人津津乐道，就是因为有一帮鲜活生动的文学人。如阮籍、嵇康、向秀等一大批文人，他们个性鲜明，文章飘逸，人和文都被后世所喜爱。再比如"三曹"，他们不仅是鲜活的人，他们的诗歌也是鲜活而韵味无穷的；甚至连同他们的生命也都成了文学本身，后来的《三国演义》等多种文学题材也都直接取自"三曹"。20 世纪 30 年代的文学，至今为人们津津乐道，被视为现代文学的典范时期，就是因为有鲁迅、林语堂等一大批个性鲜活的文学人的存在。他们每个人的背后，都有精彩的故事。文学和人，互为映衬。这样在阅读他们的作品时，才会少些误读，给人见文如见人之感。

　　作家和自己作品的关系，是一不是二。法国作家杜拉斯，在世界文学的舞台上风行多年，我们中国也有她很多的粉丝。这其中的原因除了她的作品，还有她的生活状态，和她写作的文本惊人的一致；俄罗斯文学最辉煌的时代，每个作家都是鲜活的……不是我们当下的作家写不出好的作品，而是我们的作家本身的生命状态就不够鲜活。躲在书斋里，从知识到知识，从文本到文本，和火热的现实生活隔离开来，自我圣化，很难见出作家的真性真情。

　　作家的生存状态和作家的作品有着不可分割的血肉关系。我注意到，有不少批评家说贾平凹的小说阴气很重，也听接触过贾平凹的人说，他的书房陈列着各种各样从坟墓里挖出来的古董，给人看上去像进到古墓一样后背发凉。他自己在文章里也说，他写作，需把所有窗帘拉上，不能见光。我想，批评家对他作品的判断还是准确的。前些日子，我读到作家老村的《痴人说梦》。这样一本能够将作家自己真实生命状态展现出来的作品，居然在众人的阅读中无声无息，让我感到非常吃惊。我不禁要问，这是文学的问题还是读者的问题？我想是不是老村的真实与鲜活触碰到了某些作家的虚饰以至于虚伪的痛处？我知道有些作家、评论家不怎么喜欢老村，是不是因为老村太真实了？我看到当今文坛有这么一种现象，很多作家活得都很"装"，不装、不伪，

就没有快感。大家都这么装下去，文学还有救吗？作家的装，构成作家
做人不精彩；做人不精彩，导致了文学的不精彩；文学不精彩，作家
的虚伪，又导致了当下批评的虚假无聊。

　　我想，作家还是应该勇敢地站在自己的作品前面，宣示出个人明
确的作品风格、风骨和气象，用自己的生活、生命，证明自己的文学是
自己一个人的事情。批评者也是如此，没有真实的、有一说一实事求是
的批评态度，看到好的作品不发言，批评之前先看对自己有没有用处，
搞有偿批评，圈子批评，这样的批评不搞更好。我以为，当下的文学
批评之所以立不起来，核心是批评者没有发现的眼光。批评总跟着舆
论跑，跟着名流跑，几十年不变地只关注那几个作家。这样的文学批
评，很不正常。好的批评者应该是发现别人未发现者，别人都看不到，
你看到了，这就是对批评的贡献。不过这种批评也是得靠批评者的个
人眼光，自己首先必须是一个正常的人、鲜活的人，这个要求似乎太
低；但问题是现在不少评论家，文章一篇接一篇发，读起来毫无趣味，
没有鲜活感，看不到批评家自己的选择，看不到批评家自己的精神取
向，甚至看不到批评家个人一丁点儿的喜好和哀乐。这样的批评，只能
是沦为自话自说的话语繁殖。李敬泽的批评被很多人追捧，原因就是
他的文字很鲜活、感性，这和他自己的生命状态也是很契合的。

　　周作人曾经提倡"人的文学"，其本意，我想大概是要提倡有人
味的鲜活的文学。我觉得，文学批评也不例外。我们应该做人的批
评——去关注人、发现人。我以为好的批评就是那种能深入文本内部、
深入作者的生活以及精神世界当中，与其共同经受心灵和语言的探险
与搏斗。我自己这两年倡导做人的批评，并身体力行地去践行。近年
来，我主要做"80后""70后"批评家的个案研究、访谈，其目的，

就是践行自己的批评观。同时，还结合自己在出版社的工作，策划出版了"'80后'批评家文丛""'70后'批评家文丛"《"80后"批评家年选》等关注年轻人的丛书。当然，这种发现还包括对那些极为优秀，但却被时代有意无意忽视、遮蔽的优秀作家和作品，由此还将自己引向了对"中国小说"这一特定概念的探寻思考上。

"中国小说"来自历代文人的叙述实践，可以说与西方文学相对应的，完全是自成体系。这几年，通过对古典小说的深入阅读，我越来越觉得中国小说的魅力是无限的。总之，让文学回到我们优秀文化传统的深处，有助于我们文学的深刻和大气，也更有助于我们文学的鲜活。

2016年6月1日于昆明

我是批评界的"野狐禅"（代后记）

我是批评界的"野狐禅"。一来非科班出身，这在重师承、重学术谱系的批评界，情形实在不妙；二来我身处边地，且供职于和学术研究无半点瓜葛的杂志社，属边上加边。即便写评论文章，也属野路子。但是在野的状态，让我少了牵绊，多了些无拘无束，这符合我稍许有些狂野的天性。所以野和狂，在我是另辟蹊径，甚至于胆大妄为，这是我所追求的批评状态。

结缘文学批评

我知道自己的过往。我妈说我，自小就不是盏省油的灯。打架斗殴、抽烟酗酒、追女孩子，无恶不作，虽成绩平平，却最终还是磕磕绊绊地走了高校，稀里糊涂地成了一个受过高等教育的人。如今想来，和家乡火塘边那些一块儿长大的小老弟们相比，也算是上天格外眷顾我吧，一块馅饼砸我头上了。

高中期间，我看见省城里来的画家，留着女人一样的长发，还喝大酒，于是迷上绘画，学了两年，但在专业课考试前一夜，一群年轻人在街边烧烤摊拼酒放纵，结果专业考试出了差错，羞愧中干脆直接放弃了当年的高考。在望子成龙的父母逼迫下，狼狈地进了高考补习班。天意弄人又可人，当年高考专业分、文化分远远超出本科线的我未被第一志愿录取，却落到一所很差劲的地方院校，巨大的失落几乎将我摧毁。懵懂的理想，现实的落差，让我在那里主动或被动地成全了留长发喝大酒的梦想。

记得开学第一天，我从火车站打车去学校。出租车在飞奔，车外的景象也在变魔术似的越变越荒凉。最后出租车穿过一片田野，停在破败的一扇门前，刚一下车，一群奶牛就悠闲地停在我身旁、旁若无人地拉起了屎。那一刻，绝望情绪涌满我全身每一个细胞。如今回望自己的大学生活，很多事、很多人早已忘却，唯有那些通宵达旦酗酒作乐的场面仍历历在目。现在，闺女每缠着我画画给她看，我都很尴尬，每次画出来，闺女都嚷着说不像，气得她嘟着小嘴巴质问我这大学是怎么上的。大学期间，我觉得日复一日单调无味的基础课程已经无法排遣我内心的失望和孤独，遂转入写诗、写小说，肆无忌惮地发泄着自己青春期的躁动和那些莫名其妙的情绪。学艺不精，但学院艺术家中的一些坏毛病却沾染了不少。现在想来，艺术家对个性的执着，谁都不服的那份傲气，对我做评论，还多少有潜在的影响吧。

2006年夏天，想以一场婚姻来结束自己动荡的生活时，却发现爱情也在风雨飘摇中。那个夏天，为了拯救自己的爱情，我忍着西双版纳烈日的暴晒，每日闲坐澜沧江边上的酒吧，独饮求醉。一日无意中闲逛至书店，临走时醉眼蒙眬地随便拿了本书。这本书是老村的《吾命如此》。也因为这本随意拿起的书，以及稍后和老村的交往，我的生活被彻底改变了，从此开启了我的读书之门，也开启了我搞文学批评的后来。

从西双版纳回大理后，我蜗居在斗室，除了喝酒、抽烟，就是一遍又一遍地读《吾命如此》。书里的老村，像身边的兄长，如此真切地与我交流着，伴随我度过了生命中最颠簸和绝望的那段日子。《吾命如此》是本自传体随笔。老村讲述了自己的家族史、个人艰难的成长史、自己的小说美学以及他的长篇小说《骚土》在当今文坛得不到公正的对待，被忽视、被埋没的痛苦。不做作，不美化，老村个人的喜怒哀乐，淋漓尽致地展现在我的眼前。我面对的不再是一本没血没肉的只有干瘪文字的书。老村给了我一个世界，这个世界有情绪、有对抗、有对文学不屈不挠的执着和探寻。

通过网络，我联系上了老村。此后的日子，开始变得不再不堪回首。老村让我明白，眼下那些心灵鸡汤式的抚慰，对人只会产生更大的伤害。人生所有的血泪之苦、血泪之疼，只有用生命去体味和消化，去抗拒和吸取，别无他法。也只有用生命去消化的苦难，才是真正的，有益于人生的。谁都别想去引导谁。每个生命只有自己走过所有的欢快和苦难，才能够称得上是生命的自身。

"70后""80后"精神上的苦恼，是引导者没有以自己的真实的生命去引导，而只是用一个"壳"去引导的结果。从文学上来说，这个"壳"，是没有生命平实感的。老村教会了我，首先要从精神上打掉自己虚浮的傲气，用生命去面对、体验人生和文学，用个人的真实状态去面对文学问题，最终回返到文学内部。

2007年，漂泊到昆明，在一家当时很红火的报纸做夜班编辑。2010年6月，宝贝女儿降生。我自己也想结束昏天暗地的媒体生活，恰在此时，因为采访结识刚调任云南人民出版社社长的刘大伟先生，受他赏识，入职云南人民出版社，开始了朝九晚五的生活。如此，生活、事业才算落地生根。

过去看小说，总喜欢看那些事关青春风花雪月的故事，那些描写黑社会打打杀杀的作品。闺女出生后，我内心柔软的东西似乎被慢慢地唤醒了，我开始相信爱的温暖，相信光明的存在。阅读的范围从此扩大到较为深刻一些的文学作品，也因此对专制、暴力、现实的不公，更加警惕。

走上文学批评之路，最直接的缘由，大概是 2011 年冬，被单位派到清华大学参加国务院新闻办公室的学习班。班上结识了青年批评家刘涛。刘涛广博的阅读，深邃的见解，说话时慢悠悠的样子，让我欣悦，也初步领略了文学批评的魅力。我那时像是一个读了点书、对社会现实有所思考，却有点要急于表达的人，一下子找到了出路似的，文学批评能让我将自己的观点假借于文字，痛痛快快地表达一番。

出版与研究两结合

从北京回来后，我开始试着写起了文学批评。一开始就拿《骚土》练手。从此，下班后的第一件事情，就是看东西写东西。这也逼迫我不得不看更多的书。就这样，边看边写，一篇文章一写就是数月时间，其间修修改改十几遍，最后，第一篇批评长文《可以无视，不会淹没》于 2012 年 4 月终于完稿。盲目地投稿给了几家杂志，杳无音信。后来到长沙参加一个会议，会上结识了时任《名作欣赏》副主编的古红卫先生，稿子才得以在当年《名作欣赏》12 期上刊发。这个发稿经历，让我初入文学批评之道，便备感文学批评之道的艰难。

正在经受着投稿无门的苦闷时，第二届"唐弢青年文学研究奖"在中国现代文学馆颁奖。会上，参会者惊呼"80后"批评家在文学评论界的缺席，引起关注云云。当时我想，"80后"批评家的"缺席"，肯定和主流评论刊物没有敞开胸怀接纳他们有关。当然随着之后的研究，知道了刊物的轻视也只是"80后"批评家成长中的一道障碍而已，但当时的我却将此看成是最大的障碍。

随着《文学报》《文汇读书周报》等主流媒体对"'80后'批评家的缺席"的讨论兴起，作为出版人，我当时觉得，若能出版一套反映"80后"批评家的文丛，一定能产生社会影响，且能在一定程度上助推"80后"批评家的成长。在刘涛的帮助下，经过一年多的准备和组稿，2013年年底，"'80后'批评家文丛"第一辑八本正式出版。第一辑推出了金理、杨庆祥、黄平、何同彬、傅逸尘、徐刚、刘涛等八位的批评文集。2015年出版第二辑，推出李德南、项静、康凌三位的文集。文丛基本代表了"80后"批评家的创作水平，同时也是"80后"批评家首次集中亮相。

青年批评家张元珂在《"80后"批评家群形成过程中的"北馆南社"事件》一文中，对文丛给予高度评价。在张元珂看来，"80后"评家群的形成，得益于中国现代文学馆的客座研究员机制，另一个就是云南人民出版社推出的"'80后'批评家文丛"。"北馆南社"分别在北方和南方联手培养、推出"80后"批评家，形成了南北互动态势，使得几年前还处于潜隐状态的"80后"文学群体，快速地浮现于当下文学现场的前沿。[1]批评家宋家宏在审读意见中说，云南人民出版社出

---

[1]　张元珂：《"80后"批评家群形成过程中的"北馆南社"事件》，载《大家》2014年第2期。

版这套文丛，对推动中国当代文学批评，推进文学批评青年人才队伍的成长，产生了重要的作用。

作为策划者和组织者，在选编"'80后'批评家文丛"前，我就开始阅读第一批入选者的文章。我觉得这一代年轻批评家的视野、理论功底都很棒，于是自2013年6月开始，着手做"80后"批评家研究。我当时的想法，一是想通过对同代且是同行的人的研究，来解答我自身在成长中的迷茫；二是想借此回应媒体鼓噪的"80后"难出批评家的起哄，同时也为继续策划"'80后'批评家文丛"做前期准备；三是想践行自己"做人的批评"的理念。

有前辈批评家开玩笑地说，因为我自己是"80后"，所以才对推介"80后"批评家如此上心。其实除了对"80后"批评家进行研究和组织出版文丛外，我也逐步开始对"70后"批评家、"未来批评家"展开对话。

2015年，受《边疆文学·文艺评论》之邀请，主持《青年批评家》栏目。开设这个栏目，其主要目的就是研究"70后"批评家的成长、研究方向以及对高校文科教育的理解和反思等，试图厘清这代人的思想来源、今后的发展潜力等。目前，已推出了张莉、房伟、霍俊明、李云雷、刘志荣、刘大先、张元珂、张晓晴等十余位。做"70后"批评家研究，我主要以访谈的形式，而且部分问题设计上有相似性，这样不仅能掌握他们的生活、学习、研究，还能看出他们之间的异同，也能为研究界提供第一手鲜活的研究素材。同时，2015年年底开始策划主编"'70后'批评家文丛"，第一辑收录了谢有顺、霍俊明、张莉、梁鸿、房伟、李丹梦、刘志荣、李云雷的评论文集。

延续对"80后""70后"批评家研究的路子，2016年，受《名作欣赏》主编傅书华先生之邀，在《名作欣赏》开设《未来批评家》栏目，展开对"未来批评家"的探讨。"未来批评家"的界定，是不限定年龄，唯才情、学识为第一标准，选取和推介批评者。当然，也暗含我个人对代际的看法——脱"代"成"个"是一个批评者走向成熟的必然。遗憾的是，2016年年底，我因工作变动，鬼使神差地到了一家杂志社工作，此项目就此搁置。一来工作比之前忙乱，孩子也上小学，没有时间和精力去做；二来，因为自己在杂志社工作，也不便于到别的刊物主持栏目。

之前在出版社工作，同时又兼任几家刊物的编委和栏目主持人，所以，我的研究和出版始终有机地结合在一起。陈思和先生一直强调，知识分子一定在出版、教学、创作上三位一体，这才是真正的知识分子。先生是我敬仰的大学者，虽然和先生所言的"三位一体"还有相当大的差距，但这是我努力的方向。另外我觉得多一个批评家或者少一个批评家，对当代文学也不会产生什么影响，但是若能多几位愿意为文学批评奔走的出版人，这可能会在一定程度上改变批评出版的小环境，更有利于新人的出场。如今，我在《大家》杂志开设《新青年》栏目，也是在努力践行先生做一个"真正的知识分子"的箴言。

随着"80后"作家、批评家的热炒，近几年来，无论是媒体还是研究界，都喜欢用"代际"这个概念来归纳、描述一代人，也因此招致部分批评家对代际的批评。虽然我做代际研究，但我觉得，文学只有好坏之别，跟哪个年龄的人写的没有关系。好的作品，不是简单的以年龄能框得住的。但为何我这几年愿意花费时间来研究、策划出版年轻一代批评家的丛书，主要是觉得，像"80后""70后"这两代批评家，已经不年轻了，但批评家的学术生命周期相对于作家较长一些，目前较为活跃的批评家，依旧是"40后""50后""60后"，这形成了一定的批评观念固化，对不同状态文学的隐性遮蔽。

之前我和杨庆祥有一个对话，其中谈到了代际问题。我记得庆祥兄当时说，我为什么反感或者说不喜欢被频繁提到"80后"，是因为那些真正强有力的个人，不是年龄能够框住的，也不是一个概念能够命名的。我对这个概念的拒绝，其实是对我自己的一个自我期许，就是我不应该是一个"80后"的批评家，甚至不应该说是中国的批评家，我应该有更广阔的视野。真正伟大的作家也是这样，我们现在不说李白是几零年代的吧？我们也不说屈原是几零后，因为他们已经从简单的时间历史中跳出来了。[1] 当然，我们现在在各种场合提到杨庆祥时，也少有人说杨庆祥是"80后"批评家，在谈论谢有顺、张莉、霍俊明、刘大先等人时，也很少说他们是"70后"批评家，这是因为，他们已经跳出了简单地以年龄来框定他们的框架中。但问题是，在你个人还没有成为文学与时代的非常重要的、强力的批评家之前，我们还只能说你是"80后""70后"。

现在学界、批评界不少人反对以代际来概括、阐释当代写作和批评。放一个更为宽阔的时空里是对的，也许百年之后，那个时代的研究者来谈我们这一百年的文学时，鲁迅和莫言都可能被放在一个维度里讨论，哪有什么"50后""60后""70后""80后"这些代际概念的牵绊。正如李敬泽在谈论"80后"批评家时所说："'80后'批评家的成长，确实要比同年龄的作家成长慢一点，难一些，只是某种程度上

---

[1]　参见杨庆祥与周明全对话《中国当下是最有可能出伟大作品的时代》，《都市》2014年第9期。

讲，需要外力从旁协助，形成话语场地，在场地中尽快成长。"[1] 其实不单"80 后"批评家，"70 后"批评家也面临一个话语场的问题。我所做的，就是尽自己之力，在出版上形成一个话语场。2016 年年底，从出版社调到了《大家》杂志社，从 2017 年第一期开始，我在《大家》的头条开设了"新青年"栏目，当时我在"主编絮语"里写道——杂志将力推年轻一代作家，每期刊登一位"70 后""80 后""90 后"作家的作品，同时，邀请同代作家进行点评和推介，我们的目的是想尽可能地为年轻作家的成长提供话语场，助推他们的成长。或许现在的他们还不成熟，但是，文学的希望在他们身上。青年是国家和民族的未来和希望，青年兴则国家兴，青年强则国家强。写作亦然。只有年青一代写作者真正成熟起来，我们的文学才会有新变，我们的文学才有希望。另外，作为这波年轻人中的一员，我乐见同时代人的成长，乐意出来为大家做些具体的工作。

我想，代际问题，随着文学生态的健康发展，随着一代代年轻人的成长，它终将会结束自己的历史使命。所以，没有必要对代际话题大动干戈，而我们年青一代，所要做的，就是依靠自己的努力，依靠自己的创作，成为"这一个"，突破代际对我们的框定。

钟情"中国小说"

除了对代际进行研究和组织出版青年批评家的丛书外，近年我对中国小说产生了浓厚的兴趣。而对"中国小说"的理解、阐释，基本

---

[1]　李敬泽：《"80 后"写作：未曾年轻，便已衰老》，载《文学报》2014 年 12 月 3 日。

上来自老村的《骚土》为我提供的美学经验。可以说，是通过对老村创作实践的理解研究，构成了我对"中国小说"研究的兴趣，甚至也构成了我今天的小说评价方式。

近来揣摩华裔作家哈金谈论中国小说的文章——《什么是伟大的中国小说》，以及由此引起国内一批学者争议的文章。我想，哈金之所以强调"中国小说"这个命题，肯定和他在西方生活多年对整个世界文学的把握有关。只有身处西方语境中，才会真正明白中国小说的价值和意义。

我个人认为，不对"中国小说"进行重新命名，不对"中国小说"的叙述系统做出精要的阐释，中国文学在世界文学之林就没有自己的地位。打出旗帜，方能号令天下。所以，我在《"中国小说"在世界文学中的独特地位》里写道："'中国小说'来自历代文人的叙述实践，自成体系，不对'中国小说'进行研究，就无法真正评介当代中国小说的地位；同时，认识不到'中国小说'之于世界文学的独特性，也会让中国小说的写作者在膜拜西方的道路上迷失自我。这也将导致我们常挂在嘴边的文化自信变得空洞、虚无。尤其当下，中国文学呈现出某种乏善可陈，到了所谓的'有高原没有高峰'的低迷状态。这个时候，似乎更应该回过头来，认真反思自'五四'以来与传统的决裂所造成的文化断裂，对文学尤其是对小说写作的伤害。"[1]

中国文学在晚清至 20 世纪 30 年代，虽经历了清末社会动荡、"五四"的否定传统，但当时活跃在文坛的作家，都是多年浸泡在传

---

[1]　周明全：《"中国小说"在世界文学中的独特地位》，发表时编辑将之改为《也谈"中国小说"》，载《上海文学》2017 年第 7 期。

统文化中，他们血管里流淌的是传统的血脉，又加之他们大多都远涉欧美、日本，成为"睁眼看世界"的第一批人，在中、西两种优秀文化的养护下，自然能自成一体。中国文学在鲁迅时期、在 20 世纪 30 年代，无疑是极其美妙、成就灿烂的。但此后，时局动荡和其他不言自明的原因，这股清新之风中断。20 世纪 80 年代，国门再开，魔幻现实主义等思潮涌入中国，干扰了现实主义的方向。尤其是魔幻现实主义，一度使得中国作家几乎全军迷失其麾下，逃避现实、逃避现实焦点，竟成为作家们的写作时尚。作家再也没有热情去接触生活，对普通人的生活不感兴趣，正常人的生活在他们的作品中见不到了。但是，伟大的作品，写的都是生活的细节，《红楼梦》也概莫能外。没有俗世的悲欢离合、渔樵闲话，没有普通人的跌宕自喜，哪有什么文学？

像莫言、余华等最有才情的这批作家，在他们写作精力最好的时期去搞魔幻，去搞故事编织，忽略现实生活的自在天然，实在是天大的损失。夸张、变形、寓言化地描写现实，严重地阻碍了现实主义的发展。文学对生活的关注力度和深度开始下滑。我想，魔幻现实主义并不坏，但它不适合现在的我们，尤其是当下的我们。它削弱了文学批判的力量。那种像 30 年代那一批文学人的能震撼人心的作品，越来越少。魔幻现实主义给了不少中国作家编织的武器，却解除了他们对现实思考的武装。阿城在《闲话闲说》中讲新文学时有个很精辟的比喻，他说："有意思的是喝过新文学之酒而成醉翁的许多人，只喝一种酒，而且酒后脾气很大，说别的酒都是坏酒，新文学酒店只许一家，所谓宗派主义。"[1] 魔幻现实主义以及由此生出的先锋文学，使得许多

---

[1]　阿城：《闲话闲说——中国世俗与中国小说》，第 120 页。

中国作家沉醉其间，完全忘记了我们传统的这坛老酒，刚喝了几口洋酒便自鸣得意，自以为自己真的懂酒了似的。

自 2012 年 4 月先后撰写了《可以无视，但不会淹没》《什么是好的中国小说？》《"中国小说"在世界文学中的独特地位》等文章。2018 年开始，受《小说评论》主编李国平先生之邀，在他主持的《小说评论》上开设专栏。当时，国平兄征求我专栏名意见时，我说就叫《中国小说》吧，国平兄欣然同意。国平兄的提携，使得我有机会系统思考中国传统小说。虽然，很多想法还不成熟，写出来的很多文章还有这样那样的问题，但我将努力去阅读那些被遗忘的古典小说，认真地去思考它们在当下的意义和价值。这于我，也许就足够了。

多余及感谢的话

有善意的长者建议我苦修一门西方的技艺，以此为解剖刀，方能做到庖丁解牛似的娴熟。我虽未经历学院严格的学术训练，但下过苦力苦读了一大批西方文艺理论的书籍，可它们无法转化成我自己有效的批评武器。我对文学的理解和判断，完全来自个人阅读的体悟，来自人心对人心的素面相见。由此，我提出了"做人的批评"，做说人话的批评。人世间的真理，往往在表现时，都是极通俗的。说人话，比依靠一堆理论堆积、比依靠术语横行，更有力量。最近我发现，仅有"人"还不行，还需要有心，故，我多坚持的批评观就是做有心的批评。人到，心也必须到。也许我的批评文字会很随意，甚至不那么正规，但它至少是坦诚的，并且携带着我个人的体温。

当然，这或许和我的职业有关。我是做出版、编刊物的，我的主要工作是为别人做嫁衣，而不是为自己做新装。做文学批评，完全是自己兴趣爱好使然——它使我真切感受到活着的痛苦和快乐。另外，我做文学批评，是期望将自己散乱的阅读穿起来，最终形成活着的整体。所有的阅读，又都将会随着阅读的不断深入而被慢慢消化，最终转化为自己的养分。所有书写，都能促使自己去不断思考。读中写，写中读。在读与写中，知识会在内心活起来，变成自己生命的一部分。

再附

做文学批评，不是我人生的必然选择，我年轻时一直追求一种快意洒脱的生活。29岁为人夫，30岁为人父，生活的束缚在我30岁后全面将我笼罩。我的阅读和写作，是在这种充满生活味，还掺杂太多矛盾纠葛的空间中展开的。如今来编选这本集子，再次翻阅自己曾经写下的文字，让我深深地产生了厌恶感，对批评本身也一度产生了虚无感。回想起2017年年底，在珠海召开陈思和先生文集研讨会，思和先生在答谢中的话，让我在编选自己文字时，方得以逐渐化解了内心的郁结。

思和先生说，他不是一个很乐观人，他内心深处是悲观的，有时候甚至是灰暗绝望的。他坦承他有很多委屈、很多压力都沉在心里，而他又不是一个能够轻易化解各种矛盾的人。在这样的情况下，他只能化解自己内心的郁结。化解的方式是把自己做大，因为做大以后所有问题都不成问题；如果把自己弄得很逼仄，那所有的问题都是大问题。做大以后再想想，什么问题就都过去了。

在这个时代，作为知识分子，他一定有难言的隐衷，他一定会有痛苦、无奈，我们又能拿什么去化解它呢？也许唯剩下思和先生所言的把自己做大，这也许是一个生命个体在这个时代唯一的自我救赎之道。我也是从这个意义上，逐渐依靠阅读和写作去消解了内心的苦难。我身处边地，才情和学识所限，不可能如思和先生所言的能把自己做大去抵御外部世界的入侵，但是，有了这样的信念支撑，内心总是坦然了许多。

当然，这个信心，也来自外部世界的精神和道义的援助。2015 年 4 月，入选中国现代文学馆客座研究员后，李敬泽、吴义勤、李洱诸多师长的关怀、帮助，让身处边地的我，开阔视野，也结识了更多优秀的前辈学人和同代学人。在我成长中，陈思和先生、老村先生、谢有顺兄、王晶晶女士对我的写作指导颇多，除了心存感激，无以报答。这些浅薄的文字，得以面世，全得益于张燕玲女士、李国平兄、韩春燕女士、傅书华兄、王涘海兄、王国平兄、陆梅女士、张玲玲女士、蔡家园兄等的提携。借此机会，再次表示感谢。感谢中国现代文学馆创研部、感谢北大出版社培文编辑部编辑于铁红女士为本书付出的艰辛的努力。

最后，要感谢所有在我人生路上给予我帮助和关爱的朋友，没有他们，我将徘徊在边地，终身无法找寻到自己人生和学术的方向。更感谢我的家人，没有他们对我的包容，我也不可能有大量沉浸在书房阅读、写作的时间和自由。

2016 年 6 月 23 日
2018 年 4 月 25 日再次修订